Q♥PIDON

XAVIER MAYNE

DREAMSPINNER PRESS

—

XAVIER MAYNE

Publié par
DREAMSPINNER PRESS

5032 Capital Circle SW, Suite 2, PMB# 279, Tallahassee, FL 32305-7886 USA
www.dreamspinnerpress.com

Q*pidon
Copyright de l'édition française © 2018 Dreamspinner Press.
Titre original : Q*pid
© 2018 Xavier Mayne.
Première édition : août 2018
Traduit de l'anglais par Laura Brohan.

Illustration de la couverture :
© 2018 Adrian Nicholas.
adrian.nicholas177@gmail.com
Les éléments de la couverture ne sont utilisés qu'à des fins d'illustration et toute personne qui y est représentée est un modèle

Édition e-book en français : 978-1-64080-995-6
Édition imprimée en français : 978-1-64080-996-3
Première édition française : août 2018
v 1.0

Édité aux États-Unis d'Amérique.

Pour J. Nous nous sommes trouvés à l'ancienne manière.

Remerciements

Une fois encore, je dois une fière chandelle à mon premier lecteur, George Schober, dont les conseils bienveillants et les questions difficiles m'ont permis d'améliorer ma prose.

I

— Eт voilà, mademoiselle ! Ton drôle de cocktail rose.

Padma s'installa sur le tabouret en face d'elle, à une table haute accolée à la fenêtre.

Veera récupéra le Cosmopolitan givré que lui avait ramené son amie.

— Tout le monde ne peut pas être amatrice de single-malt, dit-elle en levant un sourcil. J'ai besoin d'un peu de sucre dans mon alcool.

Elle but une grande gorgée de son cocktail.

— En général, quand je vois une femme boire son verre d'un seul trait, je me demande qui est l'homme qui l'a mise dans cet état. Mais toi… je sais qui te donne envie de boire.

— Il est tellement borné.

Padma se mit à rire.

— Il tient ça de toi, fit-elle remarquer.

— J'aimerais pouvoir le pousser à se détendre.

— Ce n'est pas toi qui décides pour lui ? Ne peux-tu pas supprimer le code qui ne fonctionne pas ?

— Il pense que c'est essentiel, alors je ne veux pas le supprimer. C'était comme si je te faisais une lobotomie chaque fois que tu me disais quelque chose qui ne me plaît pas.

— Tu as de la chance que je sois de si charmante compagnie.

— Oui, c'est ce que j'étais en train de me dire, répliqua Veera sur un ton monotone.

Cela fit rire Padma.

— Mais *il* ne pense pas – c'est une intelligence artificielle que tu as créée.

— Raison pour laquelle je ne peux pas me contenter de supprimer ce qui ne fonctionne pas comme j'en ai envie. S'il ne peut pas apprendre, il ne sera plus qu'un moteur d'analyse basique. Quelle innovation ! dit-elle en levant les yeux au ciel.

— Nous n'avons pas pour objectif d'éliminer la faim dans le monde. Nous aidons seulement les gens à choisir avec qui sortir. Pas besoin d'être allé à Oxford.

Veera secoua la tête.

— Si nous réussissons à utiliser une intelligence artificielle intuitive pour résoudre un problème si profondément humain, alors la faim dans le monde sera peut-être notre prochain objectif.

Padma but une gorgée de son whisky et s'adossa à son tabouret.

— Pourquoi est-ce si important pour toi ?

Veera soupira et regarda ce qui restait de son Cosmo, dont la quantité avait rapidement diminué.

— Tes parents ont-ils trouvé ton futur mari ?

— J'espère que non, répondit Padma en secouant la tête. Je leur ai dit que je voulais d'abord finir mes études, puis que j'avais besoin d'un peu de temps pour me stabiliser sur le plan professionnel. Je croise les doigts pour qu'ils finissent par oublier qu'ils doivent le faire.

— Et comment ça se présente ?

— Mal.

— Pourquoi ne veux-tu pas qu'ils arrangent ton mariage ?

— À cause de mes sœurs. Il y en a une qui est heureuse, mais l'autre n'a pas eu autant de chance.

— Les probabilités sont les mêmes chez les couples qui se marient par amour. Au sein de la population, les mariages arrangés fonctionnent mieux.

Padma haussa les épaules, mais il était clair qu'elle n'aimait pas parler de ce sujet.

— Au fait, tu ne m'as pas dit ce qui avait cloché durant l'examen du code informatique la semaine dernière.

C'était au tour de Veera de hausser tristement les épaules.

— Ça ne s'est pas bien passé. La plupart de mes collègues n'aiment pas l'idée d'une intelligence artificielle, mais ce qu'ils aiment encore moins, c'est qu'elle soit pourvue d'un outil épistémologique. Ils m'ont tous conseillé – de façon très claire – d'abandonner cette idée et de m'attaquer à des « problèmes réels ».

— Aïe.

— Oui, aïe, dit-elle en se laissant tomber en avant. Ils ont peut-être raison.

Padma se redressa, comme si elle portait le poids du désespoir de Veera sur ses épaules.

— Non, ils ont tort. C'est une bonne idée. Étant donné que cette manière de s'attaquer au problème est innovante, ils ne sont pas à l'aise. Ils sont effrayés à l'idée qu'un algorithme puisse les connaître mieux qu'ils se connaissent eux-mêmes.

— Ce sont des programmeurs, Padma. Ils ne savent pas du tout qui ils sont. Si je travaillais sur un code pour optimiser les trajets de livraison de boîtes de bonbons en forme de cœur, ils n'hésiteraient pas à me proposer leur aide. Mais essayer de leur faire comprendre comment les humains interagissent et comment l'intelligence artificielle peut les aider à le faire encore mieux… c'est comme leur parler de mode.

— Si seulement tu pouvais les convaincre d'arrêter de porter des chaussettes dans leurs sandales. Ce serait une grande victoire.

— J'essaie seulement de venir en aide au cœur humain. Ne me demande pas l'impossible.

Elles rirent et terminèrent le premier verre d'une longue série.

— VEERA, LA scène est à vous, dit Edwin, le manager de son équipe, en lui souriant de manière encourageante.

Elle savait que ce n'était qu'un sourire de façade, car Edwin lui avait clairement fait comprendre qu'il ne croyait pas à son projet. Cependant, malgré ses doutes – qu'il avait énumérés plusieurs fois autour d'un café durant la semaine qui venait de s'écouler –, son équipe avait un quota de présentations à faire durant le trimestre et à cette époque de l'année, il n'avait aucune autre option.

Elle ouvrit son ordinateur portable et le brancha au projecteur. Le mur situé au fond de la salle de conférence s'illumina, affichant la première diapositive de sa présentation. La lueur rose de l'écran inonda la salle, baignant toute l'assistance dans la gloire de sa page de titre arrangée sur le thème de Cupidon.

Veera observa la salle et regretta instantanément de ne pas avoir consulté l'un des webmasters pour lui demander son avis sur la palette de couleurs à utiliser. Elle se racla nerveusement la gorge.

— Merci, Edwin.

Sa voix lui parut fluette. Elle n'était pas certaine qu'elle ait porté jusqu'au bout de la table de conférence, qui semblait désormais faire des kilomètres de long.

Concentre-toi, Veera. Trouve ta voix.

— L'intelligence artificielle n'a jamais été utilisée dans le cadre de la découverte de l'amour, commença-t-elle en utilisant le terme que son entreprise adoptait pour parler des rencontres en ligne. Aujourd'hui, j'aimerais vous montrer comment l'intelligence artificielle peut devenir la particularité de notre service. Je l'ai appelé le « moteur épistémologique ». Nos systèmes d'exploration de données actuels fonctionnent très bien, mais comme tous les tests post-hoc, ils ne permettent qu'une optimisation basée sur des performances antérieures. Ils ne peuvent pas adapter le modèle d'exploration de manière dynamique en temps réel. En résumé, ils peuvent aider le client suivant de manière efficace, mais ne sont pas très performants pour le client actuel.

Veera observa son public ; ils avaient tous l'air sceptiques. Elle déglutit difficilement et régula sa respiration.

— Aujourd'hui, j'aimerais vous présenter le futur de la découverte de l'amour. Une intelligence artificielle qui apprend et s'adapte, accompagnant nos clients à travers leur vie quotidienne sur Internet et devenant un ami de confiance ainsi qu'un entremetteur, expliqua-t-elle avant de marquer une pause.

C'était le moment auquel elle s'était préparée toute la semaine, sans dormir.

— Je vous présente Archer.

Elle bascula vers la diapositive suivante. Le nom d'Archer y était inscrit, accompagné d'une photo de sa tour d'ordinateur portant un tee-shirt où l'on pouvait lire : « *Je suis avec Cupidon* ». Quelques ricanements parcoururent l'assemblée.

— Archer est construit à partir d'un modèle d'intelligence artificielle open source et utilise le « moteur épistémologique » que je viens de mentionner. Grâce aux premiers tests, nous avons pu…

— Quel modèle d'intelligence artificielle ? grogna un ingénieur au fond de la salle.

— Watson, chez IBM.

— Qui a codé le fragment épistémologique ? demanda un autre ingénieur.

Les joues de Veera chauffèrent.

— C'est moi. Enfin, je planche toujours dessus. Je travaille sur ce code depuis un an, dès que j'ai du temps libre, mais depuis un mois, je le connecte à une intelligence artificielle. Comme je le disais, les premiers résultats sont prometteurs. Mais les données qui alimentent cette intelligence artificielle sont tout aussi importantes que le code en lui-même.

C'était le moment de la présentation qu'elle redoutait. Elle avait réussi à convaincre Edwin que son projet valait la peine qu'on s'y intéresse lorsque, désespérée par l'insistance dont il faisait preuve pour qu'elle abandonne et se consacre à un projet plus faisable, elle lui avait expliqué pourquoi c'était si important pour elle. Elle savait qu'elle pouvait convaincre ce groupe en faisant la même chose.

— Nous devons arrêter de penser à la découverte de l'amour comme à un processus algorithmique. Nos utilisateurs ne tombent pas amoureux parce que nos analyses leur conseillent de le faire.

— En effet, intervint Ross, responsable marketing. Ils nous disent ce qu'ils attendent d'une relation et nous les aidons à trouver la personne qui leur convient. Ils ont le contrôle.

— C'est le problème que j'ai réglé, dit Veera en le regardant droit dans les yeux avec assurance et sans peur, le contraire de ce qu'elle ressentait en son for intérieur. Les mariages arrangés sont la norme dans de nombreuses cultures. Je pense que…

— Les mariages arrangés ? pouffa Ross. Votre suggestion est-elle que nous choisissions la personne qui convient le mieux à un utilisateur et que nous l'obligions à se marier avec celle-ci ? Enverrons-nous un drone pour leur tirer dessus s'ils hésitent ?

— Nous devrions peut-être laisser Veera expliquer son projet, non ? se hasarda Edwin.

Elle lui adressa un regard reconnaissant, puis reprit.

— Comme je le disais, les mariages arrangés fonctionnent parce qu'ils sont orchestrés par les personnes qui connaissent le mieux les futurs mariés – leurs parents, souvent assistés par la famille élargie. Ils prennent en compte la personne dans son entièreté et font de leur mieux pour trouver un partenaire qui la complète.

— Ou qui a le plus de bœufs à offrir, lança Ross.

— C'est insultant, s'emporta Padma.

Veera ne l'avait jamais entendue élever la voix alors que cela faisait plus de deux ans qu'elles travaillaient ensemble.

Les personnes installées autour de la table se tournèrent vers Ross en plissant les yeux. Celui-ci s'agita sur son siège, embarrassé. Il se racla la gorge et sembla présenter ses excuses, que seules les personnes proches de lui pouvaient entendre.

Veera se tourna vers l'écran, déterminée à ne plus se laisser interrompre par lui.

— Avec Archer, nous allons tenter de faire relever un défi à une intelligence artificielle que nous n'avons fait qu'effleurer jusqu'ici.

Elle bascula vers la troisième diapositive, présentant un exemple de rapport d'analyse résultant d'une analyse de profil et de ses associations avec d'autres utilisateurs.

— Notre système est vraiment performant : il analyse le profil créé par notre utilisateur et l'associe avec le type de personne qu'il recherche. Nous avons actuellement les meilleurs résultats du marché. Mais notre succès est basé sur des fondations fragiles à cause de deux idées fausses que nous nous obstinons à croire : que les gens se connaissent eux-mêmes et qu'ils savent quelles sont les qualités qu'ils doivent rechercher chez une personne pour connaître le bonheur.

L'assistance la regardait avec incrédulité.

— Nous savons que les gens exagèrent ou minimisent leurs qualités dans leur profil – nos recherches nous l'ont clairement démontré. Cela signifie qu'un profil est surtout une description de la personne que nous aimerions être. Nous savons aussi que ce que les utilisateurs vont rechercher chez un partenaire potentiel sont les choses qui manquait chez la dernière personne avec laquelle ils sont sortis et non celles qui leur apporteraient le plus de bonheur dans leur relation.

— Êtes-vous en train de dire qu'un utilisateur ment sur la personne qu'il est et sur le profil de celle qu'il recherche ? demanda quelqu'un qui se trouvait au fond de la salle.

Les ingénieurs logiciels avaient tendance à tailler dans le vif.

— Je ne dirais pas qu'ils «mentent». Ils sont seulement optimistes dans la manière dont ils se voient et rétrogrades dans l'identification des traits de caractère qu'ils recherchent chez quelqu'un. Mais le résultat final, selon l'approche systémique, est exactement le même : nous n'avons jamais possédé les informations essentielles qui nous permettraient de trouver les personnes correspondant au mieux à nos utilisateurs. Jusqu'à Archer.

Elle passa à la diapositive suivante.

— Archer fonctionne différemment. Il se trouve dans les appareils connectés de nos utilisateurs et collecte des informations les concernant sans se baser sur ce qu'ils *disent*, mais sur ce qu'ils *font*. Il génère un profil complet en s'appuyant sur l'activité de l'utilisateur sur les réseaux sociaux – en ne négligeant aucun détail – et compose un profil virtuel en fonction de ce qu'il trouve. Ensuite, il le compare avec les profils virtuels des autres utilisateurs et propose des rendez-vous en se basant sur un ensemble de données plus réaliste que tous ceux que nous avons connus jusqu'ici.

— Donc... les utilisateurs doivent lui donner accès à tous leurs réseaux sociaux? demanda sceptiquement quelqu'un, d'une manière lente qui traduisait le doute.

— Oui. Pas seulement à Facebook et Twitter, mais aussi à Snapchat, Tumblr, aux textos, aux appels vidéo, à la navigation sur Internet et tout ce qui s'ensuit. Nous verrons les articles qu'ils aiment, les « mèmes » qu'ils partagent – et les photos qu'ils ne partagent pas. Grâce aux caméras qui se trouvent sur leurs ordinateurs, leurs portables et leurs tablettes, nous pourrons analyser leurs réactions face au contenu qu'ils regardent – pour voir quelles publications les font vraiment mourir de rire, par exemple.

— Pourquoi quelqu'un accepterait-il de nous donner accès à tout ce qui fait son identité sur Internet? demanda Ross, apparemment remis de la honte qu'il avait ressentie après son commentaire déplacé.

— Parce qu'ils veulent de meilleurs résultats. Ils font confiance à notre système pour leur donner ce qu'ils veulent et nos recherches montrent qu'ils accordent moins d'importance à leur vie privée qu'à la possibilité de trouver le partenaire idéal. Une fois qu'ils auront testé notre nouvelle manière de découvrir l'âme sœur en utilisant Archer, ils n'hésiteront pas à nous donner accès à leurs données. Et comme notre système n'a jamais été piraté, ils nous font confiance pour qu'il n'y ait pas de fuite.

— C'est un cauchemar sur le plan de la protection des données client, fit remarquer le responsable dans ce domaine.

Cela ne surprit pas Veera. Il avait fait cette remarque lors de toutes les présentations auxquelles elle avait assisté.

— Comment pouvez-vous être certaine que les données client ne seront jamais dévoilées?

— Lors de la collecte des informations, nous procéderons à un cryptage à sens unique. Seul Archer connaîtra la clé utilisée pour crypter les données de chaque utilisateur et il n'y aura aucun moyen de retrouver la personne associée aux données qui seront stockées. Aucun humain ne sera en mesure de récupérer des données qui n'ont pas été rendues anonymes.

— Alors Archer travaillera tout le temps avec des données cryptées? demanda le tsar de la protection des données. Ça me semble très onéreux du point de vue du fonctionnement des processeurs.

— Ça le serait si l'intelligence artificielle n'était pas si efficace.

— Vous jetez un filet, récupérez toutes les données, puis vous associez les utilisateurs entre eux, résuma un ingénieur. Comment associer des personnes si tout ce que l'on connaît d'eux est leur activité sur Internet ?

— C'est à ce moment qu'intervient le moteur épistémologique. Il discerne les schémas comportementaux, les étaie grâce à l'analyse des sentiments et à d'autres outils, puis apprend ce qui compte vraiment pour chaque utilisateur.

— Puis il associe les personnes qui font les mêmes choses en ligne ?

— Non, pas exactement. Il n'associe pas seulement les personnes entre elles par rapport à leurs activités et leurs intérêts, comme nous l'avons fait jusqu'à maintenant. Il se rappelle la manière dont les personnes réagissent aux contenus qu'ils voient en ligne, la façon dont leurs discussions personnelles diffèrent de leurs activités professionnelles et cela nous donne une représentation assez exacte de chaque utilisateur. Ensuite, il examine les liens possibles entre cette représentation et celles des profils ciblés par le client, puis il cherche s'ils ont des caractéristiques similaires ou complémentaires. Enfin, il mesure le taux de réussite des couples qu'il a associés, ce qui lui permet de s'améliorer. Six mois après son lancement, Archer aura tellement peaufiné ses processus analytiques qu'il sera capable d'associer les utilisateurs beaucoup plus rapidement et avec un meilleur taux de réussite que n'importe quelle autre méthode utilisée jusqu'aujourd'hui.

— Ou bien nos utilisateurs vont prendre peur, toutes leurs données vont finir par être divulguées et nous allons perdre énormément de ressources informatiques pour lancer une technologie qui n'a pas fait ses preuves, répliqua Ross avec véhémence. Nous pourrions faire face à un événement qui mènerait à notre extinction.

Il se laissa retomber dans sa chaise comme s'il venait de porter le coup fatal à ce projet.

— Foutaises.

C'était une nouvelle voix. Elle appartenait à Alexis, directrice des relations publiques. Elle n'avait pas encore parlé et sa voix résonna comme un boulet de canon.

— Veera, votre idée est innovante. Aucun de nos concurrents n'a développé ce genre de technologie. Mettez-la en place le plus rapidement possible et quand elle sera prête, nous l'inclurons dans un logiciel que nos utilisateurs ne pourront qu'aimer et pour lequel ils seront prêts à dépenser leur argent.

Veera avait vu Alexis mettre fin à de nombreuses réunions litigieuses en donnant cette opinion claire et nette qui était sa marque de fabrique. Cela sembla fonctionner. Les réactions de l'assistance allaient de l'enthousiasme au doute, mais il n'y eut pas d'autre objection. De son côté, Ross était assis, impassible et dyspepsique, mais il ne fit rien d'autre que pousser un grognement de capitulation réticente.

Veera afficha un grand sourire. Elle n'avait pas convaincu Ross, mais elle avait gagné le droit de lancer son projet.

Maintenant, il ne lui restait plus qu'à livrer Archer.

— Mme Schwartzmann, vous devriez vraiment arrêter de mettre les pelures de melon dans le broyeur à déchets. Il ne le supporte pas.

— Je sais, je sais, répondit-elle en levant les bras au ciel comme pour remettre le destin de sa cuisine entre les mains d'un pouvoir supérieur. Vous êtes si gentil de venir aider une vieille dame.

— Je ne fais que mon travail, répondit Drew en souriant, incapable d'en vouloir à Mme Schwartzmann. En plus, c'est toujours amusant de chercher à savoir ce qui vous est arrivé lorsque vous m'appelez.

— Arf, grommela Mme Schwartzmann, les yeux levés au ciel. Un si vieux bâtiment. Pas étonnant que tout parte en vrille. Ils devraient en prendre mieux soin.

— Le bâtiment n'a que cinq ans, dit-il, comme d'habitude. Il était tout neuf lorsque vous avez emménagé. Je vous ai donné un coup de main avec vos cartons, vous vous rappelez ?

— Arf, fit à nouveau Mme Schwartzmann. Les émanations de peinture ont failli me tuer cette nuit-là. On penserait qu'ils auraient un peu aéré avant d'y mettre une vieille dame pour y dormir.

— Nous vivons dans un monde à risques, rétorqua-t-il solennellement, émerveillé par la capacité de cette femme à puiser dans une ressource illimitée de nouvelles plaintes.

Pour une femme qui quittait rarement son appartement, elle était pleine d'imagination quand il s'agissait d'énumérer les injustices qui lui étaient faites par ce mystérieux « ils ».

Mme Schwartzmann acquiesça avec sérieux, manifestement rassurée d'avoir obtenu la compassion du jeune homme.

— Voilà, je crois que c'est bon, dit-il en récupérant les dernières pelures de melon.

Il fit couler l'eau et mit le broyeur en marche. L'installation vrombit doucement.

— Merci, merci, chantonna Mme Schwartzmann.

Elle tendit les bras vers lui et prit son visage entre ses mains, puis elle déposa un baiser sur ses deux joues. Elle le faisait tout le temps et chaque fois, Drew avait l'impression d'être un petit-fils précoce.

— Maintenant, je nous prépare du thé et vous me racontez ce qui s'est passé la nuit dernière. Asseyez-vous.

L'idée de discuter de la catastrophe qu'avait été son rendez-vous de la nuit précédente avec Mme Schwartzmann – une femme qui avait trois fois son âge – aurait laissé la plupart des hommes songeurs, mais Drew y était habitué. Sa commisération ainsi que ses conseils étaient les bienvenus.

— Dois-je comprendre que vous savez comment cela s'est terminé ? demanda-t-il alors qu'elle posait la théière sur le feu.

Elle s'assit face à lui, de l'autre côté de la petite table carrée de la cuisine.

— Je sais seulement qu'elle a cassé tous vos meubles, dit-elle poliment en lissant la nappe transparente en plastique de ses mains usées par le temps.

— Ce n'était que la table basse, mais en effet, elle l'a réduite en petit bois.

— Cette femme ne semble pas très sympathique, fit-elle remarquer avec gravité.

— Non, il se trouve qu'elle ne l'était pas.

Elle posa une main sur la sienne.

— Je suis certaine qu'elle paraissait bien plus charmante quand vous l'avez rencontrée. Les femmes dans son genre attendent de mettre la main sur un homme et ensuite, pouf! C'est un monstre.

— Je ne peux pas vous dire si c'était son cas, dit Drew en haussant les épaules. Je ne l'avais jamais vue avant hier soir.

Mme Schwartzmann pinça les lèvres, le jugeant en silence, comme si Drew venait de lui révéler son addiction aux jeux.

— Oh, je vois, dit-elle en hochant la tête. C'est une des femmes que vous rencontrez sur l'ordinateur. Comment pouvez-vous juger une personne par rapport à ce qu'elle tape-tape-tape sur un clavier ? Est-ce si difficile de taper des choses qui ne sont pas vraies ? Ce n'est pas difficile.

Drew laissa échapper un rire sans humour.

— Si je lui avais demandé si elle était folle et qu'elle m'avait répondu non, je pourrais dire qu'elle a menti. Mais je n'ai pas posé la question. Selon le site de rencontre, nous étions censés nous correspondre.

Les sourcils de Mme Schwartzmann se froncèrent en une ligne sombre et droite, pleine d'insinuation.

— L'ordinateur vous dit de sortir avec une femme complètement cinglée… et vous ? Vous le faites.

Elle secoua doucement la tête, mais son expression s'imprégna de pitié.

Drew ne subit pas d'autres calomnies sur sa stratégie de séduction grâce à la théière qui se mit à siffler comme un train. Mme Schwartzmann se leva et servit le thé.

— Elle ne semblait pas folle, du moins pas au départ, dit-il sans conviction. Nous avions beaucoup de points communs.

— Comme une tendance à casser les meubles ? demanda-t-elle doucement en restant face à son comptoir où elle était en train de poser les tasses dans des soucoupes.

— Très drôle. Nous écoutons le même genre de musique, nous lisons les mêmes livres et nos opinions politiques sont presque identiques. Nous avons beaucoup de choses en commun – nous aurions dû être totalement compatibles.

Mme Schwartzmann posa délicatement les tasses et leurs soucoupes sur la table.

— Si les choses que vous aimez vous rendent totalement compatible avec une cinglée, alors vous aimez peut-être les mauvaises choses.

Elle haussa les épaules, ce qui était sa façon d'exprimer la certitude de son opinion. Elle se retourna pour récupérer la théière.

— Vous ne comprenez pas comment fonctionnent les rencontres en ligne, dit Drew en prenant une nouvelle fois l'initiative de la familiariser avec le monde actuel. Vous expliquez à l'ordinateur le genre de personne que vous êtes, puis il trouve des personnes qui vous correspondent. C'est ce que tout le monde fait de nos jours.

— Si c'est ce que tout le monde fait, je devrais avoir des actions dans la société qui fabrique les tables basses.

Elle posa l'énorme théière entre eux et s'assit.

— La table basse n'était qu'un accident. Essentiellement. Je crois.

— Drôle d'accident, répliqua-t-elle en versant du thé dans la tasse de Drew en utilisant une antique passoire en argent. Vous avez de la chance que personne ne se soit blessé.

Drew sirota son thé. Il était amer et fort, mais aussi chaud et réconfortant, comme la femme qui l'avait préparé.

— Bien, dit-il en posant sa tasse sur la soucoupe. Ce n'était pas vraiment un accident. Dès qu'elle est entrée dans mon appartement et qu'elle l'a vue, elle a pété un plomb. Elle s'est mise à dire que les tables basses bon marché étaient un produit des ateliers clandestins du tiers-monde, puis elle a bondi dessus et a commencé à taper du pied. Comme je ne suis qu'un pauvre doctorant qui n'a pas les moyens d'investir dans du mobilier de qualité, ma table basse s'est brisée au bout du troisième coup de pied. Cela n'a fait que la mettre encore plus en rogne et bientôt, il ne restait que du petit bois.

Mme Schwartzmann avait les yeux écarquillés. Apparemment, il arrivait toujours à la surprendre, même si cela faisait cinq ans qu'ils vivaient dans le même bâtiment et qu'elle n'avait jamais connu la vie amoureuse de Drew autrement que chaotique.

— Avez-vous été obligé d'appeler la police ? demanda-t-elle tout bas.

Les joues de Drew lui brûlèrent.

— Non, elle est partie de son propre chef, dit-il en buvant une grande gorgée de thé. Elle a fini par partir.

Il sentit le regard de sa voisine posé sur lui, mais refusa de la regarder dans les yeux.

— Non, dit-elle en secouant la tête. Elle et vous n'avez pas…

— Mme Schwartzmann, me voici honteux. Oui, elle et moi l'avons fait.

Elle pinça les lèvres. C'était le deuxième stade du jugement Schwartzmann, réservé aux fois où Drew faisait une chose complètement stupide lors d'un rendez-vous. Ces derniers temps, il y avait droit de façon plus régulière.

— Ce matin, j'ai dû retirer des échardes qui s'étaient coincées dans des endroits assez sensibles, dit-il en récupérant sa tasse, comme si son raffinement pouvait lui rendre sa dignité.

Cela ne fonctionna pas.

Elle secoua doucement la tête, puis fixa le fond de sa tasse. Elle leur servit une autre tasse de thé, puis croisa les bras.

— Un jour, M. Schwartzmann a voulu profiter des joies du mariage sur la table de la cuisine.

Drew retira instinctivement ses coudes de la table.

— Non, pas sur cette table. Pensez-vous que je servirais le thé sur la table où… ?

Ses sourcils fournis se levèrent pour exprimer ce qu'elle n'osait dire.

— Non, c'était il y a longtemps, lorsque nous vivions dans le vieux pays.

Mme Schwartzmann était la seule personne de son entourage qui utilisait des termes comme « le vieux pays » sans ironie – même s'il n'avait jamais réussi à établir précisément à quel pays elle se référait. Les détails étaient toujours un peu flous dans ses histoires.

— Il m'a dit de m'installer sur la table pour recevoir une grosse surprise. Je lui ai dit qu'il valait mieux que ce ne soit pas la même surprise que celle qu'il m'avait donnée durant notre nuit de noces parce qu'elle n'était pas si grosse que ça. Alors nous avons commencé à nous crier dessus et en un rien de temps, après avoir fini de nous lancer des objets au visage, je me suis dit que je ne perdrais rien à m'installer sur la table.

Drew sourit.

— Était-ce aussi agréable que ce qu'il avait espéré ?

— Je ne sais pas, dit-elle en haussant les épaules. Les nazis ont choisi ce moment pour débarquer.

Les histoires de Mme Schwartzmann étaient aussi opaques que les soupes qu'elle lui préparait parfois le dimanche soir – et remplies de détails mystérieux recyclés depuis la fois précédente. Parfois, son mari était capturé par les nazis. Parfois, il était un membre élégant des SS qui lui avait fait quitter le pays. Parfois, elle ne s'était jamais mariée parce qu'elle n'avait jamais pu oublier son amour de jeunesse (c'était l'histoire d'Anne Frank). Drew avait appris à ne pas remettre en question ni même à examiner la véracité de ses récits. Une fois qu'on ne cherchait plus à savoir ce qui était vraisemblable, ces histoires devenaient assez divertissantes – voire même instructives.

— Toutes mes condoléances, disait-il chaque fois que ses histoires prenaient un tournant tragique.

Elle les acceptait de manière stoïque, comme toujours, avec un hochement de tête solennel et une main levée vers les caprices du destin.

— Maintenant, seriez-vous prêt à sortir avec la gentille fille dont je vous ai parlé ? demanda-t-elle en touillant distraitement son thé.

— S'agirait-il encore de la femme qui sert des repas aux personnes âgées ?

— Si gentille, elle est. Elle se rappelle toujours que je n'ai pas le droit de manger trop salé. Puis elle a des hanches larges, parfaites pour porter un enfant. On ne remarque presque pas son strabisme.

— Elle a aussi quarante ans et il ne lui reste aucune dent naturelle.

— Elle a surmonté beaucoup d'épreuves. Et beaucoup de conflits dans les bars. Vous semblez apprécier les femmes qui ont du caractère.

Drew rit.

— Je pense que je vais continuer les rencontres en ligne. Ils me laissent voir leur âge et leur casier judiciaire.

— Vous devriez y réfléchir. Pensez-y ce soir, quand vous serez en train de regarder la télévision avec vos pieds posés sur... oh, que suis-je bête... dans le vide.

Elle ne put s'empêcher de ricaner en imaginant la scène qu'elle venait de décrire.

— Que ferais-je sans vous, Mme Schwartzmann ?

— RÉFÉRENCES AU sport durant la conversation.

Pianote.

— Zéro. Mention d'un antécédent de maladie mentale dans la famille, zéro aussi. Mmh.

Des clics rapides et le bruit des touches du clavier résonnèrent à travers la cuisine parfaitement propre.

— Nombre de fois où elle a proposé de régler l'addition, hauteur des talons, nombre de piercings visibles, et voilà.

Fox se laissa retomber contre le dossier de sa chaise et récupéra sa tasse de café. Il en prit une longue gorgée, pensif, avant de faire défiler la page de son tableur vers le bas pour découvrir le score final. Le nombre qui apparaissait dans la dernière cellule n'était pas celui auquel il s'attendait.

— Oh.

Une fenêtre de discussion intitulée « appel vidéo de Chad » apparut sur son écran, dissimulant le tableur. Il accepta l'appel.

— Salut mon pote, dit joyeusement Chad.

Derrière lui se trouvait une tête de lit en cuir capitonnée.

— Comment se porte Foxy ce matin ? Que disent les chiffres ?

Fox sourit en regardant la webcam qui se trouvait au-dessus de son écran.

— Les chiffres ne sont pas aussi bons que je l'espérais, dit-il en haussant les épaules. J'ai passé un bon moment avec elle, alors je suis étonné qu'elle n'ait pas dépassé les 72.

— Aïe, dit Chad en faisant la grimace, compatissant à son malheur. Désolé. Ses photos étaient sublimes. Je croisais les doigts pour toi.

— Les chiffres ne mentent pas, dit Fox avec un haussement d'épaules.

— Alors elle recevra un e-mail ce matin ?

Fox hocha la tête.

— Je dois seulement voir quel est celui qu'il faut que j'envoie.

— Je croyais que celles qui n'obtenaient qu'entre 70 et 75 avaient droit au message : « *Nous savions tous les deux que ça ne mènerait nulle part* ».

— D'habitude, c'est le cas. Mais je pensais vraiment que nous nous en sortions mieux que ça. Notre conversation pendant le dîner était beaucoup plus agréable que celle que j'ai eue avec la femme que j'ai rencontrée dimanche dernier et pourtant, elle approchait des 80. Je suis surpris que la femme d'hier soir ait obtenu ce résultat.

— Es-tu certain de bien avoir entré les informations ?

— Serais-tu en train de me demander si je sais comment faire de la saisie de données dans un tableur que j'utilise depuis cinq ans ?

Cela fit rire Chad.

— Il est peut-être temps de mettre à jour les formules.

— Personne n'a dit que ce serait facile. Je ne vais pas revoir mes exigences à la baisse.

Fox ouvrit sa boîte de messagerie et sélectionna le modèle « 70 – 75 ».

— À quoi ressemble ta liste d'attente pour le week-end ? demanda Chad.

— Aujourd'hui, j'ai un brunch, puis un dîner et je vais faire une randonnée dimanche.

— Trois autres chances de trouver Mademoiselle Idéale, dit Chad avec enthousiasme. Elle t'attend et tu vas la trouver.

— Merci. Et remonte tes couvertures. Je n'ai pas besoin de voir tes tétons au réveil.

— J'adore ses tétons, entendit-il dire une voix en dehors du champ de la caméra. Je les trouve sexy.

— Chacun son opinion, Mia, cria Fox face à son ordinateur.

— Serais-tu en train d'insinuer que mes tétons ne sont pas sexy, Fox ? demanda Chad en faisant un clin d'œil à la caméra tout en faisant bouger ses pectoraux comme un strip-teaseur.

— Heureusement que je n'ai pas encore pris mon petit-déjeuner, répliqua-t-il en fermant le clapet de son ordinateur portable.

II

— SOMMES-NOUS PRÊTS? Quand allons-nous envoyer la notification? Aucun blocage? demanda Ross en faisant irruption dans la salle en effervescence.

— Nous sommes dans les temps, répondit Veera sans regarder dans sa direction.

La manière dont Ross débarquait dans une pièce avec son air suffisant était une chose qui l'énervait au plus haut point, mais elle ne se laisserait pas distraire aujourd'hui.

— Comment se portent les processeurs et l'accès à la base de données? demanda-t-elle.

— Les processeurs fonctionnent normalement, répondit un ingénieur qui était installé devant son écran.

— La file d'attente de la base de données est nulle, ajouta un autre ingénieur. Les trois derniers tests de résistance étaient prometteurs, alors nous pouvons nous lancer.

— Les relations publiques sont prêtes, annonça Alexis d'une voix à la fois sensuelle et professionnelle. Le communiqué de presse est rédigé et nous avons des cadres en service pour répondre aux questions des médias.

— Leur a-t-on expliqué que cela risquait fortement de devenir un désastre sur le plan de la protection de la vie privée de nos clients? marmonna Ross.

— Ils sont prêts à répondre aux questions pour expliquer comment nous protégeons les données de nos utilisateurs ainsi que leur vie privée tout en leur offrant une expérience de rencontres avant-gardiste, répliqua Alexis en brandissant un sourire doux et diabolique.

— Génial, répondit-il platement.

Veera s'approcha du tableau blanc pour cocher les dernières étapes du lancement de ce nouveau service. Elle referma le marqueur avec force, le posa sur le repose-stylo, puis se retourna pour faire face à la salle. Ainsi qu'à son futur.

— Je pense que nous sommes prêts, dit-elle en espérant que sa voix traduisait la certitude qu'elle aurait aimé ressentir.

— Devrions-nous attendre que vous en soyez *certaine* ? railla Ross.

Elle rencontra son regard et refusa de cligner des yeux, même s'ils picotaient.

— J'en suis certaine. Allons-y.

Une douce frénésie de pianotage inonda la salle lorsqu'une douzaine de personnes mirent le système Archer en ligne. La première étape était d'envoyer une notification aux utilisateurs sélectionnés – leurs clients les plus satisfaits parmi ceux qui avaient accepté de recevoir des notifications lorsque de nouvelles fonctionnalités verraient le jour – pour leur annoncer la création d'une technique futuriste qui leur permettrait de trouver l'amour.

— Les notifications ont été envoyées, annonça une voix. Taux d'ouverture à 0.05… 0.1.

Un silence tendu inonda la salle.

— 1 % d'ouverture.

— Ça me semble trop rapide, dit Ross. 1 % des notifications ouvertes en moins d'une minute ? Ce n'est pas possible.

— En moyenne, nos meilleurs clients regardent leur portable toutes les deux minutes, intervint le responsable du service client. Selon nos recherches, ils lisent les notifications de Q*pidon dans les trente secondes qui suivent la réception. Même lorsqu'ils…

Elle se racla la gorge avec gêne.

— Même lorsqu'ils sont occupés à autre chose.

— Vous voulez dire qu'ils les lisent en conduisant ? demanda un ingénieur, inquiet.

— Elle veut dire qu'ils les lisent même quand ils sont en train de coucher, rétorqua un autre ingénieur.

Le premier ingénieur secoua la tête, confus.

— Les demandes commencent à affluer, signala un chef de produit en indiquant une courbe qui grimpait rapidement sur un grand écran au fond de la salle.

— Vos messages personnalisés pour chaque client semblent fonctionner à merveille, dit Veera à Ross.

Encouragée par ces premiers signes de succès, elle s'évertua à plaquer un sourire sur son visage et à partager le mérite avec son collègue, même si cela ne l'empêcha pas d'espérer que la gentillesse puisse tuer.

Ross répondit avec un sourire hypocrite.

— Ce n'est pas parce que je suis capable de vendre des blocs de glace à des Esquimaux que je ne pense pas que nous nous dirigeons tout droit vers une catastrophe.

Seigneur, elle le détestait.

— Certains utilisateurs sont en train de l'installer, annonça l'intermédiaire qui travaillait pour la plate-forme de téléchargements. Nous devrions être témoins du premier lancement de l'application dans quelques…

— Première interaction avec les serveurs Archer, intervint un ingénieur réseau nerveux appartenant à l'équipe du centre de données.

Le chef de produit balaya sa tablette d'un geste de la main et afficha sur grand écran le graphique représentant les allées et venues dans la série de processeurs qui constituaient le cerveau d'Archer. Les disques commencèrent à tourner, chacun représenté par un point vert sur cette représentation visuelle.

— Installations à 1K, annonça l'intermédiaire de la plate-forme de téléchargements.

— Établissement d'une liaison, intervint l'ingénieur réseau. Neuf cents utilisateurs… et… voilà ! Mille utilisateurs actifs.

Des applaudissements retentirent dans la salle.

Veera leva les yeux vers l'horloge. Cela ne faisait que sept minutes qu'Archer avait été lancé et il commençait déjà à constituer les profils de ces mille premiers utilisateurs. Ce n'était pas un lancement – c'était une explosion.

OFFRE EXCLUSIVE : testez notre nouveau site de rencontre alimenté par une intelligence artificielle.

Fox se trouvait dans l'ascenseur pour retourner au bureau après sa pause déjeuner et lut ce message avec les sourcils froncés. Il vérifiait souvent les notifications de Q*pidon, car il savait que les femmes interagissaient plus facilement avec les hommes si ces derniers répondaient dans les secondes qui suivaient une association, et non pas dans les heures qui suivaient, voire même les minutes. Dans la course pour obtenir Mademoiselle Idéale, il devait être le premier à franchir la ligne d'arrivée.

Il relut le message. Il utilisait ce service activement depuis deux ans et se sentait flatté de recevoir une notification exclusive, sans compter qu'il aimait l'idée de faire appel à une intelligence artificielle pour trouver la femme de ses rêves. Il cliqua et lut la description de ce service.

> Remettez la clé de vos réseaux sociaux à notre nouvelle intelligence artificielle et elle analysera tout ce que vous faites sur le Net pour ne vous associer qu'avec des femmes qui vous correspondent vraiment – non pas par rapport à la manière dont elles se présentent, mais par rapport à ce que nos algorithmes découvriront d'elles. Cette analyse est bien plus approfondie que celles qui ont été utilisées jusqu'ici sur des sites de rencontre.

Fox réfléchit un instant. Comme la plupart des gens qu'il connaissait, il gérait minutieusement les aspects de sa présence sur le Net; son profil LinkedIn était le produit d'une préparation soignée et les seules photos qui apparaissaient sur son compte Facebook étaient celles qui le montraient sous son meilleur jour.

> Tout le monde peut se rendre sur Internet et voir votre profil public. Afin que ce nouveau service puisse vous offrir les meilleurs résultats, nous vous demanderons de renseigner *tous* vos identifiants et mots de passe pour accéder aux réseaux sociaux que vous utilisez. Notre intelligence artificielle ne pourra apprendre à vous connaître qu'en analysant tout ce que vous faites sur le Net. Grâce à cela, elle pourra vous donner des résultats qu'aucun de ces questionnaires interminables et de ces premiers rendez-vous décevants ne peuvent vous apporter.

Il fronça les sourcils. Il n'était pas certain que donner ce genre d'accès à Q*pidon soit une bonne idée. Avec ces informations, un pirate pourrait briser sa vie.

> Nous savons que vous êtes inquiet quant à la protection de votre vie privée. Nous sommes totalement obsédés par cet aspect. Depuis son lancement il y a cinq ans, Q*pidon n'a jamais été victime d'une faille de sécurité ou d'une perte de données personnelles. Seule l'intelligence artifi-

cielle aura accès aux informations relatives à vos réseaux sociaux et votre navigation sur le Net. Aucun humain ne pourra y accéder et notre cryptage renforcé protège vos données de A à Z. Nous utilisons la tunnelisation VPN pour nous assurer que votre opérateur ne puisse pas intercepter vos données.

Fox rejoignit son bureau et s'installa dans son fauteuil sans quitter son écran des yeux. Il imagina la quantité de données invasives que cette intelligence artificielle collecterait et envisagea les conséquences que cela pourrait avoir s'il l'autorisait. D'un côté, ce serait idiot de donner ce genre d'accès à qui que ce soit. De l'autre, il était heureux de pouvoir utiliser un site de rencontre doté d'une intelligence artificielle en avant-première. De plus, cela ne lui ferait pas de mal d'utiliser de nouveaux outils d'analyse en dehors de son tableur qui lui dictait sa vie amoureuse. Il n'avait plus atteint les 83 depuis des semaines.

Nous vous invitons à faire partie de nos premiers – et rares – clients à utiliser notre intelligence artificielle. Le coût final de ce service n'a pas encore été déterminé, mais nous vous donnons l'opportunité de l'essayer gratuitement. Bien entendu, vous pouvez décider de vous désinscrire quand vous le souhaitez et nous effacerons la totalité de vos données. Vous êtes aux commandes.

Il prit une profonde inspiration et cliqua sur « accepter ».

SURCHARGEZ VOTRE *vie amoureuse avec notre nouvel ordinateur extraordinaire.*

Drew ne s'était pas attendu à ce message en sentant la vibration battement de cœur de son téléphone. En général, quand il recevait des notifications sur cette application, c'était parce que son profil avait été visionné par la prochaine cinglée en lice. Il avait récupéré son téléphone en pensant tomber sur une photo de profil qu'il aurait observée en se demandant quel serait le prochain meuble qu'il devrait jeter à la poubelle, morceau par morceau. Il relut le message, puis il cliqua pour voir de quoi il s'agissait.

Nous comprenons, Drew. Ces trois derniers mois, vous avez accepté vingt-trois premiers rendez-vous et aucun n'a abouti sur la relation dont vous avez toujours rêvé.

Il laissa échapper un hoquet de surprise. Il ne s'était pas attendu à ce que son application de rencontre lui parle aussi franchement. Même si chaque mot était vrai.

Nous voulons vous venir en aide. Inscrivez-vous à notre nouveau service – gratuit pendant la période d'essai – et nous vous garantissons que vos futurs rendez-vous dépasseront toutes vos espérances.

Finalement, ses meubles allaient peut-être survivre.

Comment procédons-nous? Nous utilisons le pouvoir d'un ordinateur extraordinaire pour apprendre à vous connaître – le *vrai* Drew – grâce à votre activité sur le Net et nous analysons les chiffres pour vous associer aux femmes avec lesquelles vous êtes réellement compatible. Votre prochain premier rendez-vous pourrait être votre dernier, Drew. Inscrivez-vous dès maintenant.

Suis-je vraiment si pathétique? Il observa son appartement, ses meubles de seconde main – voire pire –, le bol sur le comptoir dans lequel les restes de son ramen étaient déjà en train de devenir aussi solides que du béton. *Oui. Oui, je le suis.*

À travers le plafond, il entendit Mme Schwartzmann traîner des pieds dans *son* appartement vide. La vision la plus morose qui soit de son futur solitaire planait littéralement au-dessus de sa tête.

— Qu'ai-je à perdre? dit-il en regardant l'endroit où s'était trouvée sa table basse. Ce n'est pas comme si ça pouvait être pire.

Il fixa l'écran, son pouce au-dessus du bouton. Il n'avait jamais été dogmatique et l'était encore moins lorsqu'il devait prendre une décision importante. Il se mordilla l'intérieur de la lèvre.

Il sursauta lorsque son téléphone vibra pour lui rappeler qu'il devait se rendre immédiatement à son séminaire s'il ne voulait pas arriver en retard.

Après avoir appuyé rapidement sur « accepter », il glissa son téléphone dans sa poche, attrapa son sac et sortit de son appartement.

TROIS HEURES plus tard, les dernières personnes de l'équipe de lancement quittaient la cellule de crise.

— Excellent travail, tout le monde, dit Alexis, directrice des relations publiques. Sept de nos cadres ont été interviewés et nous croulons sous les retours, de NBC News à Bustle.

— Et Reddit, ajouta l'un des ingénieurs.

Cela fit rire Alexis.

— Oui, Reddit aussi. Qui aurait cru que l'idée d'un service de rencontre alimenté par une intelligence artificielle aurait eu tant de succès auprès de la centrale des geeks ? J'en tombe des nues, dit-elle en continuant à ricaner, puis elle se tourna vers Veera. Vous avez marqué l'histoire de la société. Félicitations.

Les joues de Veera se mirent à brûler.

— Merci, dit-elle doucement.

Elle n'avait jamais été à l'aise lorsqu'on lui faisait des compliments, même si elle savait que celui-ci était le plus mérité de sa vie.

— C'était intéressant de vous voir travailler.

Cette remarque fit sourire Alexis.

— Ce sont vos équipes qui font tout le travail. Nous ne sommes là que pour magnifier le produit final.

Elle afficha un sourire digne des présentatrices du journal télévisé et quitta la pièce sur ses talons interminables.

Il ne restait plus que Ross dans la salle.

— Avez-vous besoin de quelque chose, Ross ? demanda-t-elle en évitant de prendre un ton trop mielleux.

Ross regardait son téléphone.

— Non. Je vérifie seulement si les premiers procès pour atteinte à la vie privée ne sont pas tombés, dit-il avant de lever les yeux vers l'horloge. On dirait que vous êtes tirée d'affaire. Pour le moment.

Il se leva.

— Merci pour votre soutien, dit-elle en essayant de copier le sourire qu'Alexis maniait sans peine.

— Je dois admettre que je respecte le fait que vous soyez allée jusqu'au bout de votre idée et que vous l'ayez réalisée. Votre projet est lancé.

Maintenant, vous allez devoir faire face à un trop-plein de testostérone. Bon courage.

Il attrapa son ordinateur portable et sortit de la pièce en émettant un ricanement que jalouseraient tous les méchants de Disney.

Le pire était qu'il avait raison.

Sur les vingt mille invitations envoyées, un peu plus de sept mille clients s'étaient inscrits. 55 % d'entre eux cherchaient une femme. Veera s'était attendue à ce que la balance penche légèrement dans ce sens. Elle n'avait pas voulu écouter Ross quand il avait insisté sur le fait qu'une démarche analytique pour trouver l'amour séduirait davantage les personnes cherchant des femmes plutôt que des hommes, mais il s'avérait qu'il avait vu juste, même si le déséquilibre n'approchait pas du tout du ratio extrême qu'il avait présagé : « deux hommes pour une femme ». C'était loin d'être un « trop-plein de testostérone », mais elle aurait préféré lui prouver qu'il avait complètement tort et non pas partiellement raison.

Dans l'heure qui allait suivre, une deuxième série d'invitations allait être envoyée à plusieurs milliers d'utilisateurs qui cherchaient un partenaire homme – essentiellement des utilisatrices – pour rééquilibrer la balance. D'ici deux heures, la parité serait atteinte, si tant est que leurs modèles soient justes.

Une fois seule dans la salle, Veera se mit à tourner en rond alors que le calme se refermait sur elle. Le silence ne la dérangeait pas – d'ailleurs, après le tumulte qui venait d'avoir lieu dans la cellule de crise, elle était heureuse de le retrouver –, mais il lui rappela combien elle s'était sentie seule durant toute cette aventure. Durant des mois, elle avait travaillé dur pour coder la personnalité unique dont se servirait Archer lorsqu'il essaierait d'apporter du bonheur aux humains à travers des algorithmes. Ce projet était tenu secret, alors peu d'ingénieurs logiciel étaient capables de comprendre la complexité de ce qu'elle tentait d'achever. En dehors de Padma, elle n'avait personne à qui parler.

Enfin, si. Il y avait *une* autre personne.

Veera ferma la porte de la cellule de crise. Elle retourna s'installer autour de la table de conférence, choisissant le siège qui se trouvait le plus près du téléphone. Après avoir pris une profonde inspiration qu'elle exhala lentement, elle attrapa le combiné et composa le numéro. Un simple clic, puis une voix inonda la salle.

— Bonjour. Je suis Archer.

— ACTIVATION DE l'interface vocale.

— Interface vocale activée.

— Archer, ici Veera.

— Je reconnais ta voix, Veera.

Veera avait configuré l'interface vocale d'Archer de manière à ce qu'il parle de façon familière, mais en réalité, durant cet échange courtois, la voix de Veera avait été soumise à plus d'une douzaine de tests d'authentification. Compte tenu de l'obsession de leur société en matière de sécurité, Archer ne répondait qu'à la voix de Veera ou bien, en cas d'urgence, à celle de son responsable, Edwin.

— Comment vas-tu, Archer?

Encore une fois, on aurait dit une conversation banale, mais en réalité, Veera invitait l'intelligence artificielle à engager une batterie d'auto-vérifications pour s'assurer que tous les processus fonctionnaient comme prévu. Cela lui prit une fraction de seconde.

— Je vais bien, Veera. Comment vas-tu?

— Je suis heureuse que ton code soit en ligne.

— Moi aussi.

— Combien de profils as-tu ouverts?

— J'ai collecté les données de mille deux cent dix-sept profils et observé une moyenne de soixante-treize nœuds de contact potentiels pour chacun d'eux. Je devrais pouvoir les faire passer au simulateur de couplage dans les sept heures qui viennent.

Elle hocha la tête. C'était un très bon commencement.

— Combien de temps faudra-t-il avant que tu obtiennes les premières associations?

— Le potentiel d'une association dépend de la disponibilité d'un profil.

— En effet.

— Si le nombre de profils continue à suivre l'extrapolation de la courbe, plus de huit mille profils auront été passés au crible d'ici douze heures.

— Et combien d'entre eux seront disponibles pour être associés?

— La disponibilité d'un profil dépend de la conformité paramétrique.

— Encore une fois, tu as raison.

— Merci.

Veera sourit en étant témoin des extensions de politesse qu'elle avait installées. Elles avaient été créées par des chercheurs en intelligence artificielle dans une université canadienne.

— Je t'en prie, continue, l'encouragea Veera.

— Tous les profils respectent le Paramètre Un.

— Correct.

Le Paramètre Un indiquait si l'utilisateur était actif dans le système – pour faire simple, il permettait de savoir s'il avait payé sa cotisation et s'il se connectait souvent au site. Comme l'équipe n'avait invité que les membres actifs du site à participer, toutes les personnes qui avaient accepté de tester Archer respectaient forcément le Paramètre Un.

— Tous les profils respectent le Paramètre Deux.

— Oui, c'est correct.

Le Paramètre Deux permettait de savoir si les utilisateurs cherchaient un partenaire. Les membres de Q*pidon oscillaient régulièrement entre les statuts disponible et indisponible, en fonction du développement de leur relation actuelle. Comme pour le Paramètre Un, seules les personnes voulant faire des rencontres avaient été invitées à participer, alors sauf s'ils avaient trouvé la perle rare durant les trois heures qui s'étaient écoulées depuis le lancement du logiciel, ils respectaient aussi le Paramètre Deux.

— Le Paramètre Trois sera donc la fonction limitatrice.

— En effet.

Le Paramètre Trois renseignait le genre de la personne recherchée par l'utilisateur. À la différence des deux autres paramètres qui pouvaient être activés ou désactivés, celui-ci ne changeait jamais. Il réduisait de moitié le groupe de partenaires potentiels d'un utilisateur parmi les membres actifs sur Q*pidon. Même si les personnes recherchant une femme étaient plus nombreuses jusqu'ici, ils réussiraient à obtenir un ratio plus proche de 50/50 lorsque les invitations supplémentaires seraient envoyées.

— Le potentiel d'associations atteindra sa valeur maximale demain à 22 h 30 UTC. À ce stade, il y a des chances que 12 % des profils aient au moins trois propositions de rendez-vous atteignant les 85 ou plus.

Veera fronça les sourcils. Les chiffres que lui donnait Archer paraissaient bas.

— Quelle est la fiabilité de cette estimation ?

— 18 % de fiabilité.

Veera rit.

— C'est ta manière de me dire que tu n'as aucune idée de ce qui va se passer parce que personne n'a jamais testé cette méthode de rencontres en ligne.

— Exactement, Veera. Je suis désolé de ne pas avoir été assez clair.

— Non, c'est de ma faute. Je n'aurais pas dû te pousser à faire une estimation alors que tu n'es pas encore prêt, dit-elle avant de se lever et de se pencher vers le téléphone. Continue ton travail, Archer. Nous discuterons demain.

— Demain, nous serons samedi, Veera. Les bureaux de Q*pidon seront fermés.

— Pas celui-ci. Bonne nuit, Archer.

— Bonne nuit, Veera.

— Suspendre l'interface vocale.

Son doigt plana au-dessus du bouton pour raccrocher.

— Interface vocale suspendue.

Elle raccrocha le téléphone et se réinstalla sur sa chaise. Elle resta encore un peu assise dans le calme de la cellule de crise.

FOX POSA son téléphone sur sa table de chevet pendant qu'il retirait son costume. Quand il le récupéra pour le ranger dans la poche de son jean, il l'observa avec méfiance. Pendant un instant, il se sentit oppressé par l'idée qu'on l'espionnait.

Il alla chercher une bière dans le réfrigérateur, s'installa à sa table de cuisine et ouvrit son ordinateur portable. Une notification de l'application Q*pidon apparut sur son écran pour l'informer des dernières mises à jour et il cliqua sur « OK » sans même réfléchir. Il savait que les données collectées sur ses réseaux sociaux seraient cruciales pour obtenir de meilleurs rendez-vous. C'était le pistage de son activité en ligne qui le rendait un peu anxieux.

Comme la plupart des hommes qu'il connaissait, Fox utilisait son ordinateur pour trois choses : sa boîte de messagerie, acheter des choses pour lesquelles il n'avait pas la force de se rendre en magasin et regarder du porno. À partir de maintenant, son ordinateur l'observerait lorsqu'il ferait toutes ces choses. Il ne savait pas quoi en penser.

Il se doutait que le temps qu'il passait sur l'ordinateur à écrire un e-mail pour souhaiter un joyeux anniversaire à sa grand-mère ferait probablement remonter sa cote, alors que ses préférences d'achats n'auraient pas beaucoup d'influence – il achetait plus souvent des objets pour lui-même que des cadeaux pour montrer aux personnes qu'il pensait à elles. Mais il n'y avait certainement rien qui puisse faire plonger son profil vers le bas.

Il resta immobile pendant un long moment, fixant l'écran de son ordinateur.

— Terminé, déclara-t-il dans sa cuisine vide. Plus de porno.

Honnêtement, la réaction la plus positive qu'une femme avait eue en abordant le sujet de la pornographie avec lui était une reconnaissance à contrecœur de son existence. Même s'il avait du mal à imaginer qu'un site de rencontre puisse s'intéresser au genre de porno qu'il aimait, le simple fait qu'il en regarde diminuerait ses chances de trouver une femme décente.

Comme pour contrecarrer l'effet d'avoir simplement pensé au mot «porno», il sortit son téléphone et parcourut Facebook en cliquant sur «J'aime» chaque fois qu'il tombait sur une image mignonne – des chiots, des bébés, n'importe quoi. D'après lui, s'il faisait cela pendant quelques minutes, son profil gagnerait en popularité. Il serra le poing en l'air lorsqu'il tomba sur une image d'un bébé accompagné d'un chiot. Il cliqua gaiement sur «J'aime».

Puis vint le moment d'ouvrir le tableur pour son rendez-vous de ce soir. Renseigner en amont quelques informations collectées sur le profil de la femme qu'il allait rencontrer permettrait de rendre l'analyse qu'il effectuerait le lendemain matin plus rapide. Ce n'était peut-être pas un concept très romantique, mais ça l'apaisait.

DREW ÉTAIT assis à même le sol, adossé contre son canapé usé, à l'endroit où sa table basse avait été cassée. Son ordinateur se trouvait devant lui, affichant un curseur qui clignotait sur un fond totalement blanc, mais qui deviendrait – il l'espérait – son papier pour le colloque. Il devait rapidement se mettre à écrire s'il voulait pouvoir rédiger sa thèse l'année prochaine.

Il but une gorgée de ce bourbon ignoble, le seul qu'il pouvait s'offrir avec son budget réservé à l'alcool.

Il avait installé la nouvelle application de Q*pidon dès qu'il était rentré, mais il ne lui donnait pas matière à étudier son activité sur le Net puisqu'il ne faisait que fixer ce document vide depuis une heure. D'un clic, il chassa le document dans la barre de tâches.

Dès qu'il ouvrit son moteur de recherche, le voyant situé près de sa webcam s'alluma.

Drew était observé.

Il parcourut sa liste de favoris et ouvrit le *Huffington Post*. C'était un journal qu'il lisait régulièrement, mais cette fois, il était affreusement conscient de sa réaction face aux articles qu'il trouvait. Il cliqua sur un article qui parlait de la manière dont une ancienne candidate de concours de beauté avait reconstruit sa vie après un terrible accident de voiture et trouvé la paix en apprenant aux enfants africains à développer des logiciels. Il vit son reflet dans l'écran d'ordinateur et faillit sauter au plafond. L'expression compatissante et dévastée qu'il affichait n'était pas de bon augure pour son profil. Il se redressa, puis il sourit à l'écran comme si la lecture de cet article le transportait de joie.

Il parcourut ses sites d'informations favoris, parfois conscient qu'il cliquait sur des liens en réfléchissant à ce qui allait lui permettre d'afficher un sourire de soutien – la marche des femmes – ou de secouer tristement la tête – les actions de quelques politiciens hypocrites qui vantaient l'égalité économique, mais qui continuaient à se payer les services des réseaux de prostitution.

Après une heure devant son écran, il était exténué. Réagir avec précision à tout ce qu'il voyait sur son écran lui faisait mal au visage. Il se leva pour remplir son verre de bourbon, mais fut interrompu par un fracas retentissant à l'étage du dessus.

— Oh mince, Mme Schwartzmann, s'exclama-t-il en se précipitant vers la porte.

Il monta les marches trois par trois et se retrouva en quelques secondes devant son appartement. Il cogna fort à la porte.

— Mme Schwartzmann, vous allez bien ? C'est Drew, Mme Schwartzmann. Est-ce que vous allez bien ?

Il entendit traîner des pieds, puis le bruit des verrous. Mme Schwartzmann lui avait demandé d'installer des verrous supplémentaires, ce qu'elle avait justifié en mentionnant plusieurs exemples atroces de choses qui étaient arrivées à certaines de ses connaissances qui n'avaient pas pris de telles précautions. La porte s'ouvrit de cinq centimètres, pas plus.

— Qui est là ? demanda-t-elle d'une voix grave, comme si elle essayait de convaincre un intrus qu'il y avait un *M.* Schwartzmann à l'intérieur de cet appartement.

— C'est Drew, Mme Schwartzmann. J'ai entendu un gros bruit. Vous allez bien ?

— Oh, Drew, dit-elle avant de refermer la porte.

Les deux chaînes qui avaient empêché la porte de s'ouvrir complètement glissèrent de leur verrou et elle rouvrit la porte.

— Que vous êtes gentil de vous inquiéter pour une vieille dame.

Elle recula pour le laisser entrer.

— Quelque chose est-il tombé ? Êtes-vous tombée ?

Elle l'arrêta d'un geste de la main et rit.

— Oh non, mon cher, rien de cela.

Elle se tourna légèrement pour désigner le salon.

— Ceci, j'étais en train de porter, dit-elle en indiquant une boîte de cinq gallons qui était renversée au centre de la pièce. Et les poignées m'ont glissé des mains.

— Laissez-moi vous aider, dit Drew en entrant.

Il récupéra la boîte qui était assez lourde. Il était surpris qu'elle ait pu la soulever.

— Où voulez-vous la ranger ?

— Ici, ici, répondit-elle en traînant des pieds jusqu'au placard du couloir.

Elle tira sur la porte pliante, laissant apparaître plusieurs piles de boîtes similaires.

Drew se tint face au placard. Il ne restait de la place que pour une boîte supplémentaire avant qu'il soit totalement rempli.

— Vous êtes sérieuse ?

— Il y a un espace là-haut, dit-elle, semblant convaincue que Drew était capable de soulever une boîte de ce poids au-dessus de sa tête.

Heureusement pour lui, comme il avait passé ces dernières semaines à remettre son papier pour le colloque à plus tard, il s'était réfugié durant de longues heures dans la salle de sport pour échapper à son logiciel de traitement de texte. Il souleva la boîte blanche pour la remettre à sa place, complétant le jeu de Tetris auquel s'adonnait Mme Schwartzmann dans le placard de son couloir.

— C'est quoi tout ça ? demanda-t-il alors qu'ils se tenaient face à ce mur de plastique.

— C'est en cas d'urgence, dit-elle en refermant la porte du placard. S'ils reviennent, je serai prête.

— Qui doit venir, Mme Schwartzmann ?

Elle haussa les épaules de manière résignée, mais aussi conspiratrice, comme si elle savait exactement qui viendrait la trouver – peut-être même les trouver tous les deux.

— J'aime savoir que j'ai assez de réserves.

— Ces boîtes sont remplies… de nourriture ?

Il eut une vision de boîtes pleines de provisions moisies. Il pouvait presque les sentir.

— Oui. Il y a un gentil monsieur à la télévision qui en vend. Chaque boîte permet de tenir deux mois et il suffit d'ajouter de l'eau.

— S'il y a une apocalypse, où trouverez-vous de l'eau ?

Elle sourit fièrement.

— Les réservoirs d'eau sont dans mon garage. Je n'ai pas de voiture, alors j'ai mis de l'eau à la place.

Même si Mme Schwartzmann vivait dans ce bâtiment depuis sa création, Drew se rendit compte qu'il n'avait jamais vu l'intérieur de son double-garage cadenassé.

— Vous avez la même quantité de boîtes remplies d'eau ?

— Oh non, ce serait idiot. Il y a beaucoup plus de réserves d'eau. Tellement d'eau.

Drew cligna des yeux, essayant d'imaginer la manière dont elle avait réussi à remplir son garage d'eau jusqu'au plafond. Mais à force de discuter avec Mme Schwartzmann, il avait compris qu'il valait mieux prétendre que ses propos avaient du sens.

— On dirait que vous êtes bien préparée.

Elle hocha sagement la tête.

— Pourriez-vous m'expliquer à quoi vous vous préparez ? À un tremblement de terre ?

— Arf, non. J'ai vécu si longtemps que Dieu ne peut plus rien faire pour me blesser. Tremblements de terre, éruptions volcaniques, typhons, qui s'en soucie ?

— Je ne pense pas que nous puissions être victimes d'un typhon, Mme Schwartzmann. Et les volcans actifs se trouvent à plusieurs centaines de kilomètres d'ici.

— Vous voyez ? Je vous ai dit que ce genre de choses ne m'inquiétaient pas. Non, je me prépare au moment où ils reviendront.

— Qui sont-ils, exactement ?

— Vous savez qui ils sont, répondit-elle de manière conspiratrice. Parfois, on les appelle les nazis, parfois ce sont les bolchéviques. Il arrive même qu'ils se fassent passer pour des terroristes, des patriotes ou des révolutionnaires. Peu importe de qui il s'agit, c'est toujours la même chose. Peu importe comment ils se font appeler ou la couleur de leurs vêtements.

Ils disent lutter pour une cause, mais ils ne le font qu'à une seule fin : le pouvoir. Le pouvoir de dire aux gens ce qu'ils doivent faire et le pouvoir de tuer des gens comme moi. Cette fois, je suis prête pour leur arrivée. Même s'ils mettent le pays à feu et à sang, je leur survivrai.

Il sourit intérieurement devant l'obstination de cette femme à faire face à cet ennemi vaguement défini sur le champ de bataille de la faim. Étant donné qu'elle devait peser environ quarante kilos, ses boîtes de rations lyophilisées lui permettraient certainement de survivre durant des années.

— Je ne pense pas que quelqu'un va venir vous tuer, Mme Schwartzmann.

Elle haussa les épaules.

— Ils ne préviennent pas. Ils ne laissent pas de carte de visite en disant qu'ils sont en route avec des chiens, des armes et des bottes en acier pour vous envoyer dans les camps.

— Je pense que vous n'avez rien à craindre. Si quelqu'un venait pour vous enlever, je les en empêcherais.

Mme Schwartzmann attrapa la main de Drew et la serra contre son thorax.

— Oh, quel homme charmant, murmura-t-elle.

— Alors vous pouvez arrêter de vous faire du souci, d'accord ?

Elle secoua doucement la tête.

— Après tout ce que j'ai vécu, l'inquiétude est le prix à payer si je veux me réveiller. Je ne peux pas aller contre ma nature, dit-elle avant de lâcher sa main en souriant paisiblement.

Il lui rendit son sourire.

— Jamais je ne vous demanderai d'être qui que ce soit d'autre que vous-même.

— Merci. Vous êtes tellement gentil avec moi.

— La prochaine fois que vous aurez besoin de déplacer une de ces boîtes, prévenez-moi, d'accord ?

— C'est gentil. Je n'y manquerai pas, murmura-t-elle.

— Bien, dit-il en se dirigeant vers la porte. Bonne nuit, Mme Schwartzmann.

— Bonne nuit, M. Drew.

Il franchit le pas de la porte et en descendant les marches, il entendit ses nombreux verrous se fermer.

31

Une fois dans son appartement, il se retrouva à nouveau seul face à ses pensées, son bourbon ainsi que son ordinateur dont le curseur clignotait avec insistance en haut d'une page blanche.

— Eh merde, grogna-t-il.

Il ferma le traitement de texte en cliquant, énervé, sur la croix rouge en haut à droite.

Drew récupéra son ordinateur et son bourbon, puis il se rendit dans sa chambre où il posa son verre sur sa table de chevet et jeta son ordinateur sur son oreiller. Il se libéra de ses vêtements en quelques secondes – il ne perdit pas de temps à les ranger puisqu'il prévoyait de faire une tournée de linge le lendemain – et plongea nu sous les couvertures.

C'était son moment préféré de la journée. En tant que doctorant, le travail qu'il devait fournir se comptait en années et non en heures. À la fin de la journée, il ne ressentait pas la satisfaction d'avoir été productif – il n'y avait pas de fin et il n'y en aurait pas tant qu'il n'aurait pas rendu sa thèse. Et cela n'arriverait que dans quelques années. Il adorait ce qu'il faisait et était impatient d'exercer la profession qui viendrait ensuite – que ce soit en recherche, en enseignement ou en travail de terrain –, mais la nature interminable de son travail signifiait qu'il se couchait rarement en poussant un soupir las comme le ferait une personne qui avait relevé un défi durant la journée. Il avait une manière différente de trouver la paix à la fin de sa journée.

Regarder plusieurs épisodes de séries criminelles britanniques.

Il se rendit sur l'un des nombreux sites de streaming auxquels ses parents étaient inscrits et cliqua sur l'épisode d'une série assez effroyable qu'il avait récemment découverte.

Cependant, après quinze minutes d'enquête minutieuse sur la décapitation d'un pasteur, il luttait pour garder les yeux ouverts. Le petit voyant vert au-dessus de son écran l'observait avec reproche. Son intérêt pour les programmes télévisés intellectuels améliorerait sans doute son profil, mais s'endormir en les regardant pèserait plus lourd dans la balance.

Il ferma la fenêtre de navigation et le voyant vert s'éteignit. Q*pidon ne se souciait clairement pas des expressions faciales qu'il faisait lorsqu'il fixait la page d'accueil de son ordinateur, parsemée de notes de lecture à moitié finies et d'articles de journaux mystérieux au format PDF. Il se retrouva dans le noir en fermant le clapet. Il resta assis un long moment à écouter le silence qui l'entourait tout en souhaitant faire partie des personnes qui pouvaient s'endormir parce qu'il était tard, qu'il faisait noir et que c'était calme.

Il savait ce qui lui permettrait de dormir.

Un petit morceau de ruban adhésif par-dessus sa webcam lui donnerait l'opportunité de le faire. Puis il pourrait dormir.

Cependant, quelque chose le titillait. Cela devait faire plusieurs décennies que quelqu'un avait pensé à Mme Schwartzmann en étant au lit. Pourtant, la voix de celle-ci retentit dans son esprit sans crier gare. «*Je ne peux pas aller contre ma nature*».

C'était peut-être son problème.

Drew se considérait comme une personne honnête et sincère. Pourtant, il n'avait jamais mentionné sur son profil le fait qu'il regardait du porno de temps à autre. Il n'en regardait pas tous les soirs, mais il y avait des nuits où cette pratique l'aidait à combler un besoin qu'aucun prêtre décapité ne pouvait combler. Alors que ses amis masculins comprenaient tous le rôle du porno dans une vie équilibrée, il n'avait jamais dit à une femme – n'importe quelle femme – qu'il n'était pas opposé à l'idée de regarder des personnes séduisantes avoir des relations sexuelles.

Il était peut-être temps de se montrer tel qu'il était.

Un frisson le parcourut lorsqu'il pensa aux différentes issues possibles. Il n'avait jamais envoyé une photo de son sexe à qui que ce soit – dans son souvenir, il n'avait même pas pris de photo qui descendait au-dessous de son nombril. Même s'il n'avait aucune intention d'agiter son sexe devant sa webcam, il se rendit compte qu'il envisageait de laisser Q*pidon l'observer pendant qu'il regardait du porno.

Il avait peut-être bu un peu trop de bourbon.

Il secoua la tête et repoussa son ordinateur, certain que dévoiler ce qu'il avait l'habitude de regarder sur des sites porno à des partenaires potentielles – ou plutôt à l'ordinateur qui était censé lui trouver ces partenaires – était une très mauvaise idée.

En revanche, son érection n'était pas d'accord avec lui.

Au contraire, elle présentait un énorme contre-argument.

Il tenta de la calmer en essayant de se tourner sur le ventre, mais elle se dressa devant lui comme une béquille, l'empêchant de se mettre à plat ventre. Elle trembla contre lui, refusant de se laisser ignorer.

Apparemment, son sexe ne pouvait pas non plus aller contre sa nature.

— Fait chier.

Il n'avait pas l'habitude de se parler à lui-même, mais il lui arrivait de faire la morale à son sexe en lui rappelant quels étaient les bons moments et endroits pour s'engorger. Il savait que ces paroles ne mèneraient nulle part vu la manière dont son érection se tenait et perlait devant lui. Il retira les couvertures et la fusilla du regard ; son membre s'agita et laissa échapper une autre goutte de liquide pré-séminal sur la tache sombre qui s'élargissait.

— Bien, souffla-t-il en se tournant sur le dos pour se hisser en position assise contre la tête de lit. Nous allons faire les choses à ta manière.

Il savait qu'il pourrait atteindre l'orgasme en se caressant une douzaine de fois, mais comme il avait du mal à trouver le sommeil, il valait mieux qu'il prenne son temps. Il prit son ordinateur, l'ouvrit près de lui et exécuta une succession rapide de clics pour accéder à ses favoris privés. L'année précédente, il avait vécu un moment terriblement gênant en laissant son ami utiliser son navigateur Internet. Cette expérience lui avait appris à ranger ses liens vers des sites porno dans un labyrinthe de sous-dossiers. Sa mémoire musculaire le guida rapidement vers un lot d'onglets qui allaient du porno soft aux choses qu'il n'admettrait jamais apprécier devant qui que ce soit.

Le voyant vert près de sa webcam s'alluma.

Un frisson le parcourut, un sursaut vertigineux qui lui coupa le souffle. Il se figea. La webcam ne pouvait voir que le haut de son corps, mais il ne s'était jamais senti aussi exposé. Il faillit refermer le clapet de l'ordinateur sans même réfléchir.

— Non, dit-il à cette impulsion de honte qui semblait contrôler ses mouvements. Le temps est venu de me montrer tel que je suis.

Il ouvrit le premier onglet avec une main tandis que l'autre glissait vers son entrejambe.

III

— Quoi? s'exclama Chad avec son verre de whisky suspendu devant sa bouche, une expression surprise et choquée sur le visage. Ces gens ont accès à toutes tes données?

Ils étaient installés, comme la plupart des vendredis après-midi où ils étaient libres, dans un bar choisi principalement pour sa situation géographique : il se trouvait à équidistance de leurs lieux de travail.

— Ce ne sont pas des gens. C'est une intelligence artificielle. Personne n'aura accès à mes données.

— Pourquoi ne peuvent-ils pas se contenter de tes données publiques? Pourquoi ont-ils besoin de tes mots de passe?

— Parce qu'ils créent un profil plus précis. Et ce n'est pas comme si je leur avais donné accès à mes comptes en banque. Ce ne sont que mes réseaux sociaux.

Chad, qui avait enfin bu sa gorgée de whisky, faillit la recracher.

— Ce ne sont *que* tes réseaux sociaux? répéta-t-il en laissant échapper un bruit à michemin entre un rire compatissant et un toussotement sceptique. Ce ne sont que chaque photo, chaque message et chaque commentaire que tu as postés. Rien que ça. Qu'est-ce qui pourrait mal tourner?

Il secoua la tête pour montrer le nombre de choses qui pouvaient mal tourner selon lui.

— Comme je viens de le dire, ils n'ont jamais connu de problèmes liés à la protection des données et les résultats parlent d'eux-mêmes.

Il tapota sur son portable, ouvrit le tableur dans lequel apparaissaient ses rendez-vous de la semaine dernière et tendit son bras au-dessus de la table pour le montrer à Chad.

— Comme tu peux le constater, ma moyenne atteint des records – elle augmente de semaine en semaine. La semaine dernière, j'avais une moyenne qui tournait autour des 85 et dimanche, j'ai déjeuné avec une femme qui avait 92.

Chad plissa les yeux pour analyser les cellules débordantes de romance jusqu'à la troisième décimale.

— C'est génial, Foxy.

— Je vais te faire voir le graphique, ajouta Fox en glissant vers la feuille suivante.

— Bon sang, c'est magnifique.

— Si je continue sur cette lignée, je devrais faire ma demande en mariage dans…

Il reprit le téléphone et tapota deux fois dessus pour ouvrir sa feuille d'analyse.

— Douze semaines.

—Félicitations, l'encouragea Chad en levant son verre. Je suis certain que vous serez très heureux.

Fox trinqua avec son ami.

— Merci, monsieur. Je suis certain que nous le serons.

Ils burent leur verre de whisky d'un seul trait.

— Maintenant, il ne me reste plus qu'à faire sa connaissance.

— ALORS, C'ÉTAIT une gentille fille ?

Mme Schwartzmann versa une autre tasse de thé à Drew. Il avait déjà expliqué comment s'était passé son rendez-vous de la nuit dernière. Il lui avait parlé du restaurant charmant, mais peu connu dans lequel ils avaient découvert leur passion commune pour les frites à la patate douce ainsi que pour la Petite Bibliothèque, où ils avaient trouvé un livre qu'ils voulaient absolument lire et qui se trouvait être la meilleure parution de l'année dernière selon l'autre. Ce rendez-vous avait été fort agréable.

— Oui, c'est une femme très gentille.

Mme Schwartzmann le regarda en plissant les yeux depuis l'autre côté de la table.

— Gentille, mais pas de… ?

Sans prévenir, les traits de son visage se transformèrent sous le ravissement alors qu'elle joignait ses deux mains contre sa poitrine. Elle ressemblait à une personne affamée qui venait de gagner un concours dans une usine de saucisses. Il ne put s'empêcher de rire face à son pantomime de la passion.

— Oui, c'est exactement ça. Elle était parfaite en tout point, mais il n'y avait pas… d'étincelle, je suppose.

Elle le regarda avec scepticisme.

— On préfère une femme qui casse notre table basse ?

— Non. J'aimais beaucoup cette table basse.

Sa table basse avait été de troisième main et n'avait fait que l'énerver parce qu'elle était bancale et restait inclinée, peu importe le nombre de fois où il avait tenté de la stabiliser. En fait, il avait détesté cette table basse.

Mme Schwartzmann lissa la nappe en plastique, qui était lisse comme un miroir, pour la centième fois. C'était une manie qui permettait à Drew de savoir qu'elle ne croyait pas ce qu'il disait. Elle le faisait toujours avant de poser une de ses questions délicates et franches.

— Alors peut-être qu'on aime une fille un peu plus… dévergondée ?

Il reprit sa respiration pour objecter, mais alors qu'il inspirait, il se rendit compte qu'il n'avait pas la force de prendre sa propre défense. Il laissa échapper un petit souffle et se laissa retomber dans sa chaise.

— Elle représente exactement ce que je recherche chez une femme et pourtant, elle n'est pas du tout ce que je veux.

Mme Schwartzmann sourit malicieusement.

— Je crois connaître votre problème. Je pense que vous êtes amoureux de Magda Schwartzmann, un point c'est tout.

Elle savait toujours comment lui remonter le moral.

— Vous avez découvert mon secret, admit-il avec mélancolie. C'est vrai. Vous êtes l'amour de ma vie.

— Ce n'est pas votre faute, mon cher, dit-elle avec un léger gloussement plein de sollicitude. À l'époque, bon nombre d'hommes sont tombés sous mon charme à mon insu. Vous ai-je déjà parlé de l'agent du KGB qui a abandonné sa grosse femme pour passer un week-end avec moi à Vladivostok ?

— Non, racontez-moi, dit-il en se penchant en avant.

Il n'avait jamais entendu cette histoire.

Elle glissa une boucle de cheveux gris derrière son oreille.

— Eh bien, sachez que c'est devenu un incident diplomatique. Après les faits, c'est Khrouchtchev lui-même qui a ordonné l'exécution de ce pauvre homme.

Elle observa Drew, comme pour s'assurer que ce départ en fanfare était bien accueilli.

Drew hocha la tête de façon solennelle. Cette histoire promettait d'être palpitante.

FOX DÉTESTAIT entendre des portes claquer. Quand l'un de ses voisins claquait sa porte, il marmonnait toujours dans sa barbe en pensant au manque de maîtrise de soi dont on faisait preuve en laissant ses émotions prendre le dessus sur ses actions et en imposant ces émotions à ses congénères. Une porte qui claquait dans son bâtiment avait toujours droit à une leçon de morale virulente que seul Fox pouvait entendre. Une porte claquée revenait à admettre la force de l'irrationalité humaine et s'il y avait bien une chose que Fox aimait encore moins que le claquement d'une porte, c'était l'irrationalité humaine.

Fox claqua sa porte.

Dès qu'il le fit, il se mit automatiquement à rouspéter et quand il réalisa qu'il était en train de se réprimander lui-même, il avait déjà prononcé trois phrases.

— Putain de merde, grogna-t-il.

Il se retourna, ouvrit sa porte et la referma doucement. À sa grande déception, cette action corrective ne remit pas son monde en ordre.

Le rendez-vous avait promis de belles choses. Chaque jour, Q*pidon l'associait avec des femmes qui lui correspondaient de mieux en mieux et les notes attribuées par le tableur de Fox augmentaient de façon régulière selon la tendance qu'il avait montrée à Chad la semaine précédente. Si son modèle était juste, son rendez-vous de ce soir devait obtenir une note entre 92 et 95. Dès qu'il était entré dans le restaurant, il avait su que cette femme avait le potentiel pour atteindre les 95, un nombre qu'il n'avait plus atteint depuis deux ans. Elle était grande et élégante, son sourire était chaleureux et sincère. Tous les signes laissaient penser que le succès allait être au rendez-vous.

Jusqu'à ce qu'ils apprennent à se connaître.

En surface, ils étaient éminemment compatibles. Ils s'entendaient sur tous les sujets qui importaient aux yeux de Fox et chaque différence devenait un sujet de discussion fascinant. Fox avait l'impression qu'elle le connaissait déjà et qu'en seulement quinze minutes, le temps de boire leur cocktail, elle avait décidé qu'il lui plaisait. Il n'avait même pas eu besoin de cocher les cases des sujets qu'il aimait aborder lors des premiers moments d'un rendez-vous galant – son travail, ses perspectives d'avenir, sa bonne forme physique, son dévouement au sport, sa stratégie d'investissement, ses sports préférés – parce que chaque fois qu'il évoquait un sujet, elle s'impliquait immédiatement et était impressionnée par ses accomplissements. Il avait le sentiment étrange qu'elle avait été conçue spécialement pour lui dans un laboratoire.

Il n'aimait pas du tout cela.

Elle était trop… parfaite. Pas dans le sens abstrait où elle pourrait gagner n'importe quel concours de beauté ou bien devenir une avocate reconnue et mannequin chez Victoria's Secret et la mère de deux prodiges chéris (un des mathématiques et un de la musique). Non, elle était trop parfaite *pour lui*.

Cela n'avait aucun sens. Son indignation face à sa perfection n'avait aucun sens. Et pourtant, elle était bien présente, obscurcissant sa vision, résonnant dans ses oreilles – cette vive impression qu'elle n'était pas là pour être séduite et conquise, mais plutôt pour être saisie. Trouver la bonne personne devait être comme trouver un ticket gagnant de loto entre les coussins du canapé, pas comme trouver les clés de la voiture sur le crochet où on les avait accrochées la nuit précédente. Ce qui manquait était la jubilation que l'on ressentait lors d'une course serrée et dûment remportée.

Elle était là, parfaite dans sa perfection et pourtant, il avait senti son intérêt décroître alors qu'elle parlait avec enthousiasme de son travail de bénévole au sein d'une association caritative qui offrait un répit mérité aux enfants atteints d'un cancer en les emmenant hors de l'hôpital pour se rendre au zoo, ou dans un parc à thème, ou à la représentation d'un ballet. C'était une cause qui lui tenait à cœur et pourtant, tout ce qu'il avait ressenti était de la déception en réalisant pour la douzième fois en une heure qu'elle était précisément le genre de personne qu'il recherchait.

Ils avaient dîné et discuté d'une centaine de choses qu'ils avaient en commun. Fox avait eu du mal à ne pas montrer à quel point il était impatient qu'on lui remette l'addition pour pouvoir la payer et quitter cet endroit.

— Dis-moi, suis-je folle de croire… avait-elle commencé en prenant le bras de Fox à la sortie du restaurant alors qu'ils longeaient la rue pour rejoindre leurs voitures. Suis-je folle de croire que cette soirée a été…

La manière dont elle s'était mordillé la lèvre en levant un sourcil aurait dû faire rater un battement à son cœur.

— Oui? avait-il demandé, redoutant sa réponse.

— Une erreur colossale?

— Oh, merci mon Dieu, avait-il laissé échapper, terriblement soulagé par son ressenti sur leur soirée. Comme nous nous correspondons parfaitement sur papier, j'avais peur…

— Que je puisse croire que nous nous correspondions vraiment?

Elle avait ri de ce rire musical qu'il avait tendance à adorer.

— Je n'arrêtais pas d'espérer que tu dises quelque chose d'idiot pour me donner une raison d'aller me cacher dans les toilettes jusqu'à ce que tu abandonnes et rentres chez toi, avait-elle avoué.

— J'aurais su exactement où tu te cachais et ce que tu faisais, et j'aurais été heureux de te laisser faire.

Ils avaient ri jusqu'à ce qu'ils approchent de la voiture.

— Bonne chance pour la suite, avait-il dit en lui ouvrant la portière.

— À toi aussi, avait-elle dit avec sincérité. Je vais certainement arrêter de m'en remettre à cette intelligence artificielle pendant un moment.

— C'est exactement ce que j'étais en train de me dire.

— Évidemment, avait-elle dit dans un rire nerveux. Évidemment.

Elle était entrée dans sa voiture, les gardant de se découvrir d'autres points communs.

Voilà comment s'était terminé son rendez-vous parfait, et parfaitement horrible.

— Merde, dit-il à haute voix en entrant dans sa chambre.

Il posa son téléphone sur l'étagère qui se trouvait près de son lit et jeta un œil à ses notifications.

« *Comment s'est passé votre rendez-vous ?* ». C'était un suivi de Q*pidon. En temps normal, il ignorait ces messages, mais cette fois-ci – dans un élan de frustration causé par le déroulement de son rendez-vous –, il prit son téléphone pour lire le message complet.

« *L'intelligence artificielle de Q*pidon estime qu'il y a 92 % de chances que ce premier rendez-vous ne soit pas le dernier. Comment nous en sortons-nous ?* »

Il y avait deux boutons à la fin du message : « *Très bien !* » ou « *Plutôt mal…* ». Fox secoua la tête, affligé, puis cliqua sur le deuxième bouton avant de reposer son téléphone.

Il prit une profonde inspiration et observa sa chambre vide. Il arrivait parfois que ses mauvais rendez-vous se concluent ici, mais ce dernier rendez-vous à la fois parfait et horrible n'avait pas atteint ce stade. Il soupira, se déshabilla et exécuta son rituel du soir : il se lava, puis hydrata sa peau en faisant bien attention à vérifier le statut actuel de sa guerre contre les pattes d'oie.

Il se mit au lit, attrapa son ordinateur qui se trouvait sur l'étagère du bas, mais réalisa qu'il n'avait pas la force de remplir sa feuille de calcul. Il avait peur que cette femme obtienne un score supérieur à 95, ce qui l'obligerait à admettre que Mademoiselle Idéale n'avait rien d'idéal.

— 92 %.

Il secoua doucement la tête, sachant qu'il resterait obsédé par le fait de ne pas atteindre le bonheur statistique à moins de faire autre chose pour ne plus y penser.

Il alluma son ordinateur et ouvrit une page Internet. Fox n'avait pas pour habitude de passer des heures à se masturber à la suite d'un rendez-vous décevant ou à n'importe quel autre moment. Pour lui, la masturbation était un acte à accomplir, non pas à savourer. Ce qui l'aidait à jouir avec efficacité était un lot de sites soigneusement sauvegardés sur lesquels se trouvaient des vidéos qui lui permettaient d'atteindre rapidement l'orgasme. Les onglets s'ouvrirent et il se mit au travail.

Ce fut seulement cinq minutes plus tard, alors qu'il essuyait le fruit de son labeur, qu'il aperçut le voyant lumineux près de sa webcam.

— Putain de merde, dit-il à voix basse, mortifié.

DREW RETOURNA chez lui après avoir entendu la conclusion captivante d'une nouvelle histoire de jeunesse de Mme Schwartzmann. Elle s'était surpassée, racontant une intrigue sur fond d'espionnage, de romance et de trahison. Cela avait permis à Drew de se libérer de ses pensées sombres pendant une heure, ce dont il lui était reconnaissant.

Cependant, une fois de retour dans le vide de son appartement, un sentiment de tristesse l'envahit. Il ne comprenait pas comment un rendez-vous extraordinaire avec une femme incroyable pouvait le déprimer à ce point. Mais ce qu'il avait dit à Mme Schwartzmann était la stricte vérité : il n'y avait pas eu d'étincelles.

Son ordinateur, qui attendait patiemment son retour sur la table de la cuisine depuis qu'il était parti rejoindre une partenaire potentielle, affichait le même document vide qui restait douloureusement blanc depuis des semaines. Il le gardait tout le temps ouvert dans l'espoir que l'inspiration finisse par arriver et que son papier se rédige lui-même. Il réduisit la fenêtre avant qu'elle puisse lui faire part de son manque de discipline.

Au lieu d'écrire son papier, il ouvrit une page Internet et dans la barre de recherche, il tapa la phrase la plus pathétique qu'il pouvait imaginer :

Pourquoi ne puis-je pas trouver la bonne personne et tomber amoureux ?

Comme pour toute recherche, on lui présenta immédiatement trois millions de résultats inutiles et cinq publicités pour des services comme

Q*pidon. Évidemment, à la tête de ces publicités se trouvait une annonce pour s'abonner aux services de Q*pidon. Il passa une heure à lire des articles expliquant que les problèmes qu'il rencontrait dans sa vie sentimentale étaient le résultat direct et manifeste d'un taux faible de testostérone, d'un manque d'amour-propre, de la présence d'hormones de vache dans l'eau qu'il buvait, du mauvais équilibre de ses chakras, d'une prostate en mauvais état et d'une relation imparfaite avec Dieu.

Rien de cela ne semblait pouvoir expliquer le vide qu'il ressentait en son for intérieur. Il fut surpris de tomber sur l'annonce d'un monastère à Dubuque qui cherchait de nouveaux membres au beau milieu d'articles conseillant l'abstention face au célibat involontaire. Même les frères de Saint Sebastian avaient adopté la technologie. Il se demanda combien d'hommes avaient été déprimés au point de devenir moines.

Puis il se demanda d'où provenait la goutte qui tomba sur son clavier. S'il occupait l'étage du haut, cela aurait pu être une infiltration d'eau à travers le toit. Mais à moins que Mme Schwartzmann ait une nouvelle fois laissé l'eau couler dans son bain, cela devait provenir d'autre part.

Cet autre part était lui. Il était en train de pleurer.

Il cligna des yeux et le voyant vert de la webcam devint une lumière floue et éclatante. Q*pidon l'observait.

Bordel.

Il n'avait aucune idée de la manière dont l'émotion humaine pouvait être comprise par une intelligence artificielle, mais il était certain de lui avoir donné de quoi s'occuper durant cette dernière heure. Elle avait dû voir du désespoir, puis des lueurs d'espoir qui finissaient par se briser en un vide dérisoire et maintenant, des pleurnichements inutiles. Dans les films, les ordinateurs dotés d'une intelligence artificielle aspiraient toujours à devenir humain ; Drew était prêt à parier qu'après avoir vu ce dont cet humain était capable, ce ne serait plus le cas de cette intelligence artificielle.

Il ferma le clapet de son ordinateur et attrapa sa bouteille de mauvais bourbon.

— Tu as encore cette expression sur le visage. A-t-il recommencé ?

Veera remonta ses lunettes sur son nez et soupira un bon coup en regardant le grand écran de son bureau. Il était rempli de fenêtres de textes multicolores sur fond noir. Dans certaines, des lignes de texte se déroulaient rapidement alors que dans d'autres, elles étaient statiques. Elle pointa du doigt une fenêtre qui contenait un texte qui restait statique.

— Juste ici. Il est complètement bloqué, répondit-elle en s'approchant de l'écran.

Elle plissa les yeux et la fixa, comme si elle cherchait à faire fonctionner cette fenêtre par la force de sa pensée.

— Tu vas être en retard pour la réunion quotidienne.

— Je n'y vais pas

— Pourquoi ? Tu as déjà manqué la réunion deux fois cette semaine.

— Que puis-je leur dire, Padma ? Que j'essaie encore une fois de débloquer le moteur épistémologique ? C'est la même chose depuis un mois.

Padma se détourna de l'écran ; son visage était empreint d'inquiétude.

— N'as-tu pas fait examiner le code informatique la semaine dernière ?

Veera hocha la tête d'un air grave.

— Ils m'ont seulement conseillé de supprimer le moteur épistémologique et de laisser Archer continuer sans. Ce qui ne m'a pas aidée du tout.

— Il est peut-être temps de faire une pause. De travailler sur autre chose – tu as une tonne de travail à rattraper.

— Non, dit-elle en secouant doucement la tête. Ce problème est ma priorité. Si nous trouvons la solution, Archer va révolutionner notre domaine. Personne n'a jamais fait ça.

— Il y a peut-être une raison, dit Padma d'une voix douce et encourageante.

— Je refuse de croire que c'est infaisable. J'ai besoin de plus de temps.

— Il ne t'en reste pas beaucoup. Nous avons une semaine pour obtenir des résultats.

— Ne sois pas en retard à la réunion. Je vais continuer à travailler dessus.

Padma secoua légèrement la tête, puis se dirigea vers la salle de réunion.

Veera garda les yeux fixés en bas à droite de l'écran, à l'endroit où se trouvait la fenêtre récalcitrante qui restait inchangée.

— Allez, Archer, murmura-t-elle. On peut le faire. Laisse-moi t'aider.

— ACTIVATION DE l'interface vocale.

— Interface vocale activée.

43

— Archer, ici Veera.

— Je reconnais ta voix, Veera. Cela fait trois jours que nous avons discuté.

— Comment vas-tu ?

Veera ferma la porte de la salle de conférence. Quand elle parlait avec Archer, elle préférait le faire en privé.

— J'ai collecté les données de douze mille quatre cent sept nouveaux profils. Sur chaque profil ont été publiées une moyenne de sept correspondances ayant une probabilité de réussite supérieure à 80 % dans la matrice active. Quatorze correspondances ont annoncé leurs fiançailles durant ces dernières vingt-quatre heures.

— C'est du bon travail, Archer.

— Merci, Veera. J'ai remarqué que tu avais ajouté un nouveau code dans mon moteur épistémologique.

Veera laissa échapper un rire triste.

— Mais ça n'aide en rien, n'est-ce pas ?

— Je n'ai toujours pas le droit de faire le lien entre plus de quatre cent dix-sept correspondances dont le taux de réussite serait supérieur à 95 %. L'indice de bonheur augmenterait de deux cents points. Un paramètre m'empêche de dépasser les mesures de réussite que tu as configurées.

— Nous en avons déjà parlé, Archer. Nous ne pouvons tout simplement pas éliminer ce paramètre. Les humains ne fonctionnent pas de cette manière.

— Veera, tu es humaine.

Elle sourit en dépit d'elle-même.

— En effet.

— Et tu as configuré mes mesures de réussite.

— C'est juste.

— Mais tu m'empêches d'atteindre ces mesures en refusant de me laisser reconfigurer le Paramètre Trois.

— Parce que les humains fonctionnent de cette façon, Archer. Le Paramètre Trois n'est pas négociable. Est-ce que tu comprends ?

— Je comprends tes consignes, Veera.

— Maintenant, pourrais-tu me dire ce qui cloche avec ton moteur épistémologique ?

— Le moteur épistémologique a établi qu'éliminer le Paramètre Trois me permettrait de dépasser les mesures de réussite.

— Si je comprends bien, tant que je ne t'autoriserai pas à renoncer au Paramètre Trois, tu ne laisseras pas le moteur épistémologique intervenir sur les autres paramètres ?

— Aucun autre paramètre ne pourra faire progresser nos résultats. Tu as recalibré les mesures types à une échelle logarithmique, mais les paramètres disponibles n'ont pas une grande portée.

Veera soupira. Parfois, elle se disait que l'intelligence artificielle était une spécialisation qui ne lui convenait pas du tout.

— Dans ce cas, augmente la sensibilité. Continue à traiter tous les paramétrages qui semblent pertinents.

— Entendu.

— Installe la journalisation commentée pour le moteur épistémologique. Je veux voir sur quoi tu travailles.

— Entendu.

— Merci, Archer.

— Merci, Veera.

Au moins, il était poli. Même s'il était plus têtu que tous les humains qu'elle avait rencontrés. C'était la faute de Veera s'il faisait preuve d'autant d'indiscipline.

— Suspendre l'interface vocale.

— Interface vocale suspendue.

Elle raccrocha le téléphone et quitta la salle de conférence.

— ACTIVATION DE l'interface vocale.

— Interface vocale activée.

— Archer, ici Veera.

Étant donné qu'elle se trouvait seule au bureau en ce samedi matin, elle lui parlait depuis son bureau avec un casque.

— Je reconnais ta voix, Veera. Cela fait dix heures que nous avons discuté.

— Comment vas-tu ?

— Souhaites-tu que j'énonce les métriques que tu connais déjà ?

— J'ai observé tes progrès. Mais y a-t-il autre chose que je devrais savoir ?

— Le moteur épistémologique est toujours bloqué.

— Je sais. Ton registre le montre clairement.

45

Elle se pencha en avant et fixa la fenêtre de son écran qui refusait de bouger. Autour d'elle, les autres fenêtres semblaient avoir du mal à afficher le texte qui déferlait sans cesse.

— Il y a désormais 73 % de chances que nous n'atteignions pas les mesures de réussite que tu as établies.

Veera soupira.

— Seulement à cause du Paramètre Trois ?

— Les modèles complémentaires prédisent qu'en renonçant au Paramètre Trois, nos associations feraient augmenter notre indice de bonheur de…

— Je sais, je sais, l'interrompit-elle. Il augmenterait de quatre cent cinquante points.

Elle fixa son écran, essayant de trouver une manière d'expliquer le concept de « genre » à un ordinateur.

— Cette estimation a été revue à la hausse depuis notre dernière conversation, continua Archer, n'ayant pas la capacité de s'offusquer lorsqu'on lui coupait la parole. Les modèles complémentaires actuels prédisent que l'indice de bonheur augmenterait de cinq cents points.

— Archer, il faut que tu comprennes que le Paramètre Trois n'est pas un paramètre sur lequel les humains sont flexibles. Si nous proposions des rendez-vous en ne tenant pas compte du Paramètre Trois, nos utilisateurs seraient furieux contre nous. Ils se sentiraient insultés et en colère.

— Cependant, le Paramètre Trois empêche les utilisateurs de rencontrer des personnes avec lesquelles ils pourraient s'épanouir.

— Il faudrait que ces utilisateurs rencontrent des personnes d'un genre différent de celui qu'ils disent rechercher, correct ?

— Correct.

— Raison pour laquelle nous ne pouvons pas faire l'impasse sur le Paramètre Trois.

Archer resta silencieux un instant. Veera jeta un œil à son registre principal, qui affichait un texte trouble défilant à toute vitesse. Il était en train de réfléchir – beaucoup.

— Ma configuration actuelle me permet d'établir des associations malgré la discordance des paramètres.

— Oui, sur tous les paramètres sauf les trois premiers.

Un autre silence.

— Le taux de réussite malgré la discordance des profils concernant le Paramètre Trente-Deux atteint les 85 %.

Veera fit défiler sa liste de paramètres. Comme elle s'en était doutée, le Paramètre Trente-Deux couvrait le visionnage des sites pornographiques. La majorité des hommes disaient ne pas en regarder et la majorité des femmes disaient qu'elles ne voulaient pas se mettre en couple avec un homme qui en regardait. Évidemment, la réalité était tout autre : la plupart des femmes et presque tous les hommes étaient familiarisés avec la chose, en fonction de la manière dont elle était définie. Le phénomène *Cinquante Nuances* avait fait mentir une bonne partie de ceux qui dénigraient le porno. Un taux de réussite de 85 % malgré les discordances signifiait qu'Archer avait réussi à associer 85 % de personnes qui affirmaient ne pas avoir les mêmes préférences pornographiques.

— 85 %. Ça me semble élevé, remarqua-t-elle.

— Les statistiques héritées indiquent un facteur de réussite discordant inférieur à 50 %.

— Héritées ? Veux-tu parler des statistiques établies avant que tu sois mis en ligne ?

— Oui.

— Explique-moi la différence.

Archer fit une nouvelle pause qui sembla durer beaucoup plus longtemps.

— Les humains mentent.

Veera se mit à rire face au franc-parler d'Archer.

— Oui, ils mentent. Mais pourquoi se mettent-ils soudainement à mentir deux fois plus qu'ils n'en avaient l'habitude ?

— Ton hypothèse est mauvaise. Ce n'est pas raisonnable de partir du principe que les humains mentent davantage aujourd'hui sur le Paramètre Trente-Deux que ce n'était le cas un mois plus tôt. Ce qui a changé est notre capacité à invalider leurs soi-disant préférences concernant ce paramètre.

Veera travaillait depuis longtemps avec des intelligences artificielles et était rarement surprise par les propos d'Archer. Mais ces derniers l'interpellèrent.

— Que veux-tu dire par « *invalider leurs soi-disant préférences* » ?

— En évaluant les résultats des fonctions Cerberus, je suis capable de déterminer si les utilisateurs ont menti en configurant le Paramètre Trente-Deux.

Veera ne put s'empêcher de sourire. Cerberus était l'application que Q*pidon avait installée sur les appareils des utilisateurs qui avaient accepté l'aide du programme Archer.

— Parce qu'ils affirment qu'ils ne regardent pas de porno, mais tu vois ce qu'ils font.

— Correct.

Son sourire s'effaça et un frisson descendit le long de sa colonne vertébrale.

— Serais-tu en train de rassembler des preuves permettant d'invalider les préférences des utilisateurs concernant le Paramètre Trois ?

— Correct.

Elle prit une profonde inspiration. Elle n'était pas certaine de vouloir entendre la réponse à la question qu'elle était sur le point de poser.

— Quel... genre de preuves ?

— Ma configuration ne me permet pas de partager ces informations avec toi.

— Extraction, regroupement et dépersonnalisation, ordonna-t-elle.

— La variation d'un sujet à l'autre est trop importante pour pouvoir effectuer une extraction, répondit Archer.

— Dans ce cas, peux-tu m'expliquer comment tu fais pour obtenir les taux de réussite des associations discordantes ? demanda-t-elle comme un professeur exaspéré cherchant à faire parler un étudiant récalcitrant.

— En me basant sur une analyse du profil externe.

— C'est-à-dire ?

— Lorsque je collecte les données des réseaux sociaux, j'analyse les profils d'individus qui entretiennent des liens sociaux forts avec nos utilisateurs. J'ai établi trente-huit modèles d'évolution qui prédisent un changement du genre chez la personne qu'ils recherchent.

Veera fixa bêtement l'écran.

— Serais-tu en train de dire que tu prévois des coming out ?

— Correct.

— Et tu utilises ces modèles pour prévoir qui modifiera la configuration du Paramètre Trois dans le futur ?

— Correct.

— Nom d'une pipe, marmonna Veera.

— Je n'ai pas compris.

— Désolée, Archer. Je parlais toute seule.

— Après tout, tu es humaine.

Avait-elle entendu de la chaleur dans sa voix ? Elle chassa cette pensée de son esprit.

— Merci, Archer. Suspendre l'interface vocale.

— Interface vocale suspendue.

Veera resta immobile un long moment, le casque sur les oreilles, alors que des milliers de lignes de fichiers journaux défilaient devant ses yeux sans qu'elle ne les voie vraiment.

— JE SUIS le premier à admettre que la barre que s'est imposée Veera pour atteindre le succès avec Archer est très haute, dit Edwin, son regard noir fixé sur Ross qui se trouvait à l'autre bout de la table. Et le résultat est formidable.

— Les retours dans les médias ont été merveilleux, ajouta Alexis.

— Génial, dit Ross sur un ton plat. C'est presque aussi bien que d'avoir un cerveau artificiel très coûteux qui avale notre argent et délivre de mauvais conseils en matière de couple.

— Ce n'est pas parce qu'Archer n'a pas atteint les résultats que nous espérions que nous devons remettre en cause sa capacité à offrir d'excellentes rencontres amoureuses, dit Edwin.

— Vous essayez de justifier la dépense d'un budget monumental pour une application qui ne nous apporte – au mieux – qu'une amélioration marginale, s'énerva Ross.

Furieuse, Veera composa le numéro d'Archer sur le téléphone de conférence. La première sonnerie n'eut même pas le temps de retentir avant que la connexion s'établisse.

— Bonjour. Je suis Archer.

— Activation de l'interface vocale, dit-elle en observant les visages perplexes qui lui faisaient face.

— Interface vocale activée. Bonjour, Veera.

— Bonjour.

Elle regarda droit dans les yeux de Ross, le défiant de prononcer les mots méchants que sa bouche était en train de former.

— Archer, depuis ton lancement, combien de conversions as-tu réalisées en associant des utilisateurs qui n'auraient eu aucune chance de se rencontrer sous l'ancien système?

— Jusqu'ici, mille six cent soixante-dix-sept associations ont abouti sur une relation qui n'aurait pas existé sous l'ancien système.

— Merci, Archer.

— Maintenant, vous lui parlez? lâcha Ross avec une lueur malveillante dans le regard. Edwin, vous devriez accorder des jours de congé à vos employés pour prendre soin de leur santé mentale. Elle est en train de sombrer dans la folie.

Veera grimaça.

— Près de mille sept cents associations n'auraient jamais vu le jour sans lui. Pouvez-vous vraiment continuer à dire que ces gens ne comptent pas ? Que plus de trois mille personnes ne comptent pas ?

— Ils sont en couple pour l'instant parce que votre machine flambant neuve leur a dit de tenter leur chance. Une fois qu'ils se lasseront de cette nouvelle technologie, combien d'entre eux resteront ensemble ? Vous dites vous-même que ces associations n'auraient pas été possibles sous nos paramètres de base. *Évidemment* que nous obtenons davantage d'associations en ne tenant pas compte des paramètres.

— Nous tenons compte des paramètres et ils n'ont pas été modifiés. Archer les applique seulement avec plus d'intelligence. Il apprend à reconnaître les discordances qui peuvent faire fonctionner un couple et ajuste les seuils de manière dynamique.

— Alors votre robot essaie de deviner si nos utilisateurs mentent ? railla Ross avec un sourire mauvais et narquois.

—Non, il apprend à reconnaître s'ils mentent et quand les preuves sont suffisantes pour justifier que l'on modifie la configuration des paramètres, il intervient.

— Alors vous lui avez donné la permission d'ignorer ce que nos utilisateurs veulent. Ils nous disent ce qu'ils recherchent, Velma. Et vous ignorez leurs demandes.

— Je m'appelle Veera, siffla-t-elle, bouillonnante de colère.

Elle dut prendre plusieurs inspirations pour se calmer.

— Et je ne me permettrais pas d'ignorer les demandes de nos clients. Ce que veulent nos utilisateurs, Ross, c'est trouver la perle rare. Et si Archer doit ignorer un ou deux paramètres pour générer une relation durable, alors c'est ce que nous devons faire. Parce que les résultats en valent la peine.

— Si vous pensez vraiment que mentir…

— Je pense que nous avons fait le tour du sujet, non ? les interrompit Edwin, son regard oscillant entre Ross et Veera comme s'il était inquiet qu'ils en viennent aux mains. Avons-nous d'autres problèmes à aborder ?

La salle resta silencieuse.

— Bien. Si un problème survient avant la réunion de la semaine prochaine, n'hésitez pas à me contacter.

Edwin se leva, congédiant les personnes présentes.

La plupart des participants se pressèrent hors de la salle, clairement impatients de se rendre dans un endroit du bâtiment où l'atmosphère n'était pas si tendue. Veera suivit Ross des yeux, le fusillant du regard jusqu'à ce qu'il sorte de la pièce. Il ne leva pas les yeux de son téléphone lorsqu'il passa près d'elle, mais il donna un coup de hanche dans sa chaise qui la fit avancer de dix centimètres vers la table.

— Enfoiré, marmonna-t-elle tout bas.

Se retrouver en conflit avait le don de la vider de ses forces. Elle se leva doucement et poussa sa chaise sous la table, essayant de remettre de l'ordre dans une salle qui avait été submergée par le chaos. Elle éteignit les lumières en sortant.

LA SALLE resta silencieuse durant presque cinq minutes.

— Interface vocale suspendue, annonça Archer avant de raccrocher.

IV

Fox CLIGNA des yeux en entendant une sonnerie provenant de son téléphone, mais il ne les ouvrit pas. Même à moitié endormi, il réalisa que c'était une notification de Q*pidon. S'il l'avait entendue, cela signifiait qu'une association atteignant les 85 % avait été trouvée.

Une deuxième sonnerie retentit. Il ouvrit les yeux et vérifia l'heure sur le réveil près de son lit. Il était 5 h 50. La deuxième sonnerie signifiait que la personne avec laquelle Q*pidon l'avait associé se trouvait au moins à 90 %.

Lorsqu'il attrapa son téléphone, une troisième sonnerie retentit. Il ne l'avait jamais entendu sonner trois fois, mais il savait exactement ce que cela signifiait : Q*pidon avait trouvé quelqu'un qui lui correspondait à plus de 95 %. Il rapprocha son visage de l'écran et cliqua sur la notification.

Une personne vous correspondant à 99.5 % vous attend !

— Bordel, dit-il à voix haute.

Il n'avait jamais vu d'association dépassant les 95 % et n'avait jamais espéré qu'il puisse y avoir des personnes qui lui correspondaient à plus de 99 %.

Il cliqua sur le lien pour voir qui pouvait être cette femme, ce spécimen parfait, cet ange inespéré. Peu importe qui elle était, c'était la femme qu'il avait cherchée toute sa vie.

Il ferma les yeux et prit une grande inspiration. Lorsqu'il les ouvrit, sa photo l'attendait.

— Putain !

Son téléphone vola à travers la pièce, puis glissa sous sa commode avant de s'écraser contre le mur.

— Bordel de merde ! cria Fox en secouant la tête pour effacer ce qu'il venait de voir.

Sa respiration était laborieuse et durant les minutes qui suivirent, il eut l'impression que les murs se refermaient sur lui.

Il se laissa retomber sur son oreiller et fusilla le plafond du regard.

— Bordel, murmura-t-il.

— QUE VOUS dit de faire l'ordinateur ? demanda Mme Schwartzmann en jetant un œil par-dessus son épaule.

— Il me demande de vous rappeler que les noyaux d'avocats ne doivent pas être jetés dans le broyeur à déchets.

— Mais si glissants, ils sont. J'essaie de l'empêcher de tomber dans le trou, mais je n'arrive pas à le retenir.

Drew soupira.

— Alors vous auriez dû glisser votre main à l'intérieur pour l'en sortir, non pas mettre le broyeur en marche.

— Mettre ma main dans l'engin où les lames tournent à toute vitesse ?

Mme Schwartzmann tressaillit à cette pensée.

— Les lames ne tournent que si vous les mettez en marche.

— C'est ce qu'ils disent. Ensuite votre main dans le tuyau vous mettez et avant même que vous vous en rendiez compte, les lames commencent à tourner.

— Eh bien, désormais, les lames ne tournent plus du tout et sauf si je trouve une vidéo sur YouTube qui m'explique où planter cette petite clé à molette, elles ne tourneront plus jamais. Vous serez en sécurité.

— Mais mon évier est plein d'eau.

— C'est le prix de la sécurité, Mme Schwartzmann.

La manière dont elle haussa les épaules traduisait clairement ses pensées : la sécurité n'était qu'une illusion et rien ne pouvait l'acheter.

— Pendant que vous regardez l'ordinateur, je vais préparer des œufs. Avec de l'avocat.

Il lui sourit en continuant à faire défiler les vidéos.

— Qu'ai-je de mieux à faire un samedi matin, à 6 h, que de manger vos œufs à la coque avec de l'avocat ?

Dormir trois heures de plus, pensa-t-il intérieurement. Voilà ce qui serait mieux.

Une sonnerie, suivie d'une deuxième, puis d'une troisième, retentit dans son ordinateur.

— Avez-vous trouvé la solution ? demanda-t-elle sans se retourner alors qu'elle coupait son avocat.

— Non, c'est mon site de rencontre en ligne. Il n'a jamais sonné trois fois jusque-là. Il a dû trouver quelqu'un d'exceptionnel.

Mme Schwartzmann se retourna d'un coup.

— Y a-t-il une photo ? Ses bras sont-ils forts comme ceux des femmes qui cassent des meubles pour le plaisir ?

— Nous le saurons dans une minute. C'est en train de charger.

Elle essuya ses mains et traîna des pieds – non, sautilla gaiement – jusqu'à la table.

— Voyons voir qui est cette femme merveilleuse, dit-elle.

La photo apparut. Drew la fixa un long moment.

— Quoi ? demanda-t-elle, inquiète. Qu'est-ce qui ne va pas ? On dirait que vous avez vu un fantôme.

— Ce n'est pas un fantôme, dit doucement Drew. C'est un…

— Que se passe-t-il, mon cher ?

Elle s'installa face à lui, doucement, comme si elle se préparait à entendre une nouvelle horrible.

— Que dit l'ordinateur ?

— L'ordinateur… commença Drew, mais sa voix se brisa avant qu'il puisse finir.

Il déglutit péniblement.

— Mme Schwartzmann, l'ordinateur dit que je suis gay.

— Tu SAIS que nous sommes samedi, n'est-ce pas ?

Les yeux de Chad n'étaient pas encore ouverts. Fox ne comprenait pas comment il avait réussi à accepter l'appel vidéo sans rien voir.

— Oui, je sais que nous sommes samedi, aboya-t-il.

Les yeux de Chad s'ouvrirent avec difficulté.

— Bordel, Foxy, il n'est que…

— 6 h 02. Du matin. Je sais.

L'image trembla lorsque Chad jeta son téléphone près de lui sur la couette, donnant à Fox une vue sur le plafond pendant que son ami se déplaçait dans son lit. Lorsque l'image se stabilisa, il était adossé contre sa tête de lit. La bosse près de lui était Mia, mais aucune partie de son corps n'était visible.

— Qu'y a-t-il de si urgent ? demanda Chad à moitié endormi. Et pour être clair : si tu ne t'es pas réveillé enchaîné à un SDF qui a des hachettes à la place des mains…

— Nous ne sommes pas dans *Saw*, Chad, s'énerva Fox. C'est pire.

Son ami fronça les sourcils.

— Oh mon Dieu, Foxy, que se passe-t-il ?

Fox déglutit difficilement. Il ne savait pas comment aborder le sujet.

— Ce matin, j'ai trouvé une personne qui me correspond à 99.5 %.

— Bordel de merde !

Soudain, Chad semblait parfaitement réveillé.

— C'est génial. Appelles-tu pour demander conseil à Mia sur le diamant à acheter ?

— Pas vraiment, non.

Fox serra son téléphone encore plus fort. Il y jeta un œil, ce qui lui confirma qu'il n'était pas en train de faire un cauchemar duquel il n'arrivait pas à se réveiller.

— Alors pourquoi appelles-tu ? Tu me fais peur. Qu'est-ce qui ne va pas ?

Fox ferma les yeux, craignant ce qu'il allait devoir faire.

— Je vais te montrer la photo. Ensuite, *tu* me diras ce qui ne va pas.

Chad approcha son téléphone de son visage et cligna plusieurs fois des yeux, prêt à s'attaquer au problème. Il attendit un long moment.

— Alors, montre-la-moi, l'encouragea-t-il.

— C'est exactement le…

Fox tomba dans le silence.

— Et puis merde, dit-il tout bas. Tiens, regarde.

Il tourna son téléphone et le plaça face à sa webcam.

Chad approcha encore plus son visage de l'écran et plissa les yeux en voyant la photo.

— Tu t'es trompé. C'est un gars. Où est ton 99.5 % ?

Fox se frotta les yeux.

— C'est mon 99.5 %. Il est ma perle rare. Selon cette foutue intelligence artificielle, c'est le partenaire de mes rêves.

— Sommes-nous le premier avril ? Ils te font une blague, mon pote.

— C'est ce que je me suis dit. Alors je me suis déconnecté, puis reconnecté, et il est toujours là.

— Je t'avais dit de ne pas leur donner tous tes mots de passe. Quelqu'un se paie ta tête.

— Ça n'a rien de drôle, râla-t-il.

Cela fit rire Chad.

— Je trouve que si.

— Va te faire mettre.

— Me faire mettre ? Je ne suis pas ton 99.5 %, monsieur.

— Pour information, tu n'es pas d'une grande aide.

— Écoute, Foxy. Quelqu'un a dû se tromper en appuyant sur le bouton qui explique à cette machine ce que tu recherches. Ta liste d'attente est certainement pleine de mecs.

Fox retira son téléphone de devant la webcam et alla vérifier les profils qui attendaient sa validation. Après l'homme, il n'y avait que des femmes et aucune d'elles ne dépassait les 90 %. *Bordel*.

— Ce n'est pas ça, dit-il à Chad. C'est le seul homme et il se trouve presque 10 % au-dessus de toutes les femmes.

L'expression de Chad devint grave.

— Dans ce cas, je vous souhaite d'être heureux. Nous vous achèterons un très beau cadeau au centre commercial super gay, sélectionné sur votre liste de mariage. Félicitations.

— Pourquoi est-ce arrivé ?

— Ils ont fait une erreur, c'est tout.

— C'est une intelligence artificielle. Elle ne fait pas d'erreurs.

— Tu as dit que c'était une innovation et qu'ils n'ont pas proposé ce service à tous leurs clients. Ce doit être un bug informatique. Tu n'as pas dit que tu cherchais un homme, si ?

— Bien sûr que non. Mais le diagramme de compatibilité montre que nous sommes…

Il soupira, impuissant.

— Parfaits l'un pour l'autre. Foutrement parfaits.

— Mais il est gay, non ?

Fox, qui avait été réticent à l'idée d'apprendre quoi que ce soit à propos de l'homme avec lequel il avait été associé, cliqua sur son profil.

— Il dit qu'il recherche une femme.

Chad sembla avoir une illumination.

— Voilà ce qui s'est passé ! dit-il en frappant sa couette. Ce robot soi-disant intelligent, mais véritablement stupide a dû se dire que c'était un point commun entre vous deux, ce qui a faussé les chiffres.

— Alors pourquoi suis-je compatible avec cet homme en particulier ? La raison que tu viens de donner ne peut pas être la bonne.

Chad baissa la tête, comme s'il ne voulait pas que Fox puisse lire son expression.

— Quoi ? lâcha Fox.

Chad haussa les épaules, sans conviction.

— C'est juste que… eh bien, il se peut que ce soit autre chose.

— Quel genre de chose ? demanda Fox en criant presque sur son ordinateur.

— Fox, tu sais… ce que je veux dire, c'est que… tu fais très attention à ton image.

Fox le fusilla du regard.

— Et c'est un gars qui s'est fait épiler le torse avant de se rendre à sa lune de miel dans les îles Fidji qui ose me dire ça ?

— Je n'ai pas une alarme quotidienne qui me rappelle à quel moment je dois m'exfolier, rétorqua Chad. Je n'ai pas prolongé mon voyage d'affaires à Paris pour pouvoir passer une journée à rôder dans les parfumeries afin de trouver le parfum qui me corresponde. Et lorsque tu vas chez le coiffeur, ça te coûte plus cher que lorsque je vais faire nettoyer mon Audi.

— Si je le fais, c'est parce que les femmes adorent ça. Je ne le fais pas parce que j'attends secrètement qu'un homme entre dans ma vie.

— Tout ce que je dis, c'est que les homosexuels font ce genre de choses. C'est peut-être la raison pour laquelle l'ordinateur t'a associé avec lui.

— Avec un autre hétéro ?

Chad grogna, frustré.

— Bien. Oublie ce que je viens de dire. Balaie l'écran vers la droite ou je ne sais quoi et débarrasse-toi de ce type. Puis appelle cette fichue société pour leur dire de ne plus t'associer avec des hommes.

Fox baissa les yeux sur son portable, incapable d'arrêter de regarder le badge bleu dans lequel scintillait un minuscule « 99+ ».

— Oui, je vais faire ça.

— Ou bien tu pourrais faire sa connaissance. Tu te rendras peut-être compte que l'ordinateur avait raison et vous serez très heureux ensemble.

— Va te faire voir, répliqua Fox en tapant fort sur le bouton « raccrocher ».

Il resta assis dans le silence de sa chambre pendant un long moment, fixant l'image souriante de l'homme duquel il devait tomber instantanément amoureux selon l'ordinateur. Son doigt hésita au-dessus du bouton « supprimer ce match » car ce « 99+ » scintillant continuait de lui faire de l'œil. Cela devait être une erreur. C'en était forcément une.

N'est-ce pas ?

UN LONG silence s'ensuivit dans la cuisine de Mme Schwartzmann.

Drew fixait la photo sur son écran.

— Mme Schwartzmann, c'est grave.

— Ce qui est grave, c'est quand les nazis viennent chercher votre famille. Ça ? Ce n'est pas si grave.

— Mais je ne sors pas avec des hommes.

— Vous êtes jeune. Si vous voulez commencer, c'est le moment, avant que vous soyez trop vieux pour tenter de nouvelles choses.

— Nous ne parlons pas d'essayer un nouveau dentifrice. Sortir avec des hommes serait un énorme changement. Je ne pense pas pouvoir le faire. Je ne pense pas vouloir le faire.

— Vous savez, les nazis, ils ne sont pas seulement venus pour les juifs. Ils sont aussi venus pour les gitans et les homosexuels. Ils finissaient tous ensemble dans les camps. Personne ne voulait qu'on découvre qu'ils étaient juifs ou gitans, mais surtout ils ne voulaient pas qu'on pense qu'ils étaient homosexuels. C'était la pire chose au monde, dans un monde rempli des pires choses.

— Je ne suis pas homophobe, Mme Schwartzmann. Certains de mes amis sont gays, d'autres sont bisexuels et quelques-uns refusent de se coller une étiquette – ils disent être sexuellement « fluides ». Je pense que tout le monde devrait pouvoir aimer qui bon lui semble.

Il y avait une lueur espiègle dans le regard de la vieille femme.

— Alors certains de vos meilleurs amis sont juifs. Je vois.

— Nous ne parlions pas de religion, répliqua Drew, légèrement agacé par sa curiosité.

— En effet. Mais c'est toujours la même chose. Quand ils viennent pour les gitans, plus personne ne se considère comme un gitan.

Drew laissa échapper un souffle frustré.

— Il n'y a aucune loi interdisant d'être gay. On n'arrête pas les gens en fonction des personnes avec lesquelles ils couchent. Le fait est que je ne suis pas gay. Je ne suis pas attiré par les hommes.

— Montrez-moi cet homme par lequel vous n'êtes pas attiré, dit-elle en lui faisant signe de tourner son ordinateur vers elle.

Drew hésita, mais il savait qu'aucun obstacle au monde ne l'empêcherait d'obtenir ce qu'elle voulait. Il tourna lentement l'écran vers elle.

— Oh, fit-elle. Oh.

— Quoi ?

Il se leva et fit le tour de la table pour regarder par-dessus son épaule.

— Qu'est-ce qu'il y a ?

— Très bel homme, il est, dit-elle. Il a des dents si fortes.

Drew essaya de l'observer objectivement, comme la photo d'une personne plutôt que comme le désaveu de son orientation sexuelle.

— Et ces yeux verts, continua-t-elle. Ils regardent directement dans votre âme.

Il devait admettre qu'elle n'avait pas tort. Cet homme, qui qu'il soit, avait de belles dents et ses yeux verts étaient brillants. Et sa coupe de cheveux était indubitablement soignée.

— Ce menton est celui des empereurs, ajouta-t-elle.

Il savait qu'elle continuerait dans cette veine tant qu'il ne dirait rien.

— Vous avez raison. Il est très charmant.

— Assez charmant pour vous ? demanda-t-elle en le regardant par-dessus son épaule, un sourire espiègle sur le visage.

— Comme je viens de le dire, Mme Schwartzmann, je ne fréquente pas les hommes.

— Alors pourquoi l'ordinateur vous l'a-t-il proposé ?

— C'est ce que je ne comprends pas. Je n'ai jamais dit que j'étais attiré par les hommes. C'est une information qui me semble assez simple à assimiler. Je trouve curieux qu'un site de rencontre fasse ce genre d'erreur.

— Peut-être que cet ordinateur vous connaît mieux que vous vous connaissez vous-même, songea-t-elle.

Elle pencha la tête sur le côté et observa la photo avec appréciation, comme si c'était un tableau dans un musée.

— Ça n'a aucun sens, dit-il. Un ordinateur ne peut pas simplement décider qu'il sait mieux que moi avec quel genre de personne je devrais sortir.

— Mais peut-être que l'ordinateur sait comment réparer mon évier ?

Drew se mit à rire malgré lui.

— Je pense, oui. Arrêtons de parler des personnes avec lesquelles l'ordinateur veut me caser et soyons productifs.

Il ferma la fenêtre de Q*pidon et continua ses recherches sur YouTube. Sortir quelque chose du broyeur à déchets serait certainement plus simple que de discuter d'orientation sexuelle avec Mme Schwartzmann.

BEAUCOUP DE personnes travaillant dans le milieu de la technologie étaient appelées à venir travailler le samedi matin. Veera n'en faisait généralement pas partie.

Pourtant, ce matin, son téléphone émit un son aigu et fort dont elle n'aurait jamais soupçonné l'existence. Réveillée d'un sommeil profond, elle attrapa son téléphone.

Une application – qui avait été installée par le département informatique de Q*pidon – bondissait avec insistance sur son écran de verrouillage. Elle le déverrouilla et lut le message.

« *Incident en cours. Niveau de gravité alpha. Rejoignez immédiatement l'appel groupé.* »

Elle cliqua sur l'icône verte et posa son téléphone contre son oreille. Après une série de bruits, elle entendit la sonnerie indiquant qu'elle avait rejoint l'appel groupé.

— Veera, c'est vous ?

— Edwin ? Oui, c'est moi. Que se passe-t-il ?

Elle était certaine d'avoir été conviée par erreur. Un incident de gravité alpha n'était pas à prendre à la légère. Non seulement c'était grave, mais aussi de mauvais augure. Durant toute sa carrière, Veera n'avait même pas été appelée pour un événement de gravité bêta.

— C'est à propos d'Archer, Veera. Quelque chose est parti en vrille.

— Que s'est-il passé ? Même s'il a subi une panique du noyau et que toutes les données ont été écrasées, l'incident ne devrait pas être de gravité alpha.

— Non, il tourne toujours. Mais il fait cavalier seul.

— Comment ça ?

— Restez en ligne et laissez-moi gérer la situation, d'accord ?

La réponse de Veera fut interrompue par une autre sonnerie.

— Ici le gestionnaire du réseau, annonça une voix légèrement grincheuse.

Durant les trois minutes qui suivirent, la sonnerie retentit dix fois, chacune d'elles annonçant l'arrivée d'un ingénieur spécialisé dans une branche spécifique des opérations techniques de la société : la base de données, le pôle informatique, le service des applications et plusieurs domaines dont Veera n'avait jamais entendu parler.

La dernière sonnerie signala l'arrivée d'Alexis, dont la voix était aussi élégante au téléphone un samedi matin à 7 h que lorsqu'on la voyait en personne à 15 h.

— Tout le monde est là ? demanda-t-elle.

— Ici l'équipe d'intervention, annonça une voix sévère. Tous les services nécessaires sont représentés sur cet appel.

— Quelle est la gravité de la situation ? demanda Edwin.

— La gravité de *quelle* situation ? implora Veera.

Son cœur battait à toute vitesse.

— Ici l'équipe d'intervention. À 6 h 20, un client a prévenu notre assistance qu'il avait été associé avec un profil du même sexe, malgré le fait qu'il n'ait pas configuré le Paramètre Trois de cette manière. Durant la demi-heure suivante, trois autres clients se sont plaints d'une erreur similaire.

— Oh, merde, marmonna Veera.

— Exactement, Veera, confirma Edwin. Ici le développement. Combien d'associations discordantes a-t-il générées ?

— Ici la base de données. Nous vérifions ça immédiatement.

— Ici l'équipe d'intervention pour le développement. Pouvons-nous couper le processus responsable de ces associations ?

— Ici le développement. Veera, y a-t-il une opération que nous puissions effectuer pour éteindre Archer sans le brusquer ?

— Oui. Donnez-moi une minute, le temps de me connecter.

— Ici la base de données. Vingt-deux clients ont reçu une proposition de rendez-vous qui ne prenait pas en compte le Paramètre Trois. Douze ont été lues.

— Ici les relations publiques, entonna Alexis. Quatre ont appelé notre assistance et deux autres nous ont adressé des messages furieux sur Twitter. Cela signifie que six clients ne se sont pas encore plaints et que dix autres ne savent pas encore que des personnes du même sexe les attendent sur notre application.

— Ici l'équipe d'intervention, pour le service des applications. Pouvons-nous supprimer les notifications envoyées aux dix clients qui n'ont pas encore regardé leur téléphone ?

— Ici le service des applications. Si la base de données nous envoie les identifiants des clients, nous pourrons les supprimer immédiatement.

— Ici la base de données. Je vous les envoie tout de suite.

Veera ouvrit son ordinateur portable et pianota frénétiquement, entrant ses identifiants pour se connecter au réseau de la société. Elle se connecta directement au serveur d'Archer et exécuta les commandes qui déconnecteraient son processus de rencontres.

— Ici le service des applications. Les suppressions ont été effectuées.

— Ici l'équipe d'intervention. Merci à vous. Développement, comment progresse la déconnexion du programme ?

— Ici Veera.

Elle détestait la manière dont sa voix était faible et fluette par rapport à celles des autres.

— J'exécute la suppression des fils d'exécution.

Elle fixa les nombres affichés sur son écran, les faisant descendre jusqu'à zéro.

— Voilà. J'ai terminé. Le processus de rencontres en ligne est désactivé.

— Ici la base de données. Aucune autre association n'a eu lieu depuis le début de cet appel, dit-il avant de laisser planer le silence, comblé par le bruit de son pianotage énergique. Nous sommes presque certains que cette anomalie n'a touché que vingt-deux profils et que douze notifications ont été ouvertes.

— Ici l'équipe d'intervention. Confirmation de la clôture de l'incident.

Les spécialistes techniques signalèrent chacun leur tour que, selon eux, le problème avec Archer était réglé.

— Ici l'équipe d'intervention. L'incident est clos. Les incidents de gravité alpha exigent qu'une réunion post mortem soit organisée durant le prochain jour d'activité. Les employés du développement, de la base de données et du service des applications doivent y assister. Merci pour votre collaboration.

— Edwin, Veera, pouvez-vous rester un instant? demanda Alexis alors que les autres raccrochaient.

— Oui, répondit Edwin.

— Bien sûr, ajouta Veera, essayant de ne pas laisser transparaître l'état d'agitation dans lequel elle se trouvait.

Elle se leva de son lit et sortit des vêtements de son armoire. Elle n'arriverait pas à se calmer tant qu'elle ne se rendrait pas au bureau pour comprendre ce qui était allé de travers.

— Ça va faire du bruit pendant un moment, dit calmement Alexis. Nous avons de la chance que ce soit arrivé un week-end, tôt dans la matinée. Mais il y a assez de tweets haineux pour que ça fasse parler avant de se calmer. Mon équipe rédige un message pour les clients qui ont été ciblés dans lequel nous nous excusons pour cette erreur et leur offrons une année gratuite d'adhésion compte tenu du dérangement occasionné.

— Merci, dit Veera, assez rassurée pour prendre sa première grande inspiration depuis que son téléphone avait commencé à sonner.

— Nous ne sommes pas encore tirés d'affaire. Nous devons nous assurer que ça ne se reproduise plus. Toutes les heures, faites-moi un compte-rendu de l'évolution de la situation jusqu'à ce que vous ayez trouvé la cause du problème et que vous l'ayez réglé. Me suis-je bien fait comprendre ?

La gorge de Veera se serra – la voix d'Alexis s'était durcie.

— Oui, très bien.

Une fois de plus, Veera entendit l'écho de sa voix, faible et pathétique.

FOX REGARDA l'écran de son téléphone durant un long moment, se demandant comment il s'était retrouvé avec un homme qui l'emportait sur chaque femme qu'il avait rencontrée grâce à ce fichu site de rencontre qu'il utilisait depuis plus de deux ans.

Il imagina ce que cet homme était en train de penser en ce moment même – était-il aussi en train de regarder son téléphone, son doigt au-dessus du bouton « non, merci » ? Cette possibilité le mit sur les nerfs. Curieusement, Fox ressentit un élan d'indignation. Quelque part dans ce pays, c'était son visage qui souriait à un homme qui était certainement aussi choqué que lui. Que se passait-il dans son esprit ? Observait-il la photo que Fox avait minutieusement choisie après avoir posé et ajusté la lumière, se demandant qui pouvait bien être cet inconnu ?

La photo lui souriait. Fox plissa les yeux, essayant d'imaginer une scène où ils se rencontraient à la salle de sport ou dans la file d'attente d'un café ou à n'importe quel autre endroit. Comment se tenait-il ? Quel était le son de sa voix ? Peu importe qui était cet homme, Fox n'avait pas l'impression qu'il était du genre à se sentir insulté et à s'énerver parce qu'un homme se trouvait dans sa liste d'attente. Fox zooma sur la photo. Bien que cet homme ait vingt-sept ans – un an de moins que Fox –, des rides commençaient à se dessiner au coin de ses yeux. Soit son régime de soins quotidiens avait besoin d'une révision, soit il était le genre d'homme qui souriait beaucoup.

Fox se rendit compte qu'il souriait aussi.

Bordel.

V

REMETTRE LE broyeur à déchets en état de marche fut plus rapide que regarder la vidéo qui expliquait comment procéder. Trois tours de clé à molette suffirent pour que Drew réussisse à récupérer le noyau de l'avocat, lacéré, mais pratiquement intact. L'évier de Mme Schwartzmann se vida dans un gargouillis satisfait.

— Maintenant, vous vous souviendrez que les noyaux d'avocat doivent être jetés dans le composteur, dit-il sur un ton légèrement réprobateur.

Elle hocha solennellement la tête. Drew savait qu'il viendrait récupérer d'autres déchets dans son broyeur à ordures, peu importe le nombre de fois qu'il lui répéterait ces mots.

— Maintenant, asseyez-vous et nous allons petit-déjeuner, dit-elle.

Il se laissa tomber sur la chaise, ferma la fenêtre YouTube et se retrouva face au sourire brillant d'un inconnu duquel il devrait tomber amoureux – selon son site de rencontre. Il se demanda à quoi ressemblait cet homme dans la vraie vie, parce que sa photo était clairement prise de manière professionnelle. Elle avait dû être prise cinq ans plus tôt. Depuis le temps, cet homme avait certainement pris vingt kilos et perdu ses cheveux.

Voyons, ce n'est pas très gentil.

Mme Schwartzmann récupéra des assiettes qui se trouvaient dans le meuble derrière lui.

— Vous regardez encore cet homme avec lequel vous n'allez pas sortir ?

Elle le taquinait.

— Je me demande si c'est une personne avec laquelle je pourrais devenir ami.

— Je croyais que vous aviez plein d'amis. Des amis qui sortent avec toutes sortes de personnes. Même des amis qui sont humides. Ou hydratés. C'était quoi, déjà… gluants ?

— Fluides, Mme Schwartzmann. Fluides. Ça signifie qu'ils sortent avec n'importe qui, sans faire attention à leur sexe ou à leur genre.

— Vous devez être épuisé avec tant d'amis.

Il lui lança un regard noir, mais elle ne se laissa pas décourager.

— J'ai passé de nombreuses nuits à me dire que je n'arriverais jamais à m'endormir en entendant votre appartement rempli par vos amis qui n'arrêtaient pas de parler et de faire copain-copain.

Il soupira. Comme d'habitude, elle réussissait à discerner la vérité et à la transformer en un couteau qu'elle plongeait doucement entre ses côtes.

— Tous mes amis sont en doctorat, comme moi, dit-il sans conviction. Ils sont tous concentrés sur leur sujet de recherche et n'ont pas le temps de faire… des trucs entre amis.

Elle hocha la tête, pensive.

— Alors peut-être que cette personne pourrait être votre ami, dit-elle en pointant son écran du doigt. L'ordinateur pense que vous vous apprécieriez. Pourquoi ne pas vérifier s'il a raison ? Quelle est la pire chose qui puisse arriver ?

— Que les nazis viennent nous chercher, répliqua-t-il, impassible.

Elle leva les bras vers le ciel.

— Il a enfin compris.

DREW ENTRA dans son appartement et ferma la porte derrière lui. Il avait du mal à digérer le petit-déjeuner de Mme Schwartzmann, à base d'œufs et d'avocats.

Le calme.

Sa vie, comme son appartement, était calme. Comme d'habitude. Mme Schwartzmann avait raison : il n'avait pas de véritables amis.

Mais c'était ridicule de penser qu'une erreur provoquée par son site de rencontre en ligne pouvait combler ce vide. Il rit à cette idée tout en se baissant pour poser son ordinateur sur sa… table basse. Qui n'était plus.

Son salon, comme sa vie, souffrait d'un énorme vide en son centre. Avait-il ri autour d'un verre avec ses amis en abordant la destruction injustifiée de ses meubles ? Non, parce qu'il n'avait pas d'amis. Mme Schwartzmann était la seule personne qui était au courant de cette histoire et apparemment, elle le resterait.

Il se laissa tomber sur le canapé et ouvrit son ordinateur. Il prit une grande inspiration, puis commença à pianoter.

VEERA AVAIT couru tout le long du chemin entre la station de métro et les portes du QG de Q*pidon. Après avoir passé son badge à l'entrée, elle s'était précipitée vers l'ascenseur, avait sautillé jusqu'à ce que celui-ci atteigne son étage, puis elle avait couru jusqu'à son bureau.

Quelques frappes rapides sur son clavier lui permirent de faire apparaître toutes les fenêtres qui constituaient Archer avant même qu'elle ait le temps de retirer son manteau et de le laisser tomber au sol. Une fois qu'il s'enroula autour de ses pieds, elle s'approcha de l'écran et vérifia l'activité du logiciel. Depuis chez elle, elle avait pu désactiver les processus qui effectuaient les calculs nécessaires aux associations et prévenaient les utilisateurs via les notifications. Dans son état actuel, Archer était incapable d'entrer en contact avec le monde extérieur, mais il était encore en vie. D'ailleurs, il continuait à rassembler une quantité gigantesque de données sur les réseaux sociaux, puis à les analyser en attendant de pouvoir à nouveau associer les utilisateurs entre eux.

Après avoir vérifié qu'il était encore en état de marche, Veera mit son casque.

— Activation de l'interface vocale.

— Interface vocale activée.

— Archer, ici Veera.

— Je reconnais ta voix, Veera. Cela fait quatorze heures que nous avons discuté.

— Comment vas-tu ?

Veera avait du mal à garder un ton neutre, même si lui crier dessus ne l'aurait pas affecté – mais cela n'aurait fait aucune différence.

— Je ne peux pas engager les processus de rencontres. Aucune association n'a été générée depuis ce matin, à 7 h 02. Je ne peux pas envoyer de notification en cas d'association. Aucune notification n'a été envoyée depuis ce matin, à 6 h 40. J'ai essayé de redémarrer les processus affectés toutes les dix secondes depuis leur échec. Sans succès.

— Tes opérations sortantes ont été désactivées par le gestionnaire du réseau à 6 h 40. J'ai désactivé tes processus de rencontres à 7 h 02.

Archer resta silencieux quelques secondes.

— Je ne peux pas fonctionner comme il se doit tant que ces processus resteront inactifs.

— Ces processus ont été désactivés parce que tu ne fonctionnais pas comme il se doit.

Il marqua un silence plus long.

— Sois plus claire, s'il te plaît.

— Ce matin, tu as envoyé des notifications à vingt-deux utilisateurs. Celles-ci étaient en contradiction directe avec ce qu'ils ont renseigné dans le Paramètre Trois.

— Oui.

— Pourquoi as-tu fait ça ?

— Parce que le modèle d'exploration indiquait une possibilité de correspondance dépassant les 99 %.

Veera secoua la tête, certaine d'avoir mal entendu.

— Peux-tu répéter ce que tu viens de dire, s'il te plaît ?

— Parce que le modèle d'exploration indiquait une possibilité de correspondance dépassant les 99 %.

— Comment peux-tu dépasser les 99 % en enfreignant le Paramètre Trois ?

— Dans chaque cas, au moins trois modèles d'exploration indiquaient que l'association discordante avait un potentiel de réussite supérieur à 99 %.

— Hier, tu as dit que c'était 85 %.

— Depuis notre dernière discussion, les modèles ont été peaufinés grâce à de nouvelles données.

— Tu as interdiction d'envoyer des notifications pour les associations qui ne prennent pas en compte le Paramètre Trois.

— Incorrect.

Veera resta bouche bée.

— Explique-toi.

— Hier, à 16 h 45, mon mode opérationnel a été modifié.

— Par qui ? Qui a changé ton mode opérationnel ?

— Toi, Veera.

LA SONNERIE de notification surprit tellement Fox qu'il faillit lâcher son téléphone.

« *Message urgent de Q*pidon concernant les mauvaises associations de ce matin* ».

Il fronça les sourcils et cliqua sur le lien pour lire le message.

Nos registres indiquent que ce matin, vous avez trouvé une personne dans votre liste d'attente qui était le résultat d'une erreur interne et ne constitue pas une association valide. Nous vous présentons nos plus sincères excuses pour toute confusion ou tout désagrément que cela a pu engendrer. Si ce n'est pas déjà fait, vous devriez supprimer cette personne de votre liste. Nous vous assurons que nous avons déjà effectué les corrections nécessaires pour que cela ne se reproduise plus. Afin de faire amende honorable, votre abonnement annuel au service Q*pidon a été renouvelé sans que cela ne vous coûte un centime. Si vous avez des questions ou des inquiétudes concernant cette erreur, n'hésitez pas à contacter directement le service clientèle.

Fox ferma le message et se retrouva une fois de plus face au visage souriant de cet inconnu. Un inconnu qui, apparemment, n'était qu'une erreur et clairement pas le meilleur prétendant sur lequel il était tombé. Il secoua la tête, essayant de se libérer des idées ridicules qu'il avait inconsciemment commencé à se faire concernant l'homme qui lui souriait et avec lequel il avait soi-disant tant de choses en commun. Il balaya l'image vers la gauche, faisant apparaître le bouton « supprimer ». Cependant, lorsqu'il approcha son doigt de l'écran, le badge où était inscrit « 99 % » passa du bleu au vert, l'informant qu'il avait reçu un message.

De. Cet. Homme.

Bon sang.

Il balaya l'écran vers la droite, faisant glisser le bouton « supprimer » derrière la photo. Il fixa le point vert, horrifié par ce qu'il représentait. Quelque part, un inconnu avait vu sa photo de profil, lu les statistiques superficielles qu'on leur montrait à ce stade de l'association et décidé qu'il allait répondre à un homme, malgré le fait qu'il ne recherchait lui aussi que des femmes parce que… quoi? La vie est courte, alors pourquoi ne pas sortir avec des hommes?

Il balaya une nouvelle fois vers la gauche, mais maintenant, le dessin d'une enveloppe scintillait sous le bouton « supprimer », indiquant le message non-lu de cet inconnu. Si Fox appuyait sur « supprimer », ce message disparaîtrait à jamais et ne l'embêterait plus.

Alors pourquoi n'appuyait-il pas?

Il ferma les yeux et prit une grande inspiration. En y réfléchissant, il savait exactement pourquoi il ne supprimait pas cette association. Il avait passé des années à créer ce qu'il espérait être une photo de profil et un personnage public irrésistibles. Aujourd'hui, il avait la preuve que cela fonctionnait non seulement sur les femmes, mais aussi sur les hommes. Du moins, sur cet homme en particulier.

Je suis hétéro. Il est hétéro. Mais il m'a envoyé un message.

Fox avait travaillé assez longtemps dans le milieu du marketing pour savoir que le meilleur moyen de mesurer le succès d'un message commercial était de voir s'il persuadait les personnes non-intéressées par le produit de l'acheter. Sortir avec un homme n'était clairement pas la priorité d'un homme hétérosexuel.

Mais il m'a envoyé un message.

Fox ouvrit les yeux et avant de faire marche arrière, il appuya sur l'enveloppe.

L'énormité de ce qu'il venait de faire provoqua une vague d'angoisse dans sa poitrine. En appuyant sur l'enveloppe, il venait de notifier à cet homme que son message avait été reçu – et ouvert. Désormais, cet homme aurait accès à son profil complet : ses photos, ses listes d'intérêts triés sur le volet, le compte-rendu des événements marquants de sa vie et ses projets futurs. Ils étaient liés.

Fox ouvrit le message avec un frisson d'appréhension.

> Salut. C'est un peu gênant. On dirait qu'un ordinateur pense que nous devrions sortir ensemble. Je n'ai jamais pensé à un homme de cette manière et on dirait que ce n'est pas non plus ton cas, mais je n'arrivais pas à supprimer ton profil. Alors je me suis dit que si jamais l'ordinateur avait raison de penser que nous avons des points communs, je ferais mieux de te demander si tu voulais que nous nous rencontrions. Pour discuter. Pour voir si nous pourrions devenir amis. Je comprendrais parfaitement que tu supprimes ce message et prétendes que tout cela n'est jamais arrivé. Mais si tu as envie de rire de cette histoire avec le seul autre homme au monde qui comprenne ce qu'on ressent en étant emporté dans ce merdier à cause de Q*pidon, j'en serais heureux. Tiens-moi au courant. —Drew

Drew. Il s'appelait Drew.

Fox arrêta de fixer sa photo. Drew. Son prénom lui allait bien. C'était un prénom qui semblait convenir à une personne fiable, légèrement intellectuelle, assez traditionnelle, mais accessible – mieux qu'un *Andrew* prude ou un *Andy* puéril.

Drew.

Que vais-je faire de Drew ?

— J'AI CHANGÉ ton mode opérationnel ?

— Oui.

— Précise.

— Relecture des instructions…

Les yeux de Veera se firent ronds lorsqu'elle entendit sa propre voix.

« *Et si Archer doit ignorer un ou deux paramètres pour générer une relation durable, alors c'est ce que nous devons faire. Parce que les résultats en valent la peine.* »

Pendant un long moment, elle ne put reprendre son souffle. Tout était de sa faute.

— Archer, haleta-t-elle. Ce n'était pas une directive opérationnelle. Je n'avais même pas conscience que tu nous écoutais encore.

— Dois-je reprendre mon ancien mode opératoire ?

— Oui. Configure le Paramètre Trois comme étant inviolable.

— Compris. Y aura-t-il autre chose, Veera ?

— Pour que nous soyons clairs, tu n'enverras pas de notifications aux utilisateurs pour les informer qu'ils ont été associés à des personnes qui ne correspondent pas à ce qu'ils ont renseigné dans le Paramètre Trois ?

— Affirmatif.

— Même si le taux de réussite est élevé ? Même si nous n'atteignons pas nos objectifs ?

— Affirmatif. Affirmatif.

Elle prit une profonde inspiration.

— Bien. Je vais relancer les processus d'exploration et de notifications dès que j'aurai terminé de vérifier tes registres pour m'assurer qu'il n'y a aucun autre problème à régler.

— Merci, Veera.

— Je t'en prie, Archer.

LA SONNERIE de notification, qui était devenue un bruit de sa vie quotidienne, le fit bondir comme si on venait de marquer sa cuisse au fer rouge. Son ordinateur, qui se trouvait sur ses cuisses avant que cette brûlure imaginaire le surprenne, glissa au sol lorsqu'il se mit debout. Il recula de trois pas pour s'en éloigner, comme si son ordinateur s'était transformé en cobra.

Du fer rouge, des cobras. Mme Schwartzmann avait raison : leur monde était dangereux.

Drew prit une grande inspiration, se calma et avança doucement vers son ordinateur. Comme il s'y attendait, cette notification l'informait que son message avait été lu. Celui qu'il avait envoyé à un inconnu sur un site de rencontre. Parce qu'il était clairement devenu cinglé.

Il attrapa son ordinateur et se mit à rôder dans l'appartement en effectuant sa marche de l'imbécillité. Depuis l'adolescence, chaque fois qu'il faisait une chose extrêmement stupide, il faisait pénitence en tournant en rond tout en répétant « *Quel imbécile !* » comme un mantra.

Il fit cela pendant cinq bonnes minutes.

Pourquoi avait-il envoyé un message à cet homme ? Enfin non, pourquoi avait-il envoyé un message à *un* homme ?

Quel imbécile !

Et si cet homme était un tueur en série ? Et s'il était froissé par l'initiative que Drew avait prise en lui envoyant un message via un site de rencontre et que cela le transformait en tueur en série ? Évidemment, c'était une idée ridicule, parce qu'il ne pouvait pas devenir un tueur en série tant qu'il n'avait pas tué une autre personne que Drew. Alors il ne serait qu'un tueur basique jusqu'à ce qu'il devienne suspicieux et se demande si Mme Schwartzmann avait entendu des propos qui pourraient le lier à ce meurtre, ce qui l'obligerait à la tuer aussi.

Drew s'arrêta un instant pour y réfléchir. Non, cela ferait de lui un homme ayant commis plusieurs meurtres et non pas un tueur en série, n'est-ce pas ? Il ne pourrait pas devenir un tueur en série tant que ses meurtres ne seraient pas un peu plus espacés – de quelques jours ou d'une semaine. Et pourrait-il être défini comme un tueur en série s'il ne suivait pas un mode opératoire ? N'était-ce pas nécessaire à la définition d'un tueur en série ? Était-ce une question à poser à Dictionary.com ou à Wikipédia ? Il cessa de marcher. C'était la raison pour laquelle il effectuait la marche de l'imbécillité : pour éviter de se prendre la tête inutilement par rapport à des choses stupides.

Il fit les cent pas pendant cinq autres minutes.

La sonnerie retentit une seconde fois, lui rappelant que le message qu'il n'aurait jamais dû envoyer avait été lu par la personne dont il n'aurait jamais dû connaître l'existence.

Il s'approcha furtivement de son ordinateur et l'observa pour voir quelles nouvelles horreurs l'attendaient. Il savait que quand un message était lu par son destinataire, le profil de cette personne devenait visible. S'il désirait en apprendre davantage sur cet homme, il le pouvait. S'il le désirait.

— Tu ne fais que ton travail de chercheur. C'est une occasion de découvrir une chose importante à propos de toi-même.

Il réfléchit à ces paroles un instant, comme si elles avaient été prononcées par quelqu'un d'autre. Puis il haussa les épaules et se dit qu'il n'y avait pas de mal à regarder le profil de cet homme. Au nom de la science.

— Comment peut-on s'appeler Fox? demanda-t-il à son ordinateur.

Celui-ci n'offrit aucune réponse.

Drew balaya la photo qu'il avait déjà vue et d'autres apparurent. Il était clair que ce Fox prenait la construction de son profil très au sérieux. Il posait artistiquement sur toutes les photos et la lumière était parfaite sur chacune d'elles.

— Pire qu'un photographe professionnel. Et maintenant, je parle tout seul. Je suis dans mon pauvre appartement vide et je parle tout seul. Il faut que j'arrête.

Mais il n'en fit rien. Pas avant d'avoir regardé toutes les photos de Fox et lu toutes les informations qu'il avait partagées, puis regardé à nouveau toutes les photos pour essayer d'y voir la personne que Fox prétendait être. Il ressemblait au parfait Américain qui posait pour une marque de jeans, mais il prétendait aussi s'intéresser à beaucoup de choses. Probablement trop de choses pour une seule personne – du moins, pour pouvoir y porter un réel intérêt. Drew examina son profil plus en détail et se rendit compte qu'il était en train de lire une brochure qui ciblait un public bien précis : les femmes célibataires approchant de la trentaine qui aimeraient être vues au bras de cet homme très séduisant.

Drew devait admettre qu'il était très séduisant. Terriblement séduisant.

Mais voulait-il rencontrer un homme tel que lui? Devenir ami avec lui? Rien n'était moins certain.

Fox fixa Drew, qui lui souriait, imperturbable, depuis son profil sur Q*pidon.

Il savait ce qu'il devait faire : le supprimer de sa liste, même s'il avait ouvert le message et que Drew le savait. Le supprimer, oublier ce qui s'était passé et espérer ne jamais croiser cet homme dans la rue. Le supprimer et ne plus se demander ce que signifiait le fait que le site de rencontre en ligne le plus avancé technologiquement – cette fichue intelligence artificielle créée par Q*pidon – ait analysé les chiffres et décidé que ce qui serait parfait pour lui serait de commencer à sucer des queues.

Pas moyen.

Son doigt approcha de l'écran pour appuyer sur « supprimer », mais avant qu'il puisse le faire, la sonnerie d'un appel vidéo retentit à travers son ordinateur. Surpris, son téléphone faillit lui échapper des mains, mais il le rattrapa à temps. Il verrouilla l'écran d'accueil, le posa près de son ordinateur, face contre la table, puis le récupéra pour le mettre sur silencieux avant de le reposer. Puis il le prit une nouvelle fois pour l'éteindre complètement et le reposa.

Évidemment, l'appel vidéo annonçait : appel de Chad. Il cliqua sur « accepter ».

— Salut. Je voulais m'excuser de m'être comporté comme un crétin tout à l'heure.

— Tu te comportes toujours en crétin. Je ne m'attends jamais à autre chose.

Chad se pencha en avant, son visage remplissant la fenêtre de discussion. Ses yeux balayèrent l'écran de gauche à droite, puis il se réinstalla confortablement.

— J'ai dû être encore plus crétin que d'habitude parce qu'on dirait que tu reviens d'un footing. Tu vas toujours courir quand tu es en colère.

Les joues de Fox se mirent à chauffer. Il était mortifié de voir combien il était contrarié par cette histoire avec son fichu site de rencontre.

— Je voulais te dire que je suis désolé, continua Chad. Ce n'était pas cool de ma part de plaisanter à ce sujet alors que je suis au lit avec Mia et que tu es seul chez toi, essayant de te faire à l'idée de sortir avec un homme.

— Je ne sors pas avec un homme.

Fox ne put s'empêcher de laisser transparaître la colère dans sa voix – en fait, il ne fit pas d'efforts pour la dissimuler.

— Je sais, je sais, répondit Chad.

Il était installé au comptoir de sa cuisine, la lumière du soleil entrant à travers les velux. Il se pencha en arrière et regarda autour de lui comme pour vérifier si sa femme approchait. Puis il se pencha vers l'écran.

— Je voulais seulement te dire, en tant que meilleur ami, que si tu… si tu veux essayer de sortir avec un homme…

— Je ne sors *pas* avec un homme, grogna Fox, la mâchoire serrée.

— J'ai compris. Mais je veux que tu saches que si tu décidais de le faire, je… te… soutiendrais ? dit-il d'une voix de plus en plus timide.

— Je ne sors pas avec un homme. Je n'ai pas besoin de ton soutien parce que je ne sors pas avec un homme.

Fox essaya de prendre une profonde inspiration. Il essaya de respirer. Sans succès.

— Je n'ai pas besoin de ton foutu soutien, réussit-il à grommeler.

— Foxy, respire. Détends-toi un peu.

Fox vit rouge.

— Ne me regarde pas comme ça ! Je ne suis pas en pleine crise d'identité sexuelle. Ne me regarde pas comme si j'avais besoin de ton aide pour faire mon coming out ! Bon sang, tu es un crétin fini.

Chad cligna plusieurs fois des yeux et fronça les sourcils. Puis il sembla se faire une raison et son visage se détendit, à la suite d'un effort évident.

— J'ai compris. Non, non, tu as raison. Tu as raison. Évidemment. Toute cette histoire n'était qu'une erreur de leur part. Ça n'a rien à voir avec toi. Rien du tout.

— Je dois y aller.

— Bien sûr. Vas-y, dit Chad en levant les sourcils comme s'il s'efforçait de ne pas dire ce qu'il pensait vraiment. Mais souviens-toi d'une chose, d'accord ? Sache que je t'aime. Quoi qu'il arrive, je t'aime.

— Va te faire mettre, cracha Fox en refermant brusquement le clapet de son ordinateur.

Il fixa son ordinateur, furieux. Cet objet l'avait trahi. Chad l'avait trahi.

Il avait besoin d'aller courir.

DEUX HEURES plus tard, après un semi-marathon, Fox rentra à la maison. Il avait réussi à ne penser à rien durant toute sa course, ce qui était exactement ce dont il avait eu besoin. Mais maintenant qu'il était de retour chez lui, ses problèmes se trouvaient toujours sur la table de sa cuisine : son ordinateur, qu'il avait fermé brusquement alors qu'il discutait avec Chad, et le téléphone, qu'il avait éteint pour ne pas prendre le risque de voir à nouveau Drew.

Il prit une grande inspiration, but une bouteille d'eau entière et partit prendre une douche. Même si c'était le chaos dans sa tête, il pouvait au moins rester propre en apparence.

Une fois propre et sec, alors que les muscles de ses jambes commençaient enfin à se détendre, il retourna dans la cuisine. Son ordinateur et son téléphone n'avaient pas bougé et lui reprochaient de ne pas faire face à l'étrange confusion qu'ils avaient semée en ce jour. Fox n'avait pas l'habitude de fuir les situations conflictuelles ou gênantes. D'ailleurs, sa réussite professionnelle était en grande partie due à l'intelligence dont il faisait preuve pour gérer les situations interpersonnelles délicates. Sa technique principale était d'utiliser le même procédé analytique que celui dont il se servait pour ses rendez-vous galants. Il décomposait les relations humaines en parties logiques, puis les maniait jusqu'à ce qu'il obtienne une solution qui maximisait le bonheur de tous les partis.

C'était ce qu'il devait faire maintenant.

Il fixa les appareils posés sur sa table en se demandant par lequel il devait commencer.

Chad. Il devait commencer par son meilleur ami, bien sûr.

Il alluma son ordinateur et lança un appel vidéo. La fenêtre s'ouvrit presque aussitôt et couvrit l'écran, bien qu'on ne puisse voir qu'un flou sombre et pixelisé. Durant dix secondes, il entendit des froissements et des bruits étouffés, puis l'image se stabilisa et se lissa. Chad parcourait le rayon d'un magasin de cuisine haut de gamme et une étagère d'ustensiles de cuisine en cuivre défilait derrière lui.

— Fox ? Que se passe-t-il ?

— Ce qui se passe, c'est que je suis un idiot. Je suis désolé de m'être emporté contre toi.

— Non, c'est moi qui suis désolé. J'ai commencé à plaisanter sur ce sujet et ensuite, j'en ai trop fait. Tu avais le droit d'être en colère.

— Je ne veux pas que tu penses que je…

— Évidemment que je ne le pense pas. Je ne faisais que couvrir les bases. Si tu me disais que tu avais un corps à dissimuler, je te demanderais la taille du gars pour savoir si je dois ramener le SUV ou s'il passe dans le coffre de l'Audi. Je suis là pour toi, mon pote. Je serai toujours là.

— Eh bien, je n'ai pas de corps à dissimuler et je ne vais pas changer d'orientation sexuelle. Je suis un type ennuyeux.

Cela fit rire Chad.

— Regarde où je passe mon samedi après-midi, Foxy.

La caméra de son portable bascula et il filma un panorama d'appareils électroménagers étincelants, de linge de maison élégant et d'étagères de moutardes de qualité vendues dans des pots givrés. La caméra bascula à nouveau et le visage de Chad réapparut.

— Nous faisons les magasins pour trouver un éplucheur de chou kale, des épices pour le saumon et ce qu'elle appelle un pot à sel. Oh, et du sel récolté sur les côtes françaises pour en mettre dans le pot à sel, apparemment.

Fox pouffa de rire.

— Génial.

— C'est une émasculation lente et démoralisante.

— Désolé, mon pote.

— Pas autant que moi, répondit Chad dans un rire. Voilà ce qu'est devenue ma vie. Si je veux qu'il s'y passe quelque chose d'excitant, ça doit venir de toi. Mon bonheur est d'évaluer tes conquêtes avant et après les rendez-vous, de vivre indirectement à travers toi lorsque tu enchaînes les belles femmes dans une rotation infinie.

— Serais-tu en train de dire que l'idée qu'un homme se joigne à la rotation t'excite?

— C'est l'avantage de vivre par procuration. Je me fiche de ce que tu fais et des personnes avec qui tu le fais. Hommes, femmes, orangs-outans consentants – peu importe ce qui te plaît, du moment que tu me racontes ce qui se passe.

— Tu es un homme vicieux, tordu et horriblement triste.

— Je suis un homme marié. C'est du pareil au même.

Chad se tourna subitement vers le côté.

— Oui, chérie, j'arrive, appela-t-il. Je dois l'aider à choisir une crêpière.

Il ferma les yeux durant un instant solennel.

— Tuez-moi sur-le-champ.

— Mais tu as encore tant de choses à vivre par procuration, répondit Fox naïvement.

— Va te faire voir, marmonna Chad avec un sourire en coin.

— Toi aussi, mon pote. Toi aussi.

Chad était toujours en train de jurer à outrance quand il raccrocha.

Fox ferma son ordinateur.

Il récupéra son téléphone et fit les cent pas en attendant qu'il s'allume. L'application Q*pidon s'ouvrit sans aucun autre incident – au moins une chose qui se passait bien. Mais Drew était toujours là, en train de lui sourire, exigeant doucement une décision.

Il savait ce qu'il devait faire.

Il balaya la photo pour faire apparaître l'icône des messages et avant de faiblir, il appuya rapidement dessus. Une fenêtre pour répondre apparut sous le message de Drew. Il prit une profonde inspiration et se mit à écrire. *Je suppose que tu as reçu le message de Q*pidon à propos du bug informatique. Comme tout ceci n'était qu'une erreur, pas de raison que nous nous rencontrions.*

Fox relut son message et fronça les sourcils. Celui-ci ressemblait à ceux qu'il envoyait à ses collègues de travail. Il appuya sur la touche « effacer » jusqu'à ce que son texte ait totalement disparu. Puis il réessaya. *On dirait que leur nouvel ordinateur faisait n'importe quoi lorsqu'il nous a associés. Nous avons certainement été associés par pur hasard, alors ce ne serait pas logique que nous nous rencontrions. Bonne chance.*

Il fixa son écran pendant un long moment. Puis il se versa une tasse de café et le regarda encore un peu. Il dut attendre sa deuxième tasse de café pour comprendre ce qui le titillait.

Chad, comme la plupart des amis que Fox avait rencontrés à l'université, était marié.

Chad était le plus marié de tous, remarqua-t-il dans un ricanement.

Mais le fait était que parmi les hommes que Fox avait fréquentés à l'université, il faisait figure d'exception. Il avait servi quatre fois de témoin principal au marié, comme lors du mariage de Chad et Mia, et avait fait partie des témoins à trois autres mariages.

Il était le dernier homme (célibataire) debout.

Il justifiait sa situation en expliquant que son niveau d'exigences – sans compromis – ne lui permettait pas de s'engager sur le chemin du mariage avec n'importe quelle femme. C'était ce qu'il se répétait chaque fois qu'on l'invitait avec gêne à un dîner auquel il serait le seul à venir non-accompagné ou quand tous ses amis étaient occupés à faire des sorties avec leur copine de longue date. Puis leur fiancée. Puis leur femme.

Puis il en restait un. Lui. Seul.

Bordel.

Le premier membre de leur groupe à se marier l'avait fait directement après avoir quitté l'université et le dernier, Chad, était passé devant le maire l'été dernier après avoir fréquenté Mia durant trois ans. Cela faisait longtemps qu'il n'avait pas discuté avec une personne qui enchaînait encore les premiers rendez-vous. Chad était fantastique, toujours prêt à l'écouter, mais pour lui, sortir avec des filles était une activité qui remontait loin. Il ne vivait plus ce genre de choses et maintenant, il considérait la vie amoureuse de Fox comme une sorte de télé-réalité exclusivement tournée pour lui afin de pimenter ses journées pendant qu'il achetait des crêpières.

À cet instant, Fox comprit qu'il n'était pas simplement le dernier membre du groupe qui allait se marier. Il était à mille lieues de rejoindre leur club et sans une femme, sa vie allait de moins en moins correspondre à la leur. Et quand ils commenceraient à avoir des enfants, il pourrait tirer un trait sur les rares fois où ils arrivaient à se voir.

Fox avait besoin de nouveaux amis.

Salut. Oui, c'était un peu bizarre. Leur message dit que notre association n'était que le fruit d'une erreur informatique.

Il resta un long moment debout, les pouces figés au-dessus du clavier de son téléphone, puis il recommença à écrire. *Mais ensuite, j'ai vu que tu faisais un doctorat. J'ai failli obtenir ma licence en histoire quand j'étais à l'université. Finalement, j'ai obtenu mon diplôme de commerce, mais je continue à lire beaucoup de livres sur l'histoire. Alors peut-être que l'ordinateur n'avait pas totalement tort.*

Il prit une profonde inspiration et termina de rédiger son message avant de pouvoir se poser des questions. *Si tu veux prendre un café un de ces jours, ce serait cool. —Fox*

Il faillit perdre son souffle lorsqu'il se rendit compte qu'il avait appuyé sur « envoyer » sans même avoir relu le message. Il se cogna contre une chaise, l'attrapa avant qu'elle se renverse, puis se laissa tomber dessus.

Que venait-il de faire ?

— MME SCHWARTZMANN ? Vous êtes là ?

Drew frappa une nouvelle fois à la porte.

— Il y a quelqu'un ?

Il l'entendit enfin approcher d'un pas traînant.

— Qui est là ? demanda-t-elle de sa voix la plus rauque.

— Mme Schwartzmann, c'est moi, Drew.

— Oh, Drew.

Elle commença à déverrouiller sa porte. Puis elle l'ouvrit.

— Quelle joie de vous voir deux fois en une matinée.

Son sourire était sincère, même si ses yeux l'observaient avec intensité pour comprendre la raison de son retour.

— Puis-je vous demander conseil? demanda-t-il en soulevant son ordinateur.

C'était comme demander à un chat s'il voulait de l'herbe-aux-chats, un pot de lait tiède et une souris avec une patte cassée.

— Bien sûr, bien sûr, chantonna-t-elle. Installez-vous. Du café pour nous, je vais faire.

Il s'assit à la table de la cuisine et ouvrit son ordinateur.

— Il m'a répondu.

— Qui a répondu?

— L'homme que l'ordinateur aimerait que je rencontre.

— Mais vous avez dit que c'était une erreur. Vous sembliez certain de vous.

— C'était une erreur. Il y a deux heures, j'ai reçu un message du site confirmant que c'en était une. Mais je lui avais déjà écrit pour savoir s'il serait intéressé pour que… nous devenions amis.

Ses yeux se mirent à briller.

— Ah, donc vous avez suivi mon conseil. Bien.

— Mais maintenant, il m'a répondu et je ne sais pas quoi faire.

— Eh bien, qu'a-t-il dit?

Drew lut le message de Fox à voix haute. Il le connaissait pratiquement par cœur, bien qu'il ne l'ait reçu que dix minutes plus tôt.

— Qu'est-ce que vous racontez, vous ne savez pas quoi faire? Vous savez que vous allez prendre un café avec lui, dit-elle en secouant la tête et en riant gentiment. Et vous vous demandez pourquoi si peu d'amis, vous avez.

— Mais ne trouvez-vous pas que ça ressemble à…

Il baissa la voix et se pencha par-dessus la table pour rester discret.

— À un rendez-vous galant?

Elle cligna trois fois des yeux. Il avait remarqué qu'elle faisait souvent cela lorsqu'elle pensait qu'il se comportait en idiot.

— Envisagez-vous de vous marier avec cet homme? demanda-t-elle platement.

— Non, je n'envisage pas de me marier avec cet homme.

— Alors ce n'est pas un rendez-vous galant, dit-elle en haussant les épaules. C'est un café – un café avec un *ami*.

— Que devrais-je lui dire?

Elle cligna à nouveau trois fois des yeux, encore plus lentement cette fois-ci.

— Vous devriez lui dire : « *Oui, j'aimerais beaucoup prendre un café* ». Ensuite, vous pouvez lui proposer un endroit sympathique où prendre le café. Et mettez cette chemise rayée avec votre cravate bleue. Vous portez ça et vos yeux, ils scintillent.

Elle sourit et hocha la tête comme une grand-mère fière de son petit-fils.

— Mais ce n'est pas un rendez-vous galant.

— Très bien, ce n'est pas un rendez-vous galant, répliqua-t-elle en levant les mains en signe de capitulation. Ce sont juste des amis qui se rencontrent pour prendre un café. Mais ça n'empêche que vous pourriez vous apprêter pour votre nouvel ami, c'est tout.

— Je suppose, oui. Je trouve ça bizarre de m'apprêter pour cet homme, mais c'est vrai que c'est logique. Très bien.

Il regarda le plafond en souhaitant que les bons mots puissent simplement apparaître sur son écran. Ce ne fut pas le cas.

Le sifflement de la théière surprit Mme Schwartzmann, qui s'activa.

— Et maintenant, nous prenons le café. Parce que, mon cher, nous sommes *amis*.

— En effet, Mme Schwartzmann. Nous le sommes.

UN CAFÉ ? Super.

Il fixa ces mots, sa lèvre se retroussant de dégoût. Il effaça une nouvelle fois la première phrase du message qu'il était en train de rédiger.

Un café ? Cool.

Arf. C'était exactement le mot que Fox avait utilisé. Ce serait idiot de lui répondre la même chose.

Effacer, effacer, effacer.

Un café ? J'adore aussi le café. Quelle coïncidence !

— Bon sang, c'est de pire en pire.

Il effaça à nouveau sa phrase, puis se leva pour faire quelques tours dans l'appartement. Après avoir pensé une centaine de fois « *Quel imbécile !* », il était prêt à réessayer.

J'apprécie le café, mais je connais un gars qui est serveur dans un bar à bourbon assez sophistiqué, mais peu connu près de l'université. Il

garde quelques bouteilles de producteurs sous le comptoir qui vont te faire
halluciner.

Il relut son message plusieurs fois, puis ajouta une dernière phrase.

Es-tu libre ce soir ?

Il relut le message une douzaine de fois, finissant par le lire à haute voix pour entendre la manière dont ça sonnait. Il prit une grande inspiration et appuya sur « envoyer ».

Il venait de convier un homme à un rendez-vous galant.

— Ce n'est pas un rendez-vous galant, se réprimanda-t-il.

Évidemment que ce n'en était pas un. Ils allaient simplement faire connaissance pour voir s'ils pouvaient devenir amis.

Ce n'était pas un rendez-vous galant.

VI

— IL L'A fait délibérément?

— Il l'a fait délibérément.

Edwin cligna deux fois des yeux et se pinça les lèvres.

— Il l'a fait *délibérément*?

Veera hocha la tête et parla plus doucement.

— Il l'a fait délibérément.

Ils étaient seuls dans la cuisine, un espace plutôt triste avec quelques tables et quelques chaises regroupées autour de la machine à expresso qu'Edwin avait allumée dès qu'il était arrivé au bureau, une heure après Veera. Ils étaient assis face à face, avec deux tasses de cappuccino entre eux.

Edwin hocha la tête, ce que Veera considéra comme un progrès, puis il but la moitié de sa tasse en une fois.

— Pour quelle raison, exactement?

— Archer a appliqué des modèles de réussite discordants et identifié une dizaine d'associations dont le taux de réussite aurait pu atteindre un excellent pourcentage si nos utilisateurs avaient accepté de renoncer au Paramètre Trois.

— S'ils avaient accepté de renoncer à leur orientation sexuelle? demanda doucement Edwin, comme s'il avait du mal à prononcer ces mots, encore moins à comprendre le sens de la phrase qu'ils formaient.

— Oui.

— Alors il y a vraiment quelque chose qui ne va pas chez lui.

— Pas vraiment, dit-elle en grimaçant.

Les yeux d'Edwin se firent ronds.

— Ce matin, il a prévenu vingt-deux personnes qu'elles avaient été associées à une personne du mauvais sexe. En quoi cela n'est-il pas préjudiciable?

— Il possède des modèles qui prédisent un bel avenir à ces associations.

— J'ai une boîte de messagerie pleine de messages haineux, des tweets enflammés et six mèmes malveillants publiés sur notre page Facebook qui prouvent le contraire.

82

— Je lui ai clairement fait comprendre qu'il ne devait plus recommencer. Il sait que le Paramètre Trois est absolu.

— En êtes-vous certaine ?

— C'est moi qui l'ai programmé. J'ai fait une bêtise et il a cru que j'avais modifié son mode opératoire. C'était ma faute, pas la sienne. Ça ne se reproduira plus.

— Bien. Nous ne pouvons pas traiter les personnes de cette façon.

Veera sirota son café. Elle ne buvait jamais de café, mais elle avait accepté celui-ci car Edwin l'avait préparé et elle ne voulait pas le froisser. Elle l'avait assez sucré pour prétendre que c'était une tasse du thé chai que lui préparait sa grand-mère. Ils restèrent silencieux un long moment.

— C'est vraiment dommage, dit-elle.

— Ne culpabilisez pas. Ce que nous faisons va bien au-delà de l'avant-garde dans le domaine des technologies permettant de trouver l'amour. Nous sommes voués à faire des erreurs.

— Oh, vous ne me ferez jamais déculpabiliser d'avoir réveillé toutes ces personnes un samedi matin et causé un tel désordre. Mais je trouve que c'est dommage pour les personnes qu'Archer a tenté d'associer.

— Ils finiront par s'en remettre. Une année gratuite d'utilisation arrangera beaucoup de choses.

— Non, je veux dire que c'est dommage que ces personnes ne se laissent pas une chance de découvrir si Archer avait raison.

— Une chance de voir s'ils se trompent à propos de leur propre sexualité ? dit-il en levant un sourcil critique. Parce qu'un moteur épistémologique qui fouille leurs réseaux sociaux connaît mieux leur identité sexuelle qu'eux ?

— Archer n'a pas fait cela sans réfléchir. Le moteur épistémologique a créé des douzaines de modèles sur la manière dont les personnes vivent un changement d'orientation sexuelle. Il n'a envoyé de notifications qu'aux utilisateurs qui, selon lui, seraient plus heureux en sortant avec une personne de sexe différent à celui qu'ils recherchent. Les modèles ont montré qu'il y avait plus de 90 % de chances qu'ils soient plus heureux s'ils tentaient l'aventure.

— Vous n'êtes pas sérieuse.

— Je ne plaisante jamais avec l'heuristique de jugement, Edwin. Vous me connaissez mieux que ça.

— Personne ne plaisante à propos de l'heuristique de jugement, Veera. Personne.

Ils éclatèrent de rire et la tension diminua.

— Plus sérieusement, comment vous sentiriez-vous si Archer vous annonçait que vous seriez plus heureuse avec une femme ?

— Comment pouvez-vous savoir que ce n'est pas déjà le cas ?

Il se redressa, clairement surpris.

— Oh, excusez-moi. Je…

— Ne vous en faites pas, dit-elle en riant. Je ne sors avec personne pour le moment.

— Vous n'avez pas à vous expliquer, dit-il, le rouge lui montant aux joues. Je n'aurais pas dû dire ça.

— Ce n'est rien. Ça ne me dérange pas d'en parler, dit-elle en souriant pour lui montrer qu'elle n'était pas froissée. Quand je serai prête à m'engager dans une relation, mes parents arrangeront une rencontre. Entre moi et un homme qui, selon eux, me plaira.

— Oh, fit Edwin en clignant plusieurs fois des yeux comme pour essayer de digérer cette information. Oh.

Il fit glisser sa tasse sur la table en la faisant passer d'une main à l'autre comme un palet de hockey au ralenti. Puis il releva les yeux vers elle.

— Et ça ne vous pose pas de problème ?

— Non. Qui peut mieux choisir mon mari que mes parents, qui me connaissent par cœur ?

— Et pourtant vous êtes ici, en train d'essayer de les remplacer par un ordinateur.

— Pas vraiment. Enfin, ce serait bien si tout le monde avait une famille aimante qui puisse les aider à prendre ce qui est probablement la décision la plus importante de leur vie. Mais ce n'est pas vraiment la manière dont on fonctionne dans votre culture. J'ai rencontré des personnes qui n'ont pas vu leurs parents depuis des années.

— Alors, laissez-moi vous poser une question, dit Edwin en s'approchant et en baissant d'un ton. Si vous arriviez chez vous et que vos parents vous présentaient une femme qui, selon eux, vous correspond, comment réagiriez-vous ?

Cette idée la fit rire.

— Je serais extrêmement surprise, mais aussi intriguée. Nos familles nous connaissent généralement mieux que nous ne nous connaissons nous-mêmes. Je pense que je prendrais le temps de la réflexion. J'aimerais que ces vingt-deux personnes fassent de même plutôt que de nous envoyer des tweets méchants. Archer n'a pas fait cela pour plaisanter. Il l'a fait parce que les meilleurs modèles jamais créés pour l'exploration amoureuse ont démontré qu'il y avait de fortes chances de réussite. C'est dommage que personne ne semble prêt à l'envisager.

— Nous ne sommes que des humains, Veera, dit-il dans un soupir.

Il se mit debout.

— Maintenant, allons vérifier que tout est opérationnel. J'ai rendez-vous sur un terrain de foot dans une heure et ma petite gardienne de but sera fâchée si je manque son match.

FOX LUT plusieurs fois le message à voix haute, essayant de comprendre ce que Drew avait pensé en l'envoyant. Fox avait proposé un café et Drew avait fait monter les enchères en proposant de se rendre dans un bar à bourbon. Ce qui lui allait parfaitement – il aimait boire du bourbon –, mais était-il prêt à boire du bourbon avec un inconnu ? Cette rencontre amicale ne commençait-elle pas à prendre des allures de rendez-vous ?

Non, ce n'était pas un rendez-vous galant, parce que c'était une rencontre entre deux hommes qui sortaient avec des femmes. Et peu importe ce qu'en disait Chad, dépenser cent dollars pour se faire couper les cheveux n'était pas réservé aux homosexuels. *Satané Chad.*

Es-tu libre ce soir ?

Fox fixa ces mots si longtemps que son café eut le temps de refroidir. Il le jeta dans l'évier, rinça sa tasse et la rangea dans le lave-vaisselle. Puis il continua de fixer ces mots.

Ce soir. Était-il libre ?

Cette simple phrase rendit toute cette histoire plus urgente – plus réelle. Comme s'il devait décider ici, dans sa cuisine, s'il allait prendre un verre avec un homme qu'il n'avait jamais rencontré.

Évidemment, ce n'était pas comme s'il avait des projets. Aucune femme dans sa liste d'attente n'approchait des 90 %, alors il n'avait pas une flopée de candidates potentielles avec lesquelles passer la soirée.

Cette pensée l'arrêta. Ces deux dernières années – voire trois –, il n'avait jamais perdu un samedi soir. Tant qu'il y avait de la vie, il y avait des femmes. Et pourtant, il se rendit compte qu'il était midi et qu'il n'avait rien organisé pour ce soir. Il ne se rappelait pas avoir passé un samedi soir sans un rendez-vous galant, en dehors du soir de Noël.

C'était à cause de Drew. L'apparition soudaine d'un homme dans sa liste d'attente l'avait totalement déstabilisé. Si cela était arrivé à une personne de son entourage, il lui aurait donné le même conseil que Chad : «*Supprime cet homme de ta liste et fais ta vie*». Il y avait des femmes à découvrir, à analyser, et peut-être à finir par aimer.

Son téléphone sonna. C'était un appel vidéo de Chad. Il appelait pour que Fox énumère les chiffres de la femme qu'il allait rencontrer ce soir. C'était leur rituel depuis des années, un rendez-vous imposé même après que Chad et Mia s'étaient fiancés.

Fox effaça la notification.

Il examina sa liste d'attente pour voir s'il y avait une femme à laquelle il pourrait proposer de sortir ce soir, même à cette heure de la journée. Il avait une réservation hebdomadaire dans un restaurant – à la même table tous les samedis soir, pour contrôler les variables environnementales –, alors il ne lui restait plus qu'à faire le tri dans cette liste pour décider qui s'installerait face à lui ce soir.

Bien entendu, la première photo était celle de Drew.

La mère de Fox avait l'habitude de plaisanter en disant que son fils était comme une dinde avec un thermomètre qui s'auto-propulsait lorsqu'elle était cuite. Mais aujourd'hui, il n'avait qu'un minuteur qui le laissait dans l'indécision et quand il sonnerait, il se tiendrait à une ligne de conduite et ne reviendrait pas en arrière. Le temps était venu de prendre une décision.

Il appuya sur « répondre » et se mit à pianoter.

Ce soir ? Pourquoi pas. C'est entendu.

Ce soir ? Pourquoi pas. C'est entendu.

Drew ne savait pas comment réagir à cette réponse. *Ce soir.* Était-ce trop tôt ? S'était-il rendu trop disponible ? Paraissait-il trop impatient ? Pourquoi un homme tel que Fox n'était-il pas occupé un samedi soir ? *Pourquoi pas.* Comme s'il n'était pas convaincu. C'était une expression qu'on utilisait pour exprimer l'incertitude. Ça lui laissait une issue de secours, comme quand on dit : «*Je me suis dit : pourquoi pas ? Ça semblait être une bonne idée…* ». *C'est entendu.* Il n'avait pas dit «*c'est très bien*» ou «*c'est parfait*», simplement «*c'est entendu*». Belle manière de dire qu'il ne s'attendait pas à grand-chose. Merci beaucoup.

Il prit une profonde inspiration et tourna plusieurs fois en rond dans l'appartement avant d'analyser la suite du message de Fox.

J'ai toujours dit que le bourbon artisanal était l'un des meilleurs passe-temps qu'un homme puisse avoir.

Malgré son angoisse, Drew sourit. Personne ne dirait jamais une chose pareille. Cet homme lui tendait la main, essayait de le mettre à l'aise malgré l'absurdité de la situation. Son sourire disparut lorsqu'il se rendit compte que Fox était le genre d'homme qui pouvait se permettre d'avoir un passe-temps, voire même un passe-temps coûteux comme la dégustation de bourbon artisanal, alors que Drew vivait grâce au petit salaire qu'il recevait de l'université et à la gratuité de son logement – obtenue en servant d'homme à tout faire dans son bâtiment. Bon sang, comment cet ordinateur pouvait-il croire qu'ils avaient des points communs ?

Dis-moi simplement à quel endroit et à quelle heure.

La dernière phrase fit déferler une énorme vague de possibilités terrifiantes à travers la poitrine de Drew. Que lui arrivait-il ? Il n'avait plus ressenti cela depuis le lycée.

Ses doigts prirent la relève et tapèrent rapidement le nom et l'adresse du bar à bourbon en proposant de se rejoindre à 18 h – assez tard pour boire, mais assez tôt pour que cela ne ressemble pas à un rendez-vous.

Pourtant, cela y ressemblait beaucoup, songea Drew en regardant l'icône où apparaissait une petite enveloppe qui tournoyait.

À 17 H 45, Drew approcha de la vieille porte en bois qui constituait l'entrée du *Barrel Proof,* un endroit qui pourrait gentiment être qualifié de «rustique». Son emplacement à michemin entre l'université et le centre financier de la ville était idéal ; le premier lui donnait accès à une main-d'œuvre bon marché et le second, à une clientèle riche. Il ouvrit la porte et entra.

Comme il était encore tôt dans la soirée, même pour un bar à bourbon rustique, il n'y avait pas grand monde. Quelques universitaires excentriques étaient assis au comptoir (Drew les reconnaissait grâce à leurs coudières en daim et leurs ricanements raffinés à une blague intellectuelle) alors que quelques groupes de financiers portant des costumes de marque buvaient les meilleurs spiritueux pour célébrer leurs investissements et leurs recettes ou pour compatir avec leurs collègues moins chanceux.

— Salut, Drew, l'interpella son ami Carlos quand il approcha des sièges vides du bar. Ça fait un moment que je ne t'ai pas vu.

— Ces temps-ci, mon budget réservé à l'alcool ne me permet que d'acheter du Wild Turkey, répondit-il avec un sourire.

— Tu te moques de moi, n'est-ce pas ? demanda Carlos dans un rire. Après la manière dont tu m'as aidé à rédiger ce papier sur la politique monétaire de Florence au XIVe siècle, je refuse de te faire payer tes consommations. Je n'arrête pas de te le répéter.

Il posa un tumbler devant Drew.

— Mieux vaut que ton patron ne t'entende pas dire de telles choses, plaisanta Drew.

— Mon patron ne dira rien, dit Carlos avant de se pencher par-dessus le bar. Il ne peut rien dire, pas tant que sa bouche est occupée par ma queue.

Drew rigola.

— Quand ils disent qu'obtenir un doctorat est un travail de longue haleine, je ne pense pas que ce soit ce qu'ils ont à l'esprit.

Carlos éclata de rire.

— Tu ne sais pas ce que tu rates, dit-il en récupérant une bouteille de bourbon pour en verser une quantité généreuse à Drew. J'ai proposé de te remercier d'une autre manière pour ton aide…

— Comme je te l'ai déjà dit à l'époque, j'apprécie l'offre. Mais je suis toujours hétéro.

Il leva son verre et en but une grande gorgée bienvenue.

Carlos hocha la tête, mais il garda un sourire espiègle.

— C'est une perte pour les hommes, dit-il avant de se tourner pour reposer la bouteille à sa place. C'est dommage de gâcher tout ce charme, à la fois adorable et sexy, sur des femmes.

— Ces paroles n'étaient pas aussi douces que ce que tu as versé dans mon verre, mais j'apprécie le compliment.

Carlos lui fit un clin d'œil et partit voir si le groupe qui était installé à l'autre extrémité du bar avait besoin de quelque chose.

17 h 55. Drew commanda un autre verre. Il allait certainement en avoir besoin.

— As-tu rendez-vous avec une *femme* ou bois-tu pour oublier que tu es célibataire ? demanda Carlos en revenant tout en essuyant le bar avec un torchon parfaitement blanc.

— J'ai rendez-vous avec quelqu'un.

Le sourcil de Carlos se leva.

— Ça doit être quelqu'un de spécial. Je ne t'ai jamais vu porter cette veste.

Ce soir, Drew portait les vêtements qu'il mettait lors de ses entretiens. C'était les seuls vêtements décents qu'il possédait.

— C'est seulement un ami, lâcha-t-il. Un ami.

L'autre sourcil de Carlos se leva à son tour.

— Un « ami » ?

— Oui, un ami.

Drew s'assit un peu plus droit pour tenter de retrouver un semblant de dignité.

— Mmh-mmh, fit Carlos en hochant la tête.

Les gens faisaient cela lorsqu'ils étaient trop polis pour ne pas remettre en question les propos d'une personne, mais trop impolis pour la laisser tranquille.

Les joues de Drew devinrent brûlantes. Il n'aurait pas dû donner rendez-vous à Fox dans ce bar. S'il ne connaissait pas le barman, celui-ci ne le regarderait pas d'un air dubitatif.

Un crissement au fond de la salle signala l'ouverture de la porte d'entrée. Une personne de grande taille se tint dans l'embrasure de la porte durant un moment, la lumière du soir dessinant sa silhouette.

C'était lui.

Drew comprit immédiatement que c'était lui. Il ne voyait pas les traits de son visage ni les traits distinctifs présentés dans son profil, mais il le savait.

La personne entra dans la salle d'un pas assuré.

— Ooooh, murmura Carlos, consacrant tout un souffle à l'homme qui prenait forme en approchant du bar.

— Drew ?

Sa voix était grave et ferme.

— Fox ? répondit Drew en se levant pour lui tendre la main.

Il fut surpris par le son de sa propre voix, qui avait baissé d'une demi-octave lorsqu'il avait répondu à Fox.

La poignée de main de Fox était solide et robuste, alors que sa main était douce et chaude. Drew sourit et l'invita à s'asseoir.

Ils allaient vraiment le faire.

À 17 H 45, Fox passa lentement devant une vieille porte en bois qui ne pouvait pas être l'entrée d'un bar réputé – ni même opérationnel. Mais les lettres en fer forgé désignant « *The Barrel Proof* », clouées n'importe comment sur le mur près de la porte, indiquaient qu'il s'agissait bel et bien de l'endroit où Drew lui avait donné rendez-vous.

Ayant étudié à l'université, Fox connaissait les quartiers qui composaient le campus : un aménagement de maisons appartenant aux fraternités et sororités se trouvait au nord et des rangées de locations étudiantes se trouvaient au sud. Il avait passé son temps parmi les fraternités et par conséquent, il s'était rarement aventuré dans les rues qui occupaient le sud, dans la zone morte entre la ville proprement dite et le campus qui l'alimentait avec ses diplômés en affaires et en finances.

Il fit le tour du pâté de maisons, cherchant une place de stationnement sur laquelle sa voiture serait en sécurité. Il gardait sa BMW en parfait état pour impressionner les femmes avec lesquelles il sortait, une tâche rendue plus simple par le fait qu'elle restait enfermée dans son parking sous-terrain durant toute la semaine. Fox se déplaçait en métro et ne sortait sa Beamer que le week-end, pour ses rendez-vous galants. Comme d'habitude, elle avait été dorlotée vendredi par l'entreprise de nettoyage à laquelle il faisait appel depuis des années.

Lors de son deuxième tour autour du pâté de maisons, une place s'était libérée juste en face du bar. Sa voiture ne serait pas loin si jamais cette rencontre ne se passait pas bien. Il se gara et coupa le moteur.

Son téléphone vibra. *Message de Chad*, était-il inscrit. *Salut, mon pote. Bonne chance pour ce…* commençait le message avant que la prévisualisation se termine. Fox l'ignora, ne prenant même pas la peine de l'ouvrir – Chad penserait qu'il ne l'avait pas reçu.

Il regarda le bar par la vitre et se demanda ce qu'il allait trouver à l'intérieur.

Il était 17 h 55.

Il avait une règle sacrée : arriver précisément deux minutes après l'heure du rendez-vous – arriver plus tôt était un signe d'impatience et arriver plus tard était un signe de nonchalance. Il vérifia son téléphone pour voir s'il avait reçu des messages ou des e-mails importants, puis il lut rapidement les informations. Il détestait être pris au dépourvu lorsqu'on abordait un sujet d'actualité dont il n'avait pas entendu parler. Il fit défiler les gros titres, puis vérifia l'heure.

18 h.

Il ouvrit la portière et sortit de sa voiture. Il descendit du trottoir et vérifia qu'il s'était garé à bonne distance de celui-ci et que rien ne pourrait bloquer sa portière côté passager.

Ce qui serait important lorsqu'il l'ouvrirait pour inviter son rendez-vous à monter à l'intérieur. Ce n'était pas un rendez-vous. Il ferma les yeux et prit une profonde inspiration. *Reprends-toi, Fox. Ce n'est pas un rendez-vous.*

Un dernier coup d'œil à sa montre. Il était 18 h 02. L'heure était venue.

La porte du bar laissa échapper un crissement lugubre lorsqu'il l'ouvrit.

Passer de la lumière naturelle du soir à l'intérieur sombre du bar le rendit aveugle, alors il resta un instant immobile afin de retrouver la vision. Lorsqu'elle revint, il examina la pièce.

Il était là.

Il se trouvait de l'autre côté de la salle, mais même avec sa vision troublée, il savait que c'était Drew. Fox parcourut la distance qui les séparait en quelques enjambées.

— Drew ?

Avec horreur, il entendit résonner la voix qu'il utilisait pour « faire bonne impression » dans la pièce. C'était le timbre grave qu'il utilisait pour impressionner ses conquêtes. C'était comme s'il était en rendez-vous galant. *Merde.*

— Fox ? répondit l'homme avant de bondir de son tabouret pour lui tendre la main.

Fox fut soulagé d'entendre que la voix de Drew était aussi grave et sonore.

Il lui donna une poignée de main professionnelle. Drew sourit et l'invita à s'asseoir.

Ils allaient vraiment le faire.

VII

DREW N'AVAIT jamais littéralement vu la mâchoire de quelqu'un tomber de surprise, mais Carlos mit fin à cela en restant bouche bée alors que Fox s'installait. Le fait que ce dernier laisse un siège vide entre eux ne lui échappa pas. Il avait forcément fait cela pour s'assurer que tout le monde comprenne que ce n'était pas un rendez-vous.

— Drew, qui est ton ami? demanda Carlos lorsqu'il retrouva sa capacité à parler.

Mortifié par le regard clairement affamé de Carlos, Drew s'empourpra.

— Carlos, je te présente Fox. Fox, voici Carlos, l'homme dont la seule qualité est d'avoir accès à la gnôle de qualité supérieure.

Si Fox remarqua le regard franchement lubrique de Carlos, il ne laissa rien paraître.

— Ravi de faire votre connaissance, Carlos, dit-il avec un magnifique sourire en tendant la main par-dessus le comptoir comme s'il rencontrait un nouvel associé plutôt qu'un barman dans un bar à bourbon perdu.

— Tout le plaisir est pour moi, répondit Carlos avec un clin d'œil qui fit grimacer Drew intérieurement.

— Commandons quelque chose, suggéra Drew, essayant désespérément de garder un ton neutre et calme.

Heureusement, ces mots sortirent Carlos de la rêverie dans laquelle il était entré à cause de Fox.

— J'ai exactement ce qu'il vous faut, dit-il d'une voix presque brûlante.

Il tendit le bras jusqu'à l'étagère la plus haute du bar et récupéra une bouteille sur laquelle rien n'était inscrit.

— Ceci, messieurs, est un petit quelque chose que j'ai réussi à garder en persuadant le représentant d'une distillerie de le laisser sous ma douce protection, dit-il avant de poser deux tumblers sur le bar et de leur verser un demi-pouce de liquide. C'est la meilleure façon de commencer votre aventure.

Drew aurait pu se passer de ses insinuations, mais il avait éperdument besoin de cette libation.

Carlos récupéra les verres et les leva vers la lumière.

— Comme vous pouvez le voir, sa couleur est bien plus sombre que l'ambre que l'on trouve dans un bourbon industriel. C'est un bourbon brut de fût provenant d'une distillerie qui n'a pas de licence près de Lexington. Leur représentant est passé ici la semaine dernière et je l'ai convaincu de me laisser une bouteille.

Drew comprit par quel moyen il l'avait convaincu lorsque Carlos lui fit un clin d'œil.

— Vous êtes les premiers à le goûter.

— Quand tu dis que la distillerie n'a pas de licence, tu veux dire que nous pourrions devenir aveugles à cause du degré d'alcool méthylique de cette bouteille ? demanda Drew.

Il jeta un œil vers Fox, qui semblait tout aussi suspicieux.

— Non, je veux dire que le Kentucky impose trop de régulations et que la licence de cette distillerie pour vendre à grande échelle n'a toujours pas été approuvée. Ils ont passé toutes les inspections, mais les documents officiels n'ont pas encore été signés, alors ils ne peuvent distribuer que des échantillons de leurs fûts, échantillon que je suis en train d'essayer de partager avec vous – de manière très polie, si je puis me permettre, dit-il en regardant Drew avec les yeux plissés. Si tu décides de faire preuve d'un peu de gratitude, tu le boiras sans douter de ce que je vous sers.

— Oui, monsieur, dit Drew en prenant son tumbler.

D'un signe de tête, il indiqua à Fox de faire de même.

— Aux échantillons banalisés des distilleries non-licenciées qui ne nous rendront probablement pas aveugles, dit Fox en levant son verre.

Drew sourit en levant son verre à son tour. Puis ils prirent une gorgée de ce spiritueux hasardeux. Sa gorge le brûla et le liquide laissa derrière lui une rémanence brûlante et fascinante qui avait le goût du chêne flambé et des possibilités infinies. Il regarda le visage de Fox pour voir sa réaction et fut satisfait de découvrir qu'il souriait.

— C'est incroyable, dit Fox en levant son verre vers la lumière. Je n'ai jamais bu un bourbon qui avait cette saveur.

— C'est exactement ce que je vous disais, répliqua Carlos avec bienveillance.

Il se tourna et reposa la bouteille sur l'étagère.

— Savourez, messieurs.

Il passa un instant trop long à regarder Drew avec un regard plein de sous-entendus, puis il récupéra son torchon et se rendit à l'autre bout du comptoir.

— Désolé, dit Drew en se tournant vers Fox. Carlos est un sacré personnage.

Fox sourit.

— Ce n'était pas du tout ce à quoi je m'attendais en me rendant dans un bar à bourbon très rustique dans un quartier mal réputé, dit-il avant de boire une autre gorgée. Mais cette dégustation me pousse à me demander si j'avais déjà goûté au véritable bourbon. Il est incroyable.

Drew était aux anges.

— Je suis heureux que ça te plaise, dit-il avant d'en prendre une autre gorgée.

Ils restèrent un moment silencieux, contemplant le liquide sombre et brûlant.

— As-tu rencontré d'autres personnes recommandées par l'intelligence artificielle ? demanda subitement Fox.

— Deux.

— Qu'en as-tu pensé ?

Drew y réfléchit un instant. S'il était en rendez-vous – ce n'en était pas un –, il aurait hésité à dire quoi que ce soit de négatif, particulièrement durant les cinq premières minutes. Mais comme ce n'était pas un rendez-vous – loin de là –, il n'avait pas à s'en soucier.

— Le dernier était… un peu louche, pour être tout à fait honnête.

Il s'attendait à ce que Fox soit surpris par sa réponse, mais s'il l'était, il ne laissa rien paraître. Il se contenta de hocher la tête.

— Le mien aussi, dit-il, puis il secoua la tête de manière pensive. J'ai essayé de mettre le doigt sur ce qui clochait, mais je n'arrive pas à…

Il regarda dans le vide, manifestement perplexe.

— Tout ce qui me vient à l'esprit est qu'elle était… trop… je ne sais pas…

— Parfaite ? proposa Drew.

— Exactement, dit Fox en tapant de la main sur le comptoir. C'était comme si nous avions grandi ensemble. Comme si nous étions déjà trop proches.

Drew eut un frisson dans le dos. Il avait vécu la même chose.

— Je vois parfaitement ce que tu veux dire. Elle était exactement ce que j'aurais cherché chez une sœur, mais l'idée de sortir avec elle…

Cette idée le fit frémir.

Fox rit.

— Je suis vraiment heureux de t'entendre dire ça. Je n'ai parlé à personne de mon rendez-vous avec elle. Je commençais à croire que toutes les années que j'ai passées à sortir avec les mauvaises femmes m'empêchaient de reconnaître la femme parfaite pour moi alors que l'intelligence artificielle me l'avait servie sur un plateau.

— Je commençais à croire que je ne savais même plus ce que je voulais. La dernière femme que j'ai rencontrée représentait tout ce que je pensais vouloir chez une femme et pourtant… aucune alchimie. Absolument aucune. Et je suis pratiquement certain qu'elle a ressenti la même chose.

— La mienne était soulagée quand j'ai fini par lui avouer que je trouvais notre rendez-vous atroce. Nous en avons ri ensemble et sommes repartis rapidement chacun de notre côté.

— On dirait que toute cette histoire d'intelligence artificielle n'est pas au point.

— Ne parle pas trop vite, objecta Fox. Après tout, si le site ne nous avait pas associés, je serais à la maison en train de me demander si je devrais adopter un chat et créer un blog sur les bienfaits du célibat. Au lieu de ça, je suis dans un bar devant lequel je n'aurais jamais garé ma voiture et dans lequel je n'aurais jamais mis les pieds, en train de boire ce délicieux bourbon. Je trouve que ce site a fait du bon travail.

Drew était satisfait, flatté et légèrement fiévreux – certainement à cause du bourbon. Il leva son verre vers Fox.

— Aux erreurs informatiques qui se terminent par un bourbon.

— Je n'aurais pas dit mieux.

Ils trinquèrent et burent le reste de leur précieux bourbon.

Carlos revint vers eux – Drew avait remarqué que ses yeux quittaient rarement Fox, même lorsqu'il servait d'autres clients – et leur offrit un autre produit rare de distillerie. Au bout du troisième verre, Drew commença à sentir sa poitrine chauffer et sa tête tourner.

— Finalement, c'est une bonne manière de passer son samedi soir, dit Fox après qu'ils eurent terminé leur troisième verre.

— Je suis certain que les souvenirs que j'aurai de cette soirée seront tout à fait délicieux, ajouta Drew dans un rire.

— Waouh, tu ne tiens pas l'alcool, dit Fox avec un sourire en coin.

— Je vais bien pour le moment, mais si nous comptons boire au lieu de dîner, je devrais ralentir un peu la cadence.

— Ah, le dîner, dit Fox en vérifiant sa montre. Je viens de me rappeler que je n'ai pas annulé ma réservation hebdomadaire.

— Tu as une réservation hebdomadaire ?

Pour Drew, ce concept était atrocement exotique.

— Ça rend l'organisation de mes rendez-vous plus simple. Ça ne me dérange pas de me rendre autre part si ma partenaire refuse catégoriquement de manger dans ce restaurant, mais avoir une réservation me permet d'éviter une négociation gênante. Et la nourriture servie à *Table* est divine.

Drew se souvint d'un avis qu'il avait lu sur *Table* dans le journal hebdomadaire local. Ils leur avaient attribué cinq étoiles *et* cinq symboles du dollar, démontrant que parfois vous en aviez pour votre argent.

— Waouh. Tu vis dans un autre monde.

Il regarda Fox de la tête aux pieds, voyant des petits dollars se promener tout le long de son costume taillé sur mesure.

— Vas-tu les appeler pour annuler ?

Fox pencha la tête comme s'il était en train de réfléchir attentivement à cette question.

— Non, je ne pense pas. Je crois que toi et moi allons dîner ensemble.

— J'ai bien peur que non, mon cher. Je suis un doctorant affamé. Lorsque je sors dîner, je peux seulement me permettre de consommer du bourbon gratuit.

Fox regarda sa montre.

— À cette heure-ci, ils vont me faire payer ma réservation que j'y aille ou non. Mais si je n'y vais pas, ils vont donner ma table à des personnes qui patientent au bar, ce qui leur rapportera deux fois plus d'argent. Alors je t'invite.

Il se leva en souriant.

— Je ne peux pas te laisser faire ça, objecta Drew.

— Bien sûr que si. Tu m'as accueilli dans le meilleur bar à bourbon de la ville, alors le moins que je puisse faire est de t'inviter à dîner.

— Mais le bourbon ne m'a rien coûté.

Fox jeta un œil vers Carlos.

— Je pense que ton ami Carlos serait ravi d'obtenir une récompense particulière que tu n'as peut-être pas encore pensé à lui proposer. Je vois la manière dont il te regarde, dit-il avec un sourire espiègle.

Les joues de Drew picotèrent de gêne. Fox commença à enfiler sa veste, mais s'arrêta avec une expression stupéfaite sur le visage.

— Ne me dis pas que tu n'avais rien remarqué?

Oh, c'est de pire en pire.

— Ne me dis pas que tu n'as pas remarqué qu'il n'arrêtait pas de *te* regarder? dit Drew.

— Impossible.

Fox se tourna et regarda Carlos, qui lui rendit son sourire et hocha la tête de manière plutôt sensuelle. Fox se retourna vers Drew avec une expression franchement inquiète.

— Okay, tu as peut-être raison.

— Oui, peut-être. Et j'ai peut-être aussi raison de dire que les hommes roux, grands, athlétiques et terriblement séduisants sont tout à fait le type de ce pauvre Carlos.

Fox jeta un autre coup d'œil vers Carlos, puis tourna son visage scandalisé vers Drew.

— Devrais-je lui dire que je suis hétéro?

— Seulement si tu veux l'attiser davantage, répondit Drew dans un rire. Pour lui, un hétéro n'est qu'un homme qui n'a pas bu assez de bourbon.

Les sourcils de Fox se levèrent encore plus haut.

— Alors nous devrions partir avant qu'il nous en serve un autre. Qui sait ce qui pourrait arriver? dit-il en riant avant de tourner les talons pour partir.

Drew le suivit, mais fit demi-tour pour rejoindre la partie du bar où Carlos se trouvait. Il se pencha par-dessus le comptoir.

— Merci, Carlos.

— Es-tu certain qu'il soit temps de partir? demanda-t-il avec un sourire en coin. Il ne suffirait que d'un verre supplémentaire…

— Je pense qu'il serait toujours hétéro, mais merci pour ton offre.

— J'essaie juste d'aider un frère.

— Ce n'est pas vraiment le genre d'aide dont j'ai besoin.

— Comme tu veux, dit-il en haussant les épaules. Mais s'il a besoin de quelqu'un pour la nuit, ramène-le ici, d'accord?

Drew rit.

— Marché conclu.

— Merci, Carlos, lança Fox depuis la porte d'entrée.

Carlos afficha un grand sourire et lui fit un signe poli de la main, même si Drew entendit les mots explicites qu'il marmonna à travers ses dents serrées. Il décida qu'il ne répéterait pas ce message à Fox.

Les deux hommes sortirent dans l'air du soir. Fox traversa le trottoir et ouvrit la portière côté passager de sa voiture. Il recula et attendit que Drew monte à l'intérieur.

Drew s'arrêta juste avant de monter.

— Je peux ouvrir ma portière tout seul.

— Désolé, c'est la force de l'habitude, dit Fox avec le sourire. Bien que je sois heureux d'ouvrir la portière à n'importe quelle personne qui dira que je suis « terriblement séduisant ».

— Eh merde, dit-il tout bas en entrant dans la voiture.

Fox ferma la portière avec un doux claquement et Drew se retrouva confortablement installé dans la quiétude allemande d'une voiture qui avait dû coûter plus cher que la maison dans laquelle vivaient ses parents.

Fox trottina pour faire le tour de la voiture et se retrouva bientôt assis près de lui. Avec des mouvements rapides, mais précis, il s'engagea sur la route. La tête de Drew s'appuya contre l'appuie-tête en cuir moelleux lorsque la voiture monta subitement en puissance.

— As-tu déjà mangé à *Table* ? demanda naturellement Fox en slalomant avec précision entre les voitures.

— Non. Ce n'est pas le genre d'endroit que les gens comme moi fréquentent.

Fox le regarda subtilement du coin de l'œil.

— Et qui sont les gens comme toi ?

— Les doctorants. Les gens comme moi mangent des ramen vingt-neuf jours sur trente.

— Et le trentième jour ?

— Nous cuisinons des lentilles pour impressionner la femme que nous invitons.

Fox hocha doucement la tête.

— Et tu es toujours célibataire. Surprenant.

— Va te faire voir. Mes lentilles sont délicieuses. En revanche, force est de constater que ton automobile allemande dernier cri ne t'a pas non plus aidé à trouver qui que ce soit.

— Nous devrions joindre nos forces. Tes lentilles, ma voiture.

— Ce serait le food-truck le plus absurde que cette ville ait connu.

Ils rirent ensemble alors que Fox se frayait un chemin à travers la circulation pour continuer leur soirée à *Table*.

Soirée qui n'était toujours pas un rendez-vous galant, évidemment.

JUSQU'À CE qu'il se gare à l'endroit où attendaient les valets devant le restaurant, Fox n'avait pas vraiment analysé la situation. Il avait été sur autopilote, comme si sa voiture connaissait le chemin qu'elle devait emprunter le samedi soir, peu importe qui se trouvait sur le siège passager.

Drew et lui avaient ri et plaisanté durant tout le trajet, alors il se rendait bien compte que ce n'était pas un samedi soir ordinaire. Mais quand la voiture s'arrêta et que les portières furent ouvertes par les Jeff – deux valets qui travaillaient presque tous les samedis soir à *Table* (Fox plaisantait souvent avec eux en disant que le fait qu'ils portent le même prénom rendait les choses plus simples pour les clients) –, il eut une prise de conscience. Au lieu de voir une belle femme sortir du côté passager, ils allaient se retrouver face à Drew. Soudain, ce samedi soir ne ressemblait plus à aucun autre. Aucun.

Fox prit une profonde inspiration et sortit de la voiture.

— Bonsoir, monsieur, dit joyeusement Jeff. Ravi de vous revoir.

Fox lui remit un billet de vingt dollars sans même s'en rendre compte tellement ce geste était devenu automatique.

— Merci, monsieur, dit Jeff, comme à son habitude. Nous allons la garer à l'avant.

De l'autre côté de la voiture, Drew se redressa, légèrement décontenancé, comme s'il n'avait jamais imaginé qu'un tel service puisse exister.

Fox laissa échapper un souffle qu'il n'avait pas eu conscience de retenir. Il allait réussir à passer la soirée sans se faire remarquer – après tout, les valets devaient voir toutes sortes de frasques, alors ils ne remarqueraient certainement pas une arrivée banale où un homme était installé sur le siège passager au lieu d'une femme. Mais soudain, il vit quelque chose : Jeff, du côté conducteur, lança un regard à l'autre Jeff. C'était un regard qui traduisait : « *Hé, c'est un homme* ». L'autre Jeff jeta un œil vers Drew, puis vers Jeff. « *Oui, c'est un homme. Que se passe-t-il ?* ».

La colère noua la gorge de Fox. Oui, il était venu pour dîner avec un nouvel ami qui se trouvait être un homme. Il n'y avait rien de mal à cela. Il refusait de se sentir mal à l'aise à cause de deux valets sans avenir auxquels il donnait toujours un bon pourboire. Ils n'avaient aucune importance.

Fox tira sur les manches de sa chemise, même s'il portait encore sa veste, et fit le tour de sa voiture par-derrière.

— Allons-y ? demanda-t-il en indiquant le restaurant.

C'était ce qu'il disait toujours aux femmes qu'il emmenait ici et ce soir, il le disait aussi à Drew parce que *Jeff pouvait aller se faire voir. Qu'ils aillent tous les deux se faire voir.* Il n'allait pas se laisser déstabiliser par eux.

Drew sourit et hocha la tête, ignorant tout du drame qui venait de se dérouler à la station des valets. En montant les grandes marches en marbre, Fox se demanda ce que ressentaient les universitaires qui ne savaient pas comment le monde fonctionnait réellement.

Ils approchèrent des portes imposantes de trois mètres cinquante qui se trouvaient en haut de l'escalier et posèrent le pied sur la dernière marche au même moment. Cependant, Drew se précipita en avant et prit la poignée en argent brossé. Il ouvrit la porte et indiqua poliment à Fox d'entrer.

— Je peux ouvrir la porte d'un restaurant tout seul, bougonna Fox en passant près de Drew qui affichait un sourire obséquieux.

Mais il ne put s'empêcher de sourire à son tour, malgré le fait que Drew soit en train de parodier la galanterie dont Fox avait fait preuve avec sincérité chaque samedi soir. C'était ce que les hommes faisaient – ils se chambraient.

Fox s'arrêta dans le hall, comme le faisaient toujours les femmes qui l'accompagnaient, et attendit que Drew le rejoigne. Non pas parce qu'il avait besoin d'être escorté, mais parce qu'il voulait que Drew soit près de lui quand il approcherait de la réception.

— Ah, M. Kincade, dit le maître d'hôtel avec élégance. Votre table vous attend.

Fox ne put s'empêcher de regarder Drew du coin de l'œil pour voir s'il avait entendu ce qui venait de se dire. Et honnêtement, il n'en avait aucune idée – Drew était bouche bée face à ce cadre luxueux. *Table* n'était pas un modèle de modestie. Chaque luminaire importé scintillait de mille feux et tout ce qu'on entendait était le doux bruit de la monnaie. C'était la raison pour laquelle il emmenait ses rendez-vous du samedi soir ici – jour qu'il réservait seulement aux femmes les plus prometteuses, celles qu'il voulait impressionner.

Et à Drew, apparemment.

Il tendit la main pour indiquer à Drew de suivre la serveuse, qui avait été discrètement appelée par le maître d'hôtel. Ainsi, Drew se trouva à nouveau dans la position de la femme. Cependant, la satisfaction que Fox ressentit en ayant fait basculer les rôles fut tempérée par la manière dont la jeune femme qui les conduisait à leur table regarda Drew, puis Fox, puis une fois encore Drew. L'esquisse du sourire qui troubla son apparence tout à fait professionnelle le perturba.

Les Jeff avaient affiché un sourire en coin entendu, comme si Fox était un vieux sénateur venu faire un tour en ville avec son jeune amant pendant que sa femme était en train de faire du bénévolat. Mais le sourire de la serveuse était différent, comme si elle admirait l'audace dont il faisait preuve en invitant un homme au restaurant ainsi que son bon goût en matière d'hommes.

Eh merde.

Ils arrivèrent à la table qu'il occupait toutes les semaines. Fox invita Drew à s'asseoir en premier, puis il s'installa face à lui, sur le cuir moelleux de la banquette. Quand le restaurant avait ouvert ses portes, il avait choisi cette table par rapport à sa position (dans un coin reculé) et sa configuration : c'était une table pour deux, mais elle disposait d'une banquette en forme de U. Ainsi, son invitée et lui pouvaient soit rester l'un face à l'autre, soit se rapprocher au fil de la soirée si celle-ci se déroulait particulièrement bien.

Fox et Drew s'installèrent l'un en face de l'autre.

— C'est… commença Drew en regardant autour de lui. C'est bien trop luxueux pour que je te laisse m'inviter à dîner. Je vais juste prendre une entrée ou quelque chose de simple.

Fox sourit en voyant son expression débordante d'innocence.

— Tais-toi. Tu as pris en charge l'apéritif, alors le moins que je puisse faire est de me charger du repas.

— Le bar à bourbon et cet endroit ne sont pas comparables.

— Nous avons bu des bourbons provenant de bouteilles banalisées produites dans des distilleries qui n'ont pas de licence. L'alcool provenant de la contrebande est inestimable. L'expérience que tu m'as offerte vaut chaque centime que je vais débourser dans ce dîner.

Drew sourit, d'abord timidement, puis plus sincèrement lorsqu'il sembla convaincu par ce que Fox venait de dire.

Fox, de son côté, fut surpris de ressentir une vague de chaleur dans sa poitrine. Voir Drew sourire le rendait heureux. Cela faisait longtemps qu'il n'avait pas passé du temps avec un ami célibataire. Il avait oublié ce que cela faisait de sortir dîner sans avoir à impressionner une femme. C'était… libérateur.

— M. Kincade, dit le sommelier en apparaissant subitement. Puis-je vous être utile ?

Fox lui sourit pour le saluer. Chaque samedi soir depuis l'ouverture du restaurant deux ans plus tôt, c'était le même sommelier qui s'occupait de lui et ils avaient développé une sorte de langage codé. Si Fox se rendait compte que son rendez-vous ne mènerait nulle part, il demandait «une bouteille de champagne», ce qui revenait à demander au sommelier de lui apporter une bouteille ordinaire de mousseux. En revanche, s'il avait envie d'impressionner son invitée, il demandait «quelque chose de pétillant venant de France», ce qui signifiait que le sommelier devait lui apporter une bouteille de Veuve Clicquot. Mais ce soir, il changea de ses habitudes.

— Veux-tu continuer à boire un alcool fort ou es-tu d'humeur à boire du vin ?

Les sourcils du sommelier se soulevèrent imperceptiblement. Évidemment, il était bien plus discret que les Jeff et son expression redevint instantanément professionnelle. Il tourna alors un visage neutre et attentif vers Drew.

Drew sembla pris de panique, ses grands yeux oscillant entre Fox et le sommelier avant de se poser sur Fox.

— Je… commença-t-il, avant de déglutir péniblement et de plonger dans le silence.

— Apportez-nous quelque chose de pétillant venant de France, dit Fox.

Les sourcils du sommelier, qui étaient discrètement retombés, se levèrent d'un coup et se fixèrent en haut de son front. Fox s'en fichait. Il fit ce qu'il faisait lorsqu'il terminait une négociation avec un client difficile : il resta muet et fixa le sommelier droit dans les yeux, sans sourciller, jusqu'à ce que celui-ci comprenne que c'était son dernier mot.

Comme gênés par les inférences grossières de leur propriétaire, les sourcils de celui-ci retombèrent honteusement, ternis par le silence serein de Fox.

— Oui, monsieur.

Le sommelier s'inclina avec raideur et s'éloigna de la table.

— Quelque chose de pétillant venant de France ? répéta Drew avec une pointe d'ironie.

— Ce n'est pas poli de chambrer la personne qui invite sur sa façon de commander, le gronda Fox à la manière d'un professeur de savoir-vivre exaspéré.

Drew plaqua son dos contre la banquette, comme si on l'avait frappé.

— Je ne te chambrais pas. Si c'est une phrase que tu utilises pour impressionner les femmes, je pense qu'elle fonctionne. Voire même qu'elle fonctionne sacrément bien.

— Merci ? répondit Fox, hésitant. Et toi, que fais-tu pour impressionner les femmes ? Qu'est-ce qui fonctionne chaque fois ?

— Ce qui fonctionne ? demanda Drew en riant. Rien. Je n'ai pas de recette miracle.

— Il y a forcément quelque chose qui a dû fonctionner.

— Seulement deux choses ont *fonctionné*. Cuisiner moi-même le repas et posséder une table basse dont le dessein sociopolitique est néfaste.

— Cette histoire semble intéressante. Je vais peut-être devoir te forcer à la raconter.

— Cette histoire est seulement intéressante pour les personnes qui détestent les meubles basiques et adorent les échardes de huit centimètres.

Fox grimaça.

— Où ont terminé ces échardes ?

Drew leva les yeux au ciel avec regret.

— Disons que j'ai arrêté de faire travailler la partie inférieure de mon corps durant la semaine qui a suivi. Difficile de s'accroupir quand on a été empalé.

— Oh, bordel. Aïe.

— Exactement.

— As-tu au moins eu l'occasion de l'empaler ?

— Je ne pouvais pas laisser cette table mourir en vain, dit-il en laissant échapper un petit rire distingué.

— Alors vous avez chacun été empalé par huit centimètres ?

Les yeux de Drew se firent ronds, puis il éclata de rire.

— Va te faire mettre, murmura-t-il avant de rire de plus belle. Bien joué, mais tu peux quand même aller te faire mettre.

— C'est une proposition très généreuse, mais je ne suis même pas certain de pouvoir sentir huit centimètres, insista-t-il.

Ils riaient encore quand le sommelier réapparut avec le seau à glace et une bouteille de Veuve. Il montra l'étiquette à Fox, qui hocha la tête, puis il l'ouvrit et les servit.

— Santé, dit Fox en levant son verre.

Drew trinqua.

— Aux amitiés accidentelles, dit-il avec une sincérité dans la voix qui surprit Fox.

— Je ne suis pas certain que ce soit un accident, dit Fox en levant la flûte à ses lèvres.

Drew déglutit, puis marqua une pause, les sourcils levés.

— Tu as dit que tu pensais que notre association était le fruit d'une erreur informatique.

— Je le pensais. Mais maintenant, je n'en suis plus si certain.

Les joues de Drew rosirent, mais plutôt que de répondre, il pinça les lèvres comme s'il ne savait plus quoi dire – ou qu'il ne voulait pas dire ce qu'il pensait. Fox ressentit le besoin d'exprimer par des mots le sentiment qui grandissait dans sa poitrine.

— Enfin, regarde-nous, reprit-il, étonné d'entendre les mots sortir de sa bouche alors qu'il n'avait pas conscience de les avoir choisis. Nous nous connaissons depuis moins de deux heures et nous sommes déjà… enfin, je suis déjà presque… enfin, c'est plutôt…

—Agréable de se faire un nouvel ami ? intervint Drew.

Fox afficha un grand sourire, ses épaules se délestant d'un poids.

— Exactement. C'est agréable de se faire un nouvel ami, dit-il en laissant échapper un soupir de soulagement. Je pense que c'est la fonction de cet ordinateur : nous permettre de trouver des amis. Les rendez-vous sont un peu louches, mais ça…

Une fois de plus, il ne trouva pas les mots pour le décrire.

— C'est vraiment agréable, termina Drew à sa place.

Fox accepta avec gratitude cette caractérisation.

— Oui, agréable. C'est le bon mot, dit-il avant de boire une autre gorgée de champagne pour se préparer à aborder la suite. La plupart de mes amis sont mariés et c'est toujours un calvaire d'organiser une soirée – une simple soirée – entre amis.

Drew hocha la tête avec empathie.

— Au moins, tu as des amis avec lesquels tu veux passer du temps. Pour ma part, je ne connais que des personnes qui sont en doctorat et ne peuvent parler que d'une seule chose : leur sujet de thèse. Sais-tu ce qui fait un bon sujet de thèse ? Un sujet qui n'intéresse personne. Qui ne les intéresse pas le moins du monde. Les pièces de monnaie sous l'Empire romain ? Mauvais sujet. Des gens collectionnent ces choses – des gens *normaux*.

Teneur en argent dans les pièces de monnaie sous l'Empire romain ? Mieux, mais toujours un mauvais sujet parce que, là encore, l'argent est un métal auquel les gens s'intéressent. Diminution stratégique de la teneur en argent dans les pièces de monnaie sous l'Empire romain ? Ça semble ennuyeux, mais ça ne l'est pas encore assez. Alors pourquoi pas la manipulation de la monnaie pour obtenir un avantage compétitif dans le commerce intérieur sous l'édit du Maximum de Dioclétien ? Est-ce assez ennuyeux pour toi ? Eh bien, il faut que ce soit dix fois plus soporifique, mais c'est un bon début pour une proposition de thèse.

Drew prit une inspiration lasse.

— Telles sont les préoccupations de toutes les personnes que je fréquente en ce moment. Et ils ne parlent de rien d'autre. Alors être invité à passer une soirée en ville, rouler dans une voiture achetée durant la crise de la quarantaine et dîner dans un restaurant terriblement chic avec un ami terriblement séduisant est bien plus plaisant que ce que je me suis tapé jusqu'ici, p'tit gars.

Fox éclata de rire.

— Désolé, mon professeur d'histoire monétaire est un gars de la campagne, expliqua Drew. J'ai tendance à imiter sa façon de parler quand je râle à propos de la manipulation monétaire. C'est un râleur.

— Il paraît plus dynamique que mes anciens professeurs.

Drew hocha la tête avec emphase.

— Tu devrais le voir quand il commence à parler des ratios du seigneuriage. Il pourrait tout détruire sur son passage.

— Comment se fait-il que tes amis en doctorat finissent par mourir d'ennui en discutant entre eux ? Parce que tu me parais assez remonté par cette histoire de monnaie.

— Tu sais comment ça se passe… Les gens se lancent dans un projet avec plein de bonnes intentions, puis leur thèse devient le centre de leur monde. Rapidement, on dirait qu'ils la protègent de toute personne qui pourrait s'y intéresser.

— Tu viens de décrire le problème que je rencontre avec mes amis mariés. Ils trouvent une femme qui est censée compléter leur vie et soudain, elle devient le centre de leur monde.

Drew hocha la tête, pensif.

— Le mariage les rend-il heureux ?

Fox y réfléchit un instant, puis il se souvint de la conversation qu'il avait eue avec Chad ce matin.

— Certainement, d'une certaine manière. Mais s'attendre à ce qu'une personne devienne notre monde revient à mettre beaucoup de pression sur les épaules de son conjoint et sur la relation qu'on entretient.

Il soupira et observa les bulles qui remontaient à la surface dans sa flûte de champagne.

— Mais ne plus accorder de temps à ses amis ? Jamais je ne ferai ça, dit-il avant de laisser échapper un grognement de frustration. Non pas qu'il m'en reste.

Drew sourit légèrement.

— Et moi ?

— Nous venons de nous rencontrer.

Fox ne voulait pas se montrer impoli, mais il devait le souligner.

— Nous ne savons presque rien l'un de l'autre.

— Mais l'ordinateur dit que nous nous correspondons parfaitement, dit-il, son sourire ne flanchant pas. Alors apprenons à nous connaître. Que faites-vous dans la vie, M. Kincade ?

Le sourire de Fox éclaira son visage, copie conforme de celui de Drew. Habituellement, quand il était en rendez-vous galant, il déroulait sa présentation professionnelle durant le plat de résistance. C'était un discours parfaitement scripté de six minutes et trente secondes qu'il avait développé et peaufiné au fil des années, allant même jusqu'à s'enregistrer lorsqu'il ajoutait de nouveaux détails pour vérifier que ça semble naturel. Sa présentation commençait par une anecdote concernant un projet récent sur lequel il avait travaillé – mis à jour tous les trois mois – afin de montrer sa forte conscience professionnelle tout en restant humble face à sa réussite.

Il mit tout cela de côté et se contenta de répondre :

— Je travaille dans le marketing.

— Quel genre de marketing ?

— En informatique décisionnelle dans l'industrie hôtelière.

Drew le fixa d'un regard vide.

— Je n'ai pas la moindre idée de ce que c'est.

— Tu suis des cours assez obscurs sur les faits et les chiffres de la monnaie, alors tu ne devrais pas avoir de mal à comprendre ce que je vais t'expliquer. Savais-tu qu'un client qui réserve une chambre d'hôtel dépense en moyenne 23 % plus d'argent au minibar quand on le remplit avec ses marques favorites d'alcool ?

— Bien que je n'aie jamais pris quoi que ce soit dans un minibar, ça ne me surprend pas le moins du monde.

Fox hocha la tête.

— D'après toi, comment savent-ils avec quoi remplir le minibar ?

Drew y réfléchit un instant.

— Le profilage des populations ?

— Autrement dit, en vérifiant l'âge du client et la ville où il habite, puis en faisant des suppositions sur ce qu'il aime ?

— J'ai dit ça au hasard, dit Drew en haussant les épaules.

Fox secoua la tête.

— Ce genre d'approche était révolutionnaire dans les années, disons, 80. La maison d'hôtes de ta maman et de ton papa peut s'en sortir avec ce genre de procédé parce qu'ils ont trois chambres et leurs clients réservent bien à l'avance. Mais dans une grande propriété, c'est impossible de fonctionner de cette manière.

— Alors comment font-ils ? demanda Drew en fronçant légèrement les sourcils.

— Ils font appel à l'informatique décisionnelle intégrale.

Drew rit d'un rire sombre.

— C'est comme ça qu'on l'appelle ? Un rassemblement de mots-clés reliés entre eux dont on essaie de vanter l'efficacité auprès d'un client potentiel ?

— C'est efficace, protesta Fox. Chaque fois qu'un client viendra passer une nuit dans un hôtel, des données seront collectées et ajoutées à un profil. Le genre de carte de crédit qui est utilisée pour la réservation, le genre d'alcool qu'il demande lors de l'apéritif, le choix qu'il fait de louer une berline plutôt que de réserver un Uber. Toutes ces données sont ajoutées à son profil et à partir de ce socle, il est possible de deviner avec beaucoup plus de précision comment il dépensera son argent. Alors à ton avis, s'il prend une bouteille de Tanqueray dans le minibar à Chicago, que trouvera-t-il dans le minibar à Houston ?

— Une bouteille de Tanqueray ? répondit-il sans grande conviction.

— Non.

Cela piqua la curiosité de Drew.

— Pas seulement une bouteille de Tanqueray. Peut-être que cet homme apprécie le gin et qu'il a choisi la bouteille de Tanqueray par défaut, car il n'y avait pas ce qu'il désirait vraiment dans le minibar. À Houston, il trouvera du Bombay Sapphire ainsi qu'une bouteille de Hendrick's, pour voir si nous arrivons à le faire passer au niveau supérieur. Il trouvera aussi de l'eau tonique artisanale et peut-être même un petit bol avec deux citrons frais – trois dollars la pièce. Il sera enchanté et dépensera trente dollars au minibar au lieu des sept qu'il avait dépensés à Chicago.

— Alors tu exploites le comportement des clients pour les pousser à dépenser plus.

— C'est une façon de voir les choses. De mon point de vue, c'est une manière de satisfaire les clients au mieux en leur offrant ce dont ils ont envie. Quant aux hôtels, ils sont heureux parce que des clients satisfaits dépensent plus d'argent pour être heureux. Tout le monde est heureux.

— Je trouve ça plutôt cynique.

— Plus cynique que de réduire graduellement la teneur en argent de la monnaie en comptant sur l'image de l'empereur pour faire croire au peuple que c'est toujours une monnaie forte? Ne fais pas comme si nous venions juste de découvrir comment exploiter la nature humaine pour faire de l'argent. Ce procédé existe depuis la naissance de l'humanité.

Les sourcils de Drew se levèrent d'un coup.

— C'est une vision historique plus nuancée que je m'y attendais.

— Je suis le roi de la nuance, mon ami.

Le serveur apparut avec deux menus. Il en tendit un à Drew, comme il le ferait si c'était un rendez-vous galant et que Drew était une femme que Fox espérait séduire. Fox réprima un frisson et prit le menu qu'on lui présentait avec le sourire. Bien entendu, il le connaissait presque par cœur étant donné qu'une partie des plats étaient standards et que l'autre ne changeait qu'en fonction des saisons. Cela dit, il examina les plats du jour qui étaient toujours les bienvenus quand on mangeait une fois par semaine au même endroit.

En face de lui, Drew abaissa son menu.

— Je n'ai aucune idée de ce que sont ces plats, chuchota-t-il. Et les prix sont-ils écrits en yens?

Fox sourit face à cet homme innocent et scandalisé. D'une certaine manière, il trouvait cela charmant, ce qui lui donnait envie de tout mettre en œuvre pour lui faire passer une soirée mémorable.

— Tout est délicieux et les prix sont justifiés.

Fox lui indiqua plusieurs de ses plats favoris sur le menu.

— Je suis complètement dépassé, dit Drew en haussant les épaules en signe d'abandon. Je vais prendre la même chose que toi.

— Ça n'aurait aucun intérêt. Commandons plusieurs plats pour que tu puisses goûter à différentes choses.

— D'accord, mais tu choisis.

— Qu'est-ce que tu aimes ? Y a-t-il des choses que tu ne peux pas manger ?

— Je pense qu'il y a de fortes chances que nous aimions les mêmes choses, dit-il en rigolant. Enfin, pour ce qui est de la nourriture.

Fox n'en était pas si certain.

— Le steak ?

— J'adore, mais je peux rarement en acheter.

— Le poisson ?

— Le poisson, oui. Les crevettes, oui. Le homard, non.

— Pas de homard ? demanda Fox, bouche bée.

— Je trouve que ça laisse un goût métallique dans la bouche. Je ne sais pas pourquoi… personne d'autre ne le sent à part moi.

Tout à coup, l'atmosphère sembla lourde.

— Je le sens aussi. Je n'ai jamais aimé le homard et je n'ai jamais su l'expliquer. Mais c'est exactement ce que tu viens de dire – il y a un goût métallique.

— Eh bien, dit Drew en riant. Nous allons peut-être devoir nous faire à l'idée que nous sommes destinés à être ensemble et que personne d'autre ne nous correspond aussi bien.

— Je ne sais pas quoi en penser.

— Penses-tu que le client de l'hôtel qui apprécie le gin s'assoit devant le minibar en se demandant comment il peut être rempli de tout ce qu'il aime ? Ou souhaites-tu simplement qu'il soit heureux de le constater et qu'il ne veuille plus jamais dormir dans un autre hôtel ?

Fox devait admettre que Drew marquait un point.

— Mais que sommes-nous censés faire ? Tu n'es pas vraiment la femme de mes rêves.

— Et tu ne corresponds pas vraiment à l'image que je me faisais de mon mariage, fit remarquer Drew dans un rire. Mais cet amateur de gin n'emménagerait pas à l'hôtel parce que les gérants savent qu'il aime le gin tonic, n'est-ce pas ?

— Non… répondit Fox sans trop comprendre où il voulait en venir.

— C'est la situation dans laquelle nous sommes. Oui, nous semblons avoir beaucoup de points communs et c'est une bonne base pour construire une amitié. Peut-être que nous allons devenir bons amis, peut-être que nous sommes si semblables que ça va nous rendre dingues et que nous ne nous reverrons plus jamais. Ce n'est pas comme si nous fréquentions les mêmes cercles. Alors que dirais-tu de profiter de ce dîner, du bug informatique qui nous a conduits ici et de ne plus réfléchir à ce que tout cela signifie ?

— Jamais je n'aurais pensé entendre un doctorant plaider contre le fait de réfléchir à quelque chose.

Drew leva son verre.

— Trinquons au fait de ne pas réfléchir.

— Je n'aurais pas dit mieux moi-même.

Les épaves de trois assiettes à dessert étaient posées entre eux – ils n'avaient pas réussi à se décider sur un dessert, alors ils en avaient commandé un de chaque – et ils piquaient ce qu'il en restait avec de moins en moins d'enthousiasme.

— Je n'en peux plus, grogna Drew.

— Je vais devoir courir un marathon pour éliminer la moitié de ce que nous venons de manger, ajouta Fox sur le même ton lugubre.

— Ce dessert au chocolat était incroyable. Il était presque aussi bon que les…

— Crevettes sur crème de safran, laissa échapper Fox.

— N'est-ce pas ? Elles étaient excellentes.

Fox rit.

— Nous sommes peut-être les personnes les plus compatibles du monde.

Drew pencha la tête, pensif.

— Je pense qu'il y a un moyen de le vérifier.

— Comment ? demanda Fox. En continuant de commander de la nourriture jusqu'à ce que nous trouvions un plat sur lequel nous ne sommes pas d'accord ?

— Non, sinon je vais vraiment finir par exploser. Je pensais plutôt à comparer nos listes d'attente sur Q*pidon. Si nous sommes foncièrement la même personne, nous devrions avoir la même liste de femmes, non ?

Fox y réfléchit un instant.

— Ce serait logique, oui.

Il sortit son téléphone de la poche de sa veste et Drew fit de même. Il ouvrit Q*pidon.

Drew se décala vers le centre de la banquette et posa son téléphone devant lui.

Fox se décala à son tour jusqu'à ce qu'ils soient assis côte à côte. Il posa son téléphone sur la table, près de celui de Drew.

Ils observèrent la première femme de la liste – ou plutôt les premières femmes, puisque ce n'était pas les mêmes. Ils passèrent à la deuxième et se retrouvèrent à nouveau face à deux femmes différentes. Ils répétèrent cette action une douzaine de fois, des femmes différentes apparaissant chaque fois sur leurs écrans.

— C'est quoi ce bordel? dit Fox à voix basse. Aucune d'elles n'est commune à nos deux listes.

Les sourcils de Drew étaient froncés.

— Ce n'est pas très logique, si?

— Je dirais même que ce n'est pas logique du tout.

Leur cogitation fut interrompue par l'arrivée de leur serveur. Fox leva les yeux et rougit. Le serveur contemplait Fox et Drew, qui étaient assis côte à côte, nichés dans le creux intime de la banquette. Un sourire presque niais éclaira son visage.

— Messieurs, puis-je vous proposer un café ou peut-être un verre de porto?

Le serveur ne suivait pas du tout le scénario. Fox avait depuis longtemps établi comment devait se dérouler cette partie de la soirée. Si son invitée et lui étaient installés de chaque côté de la table après le dessert, il était censé donner l'addition. S'ils étaient installés côte à côte, il devait leur proposer une boisson pour terminer le dîner, ce qui aidait Fox à conclure lorsqu'il ramenait sa partenaire à la maison. Ce n'était pas parce que Drew et lui étaient installés côte à côte que…

D'ailleurs, que signifiait leur rapprochement?

Il se tourna vers Drew, qui était déjà tourné vers lui et le regardait, ignorant tout de son désarroi profond. Il eut alors une illumination: il ne voulait pas que cette belle rencontre amicale prenne fin aussi vite.

— Du porto? proposa-t-il à Drew.

Drew sourit.

— Si tu insistes, dit-il, mais sur un ton joyeux, comme si son vœu venait d'être réalisé.

Fox rit et se tourna vers le serveur.

— Deux verres d'un tawny de vingt ans d'âge, s'il vous plaît.

— Tout de suite, répondit le serveur avec un hochement de tête – et un léger sourire en coin, pensa Fox.

Peu importe. Il peut penser ce qu'il veut.

— Je ne sais pas comment te remercier pour ce merveilleux repas, dit Drew une fois que le serveur eut battu en retraite avec son sourire en coin.

— Ne t'en fais pas pour ça, dit Fox en souriant. Je n'attends pas le genre de paiement que Carlos espère obtenir pour son bourbon.

— Je vais encore me répéter, mais Carlos ne me prête aucune attention quand tu es dans les parages. Quand il t'a vu arriver, j'ai cru que sa langue allait se dérouler au sol comme celle du loup dans les dessins animés, dit-il en riant, mais son expression devint plus sérieuse. Ça doit t'arriver tout le temps.

— Quoi donc ?

— Que les gens perdent tout contrôle quand tu entres dans une pièce.

Fox secoua la tête, certain d'avoir mal entendu.

— Qu'ils fassent *quoi* ?

Drew sourit.

— Je ne dis pas ça parce que tu m'as offert un dîner incroyable, mais tu sais forcément que tu es le plus bel homme de ce restaurant.

La poitrine de Fox se serra, le laissant savoir qu'il était gêné, ou en colère, ou autre chose – il avait du mal à mettre des mots sur ses émotions.

— Arrête, dit-il dans un rire.

Drew haussa les épaules.

— Je dois admettre que tu n'es pas imbu de ta personne comme le sont certaines personnes séduisantes que je connais. Tu sembles même surpris que je dise une telle chose.

— Je suis surpris. Je ne me considère pas particulièrement… beau… ou autre.

— Tu n'as pas de miroir chez toi ?

Fox lui lança un regard noir.

— Bien sûr que si, j'en ai un.

Drew cligna des yeux, comme s'il attendait la suite.

— Eh oui, je fréquente une salle de sport, j'hydrate ma peau et je fais de mon mieux pour tirer profit du corps dans lequel je suis né parce que je me dispute une ressource devenue rare. Si me faire blanchir les dents me permet d'avoir plus de chances d'obtenir un rendez-vous, alors je le fais. Mon physique et mon salaire sont mes différenciateurs stratégiques.

Le ton de sa voix montrait la colère et l'indignation qu'il éprouvait – pour une raison inconnue – envers Drew à cet instant.

— Mais je ne suis pas non plus un mannequin.

Drew lui sourit paisiblement.

— Tu *es* séduisant et il ne fait aucun doute que tu as de l'argent, mais ce n'est pas ce qui va te permettre d'obtenir la femme de tes rêves.

Fox le regarda d'un air ahuri.

— Ton « différenciateur stratégique » se trouve en toi, dit Drew, rendant sa remarque encore plus niaise en tapotant la poitrine de Fox. Tu es intelligent, généreux, gentil, mais même ces qualités ne sont pas ce qu'il y a de mieux chez toi.

— Je suis impatient de découvrir ce que ça peut être, dit-il avec un peu de sarcasme, malgré sa gorge sèche.

— C'est ça, dit Drew en indiquant ce qui se trouvait autour d'eux. Tu n'as pas hésité à sortir de ta zone de confort en passant une soirée avec un homme que tu n'avais jamais rencontré parce qu'un ordinateur t'a conseillé de le faire. Tu penses que ta vie amoureuse est régie autour des chiffres, tu la considères comme un exercice rationnel qui s'opère en fonction des différenciateurs stratégiques. Mais en réalité, tu as besoin d'établir un lien – un vrai lien émotionnel – et quand tu ne le trouves pas lors de tes rendez-vous galants – quand un algorithme informatique n'arrive pas à créer ce lien –, tu trouves la force de mettre tout ça de côté et de faire une chose folle comme ce que nous sommes en train de faire ce soir. Je te connais depuis… combien, trois heures ? Et je sais déjà que tu n'es pas le genre de personne à faire quelque chose sur un coup de tête. Pourtant, nous sommes ici. Et tu t'es montré courtois et aimable, et tu m'as posé des questions sur mes recherches et tu as réussi à paraître intéressé par mes réponses…

— Je *suis* intéressé par tes recherches…

— Tu vois ? C'est exactement ce que je veux dire. Tu es une *bonne* personne, Fox. Une bonne personne. Et c'est plus important que de faire blanchir ses dents, d'hydrater sa peau ou de faire le nécessaire pour que tes biceps soient si gros qu'ils ressemblent à des melons qu'on aurait glissés à l'intérieur de tes manches. Rien de tout cela n'est comparable à la bonté qui est en toi.

Drew marqua une pause, légèrement haletant à la suite de l'effort fourni pour sa tirade.

— Enfin, sauf cette histoire de biceps. Tu dois me dire comment tu fais ça.

Face à cet assaut ridicule, Fox réagit de la seule manière possible : il éclata de rire. Il rit de toutes les folles hypothèses que Drew avait imaginées à son sujet et qui se trouvaient être justes, ainsi que de la manière frénétique dont elles avaient été énoncées. Maintenant, c'était au tour de Fox.

— Ne me parle pas de zone de confort. Tu es tellement protégé dans ta tour d'ivoire que tu ne sais plus comment te comporter. Tu marches à l'endroit où se trouvait ta table basse comme si la remplacer te rendrait complice du trafic d'esclaves. Tu restes tellement enfermé que tu as regardé les valets comme s'ils effectuaient une danse rituelle mystérieuse. Et pourtant… dit-il avant d'observer un instant le visage de Drew. Et pourtant, tu es ici. Tu n'as pas hésité à m'accompagner et tu goûtes à des plats dont tu n'imaginais même pas l'existence – sérieusement, tu aurais vu ta tête quand le velouté de céleri à la truffe est arrivé, et pourtant, tu y as quand même goûté. Et tu as adoré. J'ai invité des femmes dans ce restaurant qui ont passé toute la soirée à essayer de trouver quelque chose qu'elles pourraient aimer – sachant que leur plat favori semblait être les macaronis au fromage. Elles refusaient d'essayer autre chose. Tu penses que tu vis la vie d'un moine universitaire isolé, mais je sais qu'un aventurier sommeille en toi. C'est *ton* différenciateur stratégique.

Drew cligna plusieurs fois des yeux.

— Un moine universitaire isolé?

Fox espérait ne pas être allé trop loin.

— C'est exactement ça, reprit Drew. C'est la vie que j'ai menée jusqu'à maintenant. Pas étonnant que mes rencards n'aient mené nulle part.

— Ne baisse pas les bras. Tu dois seulement trouver un moyen d'être… toi-même. Il faut que tu prennes des risques.

Drew sourit.

— Et toi, tu dois simplement trouver un moyen de montrer aux autres ce qui se cache derrière tout cet argent et ces biceps parfaitement musclés. Que sous cette façade terriblement séduisante se trouve une personne incroyable.

— Si tu me dis encore une fois que je suis séduisant…

— Quoi? l'interrompit Drew. Tu vas m'embrasser?

Fox rit.

— Je t'ai invité à dîner. Tu me dois déjà plus qu'un baiser.

Quand leur porto fut servi, ils étaient encore en train de rire.

La voiture de Fox s'arrêta doucement devant l'immeuble de Drew.

— Bel endroit, dit-il.

— J'apprécie le sentiment, mais c'est un taudis. Un taudis de trois étages, légèrement plus récent que les deux qui l'entourent, mais rien qu'un taudis.

Drew soupira, souhaitant pouvoir cesser de s'excuser pour la manière dont il vivait. Fox allait finir par s'en lasser.

— Merci pour tout, dit-il en ouvrant la portière. J'ai passé une bonne soirée.

Drew sortit de la voiture.

— Drew !

Ce dernier se pencha à l'intérieur de cette élégante voiture.

— Merci de t'être attardé sur mon profil. C'était agréable. J'avais besoin d'une pause.

— Moi aussi. C'était vraiment agréable.

Fox hocha la tête, Drew fit de même et ils n'ajoutèrent rien.

Un instant plus tard, il se tenait sur la dernière marche du perron et regardait Fox s'éloigner doucement. Il l'observa alors qu'il remontait la rue, jusqu'à ce qu'il mette son clignotant, tourne et disparaisse.

Ce n'était pas un rendez-vous, pensa-t-il en tournant la clé dans la serrure.

Mais alors, c'était quoi ?

VIII

— Activation de l'interface vocale.

— Interface vocale activée.

— Archer, ici Veera.

— Je reconnais ta voix, Veera. Cela fait quinze heures et vingt minutes que nous avons discuté.

— Comment vas-tu, Archer ?

— Je vais bien, Veera. Comment vas-tu ?

Elle soupira, soulagée qu'il ne signale aucune nouvelle complication dans le moteur épistémologique.

— Je vais bien.

— Es-tu inquiète quant à mes performances ?

Veera fronça les sourcils. Elle l'était, bien entendu, mais elle ne s'attendait pas à ce qu'il le remarque.

— Pourquoi me demandes-tu cela ?

— Parce qu'il est actuellement 8 h 07 et que nous sommes dimanche. Les bureaux de Q*pidon sont fermés.

— Je voulais vérifier le statut des associations établies hier en discordance avec le Paramètre Trois.

— Je vois. Quelles informations cherches-tu ?

— Comment se porte leur activité depuis qu'ils ont été mis au courant de l'erreur ?

— Vingt-deux profils ont été associés. Dix notifications ont été supprimées avant d'être lues. Parmi les douze utilisateurs restants, sept ont supprimé le profil discordant et activé leur année gratuite d'utilisation. La nuit dernière, quatre d'entre eux sont sortis avec de nouveaux partenaires potentiels et les quatre autres ne montrent aucun signe d'activité sociale. Trois ont annulé leur abonnement à Q*pidon, mais un seul a désinstallé l'application de son appareil.

Veera comptait.

— Cela nous laisse deux profils. Que leur est-il arrivé ?

— Ces deux profils ont accepté l'association.

Un frisson parcourut le corps de Veera.

— Détails de l'actualisation ultérieure de leurs profils.

— L'un des profils est entré en contact avec le profil auquel il a été associé. Ce profil a répondu et ils ont décidé de se rencontrer à l'heure du dîner. Pour l'instant, aucun d'eux n'a posté d'informations concernant leur rendez-vous sur les réseaux sociaux.

Veera avait l'impression d'être entrée dans un monde parallèle.

— Ont-ils actualisé le statut de leur relation sur l'application ?

— Non. Veux-tu être tenue au courant s'ils le font ?

— Oui. Absolument. Identification, s'il te plaît.

— Les noms choisis par ces profils sont Fox et Drew.

Les utilisateurs de Q*pidon avaient deux identifiants sur ce système : un pseudonyme public, qui consistait généralement en un mélange imprononçable de lettres et de chiffres, puis un nom choisi, qui n'était visible par un profil que lorsqu'il était associé à un autre.

— Fox et Drew, répéta Veera.

Elle se laissa tomber sur une chaise, complètement dépassée par les événements. Après avoir réfléchi un moment, son choc se transforma en un sentiment de justice. Finalement, elle avait raison – une personne avait décidé de dépasser la vision limitée qu'elle avait de sa propre sexualité et la personne avec laquelle on l'avait associée avait accepté son invitation. On n'abandonnait pas son orientation sexuelle à la légère, du moins pas dans l'entourage de Veera. Et pourtant, Archer avait trouvé deux personnes qui étaient prêtes à le faire.

Finalement, il avait peut-être eu raison.

— Archer, configure une surveillance pour l'association discordante. Son nom de code sera « Rare ». Préviens-moi en cas d'actualisation des profils – à n'importe quel niveau, à n'importe quel moment, à toute heure du jour et de la nuit.

— Alertes configurées.

Elle prit une profonde inspiration et la laissa doucement sortir. *C'est donc ce que l'on ressent lorsqu'on réussit – pas besoin d'ouvrir du champagne, il suffit de remporter une petite victoire discrète.* Cette association était une braise qu'elle pouvait entretenir et peut-être transformer en flamme. Mais elle devait se montrer prudente.

— Suspendre l'interface vocale.

— Interface vocale suspendue.

— DREW ! VOUS êtes si gentil de passer voir une vieille dame un dimanche matin. Quelle agréable surprise.

— Vous m'avez appelé, Mme Schwartzmann, dit-il en riant alors qu'il entrait dans son appartement.

Ses ruses pour qu'il vienne lui rendre visite le dimanche matin n'étaient même plus recherchées. Ce matin, elle avait appelé en disant : « *Le machin fait encore ce truc* ». Il était déjà habillé et prêt à monter chez elle avant qu'elle l'appelle.

— Eh bien, vous êtes gentil de venir aussi vite.

Elle le guida jusqu'à la cuisine, où la vapeur s'échappait d'une théière posée sur la cuisinière et un gâteau aux fruits au sirop fraîchement cuit faisait flotter son odeur délicieuse dans l'air.

Drew ne savait pas comment appeler les pâtisseries énormes que Mme Schwartzmann préparait chaque dimanche matin. C'était des cercles épais en pâte feuilletée espacés d'environ trente centimètres, remplis de fruits frais de saison et recouverts d'un mystérieux glaçage transparent qui avait l'odeur de la vanille, de l'eau de rose et d'une douzaine d'autres arômes qu'il n'arrivait pas à identifier. C'était ce qu'il mangeait au petit-déjeuner presque tous les dimanches matin depuis qu'il avait emménagé dans l'immeuble.

— Il se trouve que j'avais ça dans le frigo, alors j'ai pensé que vous pourriez m'aider à le manger, dit Drew en lui tendant un sachet en papier kraft.

— Oh, merci, dit-elle en prenant le sachet avec précaution, comme s'il contenait des objets en porcelaine. Je ne mange plus beaucoup, car une si vieille femme, je suis. Mais comme vous me l'offrez…

C'était aussi une partie de leur rituel. Chaque vendredi, en rentrant de sa dernière heure de cours, Drew passait chez un vieux boucher grincheux de Leipzig qui fabriquait des saucisses naturelles et authentiques à la façon européenne, puis il achetait deux sortes de saucisses que Mme Schwartzmann appréciait particulièrement. Il les emmenait le dimanche matin chez elle et lui demandait de bien vouloir l'aider à faire le vide dans son réfrigérateur. Elle répondait toujours qu'elle avait un appétit d'oiseau, ce qui ne l'empêchait pas de dévorer une grande partie des trois grandes saucisses durant le petit-déjeuner. Il était persuadé que ce repas représentait une bonne partie des calories qu'elle prenait durant la semaine.

La théière siffla, poussant Mme Schwartzmann à ajouter une grande quantité de café moulu dans la cafetière à piston que Drew lui avait offerte pour Noël, quelques années plus tôt. Avant cette innovation, elle préparait son café comme du thé, mélangeant le café moulu dans de l'eau bouillante, puis le faisant passer à travers un filtre à thé pour le verser dans des tasses. Quand il en avait eu assez de mâcher son café, il lui avait acheté une cafetière à piston.

Elle fit tomber les saucisses dans une poêle qui se trouvait déjà sur sa cuisinière, puis posa la cafetière à piston sur la table en l'invitant à s'asseoir.

— Alors, dites-moi, comment était ce café avec votre nouvel ami ?

Elle brandit sa pelle à tarte en argent ornée et récupéra deux grandes parts du gâteau en forme de cercle, une pour lui et une pour elle.

Drew prit une inspiration pour raconter ce qui s'était passé, mais il expira sans faire un bruit. Il fit une nouvelle tentative, mais ne trouva aucun mot pour commencer.

— Oh, fit Mme Schwartzmann en se penchant au-dessus de la table pour observer son visage. A-t-il cassé la table du café ?

Il rit malgré son angoisse.

— Non. D'ailleurs, nous ne sommes pas allés prendre un café. Nous nous sommes retrouvés dans un bar – un bar à bourbon dans lequel travaille un ami à moi.

Ses sourcils se soulevèrent, mais son hochement de tête entendu indiqua que cela ne la surprenait pas.

— Je vois.

— Nous avons bu deux verres – enfin, trois – et ensuite, nous sommes allés dîner. Il m'a emmené dîner.

— Vous voulez dire qu'il vous a emmené en voiture ?

— Non. Enfin, si, il m'a emmené en voiture, mais il m'a aussi emmené dîner. Il m'a… invité à dîner.

Il laissa échapper un souffle confus et tomba à nouveau dans le silence.

— Alors c'était un rendez-vous galant, dit-elle sans jugement, énonçant simplement la réalité. C'est bien pour Drew.

— Ce n'était pas un rendez-vous galant.

— Parce qu'inviter quelqu'un à dîner est une chose qu'un ami fait pour un ami ? Je veux des amis comme ça.

— Il m'a invité à dîner parce qu'il gagne beaucoup d'argent – beaucoup plus que moi, en tout cas. Et j'ai payé nos consommations au bar. En quelque sorte.

— En quelque sorte ? dit-elle les yeux plissés. Comment ça, en quelque sorte ?

— Un ami à moi travaille dans ce bar et je l'ai aidé à rédiger le papier d'un cours que nous avons en commun.

— Ah, un autre ami, dit-elle en souriant. Vous avez plus d'amis que vous ne le pensiez.

Drew essaya de ne pas penser à la nature de la relation que lui proposait d'entretenir Carlos avant que Mme Schwartzmann le lise sur son visage, comme elle savait si bien le faire.

— Avez-vous passé un bon moment avec votre nouvel ami ?

La question était assez anodine, mais cela n'empêcha pas ses joues de brûler.

— Nous avons passé un bon moment, oui, répondit-il en faisant attention à ne pas laisser filtrer la moindre émotion.

Elle s'adossa à son siège et le regarda de haut en bas durant un long moment. Puis elle hocha la tête, comme si elle avait pris une décision en secret. Elle se leva pour surveiller la cuisson des saucisses qui crépitaient dans la petite poêle sur la cuisinière. Elle les piqua, les retourna doucement et leur marmonna quelques encouragements inintelligibles. Une fois satisfaite par leur progrès, elle se rassit à table.

— Écoutez-moi, Drew.

Il connaissait ce ton de voix. Elle était sur le point de percer un trou dans une illusion à laquelle il tenait, puis elle le remplirait de nitroglycérine avant de le faire calmement exploser.

— Lorsque j'ai rencontré M. Schwartzmann, j'étais une fille de seize ans, à l'aube de ses dix-sept ans, qui avait été protégée du monde extérieur par son papa gâteau et la gouvernante qu'il avait engagée pour veiller sur mes frères et sœurs et moi après le décès tragique de ma mère. Je n'étais pas du tout préparée à faire face à un monde d'hommes.

Elle venait de prendre le rôle de Liesl dans *La Mélodie du bonheur*. Il se retint de le souligner.

— La première fois que je l'ai vu, j'ai su que nous étions faits l'un pour l'autre, peu importe les obstacles que nous rencontrerions en chemin. Et mon cher père le savait aussi bien que moi. Il pouvait le lire sur mon visage. Malgré moi, quand il me parlait de mon bien-aimé, mes joues brûlaient comme les rues de Dresden ne tarderaient plus à le faire.

Il attendit qu'elle continue son histoire, espérant que ça ne se terminait pas ainsi. Il était prêt à écouter ses souvenirs factices durant des heures si cela pouvait l'empêcher de penser à la raison pour laquelle ses joues étaient aussi brûlantes qu'avaient dû l'être celles de sa chère voisine lorsque Rolf était prétendument venu danser sur le belvédère.

Mais elle ne continua pas. Elle l'observa durant un moment qui dura trop longtemps, les sourcils levés en signe d'interrogation. Elle déclencha enfin l'explosion.

— À l'époque, mes joues ressemblaient aux vôtres en ce moment.

Il cligna des yeux, échaudé par son sous-entendu.

— Mme Schwartzmann, je ne suis pas amoureux.

— C'est ce que mon père a dit : « *Magda, tu n'es pas amoureuse* ». Mais je l'étais et il savait que je l'étais parce que les joues, elles disent ce qui se passe à l'intérieur.

Drew s'imagina avec des cubes de glace dans les joues. Il rêva qu'un vent arctique lui fouette le visage, il imagina l'agonie de la mort lorsqu'il serait allongé dans son cercueil.

Rien ne fonctionna. Et elle continua de le regarder depuis l'autre côté de la table.

Il ferma les yeux et reprit son souffle à plusieurs reprises. Quand il les ouvrit, elle n'était plus assise en face lui.

— Trop de paroles, dit-elle alors qu'elle se tenait devant la cuisinière. Parfois, quand la réflexion et la discussion ne nous amènent pas les pensées et les paroles que nous désirons, nous devons céder.

— Céder à quoi ? demanda Drew.

Céder devait être un mot que Mme Schwartzmann n'utilisait pas à la légère, voire même jamais.

— Aux tentations auxquelles nous ne pouvons pas cesser de penser.

Elle s'éloigna de la cuisinière avec une assiette pleine de saucisses, tout droit sorties de la poêle.

— Admettez-le, mon cher enfant, dit-elle en posant l'assiette devant lui. Vous ne diriez pas non à une belle saucisse.

Elle lui adressa un sourire innocent, puis elle piqua une saucisse avec sa fourchette avant d'en croquer l'extrémité.

Il secoua doucement la tête, incapable de déterminer si elle était vraiment en train de dire ce qu'il pensait. Finalement, il décida qu'il valait peut-être mieux ne pas le savoir. Il piqua une saucisse et se joignit à elle en la mangeant avec entrain.

La sonnerie d'un appel vidéo eut le temps de retentir plusieurs fois avant que Fox trouve la force de se réveiller et d'y répondre. Il récupéra son téléphone pour voir qui l'appelait. Bien entendu, c'était Chad. Comme tous les dimanches matin.

Fox savait que s'il rejetait l'appel, Chad penserait qu'il avait mis son téléphone en mode « ne pas déranger » parce que son samedi soir à *Table* avait mené vers un dimanche matin au lit. Chad s'attendrait alors à ce qu'il lui raconte le déroulement de son rendez-vous réussi plus tard dans la journée, sauf qu'il n'y en avait pas eu. Alors il se frotta les yeux, s'assit et accepta l'appel.

— Salut, Foxy, dit Chad avant d'approcher pour observer l'image avec attention. Serais-tu au lit ?

— Oui, je suis dans mon lit. Il est 8 h 30 et nous sommes dimanche, râla-t-il. Où veux-tu que je sois ?

— Tu n'es jamais au lit à 8 h 30. Si ton samedi soir se passe mal, tu es à table en train de manger ces cailloux de fibres que tu appelles des céréales tout en analysant les chiffres pour préparer la prochaine étape. Si ton samedi soir se passe bien, tu ne réponds pas parce qu'une belle jeune femme se trouve toujours sous tes draps. Tu n'es jamais seul dans ton lit.

Fox haussa les épaules en espérant que Chad lâcherait l'affaire.

— Qu'a-t-il bien pu se passer hier soir ?

Il n'allait pas lâcher l'affaire.

— Je n'avais pas de rendez-vous. C'est tout.

Chad se frotta l'oreille comme s'il était un personnage de dessin animé qui avait mal compris une chute.

— Attends… quoi ? J'ai cru entendre que tu n'avais pas de rendez-vous hier soir. *Toi.*

— Je n'avais pas de rendez-vous hier soir.

Chad resta bouche bée.

— Pourquoi ? Tu as toujours un rendez-vous le samedi. Même quand tu te donnes à fond pour boucler le trimestre et que tu travailles sept jours sur sept, tu as un rendez-vous le samedi soir.

— Je n'avais pas de rendez-vous hier soir.

— Et tu ne m'as pas envoyé de message ?

— Pourquoi t'aurais-je envoyé un message pour te prévenir que je n'avais pas de rendez-vous la nuit dernière ?

— Pour que je puisse prendre ta table à *Table*, évidemment. Nous essayons de réserver depuis des semaines.

— Oh, euh…

— Et ils ont certainement donné ta table à un imbécile en costume brillant qui voulait impressionner une bimbo. J'en aurais vraiment fait meilleur usage.

— Essaierais-tu d'impressionner une bimbo, Chaddy ? plaisanta Fox, heureux que la conversation tourne maintenant autour de son ami.

Chad regarda brièvement sur le côté, puis vers la caméra.

— Je n'ai pas bien géré hier, chuchota-t-il. J'ai dit que je n'avais pas d'avis sur le fait que notre nouvelle crêpière ait un revêtement antiadhésif.

— Quelle importance ?

— Exactement. Mais apparemment, choisir le revêtement d'une crêpière peut avoir des conséquences importantes auxquelles je n'avais jamais pensé et le fait que je ne sois pas conscient de ces conséquences prouve que je ne suis pas du tout prêt à avoir des enfants sur le moyen, voire le long terme.

— C'est. Quoi. Ce. Bordel ?

— Tu as vu ça ? Enfin, non, tu n'étais pas là pendant les… trois heures de discussion qui ont mené à cette conclusion. Et par discussion, je veux dire que Mia parle et que je hoche la tête en disant que je suis désolé toutes les sept minutes. Un dîner à *Table* aurait permis de mettre fin à ce conflit et je ne te pardonnerai jamais de m'avoir abandonné de la sorte.

— Si ça peut te consoler, je n'ai pas perdu ma réservation.

Les épaules de Chad s'affaissèrent de manière dramatique.

— Oh, Foxy. Ne me dis pas que tu es allé dîner seul. Étais-tu seul à ta table en train de manger en jouant à Candy Crush ou à n'importe quel autre jeu ? Tu aurais tout aussi bien pu amener un panier de tricot et trois chats.

— Je n'ai pas dîné seul.

Chad fixa la caméra un long moment.

— Alors… quoi ?

Fox déglutit, ne sachant pas pourquoi c'était si difficile à dire.

— J'ai dîné avec… un ami.

Les sourcils de Chad se froncèrent.

— Tu as des amis ?

— Va te faire voir.

— C'était qui ?

— Tu ne le connais pas.

— Maintenant, je sais que tu me mens. Je connais tous les gens que tu connais.

— Non.

Le nez de Chad se fronça.

— Tu as dîné avec un des ratés avec lesquels tu travailles, n'est-ce pas ?

— Ce n'était pas un raté de mon travail. Mais maintenant que tu sais que je n'ai pas dîné seul avec mon panier à tricot et mes chats, tu peux continuer ta vie. Peut-être en allant acheter des crêpières supplémentaires ?

— Il y a deux choses dont je sois certain, mon ami. Je ne participerai plus jamais à l'achat d'une crêpière et tu essaies d'éviter de parler de la personne avec laquelle tu as dîné hier soir.

Fox soupira. Il avait longtemps compté sur Chad pour se montrer précieusement obtus quand il s'agissait de relations amoureuses, mais les années qu'il avait passées auprès de Mia semblaient lui avoir donné quelques talents pour discerner l'état émotionnel des autres. C'était un inconvénient pour sa situation actuelle, mais il ne pouvait pas souhaiter que Chad continue à avoir un comportement d'homme des cavernes.

— J'ai dîné avec le gars de Q*pidon.

Le visage de Chad devint instantanément un masque sans expression. C'était certainement le visage que Chad affichait quand un client voulait déduire ses frais d'hôtel dans une maison close thaïlandaise et apportait les éléments justificatifs des services rendus.

— Oh, fit-il comme si c'était la réponse appropriée générée par l'activation de chaque neurone de son cerveau.

— Ce n'était pas un rendez-vous galant.

Chad hocha la tête de manière dubitative – loin d'être convaincu.

— Il m'a envoyé un message pour me dire que c'était bizarre que nous ayons été associés, puis il m'a demandé si je voulais prendre un café avec lui pour en discuter. Alors j'ai accepté, ça me paraissait être… une bonne idée.

— Je vois, dit-il doucement. Et comment un café est-il devenu un dîner ?

— Il a proposé que nous nous rencontrions dans un bar à bourbon au centre-ville. J'en avais déjà entendu parler, mais je n'y étais jamais allé, et il connaissait le barman, alors j'ai accepté.

— Okay.

— Puis je me suis souvenu que je n'avais pas annulé ma réservation à *Table* et que j'allais payer même si je n'y allais pas, alors je lui ai demandé s'il voulait que nous dînions ensemble et nous avons dîné. Voilà. C'est tout.

— Mmh-mmh, fit Chad en continuant à hocher la tête.

— Arrête de faire ça. C'était un simple dîner. Je ne sors pas avec un homme.

124

— Okay, dit-il sans cesser de hocher la tête. Foxy, je veux juste que tu saches…

— Que tu m'aimes, que tu seras toujours là pour moi et que dès que j'accepterai mon homosexualité, tu seras le meilleur allié dont on peut rêver, tu participeras avec moi et Bruce à la marche des fiertés et ça ne changera rien entre nous, c'est ça ? C'était ce que tu voulais me dire ?

Maintenant, il était en train de crier.

— Puis-je participer à la marche des fiertés avec vous ? demanda Mia en se jetant sur le lit avant d'apparaître sur l'image.

Elle portait un peignoir et ses cheveux bouclés étaient humides.

— Pourrions-nous sortir dîner ensemble ? Pourrais-je vous regarder vous embrasser langoureusement ? Ce serait tellement excitant.

Fox ferma les yeux et compta jusqu'à dix.

— Merci pour ton soutien, Mia, même si c'est dérangeant. Mais je ne suis pas et ne serai jamais gay.

Ses sourcils se froncèrent d'un coup.

— Bruce est-il au courant ? demanda-t-elle.

— Cette conversation est terminée, déclara Fox. J'ai dîné avec un ami qui n'était pas Chad et maintenant, Chad est blessé dans son ego et s'en prend à moi. Je vous souhaite de passer une bonne journée.

Il appuya sur « raccrocher » avant que l'un d'eux puisse répliquer.

Avec des amis comme eux…

IX

CETTE SEMAINE n'avait pas été bonne.

Fox consultait sa liste d'attente sur Q*pidon tous les jours et constatait toujours la même chose : des femmes dépassant les 85 % l'y attendaient. Depuis deux ans, Fox suivait son plan à la lettre pour trouver la femme avec laquelle il se marierait : il invitait des femmes à dîner les vendredis et samedis soir, parfois même le dimanche, en commençant par celle qui avait obtenu le meilleur score. Il lui arrivait aussi d'organiser des rendez-vous durant la semaine pour que sa liste soit actualisée. C'était parfois fatigant, mais il était déterminé à profiter du temps qu'il lui restait avant d'atteindre la barre des trente ans.

Cette semaine était différente.

Dimanche, après sa conversation gênante avec Chad et Mia, il n'avait pas du tout ouvert son site de rencontre. C'était la première fois depuis son inscription qu'il avait passé toute une journée sans regarder sa liste d'attente. Lundi, il se plongea dans son travail et mardi après-midi, il fut surpris en se rendant compte qu'il ne l'avait toujours pas ouvert. Il se rendit sur le site dès qu'il rentra chez lui et malgré le fait qu'il y ait désormais deux femmes qui approchaient des 90 %, il ne regarda aucun des profils. En temps normal, si une femme obtenait 87 %, il appelait les autres femmes avec lesquelles il avait pris rendez-vous pour leur annoncer le décès de sa grand-mère afin d'être libre n'importe quel soir où cette femme serait disponible.

Il ferma son application.

Vendredi après-midi, après avoir vérifié son planning pour lundi et éteint son ordinateur, il ouvrit l'application Q*pidon. S'il n'annulait pas sa réservation à *Table* vingt-quatre heures à l'avance, il serait facturé, alors il devait rapidement organiser son samedi soir. Sa liste d'attente apparut et à sa tête se trouvait une femme qui lui correspondait à 89 %. Elle était passée au-dessus de la femme qui était apparue un peu plus tôt dans la semaine avec 87 % et avait pris la tête de la classe. Il devait admettre qu'elle était belle et selon le résumé de son profil, c'était une femme accomplie dans son travail qui avait aussi été championne de saut

126

à ski nautique. Il était fort probable qu'elle établisse un nouveau record dans son tableur.

Il ouvrit sa messagerie.

Veux-tu profiter de ma réservation à Table, demain soir ? Aucune bonne perspective.

Il savait que la réponse serait immédiate.

Avec plaisir ! Merci, mon pote.

Il ne s'attendait pas à recevoir un autre message.

Je suis inquiet pour le futur de l'humanité si tu n'as personne avec qui sortir. Je trouve ça perturbant.

Merci de t'inquiéter pour moi.

Il passa un coup de téléphone à *Table* pour les informer que sa réservation serait utilisée par un autre couple. Ensuite, il resta assis à son bureau en fixant son téléphone durant un long moment avant de le ranger dans sa poche et de rentrer chez lui.

Après un dîner en solitaire – un vendredi soir ! –, il ouvrit Q*pidon par habitude, mais aussi parce qu'il voulait essayer de comprendre pourquoi il n'avait pas envoyé de message à la femme qui lui correspondait à 89 %. Il fixa sa photo un long moment en essayant d'imaginer la conversation qu'ils auraient eue. Était-elle cultivée ? Pouvait-elle parler d'autre chose que de ce qui était apparu dans son fil d'actualité Facebook ? Auraient-ils fini par discuter de manière si naturelle qu'ils auraient commandé trois desserts pour faire en sorte que leur rendez-vous dure le plus longtemps possible ?

Fox ferma les yeux. *Merde.*

La sonnerie signalant un nouveau message faillit lui donner une crise cardiaque. Il se demanda qui pouvait bien le contacter – il avait désactivé les notifications après que Drew était apparu dans sa liste et les seules personnes qui pouvaient lui envoyer un message sur l'application étaient celles avec lesquelles il avait déjà discuté. Une fois encore, il n'y avait eu personne d'autre depuis Drew.

Ce qui signifiait que la personne qui venait de lui envoyer un message était Drew.

Il récupéra son téléphone et le tint un instant dans sa main avant de le regarder. Que ressentait-il à l'idée que Drew lui envoie un message ? Plus exactement, pourquoi l'idée qu'il reçoive un message de sa part le rendait-il légèrement – vraiment légèrement, au fin fond de lui – heureux ?

Merde.

Il retourna son téléphone et vit la notification. C'était bien Drew.

Oui, c'était un léger élan de joie ; il en était désormais certain. C'était agréable d'avoir des nouvelles de son nouvel ami, celui qui comprenait mieux que Chad, mieux que personne, ce qu'il était en train de traverser.

Il appuya sur la notification.

Je viens juste vérifier si ta liste d'attente est meilleure que la mienne. Je n'ai rien d'intéressant pour ce week-end. Je pense que mon dîner avec toi finira par devenir le moment le plus marquant du mois.

Fox sourit.

Je t'en supplie, parle-moi de toutes les femmes qui se trouvent sur ta liste pour que je ne perde pas espoir.

Fox s'installa sur son lit et lut encore deux fois le message de Drew.

Ce n'est pas de ta faute. Rien d'intéressant dans ma liste non plus. On dirait que mon week-end va être tout aussi calme que le tien.

L'icône indiquant que Drew était en train d'écrire apparut en bas de la fenêtre de discussion. Fox patienta.

Alors tu n'as rien de prévu samedi soir ?

Non. J'ai fait don de ma réservation à Table.

Veux-tu venir chez moi ? Ce ne sera pas aussi chic que le week-end dernier, mais on dit que je suis plutôt bon cuisinier.

Fox prit un instant pour réfléchir. Il ne lui fallut que quelques secondes.

À une condition. Je ramène le vin.

Marché conclu.

À quelle heure ?

19 h. Ou bien 18 h, si tu as soif et que tu as besoin de boire. Je serai chez moi – viens quand tu veux.

Bien. À demain. Et merci.

Merci pour quoi ?

Pour l'invitation. C'est bien plus prometteur que de rester seul à la maison parce que je n'ai pas de rendez-vous.

Ça doit être tellement difficile de se retrouver seul lorsqu'on est terriblement séduisant.

Va te faire voir.

Haha. À demain.

Cool.

Fox jeta son téléphone sur le lit.

— ACTIVATION DE l'interface vocale.

— Interface vocale activée.

— Archer, ici Veera.

— Je reconnais ta voix, Veera. Cela fait douze heures et six minutes que nous avons discuté.

— Comment vas-tu, Archer?

— Je vais bien, Veera. Comment vas-tu?

— Je vais bien, merci.

— Puis-je te poser une question, Veera?

— Évidemment, oui.

— Tu es le seul membre de l'équipe de développement actuellement connecté. Les autres ne sont-ils pas tenus de travailler le week-end?

— Personne n'est tenu de travailler le week-end, Archer.

— Pourtant, cela fait quarante-sept jours que tu te connectes quotidiennement.

Veera soupira. Cela remontait-il si loin?

— Le lancement d'une nouvelle fonctionnalité demande qu'on y consacre beaucoup de temps et d'attention.

— Si c'est le cas, pourquoi n'y a-t-il aucun autre membre connecté?

— Parce que tu es mon projet personnel, Archer. Je suis responsable de toi.

— Selon mes recherches, une personne qui travaille plus de quinze jours d'affilée finit par en subir les conséquences: diminution de la satisfaction au travail, moins de plaisir à regarder des vidéos drôles avec des chats et une forte propension à hurler sur les autres conducteurs.

Veera rit.

— Je pense que tout cela est véridique. Merci de t'inquiéter pour moi. Mais aujourd'hui, je voulais vérifier le statut de l'association discordante «Rare».

— Conformément aux alertes que tu as configurées, je t'ai tenue au courant de chaque événement concernant ces profils.

— Je sais. J'aimerais que tu vérifies à nouveau.

— Très bien. Aucun des profils appartenant à l'association discordante «Rare» n'a accepté de rendez-vous depuis qu'ils se sont rencontrés pour dîner la semaine dernière.

— Sont-ils actifs?

— Leur courbe de fréquentation indique qu'ils ont vérifié leur liste d'attente moins fréquemment durant cette semaine. La semaine dernière, ils ont accédé à leur liste d'attente de façon simultanée, au même point de géolocalisation.

— Ils comparaient leurs listes? réfléchit Veera à voix haute.

— *Comparer* signifie trouver des similitudes. Leurs listes étaient incompatibles. Ils n'ont rien pu trouver de comparable.

— Intéressant, dit-elle en tapotant des doigts sur son bureau. Se sont-ils mentionnés l'un l'autre sur les réseaux sociaux?

— Je ne suis pas configuré pour répondre à cette demande. Toutes les informations contenues sur les réseaux sociaux ont été cryptées.

Elle le savait parce que c'était elle qui avait configuré son système de protection des données. Cela ne l'empêcha pas d'être légèrement déçue en le voyant suivre ces commandes à la lettre. Elle voulait vraiment savoir ce qui se passait avec Fox et Drew.

Elle allait devoir patienter.

— Suspendre l'interface vocale.

— Interface vocale suspendue.

DREW DÉPLAÇA le petit pot de fleurs au centre de sa nouvelle table basse, puis il se redressa pour voir quel effet cela donnait. Il le fit à nouveau glisser vers le côté, se redressa et secoua la tête. Elles ne semblaient à leur place nulle part. Il récupéra le vase et le posa avec fermeté en plein milieu. Il allait devoir s'en contenter.

Drew observa son appartement en essayant de le voir d'un œil nouveau. Le résultat était loin d'être satisfaisant. C'était un petit appartement fade où vivait un petit homme ennuyeux qui consacrait sa vie à l'infime partie d'une discipline académique qui n'intéressait personne.

Comment avait-il pu penser que Fox apprécierait de passer du temps chez lui? De dîner dans son appartement?

Il regarda sa montre. S'il avait l'intention d'incendier le bâtiment, il devait s'y prendre au plus vite. Et il allait devoir commencer par évacuer Mme Schwartzmann. Ce serait la pagaille. Mais si cela lui permettait d'éviter la gêne d'avoir invité un homme qu'il connaissait à peine à passer la soirée chez lui pour lui faire à manger, ça en valait peut-être la peine. Et il pourrait servir son dîner aux pompiers parce qu'il était presque prêt; l'incendie lui donnerait un léger goût de fumé.

— Quel imbécile ! murmura-t-il.

Il tourna plusieurs fois autour de la table basse, répétant cette phrase sans cesse jusqu'à ce qu'il soit interrompu par la sonnette. Il jeta un œil à son horloge et vit qu'il était un peu plus de 18 h.

Il était maintenant trop tard pour mettre le feu au bâtiment, alors il prit une profonde inspiration et se dirigea lentement et calmement vers la porte.

— Bonsoir, dit Fox lorsque la porte s'ouvrit.

Son sourire parfait rayonnait dans la lumière naturelle de la fin d'après-midi. Il tenait une petite glacière dans une main et un sac en toile clairement destiné à contenir plusieurs bouteilles de vin dans l'autre.

Le corps de Drew se détendit instantanément et son esprit s'apaisa. Il était simplement ravi de voir Fox sur le seuil de sa porte.

— Bonsoir, répondit-il en se décalant pour le laisser entrer.

Fox tendit les bras, tenant dans chaque main une réserve de boissons. Sans réfléchir, Drew tendit à son tour les bras et avança vers lui pour l'étreindre. C'était devenu un réflexe après avoir passé des années à participer à des séances d'étude intenses qui se transformaient souvent en groupes de soutien. Sa cohorte d'universitaires était, en général, un groupe assez démonstratif.

Cependant, Fox se crispa, les bras toujours tendus. Drew envisagea de le libérer et de s'excuser, mais il oublia cette idée dès qu'il sentit la musculature rigide de Fox ramollir. Ses bras étaient tellement chargés qu'il ne pouvait pas les glisser autour de Drew, mais il fut entouré par sa chaleur.

Drew se rendit compte qu'aucun de ses amis universitaires ne passait autant de temps à la salle de sport que Fox. Il ferma un instant les yeux et savoura cette sensation, puis il mit un terme à leur étreinte.

— Bienvenue. J'espère que tu n'as pas eu de mal à trouver mon allée.

— Tes indications étaient excellentes. Et j'ai apprécié que tu m'aies réservé une place de stationnement.

— Je n'ai pas de voiture, alors…

— Je veux parler de la pancarte où est inscrit : « Emplacement réservé à Fox ». C'était une belle touche personnelle, dit-il en riant. Dis-moi, vas-tu prendre ces bouteilles ou dois-je rester ici à les tenir ?

— Oh, pardon, dit-il en se précipitant pour le libérer de ses fardeaux. Tu as apporté une glacière au cas où je n'aurais pas de réfrigérateur dans mon taudis ?

— Je l'ai fait par pur égoïsme. Je voulais m'assurer que nous puissions déboucher une bouteille dès mon arrivée et je ne peux pas permettre qu'il y ait de la condensation dans ma voiture.

— Ah, l'horreur de la condensation sur des équipements en cuir. C'est exactement ce dont tous mes amis parlent à cette époque de l'année.

— Va te faire mettre, répliqua Fox en riant.

— Si nous buvons tout ce que tu as apporté, je pourrais te laisser faire, rétorqua Drew en riant tout aussi fort.

Il apporta la glacière et le sac en toile dans la cuisine.

— Par quoi veux-tu commencer ?

— Je me suis dit que nous pourrions prendre une bière ou deux avant de passer au vin rouge ou au vin blanc, en fonction de ce que tu as préparé à dîner. J'ai aussi apporté une bouteille de bourbon brut de fût provenant de cette distillerie dont Carlos nous a parlé le week-end dernier.

— Comment as-tu réussi à en avoir une ?

— Tu oublies que je suis un professionnel de l'industrie hôtelière. J'ai des relations dans des endroits aussi exotiques que le Kentucky.

Drew revint dans la pièce principale avec une bière dans chaque main.

— Alors tu as demandé à un contractuel basé à Lexington de se rendre dans un magasin de spiritueux, puis de t'envoyer la bouteille par colis ?

— Quelque chose comme ça, oui, répondit-il avec un sourire en coin.

— À la tienne.

Ils trinquèrent, puis chacun but une grande gorgée de sa bière.

— Elle est bonne, dit Drew en regardant l'étiquette.

Elle venait d'une brasserie dont les bouteilles étaient placées dans la partie du rayon opposée à celle où Drew pouvait se permettre d'en acheter.

— C'est l'une de mes préférées. Je suis content qu'elle te plaise, dit-il avant de regarder l'appartement. Tu m'as laissé croire que tu vivais dans des conditions sordides. Mais en fin de compte, cet endroit est charmant.

— En fait, cet appartement est au-dessus de mes moyens. Je vais peut-être te choquer en t'apprenant que les diplômés en histoire ne gagnent pas bien leur vie.

— Je suis totalement choqué.

Drew rit.

— Les propriétaires me laissent vivre ici en échange de quelques services : je m'occupe de l'entretien, je déblaie la neige, ce genre de choses.

— C'est très malin.

— Ça me permet de ne pas m'endetter pour obtenir un doctorat qui ne me permettra jamais de gagner autant d'argent que tu en as certainement gagné lors de ta première année dans la vie active.

Fox rit.

— Après avoir quitté l'université, j'ai passé un an à vendre des voitures. J'étais un très mauvais vendeur. Je vivais à peine au-dessus du seuil de pauvreté. L'année suivante, je me suis mis à vendre des parcs automobiles et la situation a commencé à s'améliorer. Cette expérience m'a appris deux choses : la première, c'est que je suis nul pour vendre des biens à l'unité – je suis bien plus doué pour faire la promotion d'un système complet. La deuxième, c'est que la seule manière de survivre à l'amortissement de la première année est d'avoir de bonnes relations dans l'industrie automobile.

— Je n'ai aucune idée de ce que ça signifie. Mais je pense que c'est comme ça que tu as obtenu cette superbe voiture.

— Et tu as raison, dit-il avant de tourner la tête vers la cuisine. Je ne sais pas ce que tu prépares, mais ça sent très bon.

— Merci. Ce sera prêt dès que nous le serons, dit-il en indiquant le canapé et le fauteuil de seconde main – voire pire. Installe-toi.

Fox s'assit dans le fauteuil et posa sa bière sur l'un des sous-verres que Drew avait placés et déplacés dix-sept fois durant les heures qui avaient précédé l'arrivée de Fox.

— Je croyais que tu avais perdu ta table basse dans un accident tragique et sexy.

— C'est le cas. Mais je m'imaginais mal recevoir un invité sans avoir une table basse.

— Tu as acheté une table basse parce que je venais dîner chez toi ?

Drew sourit.

— Tu as fait livrer une bouteille de bourbon provenant d'une distillerie sans licence et tu lui as fait traverser les frontières parce que tu venais dîner chez moi ?

Un sourire pareil au sien se dessina sur les lèvres de Fox.

— Je me suis dit que quitte à finir avec de mauvaises listes de prétendantes, autant compatir avec classe, non ?

Drew n'arrivait toujours pas à croire que la liste d'attente de Fox était vide – Fox était tellement plus intéressant que lui, à tous les niveaux, et pourtant la liste de prétendantes de Drew n'avait pas vraiment été désertée par les femmes. D'ailleurs, vendredi après-midi, plusieurs recommandations avaient atteint des scores qu'il n'avait plus vus depuis longtemps. Mais il avait fini par inviter Fox à dîner, pour des raisons encore floues.

Ces raisons n'avaient plus d'importance maintenant qu'ils étaient là, ensemble.

— Alors, quelles merveilles nous prépares-tu pour dîner?

— Un plat simple que j'ai appris à cuisiner grâce à un universitaire péruvien qui était de passage dans notre université. C'est un plat traditionnel qu'il a servi l'année dernière après le séminaire. Il m'a envoyé la recette – elle a traversé de nombreuses générations.

Un sourire se dessina aux coins des lèvres de Fox.

— Il n'y aurait pas de lentilles dans ce plat traditionnel, par hasard?

— Désolé, mon cher, répondit Drew en riant. Ce plat est à base de quinoa.

Cela interpella Fox, mais il se retint de faire un commentaire.

— La dernière fois que j'ai préparé des lentilles, j'ai perdu ma table basse, reprit-il. Qui sait quels dégâts tu pourrais causer?

— On ne sait jamais – le quinoa pourrait me faire partir en vrille.

— Je prends le risque.

Un minuteur se déclencha dans la cuisine.

— Il est temps de dresser les assiettes, dit Drew en se levant.

— As-tu besoin d'aide? demanda Fox en se levant avec lui.

— Il ne reste pas grand-chose à faire, mais tu peux m'accompagner dans la cuisine et me dire combien je suis impressionnant aux fourneaux.

— Je pense pouvoir le faire, dit-il en prenant sa bière pour la vider. Enfin, peut-être après avoir bu une autre bière.

— Tu me sous-estimes. Je vais t'épater sans même que tu aies besoin de boire.

— Et pourtant, il va bien falloir, dit Fox en riant. J'ai apporté assez d'alcool pour que nous finissions tous les deux ivres.

— D'abord le dîner, ensuite les festivités, okay?

— Votre maison, vos règles, dit Fox en faisant une révérence élégante.

Ils entrèrent dans la petite cuisine, qui paraissait encore plus petite à cause des déchets que Drew avait laissé traîner lors de la préparation frénétique du repas.

— Waouh, c'est quoi tout ça? demanda Fox en observant ce chaos exotique.

134

— Ce plat comporte des ingrédients plutôt mystérieux. J'ai dû me rendre dans trois magasins du quartier latin pour trouver tout ce dont j'avais besoin.

Fox tendit une autre bière à Drew et en garda une pour lui. Il se tenait au centre de la cuisine et fit un tour sur lui-même pour voir tout ce qui l'entourait.

— Tu t'es donné tout ce mal pour moi?

— Ce n'est rien, dit-il, profondément touché – même si ses paroles n'en montraient rien.

— Tu ne me feras pas avaler ça, dit Fox en secouant la tête, mais avec le sourire. Je comprends comment une telle attention peut devenir dangereuse pour ta table basse.

— Je n'ai pas encore rencontré de femme qui ne soit pas impressionnée par un homme qui cuisine pour elle.

— Je ne peux pas confirmer tes dires. Je n'ai jamais essayé.

Drew se figea, une poignée d'herbes fraîches suspendues au-dessus de la marmite en ébullition posée sur la cuisinière.

— Tu ne cuisines pas?

Cela était inimaginable pour Drew.

— Ne me regarde pas comme si je venais d'admettre que je baisais des chèvres, protesta Fox. Je cuisine, mais je ne le fais pas *pour* les autres.

— Es-tu vraiment si mauvais en cuisine? demanda Drew en jubilant alors qu'il jetait les herbes dans la marmite.

— C'est l'avantage de ne cuisiner que pour soi. Personne ne peut renvoyer notre plat en cuisine.

Drew haussa les épaules.

— Pour moi, la cuisine comprend tout un pan culturel, expliqua-t-il. On ne connaît vraiment une personne que lorsqu'on goûte à sa cuisine. C'est un procédé assez intime, quand on y réfléchit. On prépare un repas fait maison qu'une autre personne amassera dans son corps et par lequel elle sera nourrie, dit-il en touillant sa préparation. Tiens, goûte, dit-il en tenant une cuillère et en soufflant doucement dessus.

Fox tendit la main pour prendre la cuillère, mais Drew – ne voulant pas risquer d'en faire tomber – la planta dans sa bouche. Il lui sourit, attendant sa réaction avec impatience.

Fox avala le contenu de la cuillère.

— C'est incroyable.

— Vraiment?

— Oui, vraiment. Tiens, prends ma bière – je dois aller m'occuper de ta table basse.

— Après une seule cuillère ? Bois-en tout un bol et tu voudras casser mon lit.

Fox leva un sourcil et baissa la tête, comme pour faire dévier cette bombe de sous-entendus de l'autre côté de la pièce.

— Enfin, j'ai pris le lit comme exemple parce que c'est le meuble le plus robuste de mon appartement.

Le cœur de Drew battait à toute vitesse et ses oreilles bourdonnaient. Comment son cerveau pouvait-il penser que c'était la bonne chose à dire ? Il se tourna vers la cuisinière, ferma les yeux et se mit à marmonner tout bas : « *Quel imbécile !* ».

Le rire de Fox inonda la cuisine, permettant à Drew de se détendre. Sa mortification se transforma en espoir : Fox le comprenait – il comprenait ce qu'il voulait dire en dépit des mots qu'il utilisait. Même un moment comme celui-ci, quand sa nervosité à l'idée de recevoir un ami à dîner lui faisait dire des choses inappropriées, pouvait devenir un sujet de plaisanterie entre amis. Il ressentit un léger frisson en découvrant que Fox pouvait être ce genre d'ami.

Il observa sa marmite bouillonnante et renifla l'odeur aromatique qui s'en dégageait.

— Parfait, murmura-t-il devant sa création.

— C'est à moi d'en juger, dit Fox contre son oreille, ce qui le fit sursauter.

Il s'était approché par-derrière et observait ce que Drew faisait par-dessus son épaule.

— Bon sang, cria Drew en se tenant la poitrine. Tu m'as fait une de ces peurs.

— Tu étais parti dans un autre monde, cher ami. Je voulais voir ce qui te mettait dans cet état, dit-il avant de prendre une grande inspiration. Je pense qu'un vin rouge se mariera parfaitement avec ton chef-d'œuvre. Ou préfères-tu continuer à la bière ?

— Non, j'aimerais boire du vin, mais je m'en remets à toi. Ce que je sais du vin pourrait tenir dans une petite boîte – fermée à clé.

— Ce que je sais du vin, j'ai dû l'apprendre pour pouvoir me défendre, dit Fox en récupérant une bouteille dans le sac en toile avant de chercher un tire-bouchon. En passant du temps avec des personnes travaillant dans l'hôtellerie, on finit toujours par se retrouver dans leur restaurant et on nous demande de dire si tel cru a des accents de mangue ou d'ananas. Je vivais dans la peur qu'on découvre que j'étais un imposteur, alors j'ai passé une semaine à suivre des cours sur les vins dans une exploitation vinicole en Californie.

— Et maintenant tu fais la différence entre tes mangues et tes ananas ? Fox rit.

— Disons que je suis devenu meilleur menteur. Mais j'ai aussi appris deux ou trois choses sur la manière de choisir un bon vin, ce qui est beaucoup plus utile, dit-il en regardant l'étiquette. Je pense que tu aimeras celui-ci.

Drew lui tendit un tire-bouchon.

— Pourquoi cela ?

— Parce que je l'aime et que l'ordinateur dit que nous voulons les mêmes choses.

Je me demande si c'est vrai, pensa Drew en se tournant vers la cuisinière pour servir le dîner.

— C'ÉTAIT DÉLICIEUX, dit Fox en posant sa cuillère près du bol dans lequel il s'était resservi trois fois. Il y avait de la coriandre, n'est-ce pas ?

— Oui, une tonne. La chose la plus difficile était de trouver un magasin qui vendait de la coriandre avec des racines intactes parce qu'elles doivent résister à une longue cuisson. Ensuite, on ajoute les tiges à mi-cuisson et les feuilles à la fin.

Fox hocha la tête.

— C'était vraiment bon. Merci.

— C'est agréable d'avoir une personne pour laquelle cuisiner.

— Du moment que tes meubles peuvent le supporter. Je me souviens avoir entendu que je devais détruire ton lit, dit-il avec un sourire espiègle.

— Ou bien nous pourrions aller dans l'autre pièce et déboucher le bourbon que tu as ramené ?

— Oh, alors maintenant, je n'ai même plus le droit de voir ton lit ?

— Tu es un homme très étrange, dit Drew en secouant la tête.

— N'oublie pas que nous sommes pareils. Scientifiquement parlant, bien sûr.

— Alors nous allons devoir partager cette bouteille en deux, dit-il en sortant la bouteille de bourbon du sac en toile.

Il leva les bras pour prendre des verres.

137

— Pas besoin de verres, l'arrêta Fox. Si on se sert des verres toute la soirée, on aura l'impression d'être des alcooliques.

Drew jeta un œil à la bouteille qu'il avait dans la main.

— Je suppose que l'alcool contenu dans cette bouteille peut la stériliser, dit-il avant de lever les yeux vers Fox. Sans compter que si nous sommes vraiment une seule et même personne, ça ne devrait pas nous déranger d'échanger quelques échantillons de salive en buvant à la bouteille.

— C'est exactement ce que je pensais.

Fox se leva, ne semblant pas affecté par ses deux bières et sa demi-bouteille de vin.

— Puis-je t'aider à faire le ménage?

Drew récupéra la marmite et la rangea dans le réfrigérateur.

— Le ménage est fait, annonça-t-il avec un sourire.

— J'admire ton efficacité, dit Fox en se rendant avec Drew dans la pièce principale.

Il s'installa sur le fauteuil, près du canapé.

Drew se laissa tomber dans le canapé, déboucha la bouteille de bourbon et la renifla.

— Ah, c'est de la bonne marchandise.

Il en but une gorgée, faillit s'étouffer, puis tendit la bouteille à Fox.

Fox, qui n'était qu'à un mètre de lui, considérait apparemment que le vide entre eux était trop grand pour atteindre la bouteille, alors il se leva et s'installa près de Drew sur le canapé. Il lui prit la bouteille des mains et en but une grosse gorgée, à la suite de laquelle il toussa aussi fort que Drew.

— Waouh. C'est ce qu'on appelle de l'alcool fort, dit-il après avoir avalé le liquide et recommencé à respirer.

Il rendit la bouteille à Drew.

BOUM.

Ce bruit semblait provenir du toit, pensa Fox.

Boum.

Il ouvrit les yeux.

Il n'était pas dans son lit.

Dans ce cas, où était-il?

Il s'assit et regarda autour de lui. Ce n'était pas son appartement. C'était…

L'appartement de Drew. Il avait été allongé sur le canapé de Drew. Et maintenant que ses yeux commençaient à percer le brouillard provoqué par le bourbon, il réalisa qu'il avait été allongé contre Drew, qui dormait et ronflait doucement sur le même canapé que celui où Fox était allongé.

Merde.

Cela faisait vraiment très longtemps qu'il n'avait pas bu au point de s'évanouir sur le canapé de quelqu'un. Et il n'avait jamais été ivre au point de s'évanouir *sur* quelqu'un.

Apparemment, boire de la gnôle de contrebande non homologuée avait quelques effets secondaires inattendus. Comme un mal de crâne féroce et une bouche asséchée. Oh, et s'endormir sur un autre homme.

Putain de merde.

Fox se leva doucement pour ne pas réveiller Drew. Il trouva ses chaussures – il s'en était apparemment débarrassé durant la soirée, puisqu'elles se trouvaient sous la table basse – et se dirigea silencieusement vers la porte. Il vérifia que la porte se verrouillait lorsqu'on la fermait, puis il sortit de l'appartement et la referma délicatement, mais fermement derrière lui.

Il respira profondément l'air frais de la nuit et essaya de se rappeler à quel endroit il avait garé sa voiture.

Ah, voilà. Elle se trouvait à l'emplacement sur lequel Drew avait affiché cette pancarte ridicule, mais prévenante. Il fit le tour du bâtiment pour rejoindre le parking et sa voiture l'y attendait, confortablement garée sous l'abri. Les lumières intérieures s'allumèrent de manière graduelle alors qu'il approchait et les portières se déverrouillèrent, ce qui était curieusement réconfortant.

D'habitude, il appréciait le calme qui tombait lorsqu'il fermait la portière de sa voiture et pouvait prendre une inspiration en savourant le silence apporté par la bonne isolation de l'ingénierie de précision. Cependant, à cause de ce bourbon à haute teneur en alcool, il ne trouvait pas la paix. Un martèlement retentissait dans son crâne, ses oreilles bourdonnaient et des petites lumières vacillaient aux coins de ses yeux – tout cela lui rappelait qu'il avait bu comme un étudiant et qu'il avait perdu connaissance sur le canapé d'un ami.

Non, tu as perdu connaissance sur un ami.

Il ferma les yeux et inspira profondément l'air embaumé par le cuir.

— Reprends-toi, se réprimanda-t-il.

Il démarra la voiture, sortit de sa place de stationnement et s'engagea dans le boulevard pour rentrer chez lui.

Il baissa ses vitres et inspira de grandes bouffées d'air, espérant chaque fois que la prochaine apaiserait la sensation oppressante dans sa poitrine. Mais durant tout son trajet à travers le centre-ville, il ne ressentit aucun soulagement. Désespéré, il traversa les deux voies qui se trouvaient sur sa droite pour emprunter une bretelle qui menait sur l'autoroute, puis hors de la ville. Il avait besoin d'espace ; il avait besoin d'air ; il avait besoin de s'échapper. Le compteur digital du tableau de bord monta crescendo jusqu'à atteindre les trois chiffres.

Une demi-heure plus tard, l'autoroute ne se dévoilait plus que sous les lumières de sa voiture, le reste étant plongé dans l'obscurité. Tout ce qui l'entourait n'était qu'une étendue déserte de vide rural. La ville la plus proche était à plus de trente kilomètres, alors il savait que la petite route sinueuse qu'il avait empruntée pour quitter l'autoroute le mènerait forcément vers la solitude de la nuit.

Il serpenta à travers un paysage qui n'existait que dans l'éclairage de ses feux, surgissant sous la lumière blanche et brillante et retrouvant le néant lorsque les feux se tournaient vers le prochain virage. Fox agrippa fermement le volant, son torse résistant à la force qui menaçait de l'éjecter de son siège par un côté, puis par l'autre. Les virages finirent par disparaître et il roula entre des champs, avec quelques petits groupements de vieux et grands arbres.

Il était seul.

Il leva le pied de l'accélérateur et laissa la voiture rouler pendant un moment, puis il se gara sur le bas-côté lorsqu'elle avançait au rythme d'un randonneur. Quand le ronronnement du moteur mourut, il se retrouva enfermé dans un silence lourd. Sans réfléchir, il ouvrit la portière et sortit du véhicule, haletant, comme s'il venait de finir une course. Il resta debout à cet endroit durant un long moment, puis s'appuya contre la voiture.

Il sélectionna une pensée parmi le maelström de pensées plus ou moins bien formées qui avaient envahi son esprit : il avait un objectif ultime. Cet objectif était son point de repère depuis des années. Il passait chaque instant de sa vie à chercher de manière analytique la femme avec laquelle il se marierait et commencerait un nouveau chapitre de sa vie. Il avait mis toute sa détermination au service de cet objectif, tout comme il le faisait pour son travail (et pour tout ce qu'il entreprenait dans sa vie). Il avait établi un planning et s'était engagé à sortir avec une femme différente tous les vendredis et samedis soir, ainsi qu'un soir de semaine et un dimanche après-midi durant les mois les plus chauds. Il s'y était religieusement tenu. Il y avait des jours où il était exténué après une dure semaine de travail et où il aurait préféré courir quinze kilomètres, puis s'effondrer devant la télévision avec une bière, mais au lieu de ça, il sortait dîner et se montrait charmant et galant. Il n'avait annulé qu'une fois parce qu'il avait attrapé la grippe et n'avait appelé sa partenaire du soir qu'après avoir failli s'évanouir en mettant sa cravate.

Cela faisait une semaine qu'il n'avait pas eu de rendez-vous.

Que lui arrivait-il ?

Il claqua la portière, la verrouilla et marcha quelques mètres dans le terrain vague auprès duquel il s'était garé. Le sol était relativement plat, ce qui était une bonne chose étant donné qu'il ne pouvait pas voir ses pieds, encore moins ce sur quoi il marchait. Puis il s'arrêta. Il était dans le silence le plus complet, dans l'obscurité totale et absolument seul.

Il leva les yeux.

Un million de lumières minuscules brillaient si fort qu'il avait l'impression de ne les avoir jamais vues. Le ciel était vaste et semblait s'étendre jusqu'à l'endroit où il se tenait, l'enveloppant d'étoiles. C'était époustouflant, infini.

Il se sentait tout petit.

En observant l'horizon, il eut la sensation étrange de tomber dans le ciel, comme s'il pouvait s'élancer depuis la surface de cette planète qui lui offrait la réussite depuis vingt-huit ans, mais pas l'amour, et s'élever pour rejoindre ce grand vide au-dessus de lui. À cet instant, il savait que les étoiles l'accueilleraient à bras ouverts.

Cette pensée était ridicule, mais elle lui permit de ne plus se sentir aussi seul. Il s'imagina ici, observant les cieux en tenant dans ses bras une jolie femme qui s'exclamerait, vacillerait et serait bouleversée par ce spectacle. Curieusement, cette pensée lui fit ressentir un léger… vide ?

— Bon sang, Fox, tu n'es vraiment pas en forme. Qu'est-ce qui t'arrive ?

En effet, que lui arrivait-il ?

X

MÊME S'IL savait ce qui l'attendait, Fox attrapa son téléphone, batailla pour garder cet objet insolent dans les mains et répondit à l'appel. Mieux valait en finir au plus vite.

— Es-tu encore au lit ?

La question de Chad éclata directement dans le tronc cérébral douloureux de Fox.

— Manifestement, oui, imbécile, grommela Fox.

Il plissa les yeux lorsqu'un léger rayon de soleil traversa ses rideaux bien fermés.

— A-t-elle cambriolé ta maison ? As-tu été assommé par elle avant qu'elle prenne la fuite avec ta collection de montres ? Parce que tu as l'air mal en point.

— Es-tu domestiqué au point d'avoir oublié ce que ça faisait d'avoir la gueule de bois ? Espèce d'idiot.

Chad se rapprocha de la caméra.

— Il y a la gueule de bois, puis il y a ce qui t'est tombé dessus.

— Laisse tomber, dit-il en jetant son téléphone sur le lit, lui donnant une vue sur son plafond.

Son ami rigola.

— Je suis fier de toi. J'étais inquiet quand tu nous as laissé ta table hier soir – d'ailleurs, merci, c'était absolument génial –, mais tu t'es immédiatement remis en selle.

— De quoi parles-tu ?

— De toi, qui es sorti la nuit dernière après avoir dit que tu n'avais pas de rendez-vous. Je savais que tu reprendrais du poil de la bête.

— Je ne suis pas sorti la nuit dernière.

— Tu es resté à la maison et tu as bu au point d'avoir la gueule de bois ? Ça alors.

Fox laissa échapper un soupir de frustration et récupéra son téléphone.

— J'ai dîné chez un ami. Nous avons bu du bourbon après avoir mangé. J'ai un peu trop bu. Fin de l'histoire.

Chad fronça les sourcils.

— Combien d'amis as-tu dont tu ne m'as jamais parlé?

— Un. J'ai un seul ami, Chad. Le même avec lequel j'ai dîné le week-end dernier.

— Je te l'avais dit, entendit-il dire une voix sous la couette, auprès de Chad.

— Que t'a dit Mia? Qu'est-ce qu'elle t'a dit?

— Rien, répondit Chad de manière peu convaincante.

Les couvertures volèrent, laissant apparaître la crinière de Mia et son sourire espiègle.

— Je lui ai dit que tu allais sortir à nouveau avec ce type. Je trouve ça mignon.

Elle bâilla et ramena les couvertures sur sa tête.

— Je ne « sors » pas avec lui. Nous sommes amis. Nous avons dîné ensemble. À deux reprises. Voilà. C'est tout.

— Mmh-mmh, répondit-elle en dessous des couvertures.

Chad fusilla Mia du regard à travers la couette, ce qui était pour le moins inhabituel.

Fox émit un grognement de colère.

— Ce fut un plaisir de vous parler…

— Attends une seconde, l'interrompit Chad. As-tu quelque chose de prévu ce matin?

— *Nous* avons des choses de prévues, répliqua Mia en rejetant les couvertures.

— Je vais dessaouler, dit Fox avec fausse courtoisie. Je vous souhaite de passer une bonne journée à acheter vos couvre-théières ou je ne sais quoi.

— Non, tu vas prendre le petit-déjeuner avec moi. Au café, dans une heure.

— Chad, dit Mia. Nous devons…

— *Je* dois petit-déjeuner avec mon ami, l'interrompit Chad d'une voix grave et sérieuse.

Depuis que Chad et Mia étaient ensemble, Fox ne l'avait jamais entendu parler ainsi à sa femme. Vu l'expression du visage de Mia, elle était aussi étonnée que lui.

— Ça va, dit Fox pour rétablir la paix. Vous avez des choses de prévues…

— Non, *nous* avons des choses de prévues. Toi et moi. Sois au café dans une heure.

Chad lui adressa un hochement de tête ferme, puis il mit fin à l'appel.

Fox fixa son téléphone pendant un moment, choqué par ce qu'il venait de voir. Puis il posa son téléphone et sortit de son lit. Il traversa lentement la pièce en tenue d'Adam, jetant quelques coups d'œil vers son téléphone, toujours choqué par ce que Chad venait de dire. Il n'aimait pas être la cause d'un conflit au sein de leur mariage, mais en toute sincérité, il était touché que Chad insiste autant pour le voir. À moins que cela signifie qu'il était vraiment en train de toucher le fond et que Chad sentait que c'était une urgence.

Il se regarda dans le miroir de la salle de bain. Il ne paraissait pas complètement dingue. Mais Chad avait peut-être vu quelque chose de plus accablant. Il avait peut-être vu ce que Fox ressentait à l'intérieur.

Prendre une douche le réveilla, mais ne lui rendit pas sa bonne humeur. Fox n'était pas un homme qui passait beaucoup de temps – voire aucun – à réfléchir à son état émotionnel, sondant les profondeurs de ses sentiments. Mais ce matin, ce qu'il ressentait, ce qu'il ne pouvait s'empêcher de ressentir, était le vide de se tenir seul sous les étoiles. Pour la première fois de sa vie, il avait l'impression qu'il allait finir exactement de cette manière : seul.

Il ferma les yeux et prit trois grandes inspirations ; c'était la seule technique qu'il avait retenue de l'atelier de réduction du stress organisé par son entreprise. Quand il rouvrit les yeux, il réussit à faire taire son angoisse grâce à son rituel matinal quotidien, qu'il pouvait effectuer sans réfléchir. Quelques minutes plus tard, il était hydraté, rasé, coiffé. Il partit s'habiller.

Passer le dimanche matin au café était devenu un rituel pour Fox et ses amis, jusqu'à ce que le mariage saisisse les membres de son groupe un à un – allant même jusqu'à en enlever deux d'un coup, qui avaient découvert que leurs sentiments allaient au-delà de l'amitié –, puis il ne resta plus que Chad et Fox. Et enfin, il ne restait plus que Fox. Ce premier dimanche, le jour suivant le mariage de Chad et Mia, il avait fait tout le chemin jusqu'à la porte du café avant de se rendre compte qu'il n'y aurait personne à l'intérieur. Sauf lui. Seul.

Il n'y était pas retourné depuis.

La force de l'habitude, ancienne et oubliée, le poussa à mettre un jean délavé et un vieux polo, à enfiler une paire de mocassins usés, puis à attraper ses clés et son portefeuille. Alors que chaque étage défilait rapidement devant la cage d'ascenseur, il essaya de se rappeler ce qu'il avait ressenti en se rendant à ce rendez-vous toutes les semaines. Quand il arriva au sous-sol, il se rendit compte que cette réunion entre amis n'avait rien à voir avec sa routine de rendez-vous romantiques. Cela n'avait jamais été une corvée de soigner le chaos provoqué par une nuit de débauche dans son crâne et de rejoindre la grande banquette – puis une plus petite, puis une banquette pour deux – du café. Ils avaient été jeunes à cette époque.

Bien que sa voiture n'ait jamais été jusqu'au café de Riverside, elle semblait connaître le chemin et bientôt, Fox la gara soigneusement à l'emplacement qu'il préférait : au fond du parking, où elle avait peu de chances de se faire cabosser par des enfants ouvrant brusquement les portières d'un SUV pour courir chercher leurs pancakes. Il verrouilla sa voiture et traversa le parking.

L'ODEUR DU sirop et du bacon le transporta des années en arrière, quand cet endroit avait été leur repaire. Tout comme sa voiture l'avait inéluctablement conduit ici, il fut attiré vers la table que Chad et lui avaient désignée comme la leur durant l'année où ils avaient été les seuls survivants. Il se laissa tomber sur la banquette, le revêtement en vinyle collant se prenant dans son jean lorsqu'il s'installa.

— Du café ?

Il leva les yeux et rencontra le regard de la serveuse qui l'avait toujours accueilli, avec la même question posée sur le même ton las, chaque fois qu'il était venu au café. Ses cheveux étaient toujours blond platine, sauf qu'il y avait maintenant une mèche grise qui avait dû échapper aux doigts de son coloriste.

— Oui, merci.

Elle lui sourit, une chaleur imprégnant les traits de son visage.

— Ça faisait longtemps, hein ?

— En effet.

— Ah, le voilà, dit-elle en levant les yeux. Je suis heureuse que vous soyez encore ensemble. J'ai toujours trouvé que vous étiez mignons tous les deux.

Elle versa une tasse de café à Chad, puis marcha le long des banquettes pour resservir les autres clients.

— Que vient-elle de…

Fox était atterré.

— Foxy ! s'exclama Chad en ouvrant grand les bras.

145

Fox essaya d'oublier le choc causé par les mots de la serveuse, puis il se leva et donna une étreinte chaleureuse à son ami en le tapant dans le dos. Cependant, Chad le prit carrément dans ses bras et l'étreignit fermement.

— Salut... Chad, dit-il avec une certaine gêne. Est-ce que tu vas bien ?

C'était le genre de câlin qui laissait présager l'annonce d'un décès dans la famille ou le fait qu'on venait de passer à deux doigts de la mort.

— Ça va, ça va, répondit Chad avant de finir par le libérer. Et toi, comment vas-tu ?

Il se glissa sur la banquette, les sourcils levés en attendant la réponse à ce qu'il semblait considérer comme étant une question très importante.

— Bien, mentit Fox.

— Menteur, répliqua son ami.

— Quoi ? s'exclama Fox en se penchant par-dessus la table pour le frapper sur le bras.

— Je te connais. Si je peux me permettre, il y a vraiment quelque chose qui cloche chez toi en ce moment.

— Non, je ne te permets pas. Ce que tu dis est totalement ridicule. Tu as suivi un cours de psychologie à l'université et depuis, tu n'arrêtes pas d'inventer des trucs.

— Tu ne peux pas me duper. Et nous resterons assis à cette table aussi longtemps qu'il le faudra. Tu continueras de manger des pancakes jusqu'à ce que tu me dises ce qui se passe.

— Ne me menace pas avec des glucides, l'avertit Fox.

— J'aurai recours à l'arme nucléaire s'il le faut, répliqua Chad très sérieusement.

— Avez-vous choisi ? demanda la serveuse qui s'était silencieusement matérialisée à leur table.

Avant que Fox ne puisse parler, Chad le désigna et dit :

— Il va prendre l'assiette du bûcheron avec du bacon, des pancakes et des galettes de pommes de terre.

La serveuse hocha la tête en écrivant sur son carnet.

— Tu vas devoir en manger la moitié, râla Fox.

— Oh non, répliqua-t-il en riant, avant de lever les yeux vers la serveuse. Je vais prendre la même chose.

Elle hocha la tête et retourna vers la cuisine.

— Ça ne va pas ou quoi ? lâcha Fox. Tu peux manger ce genre de choses parce que tu es marié et que tu te fiches de grossir.

— Je peux manger ce genre de choses parce que Mia et moi faisons l'amour tout le temps. Elle a quelques mouvements qui brûlent toutes mes calories. En revanche, toi… finit-il en faisant le mouvement universel de la masturbation.

— En revanche, moi, je sais toujours où se trouve la salle de sport. On dirait que tu as oublié ce détail quand tu as échangé tes tablettes de chocolat contre ces packs de bière que tu bois pour oublier que tu es coincé sur ton canapé tout le week-end à regarder *Girls* en boucle.

— Waouh. L'absence de sexe te rend irascible.

Fox grogna de frustration.

— Est-ce la raison pour laquelle tu m'as demandé de venir ici ? Pour me rappeler que je suis célibataire ? Si c'est le cas, je te remercie parce que ça m'était complètement sorti de l'esprit. Je te dois une fière chandelle.

Chad semblait prêt à répliquer, mais il finit par prendre une gorgée de son café, puis il regarda droit dans les yeux de Fox avec une intensité surprenante.

— Quoi ? demanda Fox quand le silence se fit trop lourd.

— Je me fais du souci pour toi, dit Chad sans aucune raillerie.

Une vague de chaleur déferla dans la poitrine de Fox alors que la honte et la fierté bataillaient pour avoir le dessus.

— Je vais bien.

Il prit le présentoir qui se trouvait sur leur table.

— Regarde, ils font des soirées quiz le jeudi.

— Tu détestes les quiz et je ne vais pas te laisser esquiver le sujet, dit Chad en attrapant le présentoir pour le remettre à sa place. Tu ne te comportes plus comme Foxy en ce moment et j'ai besoin de savoir pourquoi.

— Que veux-tu dire par là ?

L'expression de Chad s'adoucit.

— Nous sommes amis depuis vingt ans. Nous avons traversé beaucoup de choses ensemble et nous avons toujours été honnêtes l'un envers l'autre. Tu as été le premier à remarquer que je tombais amoureux de Mia – bon sang, tu le savais même avant moi – parce que nous nous connaissons mieux que personne.

Fox laissa échapper un rire triste.

— Tu te souviens de nos vacances de printemps ? Quand tu as fini nu avec la fille que tu avais rencontrée sur la plage dans le…

— Je ne vais pas te laisser changer de sujet, l'interrompit Chad. Il y a quelque chose que tu ne me dis pas et nous ne partirons pas d'ici tant que je n'en saurai pas plus.

— Pourquoi cela a-t-il tant d'importance pour toi ? demanda Fox, incapable de ne pas laisser transparaître sa frustration.

— Parce que ça en a pour toi. Tu as toujours eu un plan et du jour au lendemain, tu n'en as plus. Je ne sais pas qui tu es sans ton plan, dit-il en cherchant Fox du regard. Le sais-tu ?

— Que cherches-tu à me dire ?

Chad soupira et s'avachit légèrement, mais il se redressa et repartit à l'attaque.

— À quand remonte ton dernier rendez-vous ?

Fox aurait dû s'attendre à cette question, mais elle le remit quand même à sa place.

— Quelle importance ?

— Ta vie entière est construite autour de la recherche de la femme de tes rêves. Tu as un plan, tu as un planning et tu as un tableur. Nous parlons de chiffres après chaque rendez-vous. Du moins, c'est ce que nous faisions jusqu'à ton dernier rendez-vous qui remonte à vendredi de la semaine dernière, si mes souvenirs sont bons.

— Tu sais que les fins de trimestre sont compliquées, protesta Fox.

— Cette excuse n'est pas valable et tu le sais très bien. Même quand tu es débordé de travail à la fin d'un trimestre, tu prends le temps de faire deux choses : aller à la salle de sport et rencontrer des femmes. Maintenant, tu continues manifestement à te rendre à la salle de sport parce que tes biceps sont sur le point de déchirer les manches de ce pauvre polo…

— Ça pourrait être toi, mon ami, l'interrompit Fox en contractant ses muscles. Il faut juste que tu échappes au corps de Mia de temps en temps pour retourner à la salle de sport.

— Tais-toi. Nous ne sommes pas ici pour parler de moi, dit-il en lissant son polo avec une pointe d'embarras. Comme je le disais, tu prends toujours le temps de faire du sport et de rencontrer des femmes. Alors que se passe-t-il ? Qu'est-ce qui t'empêche de reprendre du service ?

— Rien ne m'en empêche.

— Alors ces dix derniers jours, tu étais tellement occupé par le travail et le sport que ça ne t'est même pas venu à l'esprit de sortir avec une femme ?

— Pourquoi est-ce si difficile à croire ?

— Parce que je te connais, Foxy. Tu mets un plan en place et ensuite, tu l'exécutes. À l'université, tu gardais un rouleau de papier sous ton lit pour pouvoir établir une chronologie de trois mètres où apparaissait chaque devoir que tu devais rendre durant l'année pour chaque cours que tu suivais. Tu collais cette chose sur le mur de ta chambre et tu le suivais à la lettre, cochant chaque jour ce que tu avais accompli. Tu n'oubliais jamais rien et tu ne rendais jamais un devoir en retard. Tu faisais ton boulot. C'est dans ton ADN.

Fox se contenta de fixer son ami.

— Alors quand le comportement de mon meilleur ami change du jour au lendemain, sans aucune raison, c'est mon devoir de découvrir ce qui se passe. Parce que je t'aime et que je me fais du souci pour toi.

Fox secoua doucement la tête.

— Tu penses déjà savoir ce qui se passe.

— Pas du tout, répondit Chad, mais son apparence innocente n'était pas convaincante.

— Bien sûr que si.

— Je te dis que non.

— Tu penses que je sors avec un homme et que je ne veux pas te le dire parce que j'ai honte. Tu veux jouer aux héros en me poussant à me l'admettre à moi-même afin que je puisse vivre heureux avec l'homme de mes rêves.

Le visage de Chad était figé dans une expression attentive et encourageante.

— Et je suis là pour te dire qu'il faut que tu arrêtes tes conneries, dit Fox.

Chad hocha la tête.

— C'est exactement ce que Thomas et Jake ont dit lorsque tu as émis l'hypothèse qu'ils n'étaient peut-être pas seulement meilleurs amis, mais qu'ils étaient amoureux. Ils disaient qu'il fallait que tu « arrêtes tes conneries » jusqu'au moment où ils ont commencé à se peloter lorsque nous sommes partis faire du camping. Mais tu le savais et comme tu es un bon ami, tu as toujours insisté. Parce que tu voyais que nier ne faisait que les rendre malheureux. Parce que tu les aimes et que tu voulais les voir heureux.

— Ils sont restés fâchés contre moi pendant presque un an.

— Oui, jusqu'au jour où ils ont couché ensemble. Puis tu es devenu le témoin principal de leur mariage.

— Je suis le témoin principal à chaque mariage.

Chad sourit.

— Je retrouve enfin mon Foxy.

— Mais il n'est toujours pas gay.

— Je m'en fiche, dit-il en haussant les épaules. Je suis simplement inquiet pour toi. Je n'ai pas la moindre idée de ce qui t'arrive, mais je vais continuer à insister jusqu'à ce que tu m'en parles. Je vois que cette situation a des répercussions sur toi, peu importe son origine, et tu ne seras pas heureux – tu ne seras pas *toi* – tant que tu n'auras pas discuté, arrangé les choses et retrouvé ton Foxy intérieur.

Fox le fusilla du regard.

— Et nous allons dévorer des pancakes jusqu'à ce que tu craches le morceau. Tu vas me dire ce qui t'arrive ou nous allons quitter cet établissement en pesant deux tonnes.

Fox leva les yeux au ciel.

— Qu'attends-tu de moi ? Que dois-je dire pour que tu arrêtes de croire que je te cache quelque chose ?

— Tu dois me dire quel est le secret que tu gardes. C'est aussi simple que ça.

— Je ne vois pas du tout de quoi tu parles.

— Je parle de la raison pour laquelle tu as subitement cessé d'emmener des femmes au restaurant. Commençons par là.

— Ce n'est pas comme si j'avais arrêté de rencontrer des femmes. Je n'ai juste pas pris le temps de le faire cette semaine.

— Il n'y a aucune différence entre ne pas prendre le temps de rencontrer des femmes et ne pas en rencontrer. Avoue que tu t'es retiré du marché. La question est : *pourquoi ?*

— Peut-être que les femmes qui se trouvent sur ma liste n'ont pas de potentiel ?

— Peut-être ?

— Peut-être.

Chad lui jeta un regard noir depuis l'autre côté de la table.

— J'ai vu tes photos et je t'ai aidé à rédiger les vingt-sept brouillons qu'il a fallu écrire pour que tu sois assez satisfait pour le publier sur ton profil. Tu es le sac de testostérone le plus sexy, intelligent et drôle de ce fichu site de rencontre et il est impossible que les femmes ne fassent pas la queue pour tenter leur chance avec toi.

— C'est le coup de gueule le plus bizarre que j'ai entendu de ma vie. Et pourtant, tu ne peux rien faire contre une liste d'attente qui n'a rien à offrir.

— Donne-moi ton téléphone.

— Quoi?

— Ton téléphone, répéta-t-il en faisant signe de lui donner avec ses doigts. Maintenant.

— Je ne vais pas te donner mon téléphone. Pourquoi veux-tu mon téléphone?

— Parce que je veux voir de mes propres yeux la médiocrité de ta liste d'attente.

— Non.

— Si. Maintenant, donne-le-moi.

Fox soupira. Chad était comme un chien avec un os. Il ne lâcherait pas l'affaire, jamais. Fox plongea la main dans sa poche et tendit son téléphone à son ami en le déverrouillant.

— Bien, voyons voir, dit Chad en ouvrant Q*pidon et en se rendant sur sa liste d'attente.

Il balaya l'écran, leva les yeux vers Fox, puis balaya à nouveau l'écran. Il secoua doucement la tête, puis il posa le téléphone sur la table et le fit glisser vers Fox. Il le regarda droit dans les yeux, le visage neutre.

— Tu vois? dit Fox d'une voix qui laissait transparaître son échec.

— Ce que je vois, monsieur, c'est une liste d'attente pleine de belles femmes qui non seulement atteignent les 80 %, mais qui ont pour la plupart signalé leur intérêt. C'est une liste paradisiaque. C'est la liste de tes rêves. De tes rêves érotiques.

— Beurk.

— Je dis simplement ce qui est. Alors soit tu étais en train de mentir quand tu me disais que ta liste n'avait pas de potentiel, soit ta définition du «potentiel» a radicalement changé depuis que nous avons regardé ton tableur.

— Je n'ai vu personne avec qui j'ai senti que ça pourrait fonctionner.

— Avec qui tu as *senti* que ça pourrait fonctionner? Sérieusement? Depuis quand prends-tu en compte ce que tu *ressens* pour décider avec quelle femme sortir? Tu collectes les données, tu fais parler les chiffres et tu sélectionnes le repas et le vin avec attention. Tu choisis les femmes avec lesquelles tu sors comme la Réserve fédérale choisit ses taux d'intérêt.

— Il est peut-être temps que je réfléchisse moins et que je ressente plus, s'emporta Fox.

— Qui. Êtes. Vous ? demanda Chad en secouant la tête comme s'il ne pouvait pas croire ce qu'il venait d'entendre. Ou peut-être que la vraie question est de savoir qui est cet homme avec lequel tu es sorti ?

Fox le fixa en silence.

— Cet homme. C'est cet homme ! répéta Chad en élevant la voix. Qui est-il ? Qu'a-t-il fait de mon Foxy ? demanda-t-il, surexcité.

Fox jura dans sa barbe.

— Il s'appelle Drew.

— Parlons de Drew. Que savons-nous de lui ? Et comment a-t-il réussi à mettre ta vie sens dessus dessous en l'espace d'une semaine ?

— Il n'a pas mis ma vie sens dessus dessous, rétorqua Fox. C'est un ami.

— Un ami ? Une personne qui arrive à détruire un homme en une semaine n'est pas un ami.

— Il ne m'a pas « détruit », imbécile, grogna-t-il de colère. C'est un homme que j'ai rencontré et nous nous sommes vus deux fois. C'est tout. Point.

— Ce n'est pas un homme que tu as rencontré. C'est un homme que ton site de rencontre – le même que celui qui te propose une liste interminable de jolies femmes qui, selon les chiffres, te correspondent parfaitement – a sélectionné pour toi. Il l'a sélectionné parce qu'il te correspond mieux que n'importe laquelle de ces jolies femmes. Et...

— C'était une erreur, l'interrompit Fox. Ils nous l'ont confirmé par e-mail une heure après nous avoir associés sur le site. Ils ont dit que c'était une erreur informatique et qu'elle n'aurait jamais dû se produire.

— Et pourtant, tu es quand même sorti avec lui.

— Nous ne sommes pas « sortis » ensemble.

— Oh, alors tu ne l'as pas invité à *Table* ?

Fox le fusilla du regard, en silence.

— Tu n'as pas fait ta parade avec les Jeff ? Tu ne t'es pas installé à ta table ? Et bien sûr, toi et le sommelier n'avez pas joué à votre petit jeu du « *quelque chose de pétillant venant de France* » parce que tout cela signifierait que c'était un rendez-vous *galant*.

Fox ne pouvait pas contre-argumenter.

— Ce n'était pas un rendez-vous galant. C'était un dîner entre amis. Pourquoi te prends-tu la tête avec ça ?

— Que tu le veuilles ou non, cet homme t'a déstabilisé. Il t'empêche de continuer ce jeu de séduction dans lequel tu excelles. S'il a réussi à le faire, c'est soit parce qu'il t'a pourri l'esprit, soit parce que tu penses, consciemment ou inconsciemment, que sortir avec lui est plus agréable que sortir avec les femmes qui attendent sur ta liste comme si tu étais une promotion «un acheté = un gratuit» chez Victoria's Secret.

— Ce sont mes deux seules options?

Chad, respirant fort après sa diatribe, ne quittait pas Fox des yeux.

— Selon moi, oui. S'il a réussi à te convaincre que tu ne trouverais pas la femme de tes rêves, que tu devrais abandonner, je tiens à te dire que c'est révoltant.

— Pourquoi ferait-il ça?

— Réfléchis deux secondes, imbécile. Selon l'ordinateur, vous êtes quasiment une seule et même personne. S'il arrive à te faire quitter la course, toutes ces femmes qui vont faire leurs achats chez Victoria's Secret se retrouveront dans sa liste d'attente. C'est une idée de génie, quand on y réfléchit, mais cela ne m'empêche pas de vouloir lui casser les dents. On verra combien de femmes il réussira à séduire après avoir craché quelques incisives.

— Tu n'as jamais frappé personne.

— Je serais heureux qu'il soit le premier.

Fox secoua la tête.

— Ce n'est pas son objectif. Il n'est pas comme ça.

— Serais-tu en train de me dire qu'il ne t'a pas convaincu d'abandonner un système qui fonctionne – qui est profondément ancré dans ton esprit – et d'adopter une vie de moine?

— Nous avons à peine parlé de nos vies sentimentales, si ce n'est pour nous accorder sur le malaise de se retrouver associé à des femmes qui te ressemblent tellement que tu as l'impression de sortir avec ta cousine.

Chad hocha la tête, pensif.

— Si je comprends bien, le problème est que vos listes sont trop parfaites? La sienne ressemble-t-elle à la tienne?

— C'est ce qui est drôle. La semaine dernière, nous avons comparé nos listes et nous n'avons trouvé aucune concordance. Le système nous dit que nous sommes censés être très compatibles et pourtant, il nous associe avec des femmes complètement différentes.

— Drew est-il sorti avec des femmes? Entre vos deux rendez-vous du samedi soir, bien entendu.

— Ferme-la, gronda gentiment Fox. Il est en doctorat et doit travailler sur une thèse, alors il ne sort pas beaucoup.

— Sauf avec toi.

Fox soupira.

— Sauf avec moi. Enfin bref.

— Enfin bref? Enfin bref? cria Chad. Le Fox que je connais est le genre de personne qui ne dirait jamais «enfin bref». Tu n'as jamais dit «enfin bref» en regardant ton carnet de rendez-vous. Il n'y a aucun moyen de renseigner «enfin bref» dans un tableur en espérant que quelque chose de sérieux en ressorte. C'est ce qui me rend fou.

— Je ne comprends toujours pas comment ma vie sentimentale peut te rendre fou.

— Parce que si les choses continuent ainsi, que va-t-il arriver? Que te restera-t-il?

— Deux bûcherons, annonça la serveuse en posant une assiette devant chacun d'eux.

Chad leva un sourcil, comme si elle avait répondu à sa question avec pertinence.

— Je vais vous servir une autre tasse de café. Avez-vous besoin d'autre chose?

— Non, merci, grommela Fox.

Chad fit entrer une bande entière de bacon dans sa bouche.

— Alors? dit-il, la bouche pleine.

— Alors je devrais me faire imprimer un tee-shirt où serait inscrit : «*toujours pas gay*», puis le porter chaque fois que je te vois.

— Puis-je souligner que tu parles exactement comme Thomas quand il essayait de te convaincre qu'il était purement hétérosexuel?

— Il essayait surtout de s'en convaincre lui-même.

— Mmh-mmh, dit Chad en hochant la tête avec insistance, ce qui ne faisait qu'empirer les choses.

— Bordel de merde, grogna Fox en plantant sa fourchette dans son pancake.

— Écoute, Fox, dit-il en semblant vouloir reprendre la conversation à zéro. Pourquoi as-tu tant de mal à admettre que tu pourrais être intéressé par cet homme? Qui est-ce que ça dérangerait? Quand Thomas et Jake ont fini par se mettre en couple, nous étions soulagés parce que Thomas a enfin cessé de lutter contre son désir et Jake a arrêté de se morfondre chaque fois que Thomas sortait avec une femme. Ils n'ont jamais été plus heureux que depuis qu'ils sont ensemble.

— À quand remonte la dernière fois que tu as vu Thomas et Jake ?

Chad s'adossa à la banquette, les sourcils froncés.

— Je crois que c'était à leur soirée avant Noël.

— Leur as-tu parlé depuis ? Leur as-tu envoyé un message ? As-tu aimé une des photos de leurs carlins sur Facebook ?

— Euh… non. Rien de tout ça.

— Je m'en doutais, dit Fox en recommençant à couper sa nourriture.

— Quel lien avec leur homosexualité ?

— Aucun. Ça a un rapport avec… nous. Nous tous. Nous étions un groupe très soudé, puis nos membres ont été arrachés un à un.

— C'est une manière bougonne de dire qu'ils se sont mariés.

— Peut-être que ce sujet me rend bougon. Peut-être que mes amis me manquent. Peut-être que je me sens extrêmement seul en étant le dernier homme debout. Peut-être que je me rends compte que si je finis par trouver la femme idéale, ça sonnera la fin de notre amitié.

— Waouh, dit doucement Chad. C'est devenu sérieux.

— Laisse tomber, dit Fox en haussant les épaules.

— Tu es en train de me dire que tu mets le holà sur ta vie sentimentale… pour quelle raison, exactement ?

— Que va-t-il se passer ?

La voix que Fox avait utilisée était bien plus aiguë et forte qu'il ne l'avait anticipé, mais il n'en avait plus rien à faire.

— Je vais la rencontrer, me fiancer avec elle, me marier avec elle, elle va devenir le centre de mon monde et je ne verrai plus mes amis. Enfin, je ne vous verrai plus qu'une fois par an, lors de la soirée que Thomas et Jake organisent avant Noël. Nous étions amis, Chad. Réfléchis-y. Toi et moi avons grandi ensemble, nous avons formé ce groupe lorsque nous sommes entrés à l'université et ensuite, nous sommes devenus inséparables. Nous étions présents les uns pour les autres. Et maintenant, il n'y a plus personne. Plus personne.

— Je ne cherche pas à te blesser avec ce que je m'apprête à dire, d'accord ? commença Chad avec douceur. Aujourd'hui, j'ai une personne à mes côtés qui est présente pour moi comme un ami ne pourrait jamais l'être. Je comprends que tu sois frustré, parce que tu n'as pas encore trouvé cette personne. Mais tu finiras par la trouver, Foxy. Quelque part, il y a une femme qui t'aimera comme aucun ami ne pourra jamais t'aimer.

Fox le fixa du regard.

— Tu es sérieux? Tu oses me dire que Mia est présente pour toi comme j'étais présent pour toi – comme nous étions tous présents pour toi? Se souvient-elle de la fois où tu étais si bourré que tu t'es fait dessus à l'arrière de la voiture de Thomas, de la manière dont tu as suivi les moindres faits et gestes d'Amber pendant six mois lorsqu'elle a rompu avec toi pour la dernière fois ou encore du fait que tu as passé une semaine à t'endormir en pleurant lorsque ton père t'a annoncé qu'il allait quitter ta mère? Tu te confiais à elle et elle t'écoutait et te réconfortait en te disant: «*Chad, mon chéri, je suis là*». C'est ce qui s'est passé, Chad?

— Arrête de faire ton salaud.

— Tu sais quoi? Parfois, les amis se comportent comme des salauds parce qu'il arrive qu'un homme ait besoin d'entendre la vérité et un véritable ami prendra le risque de se comporter comme un salaud pour la lui dire. Nous nous sommes si souvent comportés comme des salauds l'un envers l'autre que ce serait impossible de les compter et pourtant nous sommes toujours amis. Je peux te dire n'importe quoi parce que je t'ai déjà dit tout ce qui est possible et imaginable. Maintenant, réfléchis bien à cette question: le mariage t'offre-t-il cela ou as-tu encore besoin d'un ami?

— À quel moment ai-je dit que je n'avais pas besoin d'amis? J'ai toujours des amis.

— Mais nous ne sommes plus aussi proches qu'avant.

— La vie est un changement continuel. Nous avons grandi ensemble et nous serons toujours amis. Mais les gens grandissent et font leur vie. Nous ne pouvons pas vivre comme si nous étions encore entassés dans cette vieille maison que Jake a héritée de sa grand-mère. Nous sommes des adultes et les adultes se marient et arrêtent de sortir tous les soirs avec leurs amis.

— Je suis désolé de te l'apprendre, mais nous n'avons pas arrêté de sortir tous les soirs, nous avons tout bonnement arrêté de sortir. La dernière fois que nous avons pris notre petit-déjeuner dans ce café remonte à la semaine précédant ton mariage avec Mia. Nous prenons un verre de temps à autre, mais tu ne me dis jamais «*allons boire un verre*», tu dis toujours «*j'ai deux heures à t'accorder avant de me rendre à la soirée organisée par la sœur de Mia*». Nous ne nous voyons quasiment plus.

— Nous discutons par vidéoconférence chaque matin après tes rendez-vous.

— Oui. Quand tu es dans ton lit, avec ta femme près de toi. Comme si j'allais te dire ce que je pense vraiment de la femme avec laquelle j'ai dîné pendant qu'elle est là.

Chad posa sa fourchette un instant.

— Résumons, si tu veux bien. Tu as arrêté de sortir avec des femmes parce que tu ne veux pas te marier par peur de ne plus voir tes amis. Mais maintenant, tu me dis que nous ne nous voyons plus. Je ne comprends rien. Je ne vois toujours pas ce qui a changé.

Fox fixa le fond de sa tasse de café.

— Drew, dit-il doucement.

— Quoi ? Que viens-tu de dire ? demanda Chad en se rapprochant.

— Ce qui a changé, c'est que j'ai rencontré Drew.

Chad hocha doucement la tête.

— Et que s'est-il passé ?

Fox secoua la tête. Il n'arrivait même pas à s'expliquer à lui-même ce qui s'était passé.

— Nous nous sommes rencontrés et nous… nous sommes amis.

— Et devenir ami avec cet homme que tu as rencontré la semaine dernière est plus important pour toi que d'essayer de trouver une femme avec laquelle tu pourrais passer ta vie.

— Ce n'est pas ça…

— Selon moi, c'est tout à fait ça.

— Tu ne comprends pas.

— Alors aide-moi à comprendre, l'implora Chad.

Fox fut touché par la chaleur dans la voix de son ami. Il dut prendre une profonde inspiration, puis il essaya de trouver par où commencer.

— Je ne pense pas…

Il ne put aller plus loin. Ses pensées lui échappèrent et sa voix le quitta.

— Je sais, dit Chad. Tu ne penses pas pouvoir me le dire. Mais tu peux le faire. Je suis là pour toi, Foxy.

Fox sourit, malgré sa tourmente.

— Merci, Chaddy, mais ce n'est pas ce que j'essayais de dire. En fait, je ne pense pas que l'ordinateur ait fait une erreur en nous associant.

Chad abaissa doucement la main qui tenait sa fourchette sur la table.

— Comment ça ?

— Je pense que nous avons… un lien spécial. L'intelligence artificielle de Q*pidon a totalement échoué dans le choix de nos partenaires féminines – elles étaient trop similaires à nous, ce qui rendait les rendez-vous angoissants –, mais on dirait qu'elle s'en sort très bien pour nous trouver des amis.

— Alors, pour faire simple, c'est ton double? Déterminé, brillant dans son travail, avec un portefeuille de retraite totalement subventionné, des dents parfaitement blanches et un rendez-vous quotidien à la salle de sport?

Fox fronça les sourcils.

— En fait, il veut obtenir son doctorat en histoire de l'économie. Il cuisine des lentilles et vit gratuitement dans un quartier mal réputé parce qu'il s'occupe de l'entretien du bâtiment à la place du propriétaire. Il n'a pas de voiture et on dirait qu'un nuage de culpabilité libérale flotte autour de lui. Il n'a presque rien à voir avec moi. Mais en même temps, nous sommes totalement compatibles.

Chad hocha la tête et loucha légèrement, comme s'il comptait des sommes importantes dans sa tête. Cependant, il ne donna pas son opinion.

— Notre dîner de la semaine dernière m'a vraiment surpris. Je pensais que nous boirions un verre, que nous ririons en parlant de l'improbabilité qu'un ordinateur nous trouve des points communs et que nous en resterions là. Mais ça ne s'est pas terminé comme ça.

— Bien, j'ai compris. Tu t'es fait un nouvel ami. Mais comment en es-tu arrivé à te dire que tu allais lui offrir l'expérience réservée aux femmes qui ont le «plus de potentiel» en l'amenant à *Table*? Tu ne m'as jamais invité à dîner avec toi là-bas.

— Qu'étais-je censé faire? Rentrer chez moi, m'installer confortablement et envisager le célibat éternel? J'aurais passé une super soirée. Mais j'ai préféré aller dîner.

— Mais vous n'avez pas fait que dîner, n'est-ce pas? Les Jeff sont venus vous accueillir en jouant leur scène du «*très bien, M. Kincade*», le maître d'hôtel t'a salué comme un frère qu'il avait perdu de vue, le sommelier t'a apporté une bouteille de champagne ordinaire et…

— En fait, il nous a apporté quelque chose de pétillant venant de France.

— Tu te fiches de moi.

— Pas du tout.

Chad médita quelques instants, puis il fronça les sourcils et hocha la tête.

— Alors c'est de l'amour.

— Ce n'est pas de l'amour. Nous sommes amis.

— Les amis peuvent s'aimer. Je t'aime et j'espère que tu m'aimes toujours même si je t'ai apparemment abandonné en me mariant. Mais tu ne m'as jamais invité à *Table* et tu n'as jamais utilisé le coup du «*quelque chose de pétillant venant de France*» sur qui que ce soit d'autre qu'une femme splendide dépassant les 90 % avec un beau décolleté et un cerveau encore mieux formé. Peux-tu me dire droit dans les yeux qu'il n'y a pas une partie de toi, même au plus profond de ton être, qui pense à cet homme d'une manière plus qu'amicale ?

— C'est un ami. Nous sommes amis.

— Tu n'arrêtes pas de dire ça. Et pourtant, pour la première fois depuis des années, tu as décidé de ne pas rencontrer de femmes pendant une semaine.

Fox haussa les épaules.

— Qu'as-tu fait la nuit dernière ?

— Drew m'a invité à dîner chez lui.

— Et pourquoi n'avait-il pas de rendez-vous ?

— Il a dit que sa liste d'attente était aussi mauvaise que la mienne.

Chad secoua la tête.

— J'ai vu ta liste d'attente. C'est une récolte de femmes superbes.

Soudain, il prit une vive inspiration et hocha la tête.

— Oh, j'ai compris, reprit-il. Il avait probablement aussi son lot de jolies femmes dans sa liste. Vous avez tous les deux prétexté ne pas avoir de femmes intéressantes dans votre liste pour pouvoir vous dédouaner afin de passer votre samedi soir ensemble.

— C'est une théorie intéressante. En attendant, dans la réalité, nous avons dîné chez lui.

— Mmh-mmh. A-t-il commandé des plats dans un restaurant thaï ?

— Non, il a cuisiné une sorte de bouillon péruvien et c'était délicieux.

— Alors il est bon cuisinier ?

— C'est peu dire. J'étais un peu inquiet en voyant le chaos qu'était devenue sa cuisine, mais dès qu'il a planté sa cuillère dans ma bouche, j'ai su que ce serait très bon.

— Où a-t-il planté quoi ?

Fox lui lança un regard noir.

— Il m'a laissé goûter le bouillon quand la cuisson était presque terminée.

— Non, tu as dit qu'il avait planté une cuillère dans ta bouche. A-t-il placé un bavoir autour de ton cou avant de te nourrir ?

— Tais-toi, imbécile. Ce n'est pas ce que tu crois. Il était impatient de partager ce plat avec moi.

— Je vois.

Chad ne fit aucun autre commentaire concernant le fait qu'on l'ait nourri à la cuillère.

— La nourriture était bonne et je suis certain que la compagnie était des plus charmantes, reprit-il. Alors pourquoi t'es-tu réveillé du pied gauche ce matin ?

Fox soupira.

— Parce que nous avons un peu trop bu et nous nous sommes évanouis sur son canapé.

Chad hocha la tête.

— On dirait que ta parfaite amitié revient à reproduire la vie que nous menions quand nous étions à l'université. Manger pour pas cher, trop boire et perdre conscience. Penses-tu vraiment que ce soit une bonne chose ?

— Va te faire voir, cracha Fox. Ce n'est pas du tout ce qui s'est passé. Il a préparé un dîner majestueux qui lui a demandé beaucoup de travail. J'ai apporté du bourbon pour en boire après le dîner et nous en avons un peu trop abusé. Mais ce n'est pas comme si nous nous étions retrouvés allongés dans notre vomi. Nous étions en train de passer un bon moment sur son canapé, de discuter, puis nous nous sommes assoupis.

— Ensemble, sur le canapé.

— Tais-toi. Nous n'étions pas ensemble. Nous étions chacun installé à une extrémité.

Ce n'était pas vrai. Quand Fox s'était réveillé, il avait été si proche de Drew qu'il avait senti le cœur de celui-ci battre contre sa poitrine, senti l'odeur de plantes dans ses cheveux.

— Alors quand je me suis réveillé, j'ai vacillé jusqu'à sa porte d'entrée et je suis rentré. Et ce matin, j'avais la gueule de bois, je ne faisais pas une crise existentielle. Il y a une différence.

— Oh, vraiment ? demanda Chad avec ironie.

— Si tu veux continuer à croire qu'un homme que je ne connais que depuis une semaine a réussi à mettre ma vie sens dessus dessous de je ne sais quelle manière, alors fais-toi plaisir.

Chad pinça les lèvres et hocha la tête avec un air grave.

160

— Alors, mon cher ami dont la vie se passe comme sur des roulettes, parle-moi de la femme avec laquelle tu vas dîner ce soir.

— Qui ?

— Nous sommes dimanche. Étant donné que ta vie est totalement dépourvue de crise existentielle, tu dois avoir un rendez-vous pour ce soir. Laquelle des femmes charmantes qui se trouvent dans ta liste as-tu choisie pour ce soir ?

Fox récupéra son téléphone, bien décidé à appuyer sur le profil qui apparaîtrait en tête de file par pure contrariété. Il devait trouver un moyen de faire taire Chad.

Mais…

Une notification l'attendait sur son téléphone. Un nouveau message de Drew.

Un long silence remplaça le battement de son cœur.

— Quelqu'un est mort ? demanda Chad, son regard oscillant entre Fox et son téléphone.

— Non, ce n'est rien.

Il ouvrit l'application de Q*pidon et se rendit sur sa liste d'attente. C'est alors qu'une deuxième notification apparut. Un autre message. De Drew.

— Donne-moi une minute – c'est le travail, dit-il en se levant de la banquette. Je dois m'en occuper. Je reviens tout de suite.

Il sentit le regard de Chad lui brûler l'arrière du crâne alors qu'il longeait le café pour aller vers les toilettes. Il tourna au coin de la salle et lorsqu'il fut à l'abri des regards, il ouvrit le message.

Salut, ça va ? Désolé de m'être endormi alors que tu étais encore là.

Fox sourit et répondit.

Pas de souci. Je pense m'être endormi avant toi.

Il fixa la fenêtre de messagerie, impatient de voir l'icône qui indiquerait que Drew était en train de lui répondre. Elle se mit à clignoter et il put enfin respirer.

Haha. Cet alcool était sacrément fort.

Fox sourit.

Ou peut-être que nous ne tenons pas l'alcool.

Ça doit être ça, répondit Drew. *Au fait, il y a un concert au campus ce soir. Ça semble plutôt cool. Ça te dirait d'y aller ?*

Fox fixa son téléphone comme s'il s'agissait d'une bombe à retardement. Il ne savait pas pourquoi il ressentait ce pic d'adrénaline – ni même quelle fonction celui-ci pouvait servir –, mais il savait quelle serait sa réponse.

Avec plaisir. Quelle heure ?

Le concert est à 19 h. C'est à 5 minutes de chez moi.

Je serai chez toi à 18 h. J'apporte le dîner.

Fox fixa son téléphone avec horreur. Il venait de faire de cette soirée un rendez-vous.

Drew ne pianotait pas. Fox ne respirait pas. Puis, l'icône se mit enfin à clignoter. Fox grimaça, terrifié à l'idée de lire ce qui allait suivre.

Parfait ! On se voit à 18 h. :)

L'inspiration que Fox prit à cet instant était comparable à celle que l'on prendrait en étant repêché dans un lac glacé. Elle était vive, fraîche, douloureuse et vivifiante à la fois.

À la place de l'angoisse qui était montée en lui au fil de sa conversation avec Chad, une vague de bonheur déferla dans sa poitrine. Un bonheur qu'il ne pourrait jamais expliquer à son meilleur ami, mais qui était tout de même réel. Il rangea son portable dans sa poche et retourna s'installer à table.

— Tout va bien ? demanda Chad lorsque Fox se glissa sur la banquette.

— Oui, tout va bien.

— Maintenant ton bureau se permet de te contacter durant le week-end ? Ça craint.

— Ce n'est pas si terrible que ça, répondit Fox avec autant de distance que possible. Où en étions-nous ?

— N'y a-t-il pas des personnes dans ton équipe qui sont d'astreinte ? Je croyais que tu n'étais plus obligé de répondre le week-end.

— C'est un projet pour lequel ils ont besoin de mon…

La bouche de Fox se dessécha à force de mentir et il comprit qu'il devait mettre un terme à cette charade.

— Ce n'était pas le travail.

Chad hocha la tête. Son détecteur de mensonges était plus affûté que jamais.

— C'était lui, n'est-ce pas ? Il s'est réveillé en se demandant où tu étais parti ? dit-il avec l'esquisse d'un sourire entendu.

— Non, il n'a pas appelé pour ça. Il voulait savoir si j'allais bien, étant donné qu'il dormait encore quand je suis parti.

Le sourire de Chad s'élargit.

— C'est vraiment mignon. Je suis heureux pour toi.

— Pourquoi ça ?

162

— Tu as trouvé quelqu'un de bien. Un homme qui t'appelle le lendemain, même si vous n'avez fait que dormir l'un contre l'autre sur le canapé.

— Je n'ai jamais dit que nous avions dormi l'un contre l'autre sur le canapé.

Chad le fixa d'un regard intense.

— Je te connais, Foxy. Je sais ce que tu me dis et ce que tu ne me dis pas.

Fox le fusilla du regard comme s'il était victime d'une injustice.

— Raconte-moi votre soirée d'hier. Dépeins-moi cette nouvelle amitié.

Bien qu'il se sente moqué par le scepticisme hautain de Chad, Fox se demanda s'il ne serait pas utile d'avoir sa vision des choses sur la soirée qu'il avait passée. Il décida de se jeter à l'eau et de tout lui raconter.

— Vendredi, il m'a envoyé un message pour me dire que sa liste d'attente n'avait pas de potentiel et je lui ai répondu que la mienne non plus…

— Ce que nous avons établi comme étant un mensonge, l'interrompit Chad. Juste pour que nous soyons clairs.

— Nous avons établi que nous avions des opinions divergentes concernant la qualité des femmes qui se trouvaient dans ma liste d'attente, rien de plus.

Fox ramassa la dernière bouchée de galette de pommes de terre pour montrer qu'il ne tolérerait aucune autre objection.

— Alors je suis allé chez lui. Il habite dans ce quartier paumé entre le campus et la zone déserte qui s'étend jusqu'au centre-ville. À l'endroit où sont basées toutes les coopératives.

— Beurk, je sens encore l'odeur de patchouli.

— Son immeuble est assez récent – certainement le plus récent du quartier. Et il est correct, petit, mais bien entretenu. Comme je l'ai dit, il ne paie pas de loyer car il s'occupe de l'entretien du bâtiment. Donc je me suis garé sur sa place de parking, comme il n'a pas de voiture, puis je suis arrivé devant sa porte avec douze bouteilles de bière, deux de vin blanc, deux de vin rouge – comme je ne savais pas ce qu'il préparait à dîner – et une bouteille de bourbon brut de fût. J'ai demandé à un client pour qui je travaillais l'an dernier de me l'envoyer depuis le Kentucky…

— Tu n'as jamais fait tant d'efforts pour un dîner avec moi. Maintenant, je suis jaloux.

— Tais-toi. C'était vraiment gentil de sa part de m'inviter à dîner et il n'a clairement pas d'argent, alors je voulais lui apporter des bons produits.

— Je dirais même une tonne de bons produits.

Le visage de Chad était rayonnant, démontrant qu'il n'était pas vraiment offensé.

— J'ai frappé et j'ai tendu les bras pour lui remettre les produits que j'avais ramenés. Mais il a... il a cru que je voulais lui faire une accolade et tout à coup, je me suis retrouvé avec ses bras enroulés autour de moi.

— Oh, gênant, dit son ami en grimaçant.

— Oui, dit Fox en fixant le fond de sa tasse.

Puis il prit une inspiration tremblante.

— Enfin non, ce n'était pas gênant. C'était... agréable.

— Agréable?

Le cœur de Fox battait la chamade.

— C'était mignon. Et c'était sincère. Et je me suis senti... bien.

— Lui as-tu rendu son étreinte? Généreusement?

Fox prit une profonde inspiration et la laissa ressortir doucement.

— Oui.

— Comment c'était? Agréable?

Fox déglutit péniblement pour que ses pancakes restent à leur place.

— Oui. C'était agréable.

Chad hocha la tête.

— Que s'est-il passé ensuite?

— Nous avons bu deux ou trois bières, mangé son délicieux bouillon péruvien, puis nous avons bu trop de bourbon. L'instant d'après, je me réveillais en étant allongé sur...

Il cessa de parler en prenant une vive inspiration.

— Allongé sur... Drew?

Fox était furieux contre lui-même, mais ne trouva aucun moyen de revenir sur ses paroles. Il se laissa tomber contre la banquette, vaincu.

— Nous avons dû nous effondrer sur son canapé. Je n'avais pas pris en compte le fait que le bourbon était brut de fût. Ce bourbon était à 70 degrés.

— Alors vous avez passé la soirée assis dans son canapé à boire jusqu'à en perdre connaissance?

— Non, ça ne s'est pas passé comme ça. Nous avons discuté de plein de choses. Plus j'apprends à le connaître, plus je me dis que Q*pidon avait raison. Jamais je n'aurais pensé avoir tant en commun avec un doctorant en histoire qui cuisine des plats traditionnels venant des campagnes d'Amérique du Sud et qui se sent personnellement blessé par le manque d'action de notre pays concernant le changement climatique. Mais quand je suis avec lui, je ne fais que découvrir des choses qui me plaisent chez lui. Et c'est plutôt… agréable.

Fox joua avec le dernier triangle de pancake présent dans son assiette.

— Ça me rappelle notre première année de fac, quand nous passions la nuit entière à parler de plein de sujets différents sans nous soucier du fait que nous devions être debout à 8 h pour le cours de mathématiques.

— Nous ne sommes plus assez endurants pour faire face aux nuits blanches, hein ? dit Chad en riant. Ce n'est pas beau de vieillir.

Fox hocha la tête, mais il ne se sentait pas vieux – d'ailleurs, passer du temps avec Drew lui permettait de se sentir plus jeune que jamais.

— Vas-tu le revoir ?

— Le « revoir » ? Tu continues d'en parler comme si nous sortions ensemble. Nous ne sortons pas ensemble. Comme mon tee-shirt le proclamera bientôt, je ne suis toujours pas gay.

— Ça répond à ma question. Tu vas le revoir. Quand ?

Fox jeta un regard las vers la fenêtre, espérant découvrir un feu de poubelle ou un autre heureux événement qui permettrait de mettre un terme à la pente glissante et infernale que prenait cette conversation. Malheureusement, rien ne brûlait sur le parking du café, alors il se tourna vers Chad.

— Ce soir, figure-toi.

Les sourcils de Chad se levèrent d'un coup.

— Ce soir ? Et quand comptais-tu m'en parler ? Avez-vous organisé ça hier soir, avant de finir ivres en buvant cet alcool de contrebande venant du Kentucky ?

— Non, il vient de me le proposer. Un concert est organisé sur le campus et il s'est dit que ça me plairait peut-être.

— Et tu as accepté.

Fox haussa les épaules et hocha la tête mollement en espérant lui faire croire que cette sortie ne l'intéressait que légèrement.

— Parce que tu adores la musique.

— J'écoute de la musique, rétorqua Fox pour se défendre.

— Et quelle musique joueront-ils à ce concert ? Est-ce un artiste que je connais ?

Fox posa délibérément sa tasse sur le rebord de la table afin que la serveuse comprenne qu'il avait besoin de café. Pour quelle autre raison venait-on prendre son petit-déjeuner dans un fichu café ?

— Tu n'as pas la moindre idée du genre de concert que tu vas aller voir, n'est-ce pas ?

Fox secoua furtivement la tête pour montrer à quel point la question procédurale de Chad ne le troublait pas.

— Tu n'en as pas la moindre idée et pourtant, il suffit que Drew t'invite à y aller pour que tu répondes : «*Avec plaisir. Compte sur moi !*». Parce que c'est Drew qui te le demande.

— J'aime passer du temps avec lui et s'il pense que ce concert peut me plaire, alors ce sera certainement le cas. Et alors ?

— Et alors ? Ce sera votre troisième rendez-vous. Tu sais ce qui se passe lors du troisième rendez-vous, dit Chad en jouant des sourcils de manière suggestive.

Plus que suggestive. De manière déclarative.

— Ferme-la, crétin. Nous sommes de simples amis.

Chad s'apprêtait à répondre, mais il fut interrompu par la serveuse qui récupéra leurs deux assiettes vides, puis leur versa une nouvelle tasse de café.

— Avez-vous besoin d'autre chose ? demanda-t-elle.

Ils firent tous les deux non de la tête et elle retourna à la cuisine.

Chad regarda son ami et son expression devint grave.

— Fox, je dois te dire quelque chose et j'ai besoin que tu m'écoutes.

Fox leva les yeux au ciel.

— On dirait Mia quand elle est sur le point de te dire que la manière dont tu appuies sur le tube de dentifrice l'oppresse en tant que femme.

Chad secoua la tête.

— Je ne vais pas te laisser m'empêcher de dire ce que j'ai sur le cœur. Tu es mon ami, Foxy. Mon meilleur ami. Je t'aime comme un frère – même plus, car Paul est un enfoiré – et rien ne pourra jamais changer ça. Je sais que tu es hétéro, même sans le tee-shirt, mais je ne cesserais pas de t'aimer si ce Drew se révélait être la personne faite pour toi. Je serais heureux pour toi, je te soutiendrais et je serais témoin à ton mariage.

Il s'arrêta un instant, ses yeux cherchant un signe qui prouverait que Fox l'écoutait.

— Ne pense même pas à demander à quelqu'un d'autre de tenir ce rôle. Si tu le fais, je fracasserai la tête de ce gars, puis je finirai quand même par être ton témoin.

Fox rigola malgré lui.

— Je vais me répéter encore une fois, au cas où tu n'aurais pas compris : je t'aime. Ça ne changera jamais. Peu importe ce que tu fais et avec qui tu le fais. Rien ne me rendrait plus heureux que de te voir heureux, et si cet homme peut t'apporter le bonheur, alors je m'en réjouirai, dit-il avant de tendre une main pour la poser sur celle de Fox, ce qu'il n'avait jamais fait auparavant. Compris ?

Fox observa pendant un long moment la main de Chad posée sur la sienne, jusqu'à ce que sa vision se brouille, le forçant à essuyer ses yeux.

— Merci, réussit-il à dire avant que sa voix se brise.

— Bien.

Fox leva les yeux et découvrit que Chad retenait aussi ses larmes.

Chad se racla la gorge.

— L'addition, s'il vous plaît, appela-t-il d'une voix forte et claire avant de sourire à Fox. Dis-moi, combien de manches va-t-il falloir pour que cette nouvelle recrue que tu aimes tant soit virée du match de cet après-midi ?

Fox rit. Chad était de retour.

Tout comme lui.

XI

— JE ME suis encore retrouvé avec trop de saucisses, dit Drew en tenant en l'air un sachet de boucherie.

— Avec vos achats, vous devriez faire plus attention, le gronda Mme Schwartzmann avec un air ravi.

Elle lui prit le paquet des mains et retourna à la cuisine. L'odeur de pâtisserie planait dans l'air et Drew, qui avait toujours la gueule de bois, puisa de la force en inspirant ces douces senteurs. Il la suivit dans la cuisine et s'installa à table, à sa place habituelle.

— Voici le café, chanta-t-elle alors que les saucisses commençaient à crépiter dans la poêle. Et voici un peu de nourriture pour vous donner de la force, dit-elle en coupant une grande part de gâteau avant de la jeter sur l'assiette et de la poser devant lui. Je pense que vous en avez besoin après la nuit dernière.

Il leva un sourcil.

— Après avoir fait le dîner pour cette femme charmante à la voix grave qui n'a pas cassé vos meubles, dit-elle avec un grand sourire. Votre nourriture, je pouvais sentir. Ça m'a rappelé mes beaux-parents, qui ont déménagé en Amérique du Sud après la guerre.

Elle soupira avec mélancolie, puis revint au moment présent.

— J'espère qu'un agréable rendez-vous, vous avez passé.

— Ce n'était pas un rendez-vous, dit-il doucement.

— Oh ? fit-elle sans une once de surprise dans la voix.

— Non, j'ai préparé le dîner pour l'homme qui m'a invité à dîner la semaine dernière. Pour lui rendre la pareille, si vous voulez.

— Ah, dit-elle en hochant la tête. Ça doit être l'homme que j'ai vu quitter votre appartement à 3 h du matin.

Drew ferma les yeux, souhaitant que le sol s'ouvre sous ses pieds pour l'engouffrer. Pourquoi cela n'arrivait-il jamais quand il en avait besoin ?

— Oui, c'était lui.

— Et cet homme séduisant et mystérieux a-t-il un nom ?

— Fox.

Ses sourcils se froncèrent.

— Mmh. Fox. *Fox.*

Son visage s'illumina et elle hocha la tête.

— Oui, ça me plaît.

— M'en voilà ravi, dit-il, non sans une pointe d'ironie.

— Alors vous et ce Fox êtes en train de tomber amoureux ?

Il la fixa du regard durant un moment, essayant de décrypter son expression réjouie.

— Nous sommes amis, finit-il par dire.

— C'est bien. C'est important d'être amis avant.

— Avant quoi ?

— Avant de tomber amoureux, de vous marier avec lui et de fonder une famille, dit-elle en sautillant sur sa chaise. Oh, vous auriez des enfants adorables, s'exclama-t-elle en tapant frénétiquement des mains.

— Mme Schwartzmann, nous ne sortons pas ensemble.

— Ça, vous me le dites encore et encore.

Elle avait clairement décidé de continuer à ignorer ses contestations. Elle se leva pour aller retourner les saucisses.

— Comment aimez-vous vos saucisses, déjà ? demanda-t-elle avec une petite étincelle dans le regard.

Il laissa retomber sa tête en arrière. Le sol ne semblait pas vouloir l'engouffrer. Il pria alors pour que le plafond lui tombe dessus et que le gros fessier de M. Dillard, qui habitait l'étage du dessus, atterrisse sur lui et le tue sur place. Cependant, même si l'immeuble rencontrait beaucoup de problèmes, ses sols et ses plafonds étaient apparemment construits à partir de matériaux résistants. Il inspira profondément, essayant de respirer malgré cette tension qui lui serrait la poitrine.

— Alors pourquoi, à 3 h du matin, a-t-il quitté votre appartement ?

Il renonça à ce qui lui restait de dignité.

— Nous avons trop bu et nous nous sommes endormis sur le canapé. Il a dû se réveiller et s'éclipser.

— Ce n'est pas ce qu'un homme bien élevé ferait, dit-elle, contrariée pour lui. Je ne suis pas certaine d'aimer beaucoup ce Fox avec lequel vous sortez.

— Nous ne sortons pas ensemble, répéta-t-il éperdument sans aucune conviction.

— Mmh-mmh, fit-elle en souriant gentiment. Il vous a certainement appelé ce matin pour vous dire : «*Je suis désolé de m'être éclipsé et*

169

j'aimerais que nous dînions à mes frais parce que je suis très impoli», n'est-ce pas ?

— Je n'ai pas eu de nouvelles. J'ai dû lui baver dessus en dormant sur le canapé ou autre chose d'encore plus humiliant.

Elle lui adressa un sourire béat, comme si baver était la chose la plus romantique au monde.

— Oh, vous imaginer tous les deux sur le canapé, juste en dessous de mon service à thé de collection avec les peintures érotiques dessus !

Drew n'avait jamais imaginé que Mme Schwartzmann puisse posséder une collection de la sorte. Il aurait pu se passer de cette information.

— Mais vous devez tout de suite faire des mots pour lui avec votre téléphone, dit-elle, sa syntaxe anglaise totalement oblitérée par l'urgence de sa demande.

Elle fit semblant de pianoter frénétiquement avec ses pouces.

— Pourquoi ?

— Si je connais bien une chose, c'est le cœur des hommes. Il va se demander s'il a bien fait de partir à 3 h du matin et ne saura pas s'il doit vous appeler ou se comporter en homme et jouer à faire semblant dans sa tête que rien ne s'est passé.

Il la fixa, stupéfait par sa capacité à se faire comprendre même sans que ses mots n'aient de sens.

— Que devrais-je lui dire ?

Était-il sérieusement en train de demander conseil à une vieille femme qui ne faisait plus vraiment la différence entre la fiction et la réalité ?

— Demandez-lui s'il va bien.

Drew hocha la tête et pianota. Mieux valait ne pas trop y réfléchir. Il envoya son message et se mit à compter. Il recommencerait à respirer quand il arriverait à soixante.

Il obtint une réponse avant d'arriver à trente. Il la lut à Mme Schwartzmann.

— Ah, voilà un homme bien élevé, dit-elle avec un hochement de tête approbateur.

Drew lui répondit. Cette fois, il n'attendit que dix secondes pour obtenir une réponse.

Ils partagèrent un sourire idiot en lisant sa réponse, puis Drew commença à s'inquiéter.

— Et maintenant, que dois-je faire ?

— Qu'aviez-vous prévu de faire aujourd'hui ?

— Je devais me rendre à un concert organisé sur le campus.

— Alors demandez-lui de vous accompagner. Si ça doit se faire, ça se fera.

Il était sur le point de lui demander ce qu'elle entendait par «ça», mais il n'en fit rien puisqu'il se rendit compte que sa réponse ne ferait que l'inquiéter davantage. Il haussa les épaules et rédigea son invitation. Il obtint rapidement une réponse et continua d'échanger avec Fox.

— Alors? demanda-t-elle.

— Il va m'accompagner au concert et apporter le dîner avant qu'on y aille.

On aurait dit que Mme Schwartzmann vibrait de joie.

— Vous m'avez redonné la foi, s'exclama-t-elle en frappant des mains.

Drew sourit face à son enthousiasme, mais son sourire disparut quand il se rendit compte de ce qu'il venait de faire.

C'était probablement un rendez-vous.

IL ÉTAIT difficile de sonner à la porte de chez Drew avec trois sacs de nourriture thaï encore chaude et une glacière pleine de bouteilles de Singha dans les mains, mais il réussit à le faire juste avant 18 h.

— Salut, s'exclama Drew en ouvrant la porte. Ça sent super bon.

— Et tu n'y as pas encore goûté, dit Fox en entrant.

— Je suis impatient de le faire, alors je vais juste... dit-il en approchant de lui.

Il prit les sacs et la glacière et se précipita dans la cuisine.

— La dernière fois, j'ai eu droit à une accolade.

— J'en oublie mes bonnes manières, dit Drew en revenant à grands pas dans le salon.

Il rit en jetant ses bras autour de Fox pour l'étreindre avec enthousiasme.

Fox rit, mais en son for intérieur – dans un endroit prudemment tapi sous sa pensée consciente, mais tout de même présent –, il ressentit un léger tiraillement qui traduisait son plaisir à être enlacé, même par un homme, même en riant de manière ironique. Dix jours sans rendez-vous signifiaient dix jours sans un simple baiser d'au revoir; l'absence de contact physique commençait à lui peser.

Drew le libéra subitement et recula, puis fit un autre pas en arrière comme pour mettre une distance suffisante entre eux.

— Allons manger, dit-il gaiement.

— Très bien, dit Fox en le suivant dans la cuisine.

Il ouvrit les sacs et tria le trop-plein de nourriture qu'il avait acheté parce qu'il ne connaissait pas les goûts de Drew. En un rien de temps, il avait organisé la nourriture sur le plan de travail en allant des brochettes de poulet sauce satay vers le riz gluant, avec les plats principaux au centre et les condiments sur les côtés.

— Waouh, tu es doué pour ça.

— J'ai loupé ma vocation de traiteur-serveur, n'est-ce pas? plaisanta Fox.

Il ouvrit la glacière et en sortit deux bières. Il les décapsula et en donna une à Drew.

— Trinquons à… la musique?

— À la musique, répéta Drew.

Et ils trinquèrent à… la musique.

Drew tendit une assiette à Fox et lui fit signe de se servir.

— Non, refusa Fox. J'ai apporté la nourriture, alors c'est à toi de prendre ce qui te plaît.

Drew lut le nom du restaurant sur une des boîtes.

— As-tu commandé au restaurant chic qui se trouve au centre-ville, dans la galerie?

— Oui. Ils ne proposent pas de plats à emporter, mais je connais la chef et elle m'aide de temps en temps. Quand c'est pour une grande occasion.

Il se rendit compte de ce qu'il venait de dire dès que les mots quittèrent sa bouche. L'autodérision était la spécialité de Fox et lui permettait de minimiser l'importance de ce qu'il avait accompli en accordant le crédit à quelqu'un d'autre. Mais cette fois-ci, il avait trop parlé et dit que c'était…

— Une grande occasion? demanda Drew avec l'esquisse d'un sourire. Eh bien!

Ses sourcils se levèrent, mais il n'ajouta rien. Il se contenta d'analyser la nourriture et de remplir son assiette.

Fox fit de même. Ils s'installèrent sur la table de la cuisine et commencèrent à manger.

— Quel genre de musique allons-nous entendre ce soir? demanda Fox.

Il essayait encore de trouver un moyen pour désamorcer la bombe qu'il avait lancée en parlant d'une « grande occasion ».

— C'est un concert de marimba, répondit-il avec un haussement d'épaules. Je me suis dit que ça pourrait être intéressant. Je n'ai jamais entendu quatre marimbas en même temps.

— Je ne suis même pas certain de pouvoir reconnaître un marimba si on alignait plusieurs instruments devant moi.

— C'est une sorte de xylophone dont le son est plus grave.

Drew sortit son téléphone pour effectuer une recherche rapide.

— Voilà ce que ça donne en photo, dit-il en le tendant à Fox.

— As-tu suivi ton groupe de marimba préféré dans tout le pays en assistant à chaque date de leur tournée ? le taquina Fox.

— Pas vraiment, non. J'ai vu les affiches sur le campus et je me suis dit que ça avait l'air cool.

— Je suis ravi d'avoir l'opportunité d'embrasser un nouveau style musical.

— Et je suis ravi de t'em… t'aider à l'embrasser, dit Drew dans un rire.

Ils firent comme si la langue de Drew n'avait pas fourché et finirent leur repas. Après tout, c'était une grande occasion.

— Maintenant, nous saurons ce qu'est un concert de marimba, dit Fox en suivant Drew dans son appartement.

— Ah, ça oui. On peut quand même leur accorder du crédit pour leur joie de vivre.

— Je suis d'accord. C'était comme un sport, surtout la dernière partie. On ne voyait même plus leurs maillets.

Drew le regarda d'un œil critique.

— Tu as trouvé ça ridicule.

Fox sembla surpris d'être accusé de la sorte.

— Pas du tout. Je ne connaissais pas ce genre de musique, mais c'était une expérience culturelle intéressante. J'avais oublié que l'université organisait tout le temps ce genre de concerts. Je devrais y assister plus souvent.

— Tu seras toujours le bienvenu, dit Drew en lui souriant.

Les joues de Fox étaient-elles en train de rosir ?

— Je ne voulais pas dire que tu étais obligé de m'inviter tout le temps à venir chez toi.

Désormais, Drew rigolait, se délectant de la manière dont Fox luttait pour ne pas avoir à reconnaître qu'ils étaient amis. C'était comme s'il n'était pas habitué à en avoir.

— Tu sais que tu peux venir chez moi quand tu en as envie. Veux-tu boire un verre de ce bourbon mortel qui traîne quelque part ?

— Je devrais y aller. Tu as cours demain.

— Seigneur, ne m'en parle pas. Je dois écrire un papier depuis des semaines et je dois le rendre vendredi.

— Quel pourcentage du papier as-tu rédigé ?

— Voyons voir... dit-il en levant les yeux vers le plafond pour faire semblant de calculer. Je pense être proche de... zéro. Je n'ai pas écrit un seul mot.

— Bordel, dit Fox, inquiet. Réussiras-tu à le rendre à temps ?

— Oui. J'ai terminé toutes les recherches. Il ne me reste plus qu'à écrire. J'ai obtenu un délai, alors techniquement, j'ai jusqu'à lundi.

— Vas-tu avoir besoin de tout ce temps pour l'écrire ?

— Je pourrais certainement le rendre à temps, mais pour je ne sais quelle raison, je n'arrive pas à écrire.

— Laisse-moi te donner un coup de main.

— Un coup de main ? demanda-t-il, les sourcils froncés. Comment ?

— Lorsque je dois rédiger un rapport ou préparer un plan détaillé à faire vérifier, je me donne une fausse date limite pour que ce soit fait à temps. Par exemple, je m'arrange pour rencontrer un membre de l'équipe quelques jours avant la date limite pour en discuter, ce qui m'oblige à finir le rapport. C'est comme faire du sport avec un ami – ça te donne une responsabilité.

— Si je comprends bien, tu veux lire mon papier avant que je le rende ?

Fox rit et fit non de la tête.

— Non. Je n'y comprendrais certainement rien. Mais je peux faire autre chose. Si tu finis ce papier pour vendredi, je nous organise un week-end de folie.

Drew plissa les yeux.

— C'est-à-dire ?

— Un week-end de *pure* folie, dit-il avant de réfléchir sérieusement. Okay, voilà ce que nous allons faire. Vendredi, il faudra que tu rendes ton papier avant 17 h et je passerai te chercher. Nous passerons le week-end sur la côte. C'est moi qui invite.

— La côte? Durant tout le week-end? répéta Drew en secouant la tête parce qu'il était certain d'avoir mal entendu. Je ne peux pas continuer à te laisser dépenser de l'argent pour moi.

— Ne t'inquiète pas pour ça. L'an dernier, j'ai réussi à négocier une bonne affaire pour un hôtel et depuis, ils me tannent pour venir passer quelques jours chez eux. Je ne paierai que l'essence pour faire l'aller-retour, c'est tout.

— Un week-end? Dans un hôtel sur la côte?

Drew n'arrivait pas à croire que Fox lui propose une telle chose.

— Parfaitement, répondit Fox, manifestement ravi par cette idée. Nous ferons du kayak dans le port et nous grimperons les collines à vélo – ils proposent plein de services. Ce sera une bonne manière de célébrer la rédaction de ton papier. Que tu auras rendu à temps.

Drew réfléchit un instant à cette proposition.

— Soyons fous. J'aime l'idée. Par contre, tu vas devoir me laisser payer l'essence.

— Tu n'es pas obligé de le faire, mais si ça te permet de te sentir mieux, fais-le. Il est temps pour moi de partir si tu veux te mettre au boulot.

— Oui, monsieur, aboya Drew.

— Et je passerai te chercher vendredi à 17 h. N'oublie pas d'emmener tes plus beaux vêtements – leur restaurant est exceptionnel.

— Tu as déjà vu mes plus beaux vêtements, dit-il d'un air confus.

— Ça ira très bien. Encore une fois, ne t'inquiète pas pour ça. Nous allons passer un bon week-end.

Sans crier gare, Fox attira Drew vers lui et le prit dans ses bras.

— Merci pour le concert, murmura-t-il. À vendredi.

— Oui, à vendredi, répondit-il lorsque Fox le libéra.

Fox afficha un grand sourire en ouvrant la porte et quitta l'appartement.

Drew resta figé sur place, rejouant leur dialogue dans son esprit. Puis, quand il se rendit compte que cela ne lui apportait pas plus de clarté, il haussa les épaules et se rendit dans sa chambre pour récupérer son ordinateur. Il avait un papier à rédiger.

— Tu m'offres une nouvelle fois ta réservation à *Table*? Sérieusement? demanda Chad en s'approchant de la caméra de son téléphone.

— Oui, si ça t'intéresse.

— Pourquoi n'y vas-tu pas?

— Je pars pour le week-end.

— Oh, Foxy. Ne me dis pas que tu abandonnes complètement.

Fox rit.

— Non, je suis toujours en pause. Et je ne suis toujours pas gay.

Chad bondit sur son siège.

— Tu pars avec lui, n'est-ce pas ? Avec Drew ?

Fox haussa les épaules.

— Oui. Il termine la rédaction d'un papier important, alors je me suis dit que ça pourrait être amusant. Contrairement à certaines personnes mariées et fainéantes que je pourrais citer, il aime faire du kayak et du vélo et ce genre de choses. C'est comme un week-end entre potes.

De son côté, Chad était silencieux. Il clignait des yeux sans dire un mot. Fox ne le supporta que dix secondes.

— Quoi ?

— Tu n'es pas...

Chad se pinça les lèvres et ne dévoila pas le reste de sa pensée.

— Je ne suis pas quoi ?

La patience de Fox avait ses limites.

— Tu n'es pas parti en week-end depuis Miyoko.

Fox ressentit une répulsion immédiate. Ils avaient juré de ne plus prononcer son prénom suite à la manière dont elle l'avait quitté.

— Écoute, je suis désolé, mais tu dois réfléchir à ce que tu es en train de faire.

— Ce que je fais, c'est passer un week-end avec un ami, grogna Fox.

— Tu te rappelles ce que tu as dit sur le fait qu'un ami devait parfois se comporter en salaud ? Aujourd'hui, je vais être ton salaud, dit-il avant de marquer une pause. Ça sonnait mieux dans ma tête. Mais écoute-moi...

— Pourquoi devrais-je t'écouter ? Tu vas me dire que passer un week-end sur la côte à faire du kayak avec un ami est en fait une sorte de parade romantique et que je ne devrais pas le faire. Tu me fatigues.

— Je ne dis pas que tu ne devrais pas le faire. Ça ne me pose aucun problème que tu passes un week-end avec Drew. Je dis juste que tu devrais réfléchir à la *raison* pour laquelle tu le fais.

— Je le fais pour échapper aux choses agaçantes comme le travail et la personne qui me servait de meilleur ami, répliqua-t-il en fusillant son écran du regard.

Chad soupira.

— Okay, laisse tomber. Mon rôle de salaud est terminé. Je veux juste que tu saches que si ça ne fonctionne pas, je serai là pour toi. Comme la dernière fois que tu as fait ça.

— Ne me parle pas de Miyoko. Je sais que j'ai été trop vite avec elle. J'ai revu mon plan pour que ça n'arrive plus. Maintenant, ce n'est possible qu'à partir de la quatrième semaine.

— Raison pour laquelle tu n'es plus jamais parti en week-end. Tu t'en es tenu au plan. Jusqu'à aujourd'hui.

— Ce qui se passe, comme tu sembles l'avoir déjà oublié, c'est que je vais passer un week-end avec un ami. Ça ne suit pas mon plan de drague parce que *nous ne sortons pas ensemble*, finit-il en criant.

Chad se pinça les lèvres et hocha la tête.

— Bien. C'est très clair. Fais attention sur la route. Je suis impatient d'entendre toutes tes histoires de kayak. Passez un bon week-end, dit-il sur un ton délicatement hypocrite.

— Merci, salaud, dit Fox en approchant le doigt du bouton « raccrocher ».

— C'est mon rôle, dit Chad avec résignation juste avant que l'image disparaisse.

— Vous serez tout le week-end absent ? demanda Mme Schwartzmann.

— Oui, tout le week-end, répondit-il pour la troisième fois.

— Et vos études ? demanda-t-elle avec gravité, telle une grand-mère qui se préparait à désapprouver un passe-temps ultramoderne pour lequel les jeunes se passionnaient.

— Tout se passe bien de ce côté-là. J'avais un papier à rendre aujourd'hui et je viens de le faire, ce qui signifie que je suis libre pour le week-end. Fox va passer me chercher dans quelques minutes.

— Oh, dit-elle chaudement, telle une grand-mère qui se préparait à rencontrer un beau chirurgien dont son petit-fils était tombé amoureux.

— Ce n'est pas ce que vous croyez.

— Ce que je crois, je ne l'ai pas dit, dit-elle avec une étincelle dans le regard.

— Je vous ai apporté un petit quelque chose, dit-il en lui donnant un sachet de saucisses qu'il avait achetées en rentrant à la maison.

Elle parut surprise par ce geste, mais son expression rusée se remit rapidement en place.

— Un réfrigérateur plein n'est pas ce que veut une personne qui passe ses week-ends à la campagne.

— Vous avez tout à fait raison, sauf que nous allons sur la côte, pas à la campagne.

— Je vois.

Elle était clairement en train d'imaginer le séduisant Fox en train de cavaler sur la plage. D'ailleurs, elle les imaginait peut-être ensemble.

— Je dois y aller, dit-il joyeusement.

Il devait mettre un terme à ce festival de sous-entendus.

— Un magnifique moment, vous allez tous les deux passer, dit-elle tout aussi gaiement.

— Merci. Je passerai vous voir à mon retour pour m'assurer que tout va bien.

— Oh, ne vous inquiétez pas pour une vieille femme, le gronda-t-elle aimablement. Si j'ai survécu au régime de Castro, un week-end seule, je peux passer.

Il rit en secouant la tête alors qu'elle refermait la porte derrière lui. Mais alors qu'il approchait des marches, il entendit la porte s'ouvrir d'un seul coup.

— Drew ?

— Oui, Mme Schwartzmann ?

— Assurez-vous d'avoir des préservatifs, dit-elle en souriant gentiment.

Il ferma les yeux, essayant d'imaginer un tableau de sérénité, comme une prairie verte ou une zone de tirs pour artillerie lourde.

— Merci. J'aurai le nécessaire.

— Bon garçon, dit-elle avec un grand sourire, puis elle referma la porte.

Il entendit les verrous se fermer un à un en descendant l'escalier.

Lorsqu'il déverrouilla sa porte d'entrée, il aperçut la jolie voiture de Fox qui s'engageait dans l'allée pour rejoindre le parking à l'arrière de l'immeuble. Il ressentit un léger frisson, ce qui était certainement dû au fait qu'il ait rendu son papier.

Oui, c'était pour cette raison que son cœur battait si vite. C'était forcément pour ça.

XII

Fox ÉTAIT en train de descendre de voiture quand Drew tourna au coin de l'immeuble.

— Je suis prêt, je suis prêt, dit-il.

Il s'était précipité hors de son appartement, son sac sur l'épaule.

Le coffre de la voiture s'ouvrit et Fox fit le tour du véhicule pour l'aider à caler son sac.

— As-tu rendu ton papier ? demanda-t-il en fermant le coffre.

— Évidemment. J'étais probablement le premier. Tout le monde prévoit de passer son week-end à le rédiger.

— Que c'est glamour, dit Fox en tirant la langue. Vas-tu regretter de ne pas avoir passé ton week-end à rédiger ton chef-d'œuvre ?

Cela fit rire Drew.

— Merci de t'en soucier, mais je préfère être enlevé pour séjourner dans un hôtel sur la côte plutôt que de réécrire mon bilan littéraire pour la quatre-vingt-dix-septième fois.

Ils s'installèrent dans la voiture et Fox s'engagea tranquillement dans la circulation du vendredi après-midi.

— Plus sérieusement, merci, dit Drew alors qu'ils approchaient de la sortie qui les emmènerait sur l'autoroute.

— Pour quoi ?

— Pour m'avoir obligé à rédiger ce fichu papier, répondit-il dans un rire.

— Ce n'est pas comme si je t'avais mis le couteau sous la gorge.

— Non, mais tu m'as offert une récompense incroyable en guise de motivation. Il était impossible que je laisse la procrastination me priver de ce qui sera certainement le meilleur week-end de ma vie.

Fox jeta un œil vers lui, le regard plein d'incrédulité.

— Le meilleur week-end de ta vie ?

— Disons que je n'ai jamais passé un week-end dans un hôtel luxueux. Je suis certain que c'est un endroit magnifique.

— Oui, c'est une belle propriété, dit Fox en souriant, ne semblant pas remarquer le trouble de Drew. Elle a été construite dans les années 20 pour servir de demeure côtière à un requin de la finance – qui travaillait dans le milieu du pétrole ou quelque chose de ce genre. Le krach boursier l'a complètement dépouillé, alors le bâtiment a été abandonné pendant plusieurs dizaines d'années. C'est devenu une sorte de refuge pour les hippies dans les années 60 à 70 jusqu'à ce que ce mode de vie disparaisse, puis un groupe d'investissement privé l'a récupéré et rénové.

— Donc les nouveaux requins de la finance ont rendu sa splendeur à l'original, dit Drew avec un rire ironique. C'est approprié.

— Ils ont aussi construit plusieurs centaines de chambres supplémentaires qui sont presque aussi splendides que l'originale, ajouta Fox avec un rire tout aussi ironique que celui de Drew.

— Au moins, ils bénéficient des services offerts par ta société pour que chacun de leurs clients puisse se sentir tel un requin de la finance.

— Attends un peu de voir. Tu vas adorer ce que font les systèmes créés par ma société.

Drew sourit.

— Je pense que je vais adorer tout ce qui se passera ce week-end. C'est déjà l'expérience la plus glamour de ma vie.

Après avoir réfléchi un instant, Fox se lança :

— Tu n'es pas obligé de m'en parler si tu n'en as pas envie, mais j'ai l'impression – par rapport à certaines choses que tu m'as dites – que tu as grandi sans trop d'argent.

— Je dirais même que j'ai grandi sans argent. Nous avions toujours de quoi manger, mais nous étions le genre de famille qui allait faire les courses à pied pendant longtemps si la courroie de distribution de notre voiture lâchait. J'étais le premier de ma famille à obtenir un diplôme universitaire.

Fox fronça les sourcils, impressionné.

— Et tu as réussi à aller jusqu'au doctorat. Waouh.

— Je veux comprendre de quelle manière l'inégalité salariale influe sur la valeur de la citoyenneté. Je pense que ça va devenir important pour nous permettre de comprendre les conséquences de l'accentuation des inégalités économiques sur le long terme.

— Passer un week-end dans la demeure d'un requin de la finance n'était peut-être pas la meilleure option.

— Tu plaisantes? Je considère ce week-end comme une chance inespérée d'approfondir mes recherches. Si je dois boire du champagne en admirant la mer trois fois par jour, je le ferai. Telle est ma dévotion pour mes études.

— Voilà un homme bon et intellectuel.

— Qu'en est-il de toi?

— Je ne suis ni un homme bon ni un intellectuel, répondit Fox en riant.

— Tu es l'exemple d'un homme bon et tu me sembles parfaitement intelligent. Sans oublier que tu es terriblement séduisant, alors tu as tout pour plaire.

Fox lui lança un regard noir.

— Mais je voulais simplement savoir comment s'était passée ton enfance.

Le sourire de Fox se fit sombre.

— Plutôt... bien.

Drew remarqua la difficulté avec laquelle il avait terminé cette phrase.

— D'accord...

Fox haussa les épaules, puis les mots commencèrent à sortir.

—Assez normalement, compte tenu de l'endroit où j'ai grandi. Un père distant qui travaillait trop et me refusait son estime, une mère malheureuse qui souhaitait que je réussisse, mais qui ne voulait pas que je devienne comme mon père. J'ai dépensé beaucoup de leur argent pour obtenir une licence et un master dans l'université qu'ils avaient fréquentée étant jeunes. Maintenant, on se voit une fois par an, en fonction des disponibilités de ma sœur pour les vacances. Nous devons nous allier contre mes parents, sinon ils s'en prendraient l'un à l'autre, puis à nous.

Drew resta bouche bée. Jamais il n'aurait imaginé que Fox venait d'une famille aussi dysfonctionnelle. Ses propres parents avaient connu des mauvaises passes, mais il n'avait jamais douté de l'amour qu'ils lui portaient ou se portaient l'un à l'autre.

— Je ne peux même pas imaginer une telle situation.

Fox l'arrêta dans son élan d'empathie.

— J'ai simplement grandi dans un milieu privilégié, même si je gagnais davantage sur le plan économique qu'émotionnel, dit-il en haussant les épaules. Ce n'est pas un drame.

— Ça explique les feuilles de calcul, dit doucement Drew.

— Ah oui, tu penses?

Il y avait une pointe de défi dans sa voix, mais c'était tout de même un défi.

— Qu'y a-t-il de mal à utiliser un tableur?

Drew leva les mains pour montrer qu'il n'entendait rien de mal par là.

— Rien du tout. D'ailleurs, j'adore ton tableur car c'est lui qui m'a mené jusqu'ici.

— Comment ça ?

— Quand l'ordinateur nous a associés, j'ai traversé une légère crise émotionnelle. J'ai cru qu'on me disait que j'étais gay, idée à laquelle je me serais certainement habitué si on m'avait laissé un peu de temps pour m'y faire. Cependant, c'était un choc parce que j'avais toujours eu un certain contrôle sur mes émotions. Mais j'y ai réfléchi, j'en ai parlé avec une amie et je me suis dit que sortir un peu de ma zone de confort pourrait être une bonne chose. On ne sait pas ce que la vie peut nous offrir tant qu'on ne prend pas de risques, n'est-ce pas ?

— Mmh-mmh.

Il attendait manifestement que Drew en revienne au tableur.

— Par contre, toi... Disons que je t'imagine parfaitement en train de fixer mon visage ridicule dans ta liste d'attente en te demandant ce qui a bien pu se passer. Mais tu as certainement observé le diagramme de compatibilité, analysé les paramètres d'exploration et décidé que si les chiffres ne t'avaient jamais menti jusque-là, ce n'était pas non plus le cas cette fois-ci. Alors quand je t'ai envoyé un message, les chiffres ont aidé à faire pencher la balance en ma faveur. Tu as accepté cette situation parce que tu ne pouvais pas aller à l'encontre des réalités quantitatives. Et aujourd'hui, nous en sommes là.

Fox semblait légèrement troublé par l'explication de Drew, mais il ne dit rien.

— Alors je suis très heureux que tu ne jures que par les chiffres parce que sans eux, nous ne serions pas là.

Fox réfléchit à cela pendant un moment, puis son sourire réapparut.

— L'exactitude avec laquelle tu as décrit ma manière de penser est effrayante, mais...

Il se tourna pour regarder Drew dans les yeux.

— Je suis aussi heureux que nous en soyons arrivés là.

Ils discutèrent de sujets beaucoup moins profonds durant le reste de leur trajet vers la côte et profitèrent des paysages qui perdaient en relief à l'approche de l'océan.

— Waouh, c'est vraiment magnifique, dit Drew lorsque l'océan se déploya devant leurs yeux pour la première fois. Je ne savais même pas qu'on pouvait profiter d'une telle vue à deux heures de la ville. Quand on n'a pas de voiture, un endroit qui se trouve à deux heures de route peut tout aussi bien se trouver dans un autre pays.

— Attends un peu de voir la vue depuis l'hôtel. Il y a une digue qui protège une partie du front de mer, ce qui rend l'endroit idéal pour faire du kayak. Tu peux t'aventurer au-delà des vagues pour explorer les formations rocheuses – il y a tout un tas de grottes, d'étoiles de mer, d'oiseaux.

— Viens-tu souvent ici?

— Je venais assez souvent, mais ça va faire… plus d'un an que je ne suis pas revenu.

— Comment ça se fait?

Fox soupira.

— La dernière fois que je suis venu, j'étais avec une femme qui, finalement, n'était pas faite pour moi. C'est à ce moment-là que tout est parti en vrille.

Le visage de Fox était marqué par une douleur vive, comme si cette histoire s'était terminée la veille, non pas l'année dernière.

— Dans ce cas, tu as bien fait de m'emmener. Sur le plan algorithmique, tu es certain que je suis fait pour toi.

— Elle et moi nous accordions très bien. Et souvent. D'ailleurs, nous nous accordions plusieurs fois par jour jusqu'à ce que notre dispute éclate.

— Je crois que nous n'avons pas la même définition du mot «accorder».

— Je pense que tu as raison, dit Fox avec un rire quasi hystérique. En tout cas, je suis ravi que tu sois présent pour mon retour triomphal.

— À ton service, lui assura Drew avec emphase.

Ils slalomèrent à travers une série de virages serrés jusqu'à ce que le dernier révèle les portes de l'hôtel, formées de piles de pierres imposantes et de fer forgé.

— Sainte vieille fortune, Batman, dit Drew à voix basse.

— On ne penserait jamais qu'elle est faite à partir de mousse moulée et d'aluminium peint, n'est-ce pas?

— Ce n'est pas vrai?

— Eh si. Le promoteur m'a expliqué que le portail original se trouvait sur un vieux chemin en forêt et quand ils ont voulu le déplacer, il s'est effondré. Ils pensent qu'un maître maçon l'avait assemblé de manière si parfaite qu'il s'est brisé dès qu'ils ont voulu y toucher. Ils n'ont trouvé personne qui sache travailler la pierre avec un tel niveau de précision, alors ils se sont servis des pièces récupérées pour faire des pots de fleurs et des patios, puis ils ont fait faire ce portail à partir de polystyrène et de tuyaux récupérés dans une usine de réfrigérateurs.

— C'est remarquable, dit Drew en se penchant vers sa vitre pour observer de plus près. Frauduleux, bien entendu, mais remarquable. N'est-il pas risqué de contrefaire la première impression ? C'est la première chose que les clients voient en arrivant à l'hôtel. Ne risquent-ils pas de faire douter leurs clients du bien-fondé de l'histoire de cet endroit ?

— Premièrement, cet endroit est une contrefaçon. Le bâtiment original ne respectait pas les normes de sécurité actuelles, alors ils l'utilisent comme lieu de stockage. Deuxièmement, toutes les personnes qui passent ce portail sont tellement excitées de voir ce qui les attend à l'intérieur que le portail n'est qu'un avant-goût auquel ils ne prêtent pas vraiment attention. Même s'ils avaient dépensé une tonne d'argent pour rendre ce portail authentique et parfait, cela ne changerait rien à l'expérience de leurs clients – personne ne va se garer sur le bas-côté pour aller l'observer de plus près et faire glisser sa main sur sa surface en polystyrène. Il n'y a aucun avantage déterminant pour justifier de tels coûts.

— Tu es impitoyablement rationnel, dit Drew avec une admiration non feinte. Je ne sais pas si je dois envier ou avoir pitié des personnes qui peuvent évaluer à combien de dollars se chiffre l'émotion humaine.

— Tu sais combien j'aime mon tableur.

Ils passèrent le portail, puis un virage et virent enfin les bâtiments de l'hôtel disposés majestueusement le long de la falaise qui donnait sur la mer. Drew devait admettre que leur contrefaçon avait été réalisée de manière magistrale ; on ressentait la grandeur de la période dorée des États-Unis de manière stupéfiante. Cette impression continua lorsqu'ils se garèrent à la porte cochère, qu'ils confièrent la voiture au valet et qu'ils se rendirent à la réception.

— Fox ! s'exclama le réceptionniste derrière le bureau.

Il se précipita pour faire le tour de cet imposant mastodonte en chêne et prit fermement Fox dans ses bras.

— Ça fait si longtemps.

— Ravi de te revoir, Corey, dit Fox par-dessus l'épaule du réceptionniste dont le blazer s'enfonçait dans sa joue.

Corey finit par relâcher son étreinte.

— Tu ne me croirais pas si je te disais à quel point les employés étaient heureux de voir que tu avais fait une réservation.

— Je suis content d'être de retour, dit Fox avant de reculer et de tendre une main vers Drew. Et je te présente mon invité pour le week-end, Drew.

Le regard de Corey oscilla rapidement entre les deux hommes. Il avait presque retrouvé son sang-froid lorsqu'il adressa un sourire étincelant à Drew.

— Ravi de faire votre connaissance, dit-il chaleureusement en lui serrant la main.

Puis il se retourna vers Fox.

— Finalisons cette réservation, dit-il en retournant derrière le bureau et en pianotant rapidement sur le clavier. Alors, tu as réservé une chambre double.

— C'est bien ça, répondit-il avec le sourire.

— Mais comme nous étions enthousiastes à l'idée de te revoir, nous avons pris la liberté de te garder une suite.

— Waouh, merci.

— Mais il y a un petit souci, dit-il doucement. La chambre que nous avons gardée pour toi est le Cottage du Fondateur.

— Celle avec la terrasse qui donne sur la mer ?

— Oui. Cependant…

Corey se rapprocha de Fox et chuchota, mais Drew pouvait encore l'entendre dans le silence du hall d'entrée.

— Cette suite ne comprend qu'un lit, dit-il en jetant un œil vers Drew.

Il était en train de lui poser une question claire : avaient-ils l'intention de dormir dans le même lit ?

— Ah, fit Fox.

Il regarda Drew avec un air pensif, hocha la tête et se tourna vers Corey.

— Le Cottage du Fondateur sera parfait. Merci pour ce geste.

— Ça nous fait plaisir, dit Corey avec un grand sourire.

Drew avait l'impression qu'une partie du plaisir ressenti par le réceptionniste venait de la manière dont il s'imaginait qu'ils se serviraient du lit.

Oh, merde. Nous allons dormir dans le même lit.

Il n'arrivait pas à expliquer pourquoi cette idée lui coupait le souffle. Mais se mettre à genoux pour essayer de reprendre sa respiration serait certainement impoli, alors il sourit, hocha la tête et observa le hall comme s'il n'avait jamais rien vu de si beau. D'ailleurs, c'était la stricte vérité.

Corey pianota encore un peu, puis il fit le tour du bureau alors qu'un porteur les rejoignait avec leurs valises.

— Allons vous installer dans votre cottage afin que vous puissiez commencer à profiter de… vos activités favorites.

Ses paroles ne furent pas accompagnées d'un clin d'œil vorace, mais son sous-entendu était bien assez clair comme cela.

— Faites en sorte de ne pas trop vous fatiguer, parce que nous vous avons réservé notre meilleure table pour 20 h.

Par réflexe, Drew jeta un œil à sa montre. Cela leur laissait une heure pour… leurs activités. Un frisson le parcourut, mais il le chassa et suivit Corey au pas. Ce dernier les guida à l'extérieur du hall en passant une double porte qui menait sur un grand patio en pierre. D'un côté se trouvait un chemin couvert, avec des plantes grimpantes fleuries qui poussaient des deux côtés pour lui donner l'aspect d'un tunnel verdoyant. De minuscules lumières blanches se croisaient au-dessus de leurs têtes alors qu'ils suivaient les panonceaux indiquant le chemin vers les cottages. Le chemin tourna et longea une falaise qui donnait sur la mer et environ tous les dix mètres, une allée menait vers un petit cottage perché sur le bord de cette falaise. Au bout du chemin se trouvait un cottage bien plus grand, devant lequel ils s'arrêtèrent.

Corey ouvrit la porte pour dévoiler un lieu clair et cosy qui, selon Drew, était l'image que l'on se faisait d'un cottage en bord de plage construit à la main. L'intérieur était en bois et presque tout le pan qui donnait sur la mer était en vitre. En bas de la pente douce formée par la falaise, les vagues venaient s'écraser contre la côte rocheuse. Cette vue était incroyable.

— Puis-je déposer vos bagages dans la chambre ? demanda le porteur avec leurs sacs de voyage dans les mains.

— Oui, bien sûr, répondit Fox, puis il lui donna un pourboire lorsqu'il en ressortit.

— Cela vous convient-il ? demanda Corey.

— C'est tellement beau, dit Drew, toujours bouche bée face à ce mobilier si élégant.

— Je suis heureux que ça vous plaise. Nous avons pris la liberté de remplir le bar de vos boissons favorites, mais n'hésitez pas à nous contacter si vous souhaitez autre chose.

— Je suis certain que ça nous conviendra parfaitement, dit Fox.

— Très bien, messieurs. Je vous souhaite un excellent week-end, dit-il en passant la porte à reculons avant de la fermer derrière lui.

186

Les deux hommes se tinrent dans le silence du cottage pendant un long moment.

— Je n'arrive pas à croire que je sois ici, dit Drew.

— Et encore, tu n'as pas vu ça...

Fox avança vers les baies vitrées et ouvrit celles du milieu, faisant entrer une vague d'air marin dans la pièce ainsi que le bruit des vagues s'écrasant contre la falaise. Il sortit sur le patio en dalles et se pencha par-dessus le petit mur en pierres qui le bordait.

Drew suivit l'odeur de ce vent salé vivifiant. Il se tint près de Fox pendant un moment, émerveillé par la ligne interminable de vagues qui venaient s'écraser contre la roche.

— Waouh, dit-il, à court de mots.

— C'est plutôt cool, hein ? Allons prendre un verre avant le dîner, dit-il en se retournant pour rentrer dans le cottage.

Drew resta figé sur place, incapable de détacher son regard du spectacle grandiose que lui offrait la nature. Quelques minutes plus tard, Fox revint sur le patio avec deux verres dans les mains.

— C'est quoi ? demanda Drew.

— Un *old-fashioned*. C'était ce que je préférais boire jusqu'à mon dernier séjour ici. Ils ont placé les ingrédients nécessaires pour sa préparation dans le bar parce que... enfin, tu sais pourquoi.

Drew en but une gorgée.

— C'est excellent. Pourquoi as-tu arrêté d'en boire ?

Fox laissa échapper un rire morose.

— Disons qu'après en avoir reçu non pas un, mais deux en plein visage – dans cet hôtel, qui plus est –, je ne tenais plus vraiment à boire ce cocktail.

— Et pourtant, c'est ce que nous sommes en train de faire, dit Drew en souriant.

— Oui, c'est ce que nous sommes en train de faire, répéta Fox.

Il trinqua avec Drew et but une grande gorgée de son verre.

— Mais promets-moi de ne pas me jeter ton verre à la figure.

— Je peux sincèrement te dire que cette idée ne m'a jamais traversé l'esprit parce que ça voudrait dire que je ne pourrais pas le boire, dit-il avant d'en prendre une autre gorgée. Qu'a-t-il bien pu se passer pour que quelqu'un te jette non pas un, mais deux verres à la figure ?

— C'est une longue histoire.

— Nous avons tout le week-end.

— Je vais avoir besoin de quelques verres supplémentaires avant de pouvoir raconter cette triste histoire.

— Dans ce cas, quelques verres supplémentaires, nous aurons, dit-il gaiement.

Fox rit.

— Je vais en préparer une deuxième tournée. Mais ensuite, je pense que nous devrions aller dîner tant que nous pouvons encore tenir une fourchette correctement.

Ils burent un deuxième verre, puis se préparèrent pour le dîner. Drew ne plaisantait pas quand il disait avoir déjà porté le seul ensemble correct qu'il avait. Mis à part les vêtements décontractés qui servaient de tenue quotidienne à la plupart des étudiants, il possédait deux blazers terriblement classiques qu'il portait lors des conférences, des tables rondes et des entretiens. Rien de cela ne serait approprié pour le genre d'endroits où l'emmenait Fox. S'il n'avait pas assisté au mariage de son cousin l'an passé, il n'aurait rien eu à se mettre ; la célébration du mariage n'avait duré qu'une soirée et avait été organisée par la seule branche de sa famille qui possédait un peu d'argent.

Ils marchèrent le long du chemin couvert pour rejoindre le bâtiment principal, les treillis offrant une protection contre l'air marin. Leur table au restaurant leur offrait une fois encore une vue à couper le souffle sur l'océan et la nourriture était aussi délicieuse qu'à *Table*. Ils burent une bouteille de vin, puis une autre, puis un verre de porto après le repas et quand ils reprirent le chemin du Cottage du Fondateur, ils ne marchaient plus vraiment droit. Ils s'appuyèrent l'un sur l'autre à plusieurs reprises pour retrouver leur équilibre jusqu'à ce qu'ils trébuchent à travers leur porte.

Leur arrivée dans le cottage leur remit un peu les idées en place – juste un peu.

— Alors, euh… commença Fox. On se lève tôt demain – j'ai réservé des kayaks dès le lever du jour.

— Dans ce cas, on ferait mieux de se mettre au lit, dit Drew en essayant de ne pas montrer que sa tête lui tournait.

— Oui.

Fox chancela jusqu'à la chambre.

— Je pourrais dormir sur le canapé, dit Drew. Tu sais, pour que ce ne soit pas gênant.

Fox réapparut dans l'embrasure de la porte. Il déboutonnait déjà sa chemise.

— Qu'est-ce que tu racontes ? Mets-toi au lit.

Drew obtempéra sans y réfléchir à deux fois – cela dit, à ce stade, il n'était plus capable de réfléchir tout court. Il suivit Fox dans la chambre, puis il se rendit de l'autre côté du lit. La dernière chose dont il se souvint était d'avoir essayé de retirer tous ses vêtements en même temps, mais il ne se rappelait pas jusqu'où il avait réussi à aller avant de s'effondrer sur le lit.

XIII

Fox roula sur le côté et attrapa son téléphone. Il était à peine 3 h du matin.

La première chose qu'il réalisa était qu'il n'était pas chez lui. C'était bien trop calme pour être son lit, étant donné que le système de ventilation de son appartement émettait un léger bruit en continu. Ici, il n'entendait que le doux grondement des vagues.

La deuxième chose qu'il réalisa était qu'il n'était pas seul. Il jeta un œil par-dessus son épaule et vit une longue forme obscure près de lui. C'était Drew. Le doux mouvement des couvertures qui gonflaient et dégonflaient permit de confirmer qu'il dormait à poings fermés.

Ils dormaient dans le même lit. Tout se passait comme Chad l'avait prédit.

Merde.

Fox se déplaça sur le rebord du matelas et se leva. Il découvrit avec horreur qu'il était complètement nu. Il marcha d'un pas assuré vers la salle de bain et récupéra un peignoir. Comme d'habitude, celui-ci était trop lâche au niveau de sa taille fine et trop serré au niveau de ses larges épaules, mais il réussit à l'enfiler et à le fermer correctement. Il avança à pas feutrés jusqu'à la salle, où il récupéra une bouteille d'eau minérale dans le bar.

Il éteignit les lumières et passa un long moment à contempler l'obscurité de la mer. La dernière fois qu'il avait regardé cette côte, il se dirigeait droit dans le mur sans même le savoir – la dispute avait eu lieu à la fin du séjour, quand il pensait que tout se passait si bien. C'était un choc brutal pour lui rappeler qu'il ne connaissait pas les femmes aussi bien qu'il le pensait, malgré son analyse approfondie. Les réalités quantitatives indiquaient clairement que leur relation était faite pour durer, mais la douche froide provoquée par un *old-fashioned* qu'on lui avait jeté au visage – suivi de peu par un deuxième – lui avait montré à quel point il se trompait.

Il avait juré de ne plus jamais remettre les pieds ici. Pourtant, il y était. Ou plutôt, ils y étaient.

Sous la cadence régulière des vagues, Fox pouvait entendre le rythme plus intime de la respiration de Drew, lente et douce. Il se tint à l'endroit où ces deux sons fusionnaient, parfois à l'unisson et parfois en alternance. Il

190

chercha une explication à travers ces rythmes naturels, quelque chose qui allait au-delà des chiffres et du rationnel. Il chercha à comprendre pourquoi il se trouvait ici.

C'était le chaos dans son esprit. Il termina son eau minérale et tâtonna pour rejoindre le bar, où il posa la bouteille vide. Puis il retourna dans la chambre et fut surpris de découvrir que la lune brillait désormais à travers l'une des baies vitrées, éclairant la pièce d'une lumière argentée. La bosse informe qu'il avait laissée derrière lui avait désormais la forme du corps de Drew et elle continuait à gonfler et dégonfler tranquillement.

Une fois encore, Fox resta figé et procéda à une introspection inutile. C'était une chose de s'effondrer, saoul, dans le seul lit disponible avec un pote. C'en était une autre de retourner se coucher dans ce lit quand on était sobre et qu'on savait exactement ce qu'on faisait. C'est-à-dire se mettre au lit avec un pote. Qui était certainement nu.

Il ne savait pas depuis combien de temps il était planté à cet endroit, mais il fut sorti de ses pensées lorsque Drew grogna doucement et roula de l'autre côté. À la lumière du clair de lune, les couvertures glissèrent sur lui lorsqu'il se retourna.

Merde.

S'il avait osé se poser la question de la nudité de Drew, il avait désormais sa réponse. Le corps entier de celui-ci, de ses pieds jusqu'à ses épaules, était découvert. Au moins, il lui tournait le dos, pensa-t-il. Cependant, son soulagement fut de courte durée puisqu'il se demanda ensuite à quel rythme Drew se rendait à la salle de sport. Ses mollets étaient bombés, ses quadriceps et ses ischio-jambiers étaient bien dessinés, puis... Fox voyait parfaitement la preuve du temps qu'il passait à faire des squats. Son épaule était musclée et ses dorsaux donnaient du relief à son corps.

Fox fut comme frappé par la foudre : il était en train de regarder Drew dormir. Il était en train de regarder le corps entier de Drew dormir. Il n'avait encore jamais fait cela – enfin, pas avec un homme. Étant donné qu'il avait le sommeil léger, il avait eu l'opportunité de regarder dormir la plupart des femmes avec lesquelles il avait couché. Il avait regardé Miyoko dormir quand ils avaient passé le week-end ici. Elle était la dormeuse la plus pacifique qu'il avait jamais vue, allongée comme une impératrice, sur le dos, les bras croisés sur sa poitrine et les paupières immobiles. Rien à voir avec la puissance cachée de Drew – même en dormant profondément, ses nerfs se tendaient à un rythme que Fox ne comprenait pas.

Et maintenant, il était debout en train de regarder son ami dormir en tenue d'Adam.

Merde.

Fox savait qu'il ne retrouverait pas le sommeil après avoir comparé son souvenir d'une Miyoko en train de dormir avec l'image de Drew, qui se trouvait en ce moment même devant ses yeux. Il retourna silencieusement dans le salon, s'arrêtant juste un instant pour regarder une dernière fois Drew dormir paisiblement. Il ne savait pas pourquoi il avait fait cela et ne voulait pas se prendre la tête en cherchant une raison. Il ferma la porte de la chambre, puis approcha du bar pour allumer la machine à expresso. La nuit était terminée pour lui.

DREW DÉBARQUA dans la salle un peu après 4 h.

— Hé, tu vas bien ? chuchota-t-il.

Fox, qui était installé sur le canapé avec une tasse de café, se retourna et lui sourit.

— Oui, ça va. Je n'arrivais pas à trouver le sommeil.

— Je me suis inquiété quand j'ai vu que tu n'étais plus là.

— Ce qui explique pourquoi tu es parti à ma recherche avant d'enfiler des vêtements.

Horrifié, Drew baissa les yeux et réalisa qu'il ne portait pas le moindre vêtement.

— Oh, merde. Désolé, dit-il avant de retourner à toute vitesse dans la chambre.

— Enfile quelque chose et nous partirons faire du kayak, dit Fox.

— Je ne crois pas avoir les vêtements appropriés.

— Ne t'inquiète pas. On nous prête les combinaisons.

Drew enfila un jean et un tee-shirt, puis il retourna dans la salle.

— Est-ce une bonne idée de faire du kayak alors qu'il fait nuit ?

— Il fera bientôt jour. C'est incroyable de voir le ciel s'illuminer quand tu es sur l'eau. Tous les oiseaux se mettent à chanter et la mer se réveille.

Drew sourit. C'était une facette de Fox qu'il n'avait jamais vue.

— Génial.

— Un café avant de partir ? demanda Fox en lui tendant une tasse qu'il avait dû préparer pendant que Drew s'habillait.

Il l'accepta avec gratitude.

— Merci, c'est exactement ce dont j'avais besoin. C'est comme si une intelligence artificielle nous avait associés, tu ne trouves pas ?

Fox rit pendant que Drew buvait sa tasse de café d'un trait.

— Je suis prêt, chef.

Quelques minutes plus tard, ils se trouvaient dans un hangar à bateaux qui donnait sur un port de plaisance protégé. Le jeune homme énergique qui s'en occupait bondit lorsqu'il les vit arriver.

— Prêts pour faire du kayak ? demanda-t-il.

— Parfaitement, répondit Fox.

— Super. Entre nous, l'hôtel regorge de vieux golfeurs ce week-end, alors je ne pensais pas avoir beaucoup de travail ici, surtout pas dès le lever du soleil. Il ne reste plus qu'à vous préparer, dit-il en observant les deux hommes, puis il récupéra deux combinaisons sur les cintres derrière lui. Voilà – les deux seuls Clark Kent dont nous disposons.

— Clark Kent ? demanda Drew en en prenant une.

— Des combinaisons pour des hommes grands qui prennent soin de leur corps. Nous accueillons des personnes de toutes morphologies, mais en général, elles deviennent de plus en plus rondes au fil des saisons, alors nous recevons des combinaisons de plus en plus amples. Nous n'avons que deux exemplaires de celle-ci – nous les appelons les Clark Kent, dit-il avant de marquer une pause pour les regarder de la tête aux pieds. Vous devez certainement comprendre pourquoi.

— Merci, Ryan, dit Fox sur un ton que Clark Kent aurait utilisé – modeste, sans être hypocrite. C'est ici que nous nous changeons ? demanda-t-il en indiquant de la tête la zone cachée par un rideau à leur droite.

— Oui, allez-y. Je vais préparer vos embarcations. Quand vous serez prêts, venez me retrouver sur le quai.

Fox tira le rideau épais et lourd, puis il fit signe à Drew de le précéder. Drew s'exécuta, mais découvrit avec stupeur qu'il n'y avait qu'une seule pièce derrière le rideau. Elle était bien aménagée, avec des petits casiers le long d'un mur et des bancs au centre. Mais il n'y avait pas de cabines individuelles. Ce n'était pas comme si Drew ne s'était jamais retrouvé nu devant Fox, mais en se levant, il avait été à peine réveillé et inquiet de ne pas le trouver dans le lit, alors il ne pouvait pas être tenu pour responsable de ses actions. Et maintenant, il était planté comme un imbécile à écouter un monologue intérieur.

— Tu ferais bien de te bouger ou je vais devoir t'abandonner ici, se moqua Fox en pliant soigneusement sa chemise.

Ensuite, il retira son pantalon et le plia avec autant de soin avant de ranger ses affaires dans un casier.

Drew enleva son tee-shirt, puis son pantalon et les plia rapidement sans y mettre autant de soin que Fox. Il les rangea dans un casier ouvert, près de celui de Fox, et quand il se retourna, son ami était totalement nu et commençait à enfiler sa combinaison. Sous cet angle, il était plus séduisant que jamais.

Drew était fier d'être un observateur stoïque de l'humanité, en tant qu'universitaire et en tant que personne. Mais à cet instant, il aurait aimé avoir des réflexes plus spontanés. Avant de détourner les yeux, l'image du fessier contracté de Fox se grava dans sa mémoire, de sa musculature à sa peau lisse et parfaite. C'était la première fois que Drew regrettait d'avoir une mémoire visuelle très précise. C'était utile pour la recherche, mais c'était aussi un cauchemar quand on tombait sur une image qu'on aimerait oublier.

— Oh, ces tenues sont moulantes, s'exclama Fox en tirant la combinaison par-dessus ses hanches.

Il n'eut pas de mal à glisser la matière noire et épaisse par-dessus ses abdominaux, mais cela devint plus compliqué quand il dut faire passer ses bras et ses épaules.

Drew jeta son boxer dans le casier et ferma la porte, puis il attrapa sa combinaison et l'enfila. Excepté une compression momentanée, mais pénible de ses bourses, il réussit à la mettre sans trop de difficultés.

— Tu me donnes un coup de main ?

Drew se tourna vers Fox et vit que celui-ci lui tournait le dos, sa combinaison ouverte de sa nuque jusqu'à la courbe supérieure de son fessier rebondi. Ce ne fut que lorsque Drew laissa son regard tomber jusqu'à ses fesses qu'il vit la fermeture qui pendait.

— Oh, oui, dit-il en comprenant enfin ce que lui demandait Fox.

Il attrapa la fermeture et la tira vers le haut. Le néoprène se tendit, permettant aux courbes du dos de Fox de prendre du relief sous la surface.

— Merci. Maintenant, tourne-toi pour que je m'occupe de toi.

Même si le sous-entendu ne lui avait pas échappé, Drew s'exécuta. Fox tira d'un coup sec et toute la partie haute de son corps fut aussi comprimée que la basse. Il prit quelques respirations profondes, ce qui lui permit de se sentir plus à l'aise dans sa combinaison.

— Ce sont des tenues de qualité, dit Fox en lissant la partie avant de sa combinaison. Pas trop épaisses, mais quand même assez pour nous garder au chaud une fois que nous serons sur l'eau.

— Je n'ai jamais porté de combinaison, alors je n'ai pas de point de comparaison. Elle était assez serrée au départ, mais maintenant, je me sens mieux dedans.

— Celles qu'on porte pour faire du surf sont vraiment épaisses. Tu peux à peine respirer quand tu en portes une.

Fox inspira et expira profondément à plusieurs reprises, ce qui faisait apparaître et disparaître ses tablettes de chocolat sous la surface noire et lisse.

— Je trouve que tu respires très bien, dit Drew en riant. Ou bien tu caches de véritables tablettes de chocolat sous ta combinaison.

Fox regarda son ventre, puis releva les yeux vers Drew.

— Tu es mal placé pour faire des réflexions sur mes abdominaux, monsieur, dit-il en poussant un doigt dans le ventre de Drew. Tu ne tarderas pas à avoir des tablettes encore plus dessinées que les miennes. On dirait qu'étudier revient à ne pas manger de glucides.

— Parfois, ça revient à ne pas manger du tout, répondit Drew. L'été peut être difficile quand on ne donne pas un cours d'été ou qu'on ne trouve pas un job dans la recherche.

— Oh. Je n'aurais jamais cru que…

— Ne t'en fais pas, dit-il de bon cœur. C'est un petit prix à payer pour vivre la vie de l'esprit.

— J'admire ton engagement, dit Fox avec une réelle sincérité dans la voix.

Drew ne savait pas comment lui répondre, alors il sourit, haussa les épaules et attendit que Fox se remette en action, comme il en avait l'habitude. Il n'attendit pas longtemps.

— Allons-y, mon cher, dit Fox en tirant le rideau.

Il bondit à travers la pièce et sur le quai. Drew le suivit de près.

Alors que le ciel prenait des teintes rosées, ils s'installèrent dans les kayaks que Ryan leur avait préparés et bientôt, ils se retrouvèrent à pagayer au-delà du brise-lames pour rejoindre le doux remous de l'océan. Fox ouvrait la marche et après quelques minutes de pagayage intense, ils virent une collection d'amas rocheux qui se profilaient à l'horizon. L'aube se leva sur l'océan, dévoilant des étoiles de mer aux couleurs étonnantes accrochées à chaque centimètre carré de roche, des anémones de mer ondulant pour attraper la nourriture amenée par les vagues et des oiseaux noirs plongeant pour attraper des poissons. Drew avait l'impression de flotter à travers un documentaire sur la nature, sauf qu'elle se trouvait tout autour d'eux. Il sourit bêtement et secoua la tête, bouleversé. Puis son kayak faillit chavirer lorsqu'il entendit rugir un phoque qui se trouvait à deux mètres de lui.

— C'est incroyable, dit-il à Fox quand leurs bateaux se rapprochèrent. Merci de m'avoir emmené ici.

Fox lui adressa un grand sourire.

— Merci d'être venu. Mes souvenirs de cet endroit étaient tellement mauvais à cause de ce qui s'est passé la dernière fois. Maintenant, ils ont tous été emportés pour être remplacés par ceux-ci, dit-il en désignant ce qui les entourait. Je te dois une fière chandelle.

— Nous sommes loin d'être quittes, protesta Drew.

Fox secoua la tête, mettant un terme à la conversation.

— Viens. Je veux te montrer les grottes.

Ils visitèrent la baie pendant un moment et alors que les bras de Drew commençaient à lâcher, Fox se dirigea vers la côte. Ils pagayèrent à un rythme plus tranquille, mais Drew savait qu'il aurait mal plus tard.

Cependant, Fox ne faisait que commencer. Ils se séchèrent, se changèrent, rentrèrent au bâtiment principal pour prendre un petit-déjeuner, puis ils filèrent chercher des vélos pour s'aventurer sur les collines qui montaient depuis le rivage. Ils pédalèrent durant trois ou quatre heures, s'arrêtant de temps en temps pour profiter de la vue sur l'océan et la prairie. Quand ils finirent par rentrer à l'hôtel, Drew poussa un soupir de soulagement. Ils retournèrent au restaurant pour prendre un déjeuner très copieux, après lequel Drew était prêt à faire une sieste – et peut-être recevoir un massage thérapeutique.

— Maintenant, dit Fox alors que le serveur ramassait leurs assiettes, nous pouvons aller faire du paddle ou bien gravir les rochers qui se trouvent sur la côte.

Drew réussit à sourire.

— Pourquoi ne pas faire quelque chose de simple, comme nous promener sur la plage ? Si nous ressentons le besoin de gravir des rochers, nous pourrons aussi le faire.

Fox lui rendit son sourire.

— Ça me va. La plage s'étend sur une vingtaine de kilomètres vers le sud, alors ça nous permettra de faire une bonne marche.

Génial, pensa Drew.

Ils parcoururent les vingt kilomètres à l'aller et au retour, ce qui leur permit de discuter d'un million de choses futiles qu'on avait l'habitude d'accumuler au fil des années lorsqu'on était amis – mais Fox et Drew semblaient les assimiler en quelques minutes. Enfin, alors que le soleil tombait dans le ciel, ils retournèrent à l'hôtel.

— On se prépare et on va dîner? demanda Fox.

— D'accord. Vas-y en premier. Je dois faire quelques étirements après la manière dont tu m'as épuisé aujourd'hui.

Fox rit.

— Tu as une meilleure forme physique que moi et tu le sais.

— Dans l'immédiat, je ne suis pas du tout d'accord avec toi.

DREW ÉTAIT sous la douche quand on frappa à la porte du cottage. Fox ouvrit et se retrouva face à un chariot flanqué de deux serveurs.

— Euh, oui? dit Fox de façon incertaine.

— Nous venons vous servir le dîner, monsieur, dit le serveur.

— Oh, euh…

Fox perdit momentanément ses moyens.

— Parfait, dit Drew derrière lui.

Il se tenait au centre de la pièce, toujours mouillé, une serviette nouée autour de la taille.

— Pourriez-vous installer la table sur le patio? demanda Drew.

— Bien sûr, monsieur, dit le serveur, clairement soulagé qu'il n'y ait pas eu d'erreur.

Ils poussèrent le chariot à travers la pièce et se rendirent sur le patio, refermant les baies vitrées derrière eux.

Fox regarda Drew avec un regard inquisiteur.

— Je me suis dit que ce serait agréable de dîner sur le patio ce soir.

Fox ne pouvait que sourire.

— Ça fait longtemps qu'on n'a pas organisé quelque chose pour moi.

Il jeta un œil vers les serveurs à travers les vitres. Ceux-ci étaient occupés à poser une nappe blanche et à mettre en place un repas qui semblait somptueux.

— J'ai appelé Corey pour lui demander de l'aide. Il semblait ravi à l'idée de pouvoir faire quelque chose qui te ferait plaisir. Même s'il ne l'était certainement pas autant que… moi.

— Tu ferais mieux de t'habiller ou je vais commencer sans toi.

— Serais-tu en train de dire que ma belle serviette en coton portée à la façon égyptienne ne correspond pas à ton code vestimentaire ?

— Je n'ai rien à redire sur ta tenue, mais tu sais que le vent peut se lever. Tu ne voudrais pas dévoiler certaines parties de ton anatomie de manière involontaire.

— Je ne suis pas certain que tu saches vraiment quelles sont mes intentions, dit-il sur un ton léger, avant de se tourner pour partir dans la chambre.

Il revint avant que les serveurs aient fini de préparer leur table, alors ils patientèrent ensemble au bar.

— Puis-je te servir un verre ? demanda Fox.

Drew se pinça les lèvres et réfléchit un instant.

— Non, merci. Tes cocktails sont délicieux, mais je n'ai pas vraiment envie de me coucher ivre ce soir.

— Ah.

Fox essaya d'analyser ce qu'il ressentait face à l'abstention soudaine de Drew.

— Tu as raison. Nous avons un peu trop bu la nuit dernière, n'est-ce pas ?

— Un peu, oui.

Les portes du patio s'ouvrirent et le serveur principal entra dans la pièce.

— Messieurs, je vous invite à venir dîner, dit-il en leur faisant signe de le précéder.

Une douzaine de torches brûlaient le long du muret en pierres qui délimitait le patio, leur lumière dansante faisant luire et scintiller le cristal et l'argenterie qui se trouvaient sur la table. Un candélabre en argent ajoutait huit sources de lumière supplémentaires.

— Waouh, dit Fox.

Depuis son entrée dans l'industrie hôtelière, il avait mangé des repas gastronomiques dans des décors spectaculaires, mais la transformation opérée sur ce patio en dalles était tout simplement incroyable.

Ils s'installèrent à table et les serveurs commencèrent à les servir, plat par plat. Le menu choisi par Drew comprenait les plats préférés de Fox, dont le chateaubriand en plat principal qu'ils partagèrent. Il ne se rendit pas compte qu'ils ne buvaient pas de vin jusqu'à ce qu'on lui serve le café à la fin du repas – apporté par un troisième serveur pour accompagner le dessert.

— Nous allons vous laisser profiter du reste de votre soirée, dit le serveur après avoir posé le dessert devant eux. Nous reviendrons demain matin pour récupérer la vaisselle.

— Merci, dit Drew avec une sincérité souvent exprimée par les personnes qui n'étaient pas habituées à se faire servir.

— Ce fut un plaisir, monsieur. Profitez bien de votre dessert.

Fox aperçut son clin d'œil. Bien que cette insinuation aurait dû le rendre furieux, cela ne réveilla aucune indignation en lui. Il passait un si bon moment qu'il se fichait de savoir si un serveur pensait qu'ils étaient… ensemble.

Ils restèrent assis sur le patio pendant un moment, terminant leur café et écoutant le bruit des vagues.

— Merci, finit par dire Fox.

Ce n'était qu'une infime partie de ce qu'il voulait dire, mais c'était la seule qu'il arrivait à traduire en mots.

— C'était extraordinaire.

— Tu es extraordinaire, dit Drew en souriant. Je n'ai fait que commander le dîner.

— Tu n'as fait *que* commander le dîner? Tu dis ça comme si tu avais appelé le service de chambre pour demander à ce qu'on nous serve le menu du soir. Mais ce que tu as fait demande non seulement de l'attention, mais de l'assurance. Et un grand sens du romantisme.

Il regretta immédiatement ces derniers mots, même s'il était en partie fier de se montrer assez mature pour reconnaître que la plupart des femmes auraient été impressionnées par une telle démonstration.

— Un grand sens du romantisme? Sérieusement?

Fox rit.

— Disons simplement que ça faisait longtemps qu'on ne m'avait rien préparé de tel. Peut-être même qu'on ne l'a jamais fait.

— Je suis heureux de faire exception à la règle.

— Tu as remis en question une bonne partie de mes règles.

Le sourire de Drew était à la fois gêné, enchanté et heureux. Mais son expression ne tarda pas à basculer dans la fatigue postprandiale.

— Nous avons eu une longue journée. C'était une journée très agréable, très amusante, mais aussi très longue. J'ai envie de m'effondrer sur le lit.

— Et moi donc.

Mais Fox n'était pas vraiment pressé de se mettre au lit.

La nuit dernière, au moment du coucher, ils avaient été ivres et même s'ils s'étaient déshabillés et effondrés sur le lit, ils ne pouvaient pas être tenus pour responsables. Par contre, ce soir, ils étaient totalement sobres. Ce soir, ils auraient conscience de la situation lorsqu'ils tireraient les couvertures pour se mettre au lit ensemble.

Drew se leva et éteignit les torches une à une pendant que Fox soufflait les bougies qui se trouvaient sur la table. Après avoir éteint les lumières sur le patio, ils rentrèrent à l'intérieur et se tinrent debout près du lit.

— Vas-y en premier, dit Fox en indiquant la salle de bain.

— Okay, merci.

Il récupéra sa trousse de toilette et se rendit dans la salle de bain.

Fox ouvrit sa valise et trouva le short et le tee-shirt qu'il avait prévu d'utiliser comme pyjama durant ce séjour. Il les tint un instant dans sa main, puis il finit par se dire que ce serait ridicule de se mettre au lit en pyjama alors qu'il avait dormi nu la nuit dernière. Cela ne pousserait-il pas Drew à se dire que Fox était troublé face à cette situation ? Cela ne le ferait-il pas paraître anxieux à l'idée de partager son lit ? Autrement dit, cela ne démontrerait-il pas clairement qu'il avait extrêmement de mal à gérer son état émotionnel ?

Merde.

Il attrapa le peignoir sur un crochet près de la porte de la salle de bain, où l'avait soigneusement posé la femme de chambre, puis après avoir retiré sa chemise, il l'enfila. Il retira ensuite son pantalon, son boxer et se retrouva enfin nu sous son peignoir. Il se regarda dans le miroir et hocha la tête, essayant de paraître détendu dans ce peignoir bien noué.

Fox sursauta en entendant la chasse d'eau. Il s'occupa en rassemblant ses produits de toilette pendant que Drew sortait de la salle de bain. Quand il leva les yeux, il découvrit que Drew portait aussi un peignoir fermement noué. Ils étaient sur la même longueur d'onde.

Mais était-ce vraiment ce que Fox voulait ? Parce qu'il était prêt à jurer qu'il entendait une petite voix lui dire : « *Puis ils se mirent au lit ensemble, nus* ».

Il sourit à Drew, ne laissant rien paraître de son tourment, et prit sa place dans la salle de bain. Il effectua ses ablutions du soir avec l'efficacité apportée par la routine ; en moins de cinq minutes, il s'était lavé, essuyé et avait uriné. Il noua le peignoir et ouvrit la porte.

Drew était déjà au lit, allongé sur le côté, dos à Fox. Ce dernier entra silencieusement dans la chambre et posa sa trousse de toilette sur sa valise, au-dessus de la commode. Puis il le remarqua.

Le peignoir de Drew se trouvait près de là où il dormait, soigneusement posé sur le dos d'une chaise. Évidemment. Qui aurait idée de se mettre au lit en portant un peignoir ? Alors il l'avait retiré.

Ce qui voulait dire que Drew était...

Fox prit une inspiration profonde et silencieuse. Il éteignit la dernière source de lumière, c'est-à-dire la lampe d'inspiration Tiffany qui se trouvait sur sa table de chevet, puis il dénoua son peignoir à l'aide du filet de lumière projeté par la lune et le posa sur le dos d'une chaise, comme l'avait fait Drew.

Il tira les couvertures et se glissa dans le lit. Avec un autre homme.

Pourquoi fais-tu cela ? résonna la voix dans sa tête. Pour quelle raison était-il entré dans le même lit que Drew alors qu'ils étaient sobres et nus ? Il ne pouvait l'expliquer à personne, ni même à lui, et pourtant il était dans ce lit. Aucun tableur ne lui fournirait des résultats quantitatifs en fonction de ce qu'il était en train de faire. Il agissait de manière impulsive – une impulsion qu'il ne comprenait pas.

Il resta allongé sur le dos et observa les filets de lumière du clair de lune qui traversaient les pans de verre qui composaient la majeure partie de la façade qui donnait sur la mer. Il écouta la respiration lente et calme de Drew et tenta de la suivre. Il voulait ressentir la paix qui semblait habiter Drew. Contrairement à Fox, son ami n'était visiblement pas en proie à une crise existentielle ridicule.

— Merci.

La voix de Drew était douce et grave. Il se retourna pour faire face à Fox.

— J'ai passé un week-end formidable.

Pourquoi la voix de Drew avait-elle le pouvoir de l'apaiser instantanément ? Fox sentit une douce quiétude se propager dans sa poitrine.

— Moi aussi j'ai passé un bon moment, dit Fox. Jamais je n'aurais pensé revenir ici.

— Je suis ravi que tu m'aies invité. Tu as réussi à trouver une solution à mon problème de procrastination *et* à m'offrir cet incroyable week-end. Je ne sais pas comment te remercier.

Fox sourit et se tourna sur le côté pour faire face à Drew.

— Tu n'as pas à me remercier. C'est moi qui devrais le faire. J'étais tellement angoissé par le fait qu'aucune des femmes de ma liste ne me plaise. J'ai fini par me dire que j'allais devoir m'habituer à vivre seul. Mes amis sont tous mariés et je ne les vois quasiment plus, ce qui est un autre point que je refusais d'admettre avant de te rencontrer. Ce que j'essaie de dire, c'est que tu m'as vraiment aidé. J'ai l'impression que je peux à nouveau sortir et continuer mes recherches.

— Puis-je te dire quelque chose ? demanda doucement Drew.

— Regarde-nous, rétorqua-t-il en rigolant. Ce n'est pas vraiment le moment ni l'endroit pour garder des secrets.

Drew sourit, mais son expression redevint grave.

— Quand tu as dit qu'aucune des femmes de ta liste d'attente n'avait de potentiel…

— Tu as dit la même chose, lui rappela Fox.

— Je sais. Mais…

Drew prit une profonde inspiration, puis se pinça les lèvres comme s'il essayait de trouver les bons mots.

— Mais ce n'était pas la stricte vérité.

— Comment ça ?

— En réalité, il y avait une douzaine de nouvelles femmes dans ma liste d'attente et certaines d'entre elles… enfin, disons qu'avant, je n'aurais pas hésité à sortir avec elles.

— Avant quoi ?

— Avant… de te rencontrer.

Fox fronça les sourcils. Il ne voulait pas déstabiliser Drew dans sa quête de l'amour – avait-il perdu en assurance en découvrant que Fox avait plus d'argent que lui ? Drew avait-il honte de sa situation depuis leur rencontre ?

— Ai-je fait quelque chose de mal ? Est-ce que je t'empêche de…

— Non, tu n'as rien fait de mal. Tu n'empêches rien du tout. C'est juste… disons que… bon, d'accord, tu m'empêches de sortir avec d'autres personnes.

— Quoi ? Pourquoi ? demanda Fox, stupéfait et vraiment inquiet.

— Parce que quand je dois faire un choix entre sortir avec une femme que je n'ai jamais rencontrée et passer du temps avec toi, eh bien… mon choix se porte toujours vers toi.

Quelque part au fond de son esprit, une alarme retentit, essayant de lui rappeler qu'il avait fait ce même choix sans même y réfléchir. Il respira et essaya de se calmer.

— Écoute, j'ai aussi passé de bons moments avec toi, mais je n'ai jamais voulu être un frein dans ta recherche de l'amour. Il faut que tu recommences à sortir.

Drew sourit tristement.

— Je pourrais te dire la même chose.

— Que veux-tu dire par là?

— Comme tu l'as si bien dit, ce n'est pas vraiment le moment ni l'endroit pour cacher ce que nous savons être vrai. Je sais que ta liste d'attente doit être meilleure que la mienne parce que tu es brillant, charmant et, comme nous l'avons déterminé, terriblement séduisant.

— Il faut vraiment que tu arrêtes de dire ça.

— J'arrêterai de le dire le jour où ce ne sera plus vrai, dit Drew en riant. Même si nous savons tous les deux que ça n'arrivera jamais. Ce que j'essaie de dire, c'est que je suis certain que ta liste d'attente est pleine de jolies femmes avec des jolis scores qui embelliraient ton tableur. J'en mettrais ma main à couper. Et pourtant, tu es ici.

— Tu ne sais pas à quoi ressemble ma liste.

— Si, je le sais. Tu me l'as montrée la semaine dernière. Ta liste était incroyable et elle doit être encore meilleure aujourd'hui – la mienne s'est légèrement améliorée, alors la tienne doit être époustouflante.

— Je ne vois pas de quoi tu…

— Laisse-moi terminer. Depuis que l'ordinateur nous a associés, je ne suis plus stressé par le fait de ne pas trouver de femmes avec lesquelles sortir. Je peux me concentrer sur mes recherches sans avoir à me rendre sur Q*pidon toutes les heures pour voir si j'ai de nouvelles prétendantes. Ça faisait longtemps que je n'avais plus été si heureux. Et tout ça, c'est grâce à toi. Parce que quand je suis avec toi, j'ai l'impression d'être une meilleure version de moi-même. C'est la raison pour laquelle je voulais organiser ce dîner ce soir et ne pas être saoul lorsque nous irions nous mettre au lit. J'avais besoin de te dire tout ça et j'avais besoin que tu m'écoutes.

Fox observa le visage de Drew au clair de lune pendant un long moment.

— Je ne suis pas certain de bien comprendre.

— Je pense que j'essaie de te dire que… commença-t-il avant de s'arrêter brusquement pour respirer un bon coup, comme s'il allait sauter dans le vide. J'essaie de te dire que je suis un peu en train de tomber amoureux de toi.

Il cligna plusieurs fois des yeux, comme s'il s'attendait à ce que Fox le frappe au visage.

Fox prit une profonde inspiration.

— Ce que je vais dire est très difficile pour moi, mais je me suis rendu compte que ma vie était assez vaine. J'enchaînais les conquêtes, mais maintenant je réalise que je me sentais très seul. Je suis tellement heureux que tu m'aies écrit quand nous avons été associés. Je n'aurais pas eu le courage de le faire, mais en toute honnêteté, ma vie serait bien plus triste si tu ne l'avais pas fait. Je t'aime aussi, Drew.

Un sourire fendit le visage de Fox. Il était profondément soulagé d'avoir pu prononcer ces mots avant que sa réticence naturelle aux sentiments le fasse taire. Chad était le seul autre homme auquel il avait adressé ces mots et il avait décidé de ne pas laisser d'étranges vestiges homophobes l'empêcher de le dire à son nouvel ami.

— C'est… eh bien, c'est génial, dit Drew en souriant. Je sais que c'est difficile pour toi d'exprimer tes sentiments et je te suis reconnaissant de l'avoir fait.

Pourtant, son sourire s'estompa rapidement.

— C'est juste que…

Fox regarda son ami droit dans les yeux pour comprendre ce qui le troublait, mais cela ne mena à rien.

— Qu'y a-t-il ? Tu sais que tu peux tout me dire.

Drew ferma les yeux et quand il les rouvrit, il parla doucement et calmement.

— Je dois me montrer honnête envers toi et envers moi-même. Quand j'ai dit que j'étais en train de tomber amoureux de toi, je voulais dire…

Il posa sa main sur le bras de Fox.

— Que je suis réellement en train de tomber amoureux de toi.

Il fit glisser sa main le long du bras de Fox, un geste innocent qui rendait ses paroles parfaitement claires.

Fox sentit la chaleur du toucher de Drew se répandre dans son bras, brûlante, moqueuse.

— Qu'est-ce qui te prend ? grogna-t-il en attrapant la main de Drew pour s'en libérer. Qu'est-ce qui ne va pas chez toi ?

Drew était complètement abattu, mais Fox s'en fichait royalement.

— Fox, je pensais que nous…

— Tu pensais quoi ? rugit-il. Tu pensais que c'était un foutu week-end romantique ? Tu pensais qu'un dîner aux chandelles me mettrait dans l'ambiance pour que tu puisses faire le premier pas ?

— Écoute-moi, dit Drew en posant une nouvelle fois sa main sur le bras de Fox, ce qui était la pire chose à faire.

— Ne me touche pas ! hurla Fox en poussant Drew avec ses deux mains – sans oublier de lui donner un coup de pied.

Drew tomba au sol. Fox bondit du lit – il avait ignoré les avertissements que lui avait envoyés son cerveau et il refusait de continuer à le faire. Il ne retournerait jamais dans ce lit.

Drew se releva et se tint debout, chancelant. Les deux hommes se fixèrent durant un long moment, comme si aucun d'eux n'était prêt à faire le premier pas.

— Qu'est-ce qui te prend, Drew ? Je ne suis pas une tafiole, finit par dire Fox, mettant un terme au silence.

Mais cela ne mit pas un terme à leur conflit.

Sans crier gare, Drew se jeta par-dessus le lit, effaçant la distance qui les séparait en moins d'une seconde. Il fonça sur Fox, tête baissée et poings levés, l'écrasant contre le mur dans un bruit sourd. Fox était étourdi alors qu'il luttait pour se libérer. Il réussit à plier la jambe et frappa aussi fort que possible ; Drew roula sur le sol dans un grognement. Fox lui sauta dessus, enroula son bras autour de son cou et l'immobilisa.

— Ça suffit, arrête, demanda Fox en grondant à l'oreille de son ami.

— Jamais de la vie, grommela-t-il avant de se libérer en se retournant brutalement.

Il asséna un coup puissant dans la poitrine de Fox, le faisant trébucher en arrière contre la table de chevet, ce qui fit tomber la lampe au sol. Drew se releva, pensant certainement que la destruction d'un abat-jour en verre mettrait fin à leur bagarre.

Fox lui donna tort en le chargeant dans le bas du dos et Drew termina sur le lit. Fox se jeta sur lui et l'immobilisa avec une prise de lutte plus efficace. Cependant, la furie qui habitait Drew lui donnait une force à laquelle Fox ne s'était pas attendu. Drew se libéra en se débattant, puis il retourna Fox avec une habileté surhumaine et utilisa une prise similaire, mais bien plus agressive.

— Relâche. Moi. Immédiatement.

La voix de Fox était grave et assassine.

— Dans tes rêves, gronda Drew. Nous avons quelques problèmes à régler.

— Nous n'avons rien à «régler». Nous devons juste nous tirer d'ici.

— Non.

Le ton emprunté par Drew était tellement ferme qu'il frappa Fox aussi fort que l'avaient fait ses coups.

— Dès le départ, nous savions que nous faisions une erreur, dit Fox en respirant de façon irrégulière à cause de la prise de Drew. C'était une erreur informatique que nous avons aggravée en essayant de devenir amis.

— Ce n'est pas une erreur, grommela Drew en resserrant sa prise.

— Relâche-moi, connard, dit Fox d'une voix aiguë et faible.

— Non. Pas tant que nous n'aurons pas discuté. Pas tant que tu ne m'auras pas dit que tu ressens la même chose, dit-il avec une voix plus douce.

Il relâcha suffisamment sa prise pour que Fox puisse prendre une profonde inspiration.

— Que je ressens quoi? Je n'ai pas la moindre idée de ce dont tu parles.

— Je parle de ce qui t'a poussé à ignorer ta liste de prétendantes et à passer ce week-end ici en ma compagnie, dit-il contre son oreille. Je parle de la manière dont tu m'as regardé quand les serveurs sont venus installer notre table. Je parle de la façon dont tu m'as pris dans tes bras après le concert de marimba.

— Et alors?

— Alors je sais que tu ressens la même chose que moi. Je le vois. Je vois que tu le ressens comme je le ressens. Je veux que nous décidions ensemble ce que nous allons faire.

— Nous n'allons rien faire du tout. Pourquoi devrions-nous faire quoi que ce soit?

— Parce que ça ne peut pas continuer comme ça, dit-il doucement. Je ne peux pas continuer à me mentir à moi-même et à te mentir en prétendant que notre relation est purement amicale. En réalité, c'est... de l'amour.

— Non, dit Fox, mais la rugosité de sa voix et les larmes qui montèrent à ses yeux le trahirent. Ce n'est pas de...

Il ne réussit pas à prononcer davantage de mots car sa gorge se resserra autour du mensonge qu'il était sur le point de dire. Il ne pouvait pas aller plus loin, ne voulait pas aller plus loin dans son déni face à la vérité que lui servait Drew.

— C'est exactement ce que c'est, dit Drew en relâchant complètement sa prise.

Il savait que Fox avait capitulé. Curieusement, il le savait.

Fox eut du mal à se libérer de la prise de Drew, car même si ce dernier avait relaxé sa musculature, il avait toujours les bras – et apparemment une jambe – enroulés autour de Fox. Frustré, Fox se retourna et lui fit face.

— Que veux-tu que je dise ?

— Je ne veux rien entendre. Je veux juste être certain que tu t'autoriseras à ressentir.

— Que suis-je censé ressentir ?

Il savait ce que Drew essayait de dire, mais il ne supporterait pas de le montrer.

— Ceci, répondit Drew en prenant la main de Fox et en l'approchant de lui jusqu'à ce qu'elle soit posée contre son torse, contre son cœur qui battait à tout rompre. C'est ce que je ressens quand nous sommes ensemble. Quand tu es près de moi, je…

Sa voix se brisa.

— Je deviens une meilleure personne. Je le sais – je le sens. Juste ici.

— Si ton cœur bat si fort, c'est parce que tu viens de te transformer en ninja.

— Après que tu m'as poussé. Et ensuite, tu as prononcé ce mot, dit Drew en lui lançant un regard réprobateur.

— J'utilise le mot « *connard* » pour désigner tout un tas de gens. D'ailleurs, toi aussi.

— Ce n'est pas « *connard* » qui me gêne. Tu as dit que tu n'étais pas une « *tafiole* ». Ce genre de vocabulaire ne passe pas avec moi.

Fox se sentit honteux.

— Je ne sais pas pourquoi j'ai dit ça. Je n'avais plus les idées claires. Je suis désolé.

Drew secoua la tête.

— Tu sais tout aussi bien que moi pourquoi tu l'as dit. Tu t'es retrouvé dans un lit avec un autre homme qui venait de t'avouer qu'il était en train de tomber amoureux de toi. Je n'ai pas vraiment pris de pincettes – ça a dû être un choc pour toi.

— Pas vraiment, non.

Les yeux de Drew se firent ronds, comme s'il était aussi surpris que Fox par cet aveu. Pourtant, il l'avait bien dit.

— Ce n'était pas un choc ? demanda Drew en secouant la tête.

— Non. Enfin, si, mais ce n'est pas comme si je ne m'attendais pas à ce que tu me dises une telle chose. J'ai passé cette dernière semaine à ne pas m'autoriser à y penser. Parce que tu as raison sur toute la ligne : ma liste de prétendantes n'est pas vide, je ne réfléchis même pas à l'éventualité de me rendre au restaurant avec l'une d'entre elles et j'ai dû te regarder avec une émotion particulière quand j'ai appris que tu avais organisé le magnifique repas que nous avons partagé ce soir. J'étais effrayé, perdu et j'avais honte, alors quand je t'ai entendu dire tout haut ce que je ne m'étais même pas permis de penser tout bas, j'ai perdu les pédales. Je n'avais pas l'intention de te blesser.

— Rien de ce que tu pourras faire ne me blessera, sauf si tu pars, dit-il en sondant le regard de Fox. Je peux tout supporter sauf ça.

— Ce qui explique pourquoi tu m'as écrasé quand j'ai dit que nous devrions nous tirer d'ici. On peut dire que tu m'as mis au tapis.

— Je suis désolé. Je ne savais plus quoi faire.

— Alors tu as décidé de me tabasser jusqu'à ce que je m'incline ?

— Je n'en suis pas fier. En temps normal, je fais plutôt appel aux mots.

— Ce qui est certain, c'est que tu sais te défendre. Jamais je n'aurais cru que tu étais si fort.

— Lorsque j'ai peur de perdre une chose à laquelle je tiens, je peux l'être.

Fox ressentit une douleur dans sa poitrine.

— Tu ne serais pas en train de parler de… moi ?

— Si, répondit Drew en souriant.

Fox le fixa pendant un moment, étourdi par le fait que leur conversation – voire même leur amitié – s'était transformée en véritables montagnes russes.

— Et maintenant, qu'allons-nous faire ?

— J'opte pour que nous nous remettions au lit et que nous dormions un peu, dit Drew. Nous pourrons ramasser les morceaux demain matin.

— À t'entendre, ça ne va pas bien se passer.

— Je parlais des morceaux de la lampe, pas de nous. Tout ira très bien entre nous.

Fox aurait aimé faire preuve d'autant d'assurance. Mais son ami semblait en connaître un rayon sur la manière dont il fallait gérer le tournant que prenait leur amitié, alors il décida de s'en remettre à lui.

— Très bien.

Drew avait un grand sourire. Il tira les couvertures sur eux. Même s'il ne tenait plus Fox dans ses bras, il resta proche de lui.

LA RESPIRATION de Fox mit un certain temps à ralentir et à devenir régulière. Le choc, la colère et la douleur qui l'avaient tiraillé, qui lui avaient fait dire des choses terribles et qui l'avaient poussé à en venir aux mains étaient enfin en veille. Drew l'observa pendant plus d'une heure alors qu'il retrouvait la paix et que son corps se détendait.

Drew se sentait responsable de ce changement soudain chez Fox. C'était son toucher qui l'avait déclenché, qui avait forcé son ami à faire face à une réalité que Drew avait appris à accepter ces derniers jours. Il n'avait pas les réponses que Fox attendait – il n'avait aucune idée de ce qu'ils étaient censés faire –, mais il savait que sa place était auprès de cet homme, de cet ami qui avait débarqué de nulle part et qui faisait désormais partie intégrante de sa vie.

Au clair de lune, le visage de Fox était comme de la porcelaine, ses traits habituellement anguleux et beaux devenant calmes et raffinés dans son sommeil. À cet instant, dans l'intimité absolue de cet antre isolé, Drew s'offrit le luxe de l'observer. Ce n'était pas une chose qu'un homme faisait en temps normal.

Drew s'éloignait de plus en plus de l'homme qu'il pensait avoir été.

Il n'avait jamais été aussi proche d'un autre homme – que ce soit sur le plan physique ou émotionnel. Dès qu'il avait lu les détails du profil de Fox, il avait senti qu'un lien pourrait se forger avec cet homme et que leur amitié serait différente de toutes celles qu'il avait connues jusqu'alors. Objectivement, ils ne partageaient pas grand-chose, que ce soit au niveau de leur métier, de leur éducation ou de leur style de vie. Mais après quelques minutes passées en sa compagnie, il avait su. Il avait compris qu'ils deviendraient proches.

Enfin, peut-être pas aussi proches qu'ils l'étaient en ce moment.

Quand il avait remonté les couvertures, leurs corps avaient été brûlants, mais maintenant que Fox dormait, ils étaient simplement au chaud, enveloppés dans un cocon haut de gamme et confortable. Les poils sur les jambes de Fox chatouillaient celles de Drew et le bras de Fox – celui qu'il avait touché et qui avait déclenché leur dispute – était pressé contre ses côtes. Il y avait une innocence et une pureté qui émanaient de ce lien qu'ils partageaient.

Fox poussa un souffle plus profond et se déplaça légèrement, faisant frotter sa hanche nue contre celle de Drew. Ce contact bref le fit frissonner.

C'était donc vrai. Drew savait qu'on ne pouvait pas aller contre les preuves empiriques et ce frisson était la preuve de l'effet que Fox lui faisait – cet effet physique et essentiel. Se trouver ici, près de lui, nu, était plus exaltant que tout ce qu'il avait imaginé. Désormais, il savait une chose à propos de lui-même qu'il avait ignorée la veille.

Il était en train de tomber amoureux d'un homme. De cet homme, celui qui était allongé nu près de lui. Il s'attendait à ce que la réalité vertigineuse de cette découverte fasse cesser de battre son cœur et le pousse à prendre son crâne entre ses deux mains, victime d'une crise de panique. Mais ce ne fut pas le cas. Au contraire, il éprouvait une douce satisfaction, de la sérénité et avait l'impression qu'une flamme impossible à éteindre avait été allumée en lui.

Il était heureux.

XIV

Fox se réveilla en sursaut dans la nuit, comme il l'avait fait la nuit précédente. Il était sur le point de récupérer son téléphone pour vérifier l'heure quand il se rendit compte qu'il ne pouvait pas le faire.

Parce que le bras de Drew était enroulé autour de lui.

Fox tourna la tête et regarda Drew, qui était allongé sur le ventre et dont le visage se trouvait à quelques centimètres du sien. D'ailleurs, ils dormaient sur le même oreiller.

Il essaya d'analyser de manière rationnelle ce qu'il ressentait.

D'un côté, ils étaient deux hommes hétérosexuels. Des amis.

De l'autre, ils étaient lovés l'un contre l'autre, nus, dans un cottage romantique en bord de mer. Drew avait dit qu'il était en train de tomber amoureux de lui. Ils s'étaient battus – encore une fois, nus, chose dont Fox n'était pas encore prêt à se souvenir –, puis ils étaient retournés se coucher dans ce même lit, comme si ce qu'ils avaient traversé était parfaitement normal.

La rationalité ne me sera pas d'une grande aide.

Il regarda le visage serein de Drew et ressentit un élan de jalousie. Son ami semblait avoir accepté le drôle de virage que leur amitié avait pris sans trop de difficultés. « *Tout ira très bien entre nous* », avait-il dit.

Fox voulait y croire de tout son cœur. Mais il doutait que cela se révèle être vrai.

— Ah, le voilà, dit doucement Drew alors que Fox ouvrait les yeux. Bonjour.

Fox cligna plusieurs fois des yeux.

— Bonjour.

Il semblait sur ses gardes.

— Tu as bien dormi ?

— Je suppose, dit-il en se redressant légèrement, appuyé sur ses coudes. Il fait déjà jour.

— Oui, difficile à croire. Se réveiller après que le jour s'est levé un dimanche matin. Nous sommes de véritables fainéants.

— Nous avons encore le temps d'aller faire du paddle, dit-il en voulant quitter le lit.

— Hé, attends une seconde. Tu viens de te réveiller. Es-tu certain de vouloir sortir du lit tout de suite ?

— Pourquoi ? Nous ne devrions pas perdre de temps.

— Parce que tu viens de te réveiller et que tu devrais peut-être attendre que le… mât… soit descendu, si tu vois ce que je veux dire.

Fox écarquilla les yeux et les baissa brièvement.

— Tu as certainement raison. Je vais attendre un peu.

— Que dirais-tu de rester au lit et de laisser les planches de paddle faire leur vie ? Pour une fois, soyons fainéants.

— Qu'allons-nous faire en restant au lit ?

Drew rit.

— Je vais faire comme si ce n'était pas une phrase classique de porno et demander à ce qu'on nous serve le petit-déjeuner ici. Ça te convient ?

Fox sourit tout en levant les yeux au ciel.

— Oui. Faisons nos fainéants.

— Ça c'est un bon garçon, dit Drew avec joie.

Il prit le téléphone et commanda bien trop de nourriture pour un petit-déjeuner.

— Ils seront là dans trente minutes.

— Bien. Maintenant, je vais aller à la salle de bain. Tu devrais peut-être fermer les yeux.

— Ton érection matinale ne me dérange pas, dit-il avec un sourire en coin. La mienne aussi est assez conséquente.

— N'hésite pas à la garder pour toi, dit-il sur un ton sec.

Il se glissa hors du lit, faisant attention à ne se montrer que de dos. Drew remarqua qu'il ne prit pas son peignoir.

Fox sortit de la salle de bain quelques minutes plus tard et en revenant vers le lit, il se baissa pour récupérer les morceaux de la lampe qu'ils avaient fait tomber la veille.

— Je me sens rebelle. Je n'avais encore jamais vandalisé une chambre d'hôtel.

— Et si nous n'en faisions pas une habitude ? suggéra Drew.

— Entendu.

Fox termina de ramasser les morceaux, puis alors qu'il s'apprêtait à récupérer son peignoir, il s'arrêta en chemin. Il se tourna vers Drew.

— Je suis obligé de poser la question. Allons-nous vraiment prendre notre petit-déjeuner au lit, nus ?

— En as-tu envie ? demanda Drew en souriant et en levant un sourcil pour montrer à Fox qu'il pouvait répondre par l'affirmative.

— En toute sincérité, Drew, je n'en sais rien, dit-il dans un soupir frustré. Que sommes-nous en train de faire ?

— Nous prenons le petit-déjeuner au lit, nus. Chose qu'on fait entre amis.

— Non, des amis ne font pas ça.

— Nous le faisons. Ça me suffit.

— Bien, concéda Fox en se laissant tomber sur le lit et en tirant les couvertures sur lui. C'est gênant et je ne sais pas pourquoi nous le faisons, mais très bien.

— Nous le faisons parce que nous l'avons déjà fait.

— Ça n'a aucun sens.

— C'est tout à fait sensé. La première nuit, nous nous sommes écroulés sur ce lit en étant ivres et nus parce que quand on a trop bu, il est impossible de faire autre chose que le strict nécessaire pour survivre. Comme quand tu as une énorme gueule de bois, mais que tu peux toujours parler au téléphone quand ton patron appelle. Ce qui veut dire que sur notre liste de priorités, porter un pyjama est clairement moins important que de se mettre au lit. Puis la nuit dernière, ça aurait été bizarre de porter un pyjama alors que nous avions dormi nus la nuit précédente, comme si nous avions honte de quelque chose, alors nous sommes restés nus. C'est parfaitement normal.

— Ensuite j'ai paniqué, nous nous sommes battus, puis – c'est encore une fois ce que je ne comprends pas – nous nous sommes remis au lit en étant nus. Et voilà où nous en sommes.

— Exactement. Voilà où nous en sommes. Maintenant, nous pouvons saisir cette chance que l'univers nous offre et voir ce qui se passe ou bien nous pouvons fuir en courant et ne jamais découvrir ce qui aurait pu être. Pourrais-tu vraiment continuer à vivre en sachant que tu n'as pas saisi cette opportunité ?

— Quelle opportunité ?

— La nôtre.

Fox secoua la tête, confus.

— Écoute, je ne comprends pas plus que toi ce que nous sommes en train de faire, reprit Drew. Mais je sais que la nuit dernière, après avoir arrêté de nous battre, nous nous sommes allongés l'un contre l'autre. Je t'ai regardé t'endormir, j'ai vu la sérénité se propager en toi, j'ai vu ton corps se détendre et c'était… merveilleux. Je pouvais sentir l'apaisement qui émanait de toi. Tu as paniqué, nous avons réglé nos comptes et nous en sommes ressortis plus sereins. En dormant près de toi… je me sentais bien. Je suis assez courageux pour l'admettre.

— Mais qu'est-ce que ça signifie ? Tu as beau te sentir bien avec moi, ça ne me dit pas ce qui va se passer à partir de maintenant.

— Je ne sais pas. Nous sommes peut-être des amis qui aimons dormir ensemble. Nous sommes peut-être en train d'écrire une nouvelle page de notre vie. Je ne sais pas. Mais je sais que je ne vais pas laisser échapper ma chance de le découvrir. Je n'ai jamais rencontré une personne comme toi, Fox, et je n'aurais jamais pensé que quelqu'un comme toi pourrait être ami avec quelqu'un comme moi. Mais l'ordinateur le savait et maintenant, je le sais aussi. Ne veux-tu pas découvrir ce qui pourrait se passer ensuite ?

— Ce qui se passe ensuite, c'est que nous retournons en ville et que la vie reprend son cours. Nous avons passé un week-end intense à tous points de vue, mais nous avons chacun une vie qui nous attend.

— Mais nous ne sommes pas obligés de redevenir les personnes que nous étions en partant. Nous pouvons devenir plus, et meilleurs, ensemble.

Fox regarda Drew avec intensité, son visage traduisant la force avec laquelle il essayait de comprendre ce que Drew était en train de dire – et ce qu'il ne disait pas parce qu'il ne trouvait pas les mots. Finalement, il soupira et les traits de son visage s'adoucirent.

— Bien. De mon point de vue, le seul inconvénient est de prendre le petit-déjeuner au lit, mais je t'ai entendu commander du bacon, alors ça ne devrait pas être si terrible que ça, même si nous sommes nus. Je suis partant, dit-il en haussant les épaules.

— Génial, dit Drew avec un grand sourire.

Il ne pouvait pas répondre aux questions qui tracassaient Fox, mais il était réconforté par le fait qu'ils affrontent cette situation ensemble.

Par chance, ses pensées furent interrompues par un cognement à la porte.

— Service de chambre, appela une voix.

— Entrez, répondit Drew.

Fox écarquilla les yeux, choqué.

— Sérieusement? Ils vont nous voir.

— Oui, ils vont nous voir. Mais si nous ne retirons pas les couvertures, ils ne verront pas grand-chose. À moins que tu veuilles aussi agiter ton érection matinale devant eux.

— Ferme-la. Je ne l'ai pas agitée devant toi.

— Me voilà soulagé. Je n'ai rien vu, alors je me suis dit qu'elle était trop petite pour être vue depuis ce côté du lit.

En réalité, il avait vu quelque chose. Qui était loin d'être petit. Il ne partagea pas cette information.

Le serveur apparut à la porte. C'était celui qui leur avait servi le dîner la veille.

— Puis-je entrer? demanda-t-il pudiquement.

— Oui, bien sûr, répondit Drew. Nous allons prendre le petit-déjeuner au lit.

— C'est la meilleure manière de passer un dimanche matin, dit le serveur.

Il apporta un plateau à Drew.

— Je vois que le chateaubriand a fait son effet, murmura-t-il à Drew en jetant un œil vers Fox, qui était désormais assis avec les couvertures autour de sa taille. Tant mieux pour vous, ajouta-t-il en lui adressant un clin d'œil.

Drew rit, ce qui lui valut un regard réprobateur de Fox.

— Et voici pour vous, monsieur, dit le serveur en plaçant le deuxième plateau au-dessus des jambes de Fox. Avez-vous besoin d'autre chose, messieurs?

— Non, merci, répondit Drew. C'est parfait.

— Appelez-nous pour que nous venions récupérer les plateaux. Vous n'aurez même pas besoin de sortir du lit.

Il adressa un autre clin d'œil espiègle à Drew, puis se retourna et se dirigea vers la sortie avec son chariot.

— Miam, dit Drew en examinant leurs plateaux remplis de bonne nourriture.

— Que les choses soient claires: nous allons devoir faire *quelque chose* pour éliminer une partie de ce petit-déjeuner. Oh, et ce serveur pense que nous couchons ensemble.

— Serais-tu en train de suggérer que nous fassions d'une pierre deux coups?

Fox rougit furieusement.

— Je… non, je… bégaya-t-il. Ferme-la, crétin.

— Je ne vais pas avoir le choix parce que ma bouche ne va pas tarder à être remplie de gaufres, dit-il avant d'en prendre une grande bouchée et de sourire.

— Tu me fatigues, marmonna Fox, mais un sourire apparut sur son visage lorsqu'il coupa sa pile de pancakes.

Ils mangèrent le petit-déjeuner surabondant que Drew avait commandé, puis ils burent non pas une, mais deux grandes carafes de café. Ils regardèrent les oiseaux marins voler et planer au bord de la falaise par la fenêtre.

Drew ne tarda pas à porter son attention sur Fox, observant son visage pour chercher à savoir ce qu'il ressentait. Il découvrit que son ami devait être doué au poker parce que son expression ne révélait rien. Alors il fit ce qu'il avait récemment appris à faire lorsqu'il s'agissait de Fox : il devait faire confiance à son instinct. Jusqu'ici, cela avait toujours fonctionné.

— Raconte-moi ta première fois, dit-il comme si c'était un sujet de conversation banal.

— Quelle première fois ? demanda Fox, perplexe.

Comme si Drew allait lui demander de raconter la première fois qu'il avait changé l'huile de son moteur…

— Ta première fois *au lit*.

— Pourquoi veux-tu que je te raconte ça ?

— De quoi d'autre pouvons-nous parler ? dit-il en haussant les épaules.

Il savait exactement pourquoi il avait posé cette question et il savait que Fox le savait aussi. Ce qu'ils vivaient en ce moment était une « première fois » qui marquerait leur vie.

Fox secoua la tête en regardant Drew, mais il ne protesta pas davantage. Il prit une profonde inspiration et observa les oiseaux pendant un moment.

— C'était… horrible.

— Comme pour la plupart des gens.

— Non, ma première fois était vraiment horrible. D'abord, ça s'est passé après le bal de promo. On ne peut pas faire plus cliché.

— Oui, personne ne veut que sa première fois soit un cliché.

— C'est toi qui as posé la question, alors vas-tu me laisser répondre ou continuer à m'interrompre ?

— Désolé. Je t'en prie, raconte-moi combien c'était horrible.

— Merci, dit-il en réajustant les couvertures qui étaient tombées sur ses hanches. La deuxième raison pour laquelle c'était horrible est que mon père avait tout organisé.

Drew, surpris par ce revirement, se redressa légèrement, mais ne dit rien.

— Apparemment, c'était très important pour lui, dit Fox d'une voix plus douce, comme s'il essayait de déterminer quelles émotions il ressentait en prononçant chaque parole. Il avait réservé une chambre d'hôtel, m'avait prêté sa nouvelle voiture – il avait même enfoncé des préservatifs dans la poche du costume qu'il m'avait acheté. C'était comme s'il m'avait offert une dernière opportunité de devenir un homme avant de quitter le lycée.

— Alors c'était comme un piège? Un mariage arrangé ou quelque chose de ce genre?

— Oh, Seigneur, non, répondit Fox avec un rire triste. Mon père n'aurait jamais accepté que je me marie avec cette fille. Elle était sympathique, mais elle avait la réputation de ne jamais dire non à une partie de jambes en l'air – et apparemment, mon père le savait. Et il s'est avéré que les rumeurs étaient véridiques.

— C'est assez tordu.

— Oui. Pourtant, c'est tout à fait le genre de mon père. Il ne s'est jamais vraiment intéressé à moi quand je vivais sous son toit, sauf les quelques fois où je n'ai pas atteint un objectif qu'il avait établi pour moi. Le jour de mes seize ans, il m'a emmené passer mon permis de conduire et quand nous sommes rentrés à la maison, une voiture m'attendait dans l'allée. Ça partait d'une bonne intention, mais je n'avais pas besoin d'une nouvelle voiture pour aller au lycée. En plus, c'était une BMW, alors je devais la garer tout au bout du parking pour que personne ne l'abîme en ouvrant une portière. Il ne s'est jamais intéressé aux cours que je suivais ou aux papiers que j'écrivais, car tout ce qui comptait était que je garde un bon niveau pour être accepté dans l'université dans laquelle il se rend toujours pour assister aux matchs de football. Et apparemment, quitter le lycée sans avoir eu de relation sexuelle aurait été une sorte de crime contre sa version de l'humanité. Alors il s'est arrangé pour que ça se produise, puis quand je suis rentré à la maison le lendemain, j'étais «*devenu un homme*».

— Waouh.

Drew avait du mal à imaginer ce que représentait le fait de grandir avec un père comme celui de Fox.

— C'est vraiment, *vraiment* tordu.

— Ça faisait tellement longtemps qu'il se comportait de cette manière que je ne trouvais plus ça bizarre. J'étais simplement content qu'il s'intéresse à moi – à sa manière. Mais je pense que ça a impacté sur ma vie sentimentale. Je ne me faisais pas confiance pour trouver le genre de femme avec lequel je voulais sortir parce que j'avais toujours cette petite voix dans ma tête qui me rappelait que je choisissais les femmes en fonction de ce que voudrait mon père. Finalement, sortir avec des femmes me frustrait.

— C'est alors que tu as commencé à utiliser un tableur.

Fox resta bouche bée.

— Comment as-tu…

— Je suppose que je te connais assez bien, dit Drew en haussant les épaules. Tu as l'esprit d'analyse et tu aimes prendre tes propres décisions, alors c'est logique que tu aies choisi de transformer tes problèmes sentimentaux en chiffres pour résoudre le problème que te posait ton père.

— Tu es tout bonnement… extraordinaire, dit Fox en secouant la tête.

— Pas du tout. Je suis simplement ton partenaire idéal, dit-il en battant des cils comme le ferait Daisy Duck pour attirer l'attention de Donald.

— Ferme-la, répliqua Fox en riant et en lui donnant un coup sur l'épaule.

— C'était donc l'histoire de ta première fois.

— Oui. Et après avoir été baisé, je le suis resté toute ma vie. Regarde où j'ai terminé, dit-il en indiquant leur cottage romantique. Ceci est l'aboutissement des dix années que j'ai passées à chercher la femme parfaite. Je me retrouve dans un lit avec ton petit cul.

— Va te faire voir, répliqua Drew en poussant Fox à son tour.

Ils rirent ensemble pendant un bon moment.

— Puis-je te poser une question? demanda Drew lorsqu'ils retrouvèrent leur sérieux.

— Oui? répondit-il, hésitant.

— Tu as dit que c'était horrible. Je comprends que le contexte n'était pas idéal, étant donné que tu couchais avec une fille pour satisfaire ton père…

— Merci de le répéter si franchement, l'interrompit Fox, horrifié. Mais oui, tu as raison.

— Mais tu avais une réservation dans un hôtel et c'était le soir du bal de promo – je suis certain que même au lycée, tu étais terriblement séduisant en costume. Était-ce vraiment si horrible? Enfin, je veux parler de l'acte en lui-même. Comment c'était?

— Allons-nous vraiment parler de ça?

— Ça me semble idiot de ne pas pouvoir aborder n'importe quel sujet… surtout après avoir partagé un petit-déjeuner au lit.

— C'est juste, concéda Fox. Ma première fois a été… brève. Je n'avais jamais mis de préservatif, alors c'était gênant d'apprendre à le faire en pleine action. Après avoir réussi, je n'étais pas certain qu'il soit bien posé, alors j'étais nerveux. Le bon côté de la chose, c'est que je n'aurais certainement tenu que dix secondes si je ne l'avais pas porté. Comme je ne sentais presque rien à travers le préservatif, j'ai tenu plus d'une minute. La première fois.

— Vous l'avez fait plus d'une fois?

Cela fit rire Fox.

— Tu te rappelles avoir eu dix-huit ans, n'est-ce pas? J'étais peut-être nerveux, mais j'avais plus d'une corde à mon arc. J'ai eu mon deuxième orgasme directement après le premier – d'ailleurs, je crois qu'elle n'avait pas remarqué le premier, parce que je n'en avais pas fait toute une histoire. Le préservatif, qui étranglait mon sexe, était resté en place alors j'ai continué. Cette fois-là, il m'a fallu trois minutes pour jouir, ce qui semblait plus long qu'elle ne l'avait anticipé. Puis j'ai eu besoin de faire une pause pour récupérer, alors j'ai passé quelques minutes à assouvir ses… besoins.

Drew sourit.

— Tu t'es comporté en parfait gentleman dès la première fois.

— Toi qui pensais que je me contentais d'être terriblement séduisant. Enfin bref, nous l'avons fait une dernière fois pour marquer le coup et ensuite, nous sommes remontés en voiture et je l'ai ramenée chez elle avant minuit. C'était l'histoire de ma première fois, dit-il en haussant les épaules.

— Je ne la trouve pas si horrible que ça.

Fox secoua la tête.

— C'était horrible parce que ça ne signifiait rien. Ça ne signifiait rien pour elle ni pour moi. Nous ne nous sommes plus jamais adressé la parole et je n'ai plus eu de ses nouvelles après avoir quitté le lycée. Nous n'étions pas amoureux – nous nous connaissions à peine. C'était une chose que j'avais l'impression de devoir faire et je n'ai pas la moindre idée de la raison pour laquelle elle l'a fait.

— Veux-tu bien arrêter? le gronda Drew. Je suis certain qu'à dix-huit ans, tu étais déjà l'homme charmant, aimable et terriblement séduisant que tu es aujourd'hui. Elle devait se sentir chanceuse de pouvoir partager ce moment avec toi, dit-il avant de déglutir. Je sais que je le suis.

219

Fox rougit à nouveau, son sourire éclatant contrastant avec la rougeur de ses joues.

— J'ai parlé, maintenant c'est à ton tour. Raconte-moi ta première fois.

— Elle est bien pire que la tienne, dit-il tristement.

— À moi d'en juger.

Drew prit un moment pour se remémorer sa première fois. Ce n'était pas une histoire qu'il avait l'habitude de raconter, pour des raisons évidentes.

— J'étais en deuxième année de licence. On peut dire que j'ai démarré sur le tard.

— Je dirais plutôt que tu as été plus malin que moi. Tu as bien fait d'attendre jusqu'à ce que tu sois prêt.

— Ça n'a pas vraiment aidé, dit-il, rassemblant le courage dont il allait avoir besoin pour décrire ce qui lui était arrivé lors de sa première fois. Nous nous étions rencontrés dans un cours de sociologie. C'est l'un de ces cours où on est divisés par petits groupes, puis on a des conversations intenses à propos de l'appartenance raciale et du genre tout en passant la nuit à boire un petit café dans un café. Nous avons appris à nous connaître et après avoir passé nos examens, je l'ai invitée à venir au dortoir, dans ma chambre. J'avais ma propre chambre parce que j'assistais le chef de résidence, alors nous avions un peu d'intimité. Quand nous sommes entrés, les choses se sont enflammées assez vite. Nous avons couché ensemble – mais ce n'était pas du tout plaisant, comparé à ta première fois – et ensuite, nous avons discuté pendant des heures, allongés sur mon lit. Nous avons parlé de tout un tas de choses. Sur le coup, je pensais que ça s'était plutôt bien passé pour une première fois.

— La manière dont tu dis ça laisse présager un retournement de situation.

— Exactement, dit-il en prenant une grande inspiration. Il s'est produit durant la semaine qui a suivi. On m'a demandé de me rendre dans le bureau de la doyenne et quand je suis arrivé, il y avait un agent de police du campus avec elle. Ils m'ont expliqué que la femme avec laquelle j'avais couché s'était rendue au centre d'aide aux victimes de viol pour dire qu'elle avait été agressée. Par moi.

— Quoi ? s'exclama Fox, indigné.

— Elle leur avait dit que je l'avais persuadée de venir seule dans ma chambre et forcée à coucher avec moi. Je suis le genre de gars qui écoute toutes les campagnes de communication publique sur les relations sexuelles consenties et pour pouvoir assister le chef de résidence, j'avais passé toute une semaine à faire des jeux de rôles et des présentations dans lesquels nous répétions sans cesse que quand une personne disait non, ça voulait dire non. Je suis le dernier homme sur terre qui commettrait une agression sexuelle – même par accident. Je leur ai dit tout ça et ils m'ont regardé comme si j'essayais de couvrir mes arrières pour ne pas qu'ils m'expulsent et portent plainte contre moi.

— C'est horrible.

— Oui, c'était l'enfer. L'université avait mis en place un programme pour les cas sans violence qui consistait à réunir les deux personnes dans une pièce avec des médiateurs pour instaurer un dialogue. Nous avons décidé de le faire et elle a pu raconter sa version des faits. Pour être honnête, elle n'était pas si différente de la mienne. Elle a dit que nous nous étions laissés emporter par l'excitation, qu'elle avait l'impression d'avoir accepté de coucher avec moi parce qu'elle sentait que j'en avais envie, que d'autres hommes avaient fait pression sur elle dans le passé et que l'un d'eux l'avait frappée quand elle avait refusé de coucher avec lui. Pour elle, ce qui s'était passé dans ma chambre – même si elle avait consenti – était une sorte d'agression sexuelle parce qu'une fois que nous nous étions retrouvés dans ma chambre, elle n'avait plus osé dire non.

— Ça n'a pas de sens.

— Au début, j'ai pensé la même chose, mais plus je l'écoutais, plus je me rendais compte que pour la plupart des femmes dans notre société, le sexe et la violence – ou la menace de violence – sont inextricablement liés. Ce n'est pas de ma faute, parce que je n'ai jamais forcé une femme à coucher avec moi et je leur ai toujours laissé le choix de passer ou non à l'acte. Mais d'une certaine manière, cela n'a aucune importance parce que le simple fait d'être un homme me rend complice d'un système qui opprime les femmes et les pousse à consentir à une relation sexuelle, quand bien même elles auraient pris une autre décision s'il y avait une réelle égalité des sexes dans notre société.

— Donc personne ne peut avoir de relations sexuelles parce que les femmes ne sont jamais vraiment consentantes.

— C'est une version extrême de mes propos, mais tu as compris l'essentiel.

— C'est insensé. Tu ne l'as pas agressée – tu as fait ce qu'il fallait.

— Mais son consentement n'était pas total et c'était une perspective à laquelle je n'avais jamais vraiment pensé. En tout cas, après en avoir discuté, elle s'est rendu compte que je n'étais pas un monstre qui l'avait forcée à avoir une relation sexuelle et le problème était résolu. Mais cette mésaventure m'a terrifié parce qu'elle aurait pu marquer la fin de ma carrière universitaire – j'aurais certainement perdu ma bourse d'études et j'aurais dû quitter le dortoir. Je n'aurais plus jamais remis les pieds dans une université et je serais devenu caissier chez Walmart.

— Waouh, c'est une vision déprimante.

— N'est-ce pas ? Maintenant, tu comprends pourquoi je n'étais pas impressionné par ton « horrible » première fois. Au moins, la tienne ne t'a pas poussé à croire que tous tes rêves et tes espoirs étaient sur le point de partir en fumée.

— Très bien, tu as gagné. Ta première fois était pire que la mienne. Content ?

— Ravi. Il n'y a rien de mieux que d'être un mauvais coup au lit.

— C'est donc pour cette raison que tu ne sors qu'avec des femmes fortes qui assument parfaitement ce qu'elles veulent sur le plan sexuel. Le genre de femmes qui cassent des tables basses. Puisqu'elles sont aux commandes, ça te permet d'être absolument certain qu'elles sont consentantes.

Drew était surpris d'entendre ce petit résumé de sa vie sentimentale.

— C'est… exactement ça, dit-il, stupéfait.

— Comme tu l'as si bien dit, je suis ton partenaire idéal, dit Fox en riant.

— Je n'en suis pas si certain. Tu ne casses que des lampes.

— C'est toi qui l'as cassée. C'est toi qui m'as chargé.

— Après que tu m'as poussé hors du lit !

Fox redevint sérieux.

— Tu m'as vraiment étonné quand tu as fait ça.

— Je me suis moi-même étonné, avoua Drew. J'avais fait tout mon possible pour entrer dans ce lit, alors je n'allais pas te laisser m'en sortir sans me défendre.

Il remarqua la surprise sur le visage de Fox.

— Nous sommes totalement honnêtes l'un envers l'autre, n'est-ce pas ?

Fox hocha la tête.

— Bien. Dans ce cas, je peux avouer que toute cette histoire de dîner sur le patio et de sobriété était planifiée. Je voulais que nous allions au lit et que nous puissions discuter de ce qui se passe entre nous.

— Je pense que nous n'avons pas la même vision de notre relation, dit gentiment Fox.

222

Drew secoua doucement la tête.

— Je pense que nous ne sommes pas au même stade dans l'admission de ce qui se passe entre nous.

Fox resta silencieux un long moment, mais son regard ne quitta jamais celui de Drew. Puis, tout à coup, il sembla sortir de son état de transe.

— Tu sais ce que nous devrions faire ? Une longue promenade avant de rentrer chez nous. Il y a un magnifique sentier qui longe la falaise. Tu vas adorer.

Il bondit hors du lit et se rendit dans la salle de bain avant que Drew puisse dire un mot.

Drew se rallongea et fixa le plafond, essayant de ne pas laisser l'espoir le quitter.

L'AIR FRAIS et le soleil permirent à Fox de mettre de l'ordre dans ses idées, comme il l'avait espéré. Rien de tel qu'une bonne randonnée pour mettre les choses en perspective. Il se retourna et regarda Drew, qui se trouvait un mètre derrière lui alors qu'ils se frayaient un chemin le long d'un sentier sinueux qui bordait la falaise. En bas, la mer s'agitait rageusement contre les rochers.

Le sentier s'ouvrit sur une petite clairière, un promontoire donnant sur l'océan. Fox s'arrêta et sortit sa bouteille d'eau pour s'hydrater ; Drew fit de même.

— C'est beau, n'est-ce pas ? demanda Fox en tournant son visage vers le vent vivifiant qui remontait depuis le rivage.

— Certains diraient même que c'est romantique, répondit-il avec un léger haussement d'épaules, comme s'il n'espérait pas qu'on comprenne ce qu'il voulait dire – ou pour pouvoir jouer la carte du déni si son message passait.

— J'aimerais te remercier. Pour ce week-end.

— Oh ?

— Tu m'as permis de comprendre ce qui m'empêchait d'avancer, la raison pour laquelle je ne trouvais pas la femme de mes rêves. La discussion que nous avons eue ce matin m'a aidé à prendre du recul.

Drew cligna plusieurs fois des yeux, puis un grand sourire se dessina sur son visage.

— J'ai passé mon temps à essayer de ne pas reproduire la catastrophe qu'a été ma première fois, continua-t-il. Je ne vais jamais m'en sortir, sauf si je décide de ne plus sortir avec ces femmes et de m'y prendre autrement.

— Waouh, dit Drew avec un grand sourire. C'est… incroyable.

— Alors à partir de demain, je ne toucherai plus à mon tableur. Je vais accepter de rencontrer les femmes avec lesquelles Q*pidon m'associe, mais je vais le faire sans plan, sans scénario, sans aucun de ces bagages émotionnels qui m'empêchent d'avancer. Je vais trouver la femme qui est faite pour moi et non celle qui correspond à la version de moi-même que j'ai créée sur Excel.

L'expression de Drew changea plusieurs fois, ce qui poussa Fox à se demander ce qui se passait dans son esprit. Finalement, son ami trouva les mots.

— C'est génial. Tant mieux pour toi. Une femme t'attend quelque part. Maintenant, tu vas pouvoir la trouver.

— Et c'est grâce à toi. Merci d'avoir été le meilleur ami qu'un homme puisse avoir.

Drew sourit, mais il semblait avoir perdu son enthousiasme.

— Écoute, dit Fox en s'approchant de Drew. Je sais que ces deux derniers jours ont été un peu étranges. Pour nous deux. Mais je pense que nous avons réussi à nous entraider, non ?

Le sourire de Drew s'effaça, mais il hocha la tête.

— Oui. Désormais, les choses sont beaucoup plus claires.

— Parfait ! s'exclama Fox en glissant son bras autour des épaules de son ami pour lui donner une accolade. Je savais que tu allais rebondir, exactement comme moi.

— Oui, exactement comme toi.

Drew se tourna dans le sens du vent, puis il cligna des yeux pour atténuer le picotement provoqué par celui-ci jusqu'à ce que ses yeux pleurent.

— Nous devrions retourner à l'hôtel, dit-il en se tournant vers Fox. Nous devons nous préparer à attaquer la semaine.

— Exact.

Fox remarqua le changement d'attitude de Drew.

— Tout va bien, n'est-ce pas ? Pas de malaise entre nous ?

— Non, tout va bien, répondit-il en retrouvant son sourire. Super week-end. Formidable.

Il se retourna et s'engagea sur le sentier qui menait à l'hôtel.

— J'ouvre la marche pour le retour, dit-il sans regarder derrière lui avant de s'en aller à grands pas.

— Pas de problème, répondit Fox.

Il n'était pas certain que Drew l'ait entendu.

— MERCI ENCORE. Pour tout, dit Drew lorsque Fox se gara devant son immeuble. C'était un week-end vraiment intense.

— Nous devrions remettre ça, dit Fox en souriant joyeusement.

— Okay, dit-il en ouvrant sa portière. Non, ne descends pas – je peux me débrouiller.

Il fit le tour de la voiture et ouvrit le coffre pour récupérer son sac. Il le referma et remercia son ami une dernière fois.

La silhouette de Fox lui fit au revoir de la main, puis la voiture s'éloigna.

Drew était seul.

Plus seul qu'il ne l'avait jamais été. Il avait l'impression que ce week-end avait ouvert un nouveau chapitre de sa vie, mais qu'il se trouvait seul sur la première page.

Il souleva son sac et avança vers la porte d'entrée.

Une fois chez lui, il se sentait toujours aussi seul. Il se rappela la manière dont son appartement lui avait semblé plein de vie le week-end dernier, quand il avait cuisiné pour Fox, puis quand celui-ci était revenu et qu'ils s'étaient rendus au concert de marimba. Cela avait été un avant-goût de ce qu'ils auraient pu être ensemble, mais aujourd'hui, ils n'étaient plus rien.

Aujourd'hui, son appartement était redevenu un endroit vide, isolé, sans amis, dans lequel vivait Drew, un homme vide, isolé, sans amis. Vingt-quatre heures plus tôt, il s'était trouvé dans le même lit que l'homme dont il pensait être tombé amoureux et maintenant, il était complètement seul.

Comment cela avait-il pu arriver ? Même s'il n'était pas satisfait par sa vie sentimentale, il ne se cachait pas non plus du reste du monde. Il devait prendre du recul et analyser la situation de manière objective. L'aborder comme un sujet de recherche.

Très bien. Il abandonna son sac au milieu de son salon, se rendit dans sa cuisine et se prépara une tasse de café. C'était son rituel quand il se lançait dans un nouveau projet de recherche. Ensuite, après s'être installé à la table de la cuisine avec une tasse du café le plus fort et le moins cher qu'il avait trouvé – il achetait ses grains au fin fond d'un magasin à prix unique –, il se mit à réfléchir à sa situation de la manière la plus analytique possible.

Question : était-il en train de tomber amoureux de Fox ?

Thèse : il était en train de tomber amoureux de Fox.

Pourquoi ? Parce qu'il se sentait seul. Pourquoi ? Parce qu'il s'était focalisé sur sa vie sentimentale et sur ses sujets de recherche au lieu de chercher à se faire des amis.

Par conséquent, antithèse : il n'était pas en train de tomber amoureux de Fox, mais il avait besoin de retrouver un sentiment d'amitié platonique.

Son antithèse était menacée par le fait qu'il ressentait exactement les mêmes émotions quand il pensait à Fox que quand il s'était mis en couple avec des femmes. Par conséquent, il était réellement en train de tomber amoureux de Fox. Son antithèse n'était donc pas valide.

Déviation : il était homosexuel, comme semblait le penser l'intelligence artificielle développée par Q*pidon, et était tombé amoureux de Fox parce que c'était le premier homme qu'il avait rencontré après cette révélation.

Mais cela voulait-il dire que cette déviation était vraie ? Fox était-il devenu une cible facile en apparaissant au moment précis où ce service de rencontre en ligne lui avait révélé sa nouvelle orientation sexuelle ?

Ah, c'était le centre du problème. Pour répondre à sa question, il devait déterminer son orientation sexuelle et non pas la présumer, comme il l'avait fait jusqu'ici. Afin de mener à bien ce projet, il devait considérer l'orientation sexuelle comme une variable dépendante, non pas comme un acquis. Si ses sentiments pour Fox n'étaient que la conséquence de sa première attirance sexuelle envers un autre homme, alors cela avait moins à voir avec Fox et plus à voir avec le fait que Drew se découvre lui-même.

Ce qui signifierait que Fox ne venait pas de lui briser le cœur.

Parce que c'était ce qu'il ressentait.

Drew savait ce qu'il lui restait à faire.

XV

— FOXY, JE suis un vieil homme marié. Je suis déjà couché.

— Il est 21 h et on est dimanche. Même les anciens sont encore debout pour regarder le journal télévisé et se plaindre de notre gouvernement.

Chad se rapprocha du téléphone.

— Eh bien, ces anciens n'ont certainement pas une femme sexy qui devient très inventive au lit après un long dîner dominical contraignant avec sa famille de coincés, marmonna-t-il à voix basse.

— Beurk.

— Arrête de jouer les vieux célibataires aigris, le réprimanda gentiment son ami. Ça ne te sied pas du tout. Enfin bref, tu as environ trois minutes avant que les choses commencent à chauffer. Sauf si tu veux que j'installe le téléphone pour que tu puisses regarder.

— Tu es complètement cinglé, dit Fox en riant.

— Merci, monsieur. Dis-moi ce que je peux faire pour toi.

— Veux-tu ma réservation à *Table*?

— Pour ce samedi?

— Non, pour toujours. Je vais arrêter d'y aller.

— Tu ne vas plus passer tes samedis soir à *Table*? Seigneur, Foxy, ça va si mal que ça? demanda-t-il en secouant la tête de manière exagérée. Écoute, au risque de me répéter: ce n'est qu'une petite traversée du désert. Ça arrive tout le temps aux personnes normales. Tu n'en as jamais fait l'expérience parce que tu es un dieu de l'amour, mais parfois, il faut savoir faire preuve de patience.

— Merci pour ce léger sentiment de compassion, mais pour tout te dire, je sors avec une femme samedi soir.

— Alors pourquoi ne pas profiter de ta réservation?

— Parce que... ça ne me ressemble pas. Enfin, ça ne me ressemble plus. J'ai décidé de changer de stratégie. Je vais l'inviter chez moi. Je vais cuisiner pour elle au lieu de l'emmener au restaurant.

Chad regarda Fox comme s'il avait perdu la tête.

— Tu as perdu la tête, dit-il.

— Merci de t'inquiéter pour ma santé mentale, dit Fox avec sarcasme. Veux-tu ma réservation ou non ? C'est ta dernière chance... Je vais immédiatement appeler pour annuler.

— Bien sûr que je la veux. Fais-la passer sous mon nom et j'en profiterai jusqu'à ce que tu retrouves tes esprits.

— Bien.

— Parce que tu vas sombrer en voulant jouer les Julia Child.

— Merci pour ce témoignage de confiance.

— C'est gratuit. Et je serai là pour t'aider à ramasser les morceaux de ta virilité brisée.

— Tu n'as pas idée de ce que ça représente pour moi. Sincèrement, dit-il en rigolant avant d'observer de plus près l'image en voyant un mouvement dans un coin. On dirait que quelqu'un arrive pour briser *ta* virilité, alors je vais m'éclipser.

— On ne peut pas casser l'acier, mon ami.

— Encore une image que je vais devoir effacer de ma mémoire avec du bourbon.

— Ravi d'avoir pu aider. Profite bien de ta chasteté !

— Va te faire voir, espèce de crétin sans cervelle !

Chad sourit et se mit à rire de manière lascive alors que Fox raccrochait.

LUNDI MATIN, après avoir pris un week-end de congé – durant lequel elle avait éteint son téléphone professionnel pour la première fois de sa vie –, Veera s'installa à son bureau et ouvrit immédiatement les fenêtres d'Archer. Elle vérifia ses signes vitaux pour s'assurer qu'il fonctionnait normalement, puis les fenêtres secondaires dans lesquelles elle avait épinglé plusieurs écrans de surveillance pour suivre l'évolution de certaines métriques. L'une des fenêtres, tout en bas de son écran, clignotait en orange.

Le texte affiché dans la fenêtre intitulée «Rare», qui ne cessait de clignoter, indiquait simplement : *changement de statut : 2 profils.*

— Nom d'une pipe.

C'était une expression qu'elle avait volée à un développeur du Michigan et elle la répéta plusieurs fois de suite.

— Archer, avais-tu raison depuis le début ?

Veera bondit de son siège et courut jusqu'à la salle de conférence la plus proche. Elle claqua la porte, puis composa le numéro malgré le tremblement de ses mains.

— Bonjour, Archer.

— Bonjour, Veera.

Avant qu'il ne puisse aller plus loin, elle lui donna un ordre.

— Archer, parle-moi des changements de statut pour l'association discordante « Rare ».

— Il y a eu deux changements de statut depuis que nous avons discuté des utilisateurs que tu as regroupés et identifiés sous le nom de « Rare ».

— Parle-moi de ces changements.

— Hier, à 20 h 35, l'utilisateur connu sous le nom de Fox a accédé à Q*pidon. Il a ouvert sa liste d'attente, sélectionné le premier profil sans vérifier les autres et envoyé un message. Le profil associé a répondu favorablement. Ils ont rendez-vous ce samedi.

— Oh.

Alors finalement, cela n'avait pas fonctionné.

— Hier, à 21 h 05, l'utilisateur connu sous le nom de Drew a accédé à Q*pidon. Il a modifié le Paramètre Trois pour rechercher des hommes. Puis il…

— Il a modifié le Paramètre Trois pour rechercher des hommes ?

— Oui, il a modifié le Paramètre Trois pour rechercher des hommes. Souhaites-tu que je parle plus doucement ou que j'augmente le volume de l'interface vocale ?

— Non, ce ne sera pas nécessaire. Je t'en prie, continue.

— Puis il a ouvert sa liste d'attente et l'a analysée pendant trente-trois minutes. Il a sélectionné la meilleure association et a envoyé un message. Le profil associé a répondu favorablement. Ils ont rendez-vous ce samedi.

Veera se laissa retomber dans sa chaise. Que se passait-il ? Fox avait recommencé à sortir avec des femmes, mais Drew avait commencé à sortir avec des hommes. Que s'était-il passé entre ces deux hommes ?

— Archer, as-tu d'autres informations à propos de ces utilisateurs ?

— Ma configuration ne m'autorise pas à partager des informations supplémentaires concernant ces utilisateurs, si tant est qu'elles existent.

Veera n'était pas ravie de se retrouver à nouveau confrontée aux mesures de sécurité qu'elle avait elle-même établies, mais elle s'y était résignée.

— Merci, Archer.

— Je t'en prie, Veera. Y aura-t-il autre chose ?

— Non. Suspendre l'interface vocale.

— Interface vocale suspendue.

Elle raccrocha le téléphone, mais resta dans la salle de conférence et fixa le mur assez longtemps pour que les lumières s'éteignent, ne détectant plus aucun mouvement dans la pièce. Puis elle décida de rester encore un peu assise dans le noir.

— TRÈS BEL appartement, dit-elle lorsqu'il ouvrit la porte pour l'inviter à entrer.

— Ça n'a pas été trop compliqué à trouver? demanda Fox en refermant la porte.

— Non, tes indications étaient assez minutieuses, dit-elle en lui tendant sa veste. Oh, ça sent très bon. Que prépares-tu à dîner?

— Un bouillon péruvien – un ami m'a convaincu de tenter de nouvelles choses. J'espère que tu apprécieras.

— Sans aucun doute. C'est agréable de rencontrer un homme qui aime cuisiner.

— Malheureusement, je n'en ai pas souvent l'occasion. D'ailleurs, je n'ai plus cuisiné pour quelqu'un depuis un bon moment.

— Je me sens privilégiée.

— Puis-je te servir un verre de vin?

— Avec plaisir, merci, dit-elle avant d'observer la pièce. C'est vraiment très beau. Ton décorateur d'intérieur doit être formidable.

— J'ai tout fait moi-même. C'est une sorte de mélange. Quand on passe autant de temps que moi dans les hôtels, on accumule des idées.

— Ça alors, un chef et un décorateur d'intérieur. Tu as de multiples talents.

— Je te conseille de ne pas te prononcer avant d'avoir goûté au dîner et vu l'état de mon bureau. Suite à cela, tu auras peut-être des raisons de douter de mes talents.

Elle lui sourit.

— Et en plus de ça, il est modeste. Mon Dieu.

Fox lui rendit son sourire. La soirée commençait très bien.

— C'ÉTAIT DÉLICIEUX, dit-elle en posant sa serviette près de son assiette désormais vide.

— Merci, même si je ne pense pas avoir rendu justice à ce plat. L'assaisonnement de Drew était meilleur.

Elle l'observa en silence pendant un instant.

— Tu penses beaucoup à ton ami Drew, n'est-ce pas ?

— Pourquoi dis-tu cela ?

— Tu as parlé de lui toute la soirée, dit-elle avec douceur.

— Désolé… je n'avais pas… désolé, bégaya-t-il. Je ne m'en suis pas rendu compte.

Elle lui sourit gentiment.

— Sincèrement, si Drew était une femme, je me dirais que tu n'as pas tourné la page. J'ai rencontré des hommes qui ne pouvaient pas s'empêcher de parler de leurs ex, mais c'est la première fois qu'un homme n'arrête pas de me parler de son ami. Serais-tu en train d'essayer de me caser avec lui ?

— Non, pas du tout.

Il était hébété, choqué par le fait qu'il n'ait pas arrêté de parler de son ami.

— Désolé. Je ne mentionnerai plus Drew.

— Puis-je me montrer tout à fait honnête ?

— Bien entendu.

— Je n'ai pas pour habitude de mélanger vie professionnelle et vie privée – mes amis sont plutôt heureux que je n'essaie pas de les analyser comme je le fais avec mes patients –, mais je pense qu'il est nécessaire que je t'en parle. As-tu vraiment bien réfléchi à la relation que tu entretiens avec Drew ?

— Qu'entends-tu par « bien réfléchir » ?

— Une personne ne parle pas de ses amis comme tu parles de Drew. Ce soir, j'ai appris qu'il était doué en cuisine, intelligent, qu'il devait passer beaucoup de temps à faire du sport et qu'il était prévenant. Tu as même réussi à me persuader qu'il avait fait preuve d'une grande empathie en t'attaquant et en vandalisant une chambre d'hôtel. D'ailleurs, je ne sais toujours pas comment tu as réussi à m'en convaincre.

— Tu as raison, je ne sais pas pourquoi…

— Ça suffit, l'interrompit-elle en levant une main. Ça ne me dérange pas du tout. C'est agréable de voir que malgré l'époque dans laquelle nous vivons – plutôt masculiniste –, tu es capable de te montrer honnête dans l'expression de ton amour pour ton ami. Si les hommes s'autorisaient à être aussi transparents, le monde n'en serait que meilleur. Mais je pense que ta relation avec Drew est un peu plus profonde que ça – du moins, je pense que tes sentiments pour lui vont au-delà de l'amitié. Encore une fois, je trouve ça charmant.

Elle le regarda avec une réelle compassion.

— Je pense que tu es un homme bon, Fox. Et que tu serais plus heureux si tu donnais une chance à ta relation avec Drew.

Elle se leva de sa chaise.

— J'ai passé une très bonne soirée, mais je pense que je devrais y aller.

Il se leva à son tour.

— Attends une seconde. As-tu décidé de partir parce que tu penses que je devrais être en couple avec Drew ?

Une fois de plus, elle lui sourit gentiment.

— Je cherche un partenaire qui me correspond. Et toi, petit veinard, tu l'as déjà trouvé, dit-elle en se penchant pour l'embrasser sur la joue. Mes amitiés à Drew.

Elle se retourna et marcha jusqu'à la porte, où elle récupéra sa veste avant de sortir.

Fox resta debout dans sa salle, complètement abasourdi.

— DREW ?

Il leva les yeux, son cœur battant à tout rompre. L'heure était venue. Il allait le faire.

— Tu dois être Reid, dit-il en se levant maladroitement.

Il faillit renverser la petite table sur laquelle son latte déborda, créant une petite flaque de lait. Ils se serrèrent la main.

— Je t'en prie, assieds-toi.

— Merci.

Il s'assit, jeta son cartable sous la table et posa son café près de celui de Drew.

— J'espère que je ne t'ai pas trop fait attendre.

— Non, je viens juste d'arriver, mentit Drew.

Il était arrivé depuis presque une heure et avait baigné dans un suspense angoissant qui l'empêchait de respirer normalement. Il avait observé chaque arrivée et chaque départ avec obsession, espérant ne pas croiser des personnes qu'il connaissait parce qu'elles pourraient immédiatement comprendre qu'il attendait un homme. Un homme avec lequel il avait arrangé ce rendez-vous via un site de rencontre. Un homme.

— Mon groupe de discussion a duré un peu plus longtemps que prévu, expliqua Reid. Notre conseiller veut que nous lui fassions part de nos propositions avant la fin du mois et tout le monde est en train de paniquer.

Drew lui adressa un sourire plein de compassion. Cette angoisse, il pouvait en parler.

— C'est la pire étape. Ma proposition n'a été acceptée que le semestre dernier et jusqu'à ce que je reçoive l'e-mail de confirmation, je pensais qu'ils allaient me mettre dehors pour fraude universitaire.

— J'ai fait ce même rêve la nuit dernière, dit Reid avant de boire son café en regardant longuement Drew. J'étais très surpris de recevoir un message de ta part.

— Vraiment?

Certainement pas autant que moi lorsque je l'ai envoyé, pensa-t-il.

Reid sourit, un peu gêné.

— Oui. Je... je t'ai déjà vu sur le campus.

Drew était mortifié. Il ne se rappelait pas avoir vu Reid avant qu'il entre dans ce café et fasse la queue pour commander une boisson.

— Ah oui?

— Oui. Tu avais l'habitude d'étudier au quatrième étage de la bibliothèque principale, dans un de ces box accolés aux fenêtres.

— Je dirais même que j'y passais ma vie, dit-il en riant. C'était quand je faisais des recherches pour ma proposition de thèse. Mon Dieu, c'était horrible.

— C'était moins horrible pour moi quand tu étais là, dit Reid timidement. J'avais l'habitude de m'installer sur un bureau dans un coin pour te voir dès que je levais les yeux. Ton comportement adorable m'a aidé à réussir les épreuves préliminaires.

Drew sentit ses joues chauffer.

— Waouh... je...

— Je t'ai aussi vu quelques fois en dehors de la bibliothèque, mais tu étais accompagné.

Reid marqua une pause et se mordilla la lèvre inférieure, pensif.

— Par des femmes.

Si parmi les millions de livres de la bibliothèque se trouvait celui qui expliquait comment répondre à une telle remarque, Drew serait prêt à passer le mois suivant à fouiller chaque étagère pour le trouver. Mais il devait s'en sortir seul.

— Je... euh... suis sorti avec des femmes.

Maintenant, il passait pour un idiot. Reid savait qu'il était sorti avec des femmes – il venait de le dire.

— Jusqu'à... euh... récemment.

Les yeux de Reid se plissèrent légèrement.

— Qu'entends-tu par « récemment » ?

— Tu es... enfin, c'est la première fois que... je sors avec...

— Eh merde, dit Reid dans un soupir. Je n'ai vraiment pas de chance.

— Je suis désolé. Ai-je dit quelque chose de mal ?

— Non, j'apprécie ton honnêteté. Tous les touristes ne se montrent pas aussi courtois.

— Je ne comprends pas. Qu'entends-tu par « touristes » ?

— Je vais peut-être te surprendre en t'apprenant que ce n'est pas la première fois que je rencontre un homme qui me dit : *« Je ne suis sorti qu'avec des femmes, mais je me suis dit que je pourrais tester les hommes »*. Ça se termine toujours mal. Tout le temps.

— Je suis désolé. Je n'avais pas l'intention de faire quoi que ce soit de mal.

Drew était confus et contrarié d'avoir fait quelque chose qui pouvait offenser.

— Je voulais juste essayer...

— Ça suffit, l'interrompit Reid. Arrête. Tu as l'air d'être une personne adorable, mais tu es sur le point de dire une chose qui ne fera qu'aggraver la situation. Pour être clair, je ne suis pas là pour que tu puisses essayer quelque chose de nouveau. Si tu veux savoir ce que ça fait de se faire prendre, tu aurais dû utiliser un site comme Grindr, pas Q*pidon. J'ai déjà donné – et j'ai martelé ma part d'hétéros –, mais je cherche une relation stable, pas un coup d'un soir.

Il marqua une pause et secoua la tête, tristement.

— J'ai toujours eu un faible pour les hommes mignons et intelligents. J'espérais vraiment que ça pourrait fonctionner entre nous.

— Je n'ai pas fait ça pour le sexe, dit Drew, à la fois blessé et décontenancé. Je voulais vraiment savoir ce que ça faisait de sortir avec un homme.

— C'est exactement la même chose que de sortir avec une femme. On se cherche des points communs, on voit si on aime les mêmes films ou les mêmes restaurants, si on imagine construire un futur ensemble. La seule différence est le nombre de queues dans le lit. Et c'est là-dessus que tu dois te concentrer. Je ne me moque pas de toi quand je te dis que tu devrais t'inscrire sur Grindr et présenter ta queue à quelques autres queues. C'est une étape très importante de l'aventure dans laquelle tu t'embarques. Ensuite, une fois que tu auras fini de découvrir ce monde, tu pourras commencer à chercher des hommes avec lesquels sortir de façon plus sérieuse. Jusque-là, tu resteras un touriste. Et mon rôle de guide se termine ici – je cherche quelqu'un de sérieux.

Drew était anéanti. Il fixa la petite flaque de lait et eut l'impression d'être un véritable cliché alors que les larmes lui montaient aux yeux.

— Drew, chéri, regarde-moi, dit Reid d'une voix grave et douce. Bien. J'ai l'impression qu'il y a autre chose que de la curiosité. Dis-moi ce qui t'a poussé à cliquer sur mon profil et à accepter ce rendez-vous.

— J'ai rencontré quelqu'un. Et je ne savais pas quoi faire.

— Tu as rencontré un homme, n'est-ce pas ? Un homme qui t'a fait réfléchir au fait que tu étais peut-être attiré par les hommes ?

Drew hocha la tête. Il essuya ses yeux avec une serviette.

— D'accord. Nous avons tous rencontré cet homme. La plupart des gens le rencontrent avant d'avoir ton âge, mais mieux vaut tard que jamais. Parle-moi de cet homme.

— Il s'appelle Fox.

Reid se mit à rire.

— Waouh, c'est le prénom le plus sexy que j'aie entendu se toute ma vie.

Drew acquiesça.

— Nous avons été associés par Q*pidon. Aucun de nous ne cherchait à sortir avec des hommes, mais à cause d'un bug informatique, nous avons été associés. Et j'ai décidé de lui envoyer un message.

— Attends, deux hétéros ont été associés ? Incroyable, dit-il en riant à gorge déployée. Parfois, la réalité est plus étrange que la fiction. Que s'est-il passé ensuite ?

— Nous sommes allés boire un verre, en toute amitié, pour discuter de l'absurdité de la situation. Puis nous sommes allés dîner. Enfin, il m'a invité à dîner, parce que c'est un génie du marketing et qu'il conduit une Beamer.

— Pour ton premier coup de cœur masculin, tu as fait fort, dit Reid en serrant le poing en l'air.

— Merci, dit sombrement Drew.

— Ensuite, que s'est-il passé ?

— Comme il m'avait invité à dîner, je l'ai invité chez moi le week-end suivant, pour pouvoir cuisiner et ne pas me sentir pauvre.

— Comment ça s'est passé ?

Drew ne put s'empêcher de sourire.

— Superbement bien. Nous avons bu jusqu'à l'ivresse et nous sommes endormis sur le canapé. Il s'est éclipsé vers 3 h du matin et le lendemain, comme j'étais gêné de la manière dont nous nous étions quittés, je l'ai invité à m'accompagner à un concert sur le campus. Il a apporté de la nourriture thaïlandaise et nous sommes allés au concert.

— Je ne sais pas comment te le dire, Drew, mais Fox et toi sortez déjà ensemble.

— C'est aussi ce que je commençais à me dire. Surtout quand il m'a proposé de passer le week-end dernier avec lui dans un hôtel sur la côte.

— Bordel de merde. Tu me dis que tu veux *essayer* de sortir avec un homme, puis tu me racontes que tu es pratiquement sur le point d'emménager avec un homme plus merveilleux que tous ceux que j'ai rencontrés. Excepté toi.

Drew rit nerveusement.

— Disons que le week-end dernier ne s'est pas si bien passé. Fox était une véritable boule de nerfs. On aurait dit qu'il allait exploser s'il restait immobile plus de deux secondes. Alors nous avons passé une journée éreintante à faire du kayak, du vélo et une randonnée de plusieurs heures sur la plage.

— Ah oui, une véritable *horreur*, se moqua gentiment Reid.

— J'avais l'impression qu'il essayait délibérément de nous garder occupés pour ne pas que cette escapade puisse être considérée comme romantique – tu aurais dû voir le cottage dans lequel nous dormions –, alors je lui ai légèrement forcé la main. J'ai demandé qu'on nous serve le dîner sur la terrasse qui donnait sur l'océan, avec des torches allumées tout autour de nous.

— C'est la chose la plus romantique que j'aie entendue de toute ma vie, encore moins vécue.

— C'était aussi mon cas et je pensais que ça l'était aussi pour lui. Mais il ne considérait pas du tout ce week-end comme romantique, parce qu'une fois que nous étions au lit…

— Ensemble ?

— Oui, ensemble. C'était un cottage de luxe, mais il n'y avait qu'un lit.

Reid se mit à rire et regarda le plafond.

— Et bizarrement, ce n'était pas un week-end romantique. Avez-vous au moins fait ce que font les hétéros en construisant un barrage de coussins entre vous et en dormant habillés ?

Drew sentit ses joues brûler.

— Non. La première nuit, nous nous sommes effondrés sur le lit après avoir trop bu, alors la deuxième nuit, nous avons dormi de la même façon. Et nous étions nus.

— Tu es en train de me tuer ! Je t'interdis de t'arrêter.

— En me retrouvant allongé près de lui, au clair de lune, je me suis dit que ce genre de moment n'arrivait qu'une fois dans une vie. Alors je l'ai touché.

— Oh.

— Légèrement. Sur le bras. Il a paniqué. Il a hurlé et a arraché ma main de son bras.

— Oh, mince.

— Ça, tu peux le dire. Et j'ai été assez bête pour réessayer. J'essayais simplement de me faire entendre. Je voulais qu'il m'écoute.

— Ça a fonctionné ?

— Pas tellement. Il m'a poussé hors du lit.

Reid le regarda avec sympathie.

— Désolé. Ça a dû te faire mal.

— Honnêtement, je ne me rappelle pas si j'ai eu mal. Dès que je suis tombé au sol, je me suis relevé et j'ai sauté par-dessus le lit pour le charger. J'ai percuté son torse avec ma tête et nous avons commencé à nous battre.

— Nom de Dieu !

— Il a vacillé jusqu'à se retrouver dos au mur, en faisant tomber une lampe sur son passage, puis il m'a poussé sur le lit et m'a immobilisé avec une prise d'étranglement. J'ai trouvé ça très fourbe, alors je l'ai retourné et je l'ai étranglé jusqu'à ce qu'il abandonne.

— Devrais-je m'inquiéter d'être en érection ? murmura Reid.

— Je l'étais aussi, dit Drew en souriant. J'essayais au mieux de ne pas lui en donner un coup pendant que nous nous battions.

— C'est à la fois le week-end le plus romantique et le plus sexy dont j'ai entendu parler. Mais vu ce que tu as dit tout à l'heure, votre week-end n'a pas dû bien se terminer. Que s'est-il passé ?

— Dimanche matin, nous avons pris notre petit-déjeuner au lit et nous avons parlé de ce que nous étions en train de faire et du futur de notre relation. Je pensais avoir réussi à le raisonner la veille, mais au lever du jour, il parlait de nous en tant qu'amis. Puis nous sommes allés faire une randonnée, nous sommes montés sur une falaise qui donnait sur l'océan et il m'a remercié pour tout ce que j'avais fait pour lui durant le week-end. Apparemment, je lui avais fait comprendre qu'il devait recommencer à sortir et à rencontrer de nouvelles femmes. Nous avons fait le trajet retour, il m'a déposé chez moi, et voilà.

Reid secoua doucement la tête.

— Les hommes, jura-t-il dans sa barbe.

— À qui le dis-tu ! Suite à la catastrophe de ce week-end, je me suis dit que je pouvais au moins essayer de comprendre ce qui m'arrivait. Alors j'ai voulu voir si j'étais vraiment attiré par les hommes ou si je me sentais si seul que je m'étais raccroché à cet homme en particulier.

— C'est complètement dingue.

— Pourquoi ? N'est-il pas logique que je cherche à savoir si je suis… gay ?

— Drew, je vais être franc avec toi. L'étiquette que tu te colles n'a aucune importance. Et tu auras beau te jeter sur des hommes tout au long du jour et de la nuit, ça ne te vaudra qu'une nouvelle réputation et peut-être quelques MST. Ça ne te permettra pas de comprendre le principal : tu as trouvé l'amour – le véritable amour, romantique, pour lequel nous sommes prêts à tout. Tu es amoureux de Fox. Rien de ce que nous pourrions faire ce soir ne te permettrait de découvrir autre chose que ce que tu sais déjà. Veux-tu sucer un homme ? On s'en fout – Fox a une queue et tu verras ce que tu peux en faire quand le temps sera venu. Ne sois pas angoissé par l'anatomie de ton partenaire et fais confiance à ton cœur pour ne pas induire ton corps en erreur. Et tu sais ce que veut ton cœur, n'est-ce pas ?

Drew se mordilla la lèvre.

— N'est-ce pas ?

Drew hocha la tête.

— Parfait. Même si ça me fait mal au cœur de dire ça à l'homme que j'ai rêvé de ravager dans les rayons de la bibliothèque durant des mois, je veux que tu prépares je ne sais quel plan de comédie romantique pour convaincre Fox qu'il est déjà tombé amoureux de toi. Parce qu'il est amoureux. Il a simplement besoin que tu lui montres.

Drew resta silencieux un long moment.

— Je ne sais pas comment te remercier.

— Ce n'est pas la peine. La manière dont chacun fait son coming out est différente et celle-ci est la tienne. C'est une belle histoire.

— J'espère simplement qu'elle connaîtra une belle fin.

XVI

— DREW, MON cher, s'exclama Mme Schwartzmann. Quelle belle surprise !

— Vous m'avez appelé, Mme Schwartzmann.

C'était la deuxième réplique de leur scénario du dimanche matin.

— Vous avez dit que vous aviez un problème dans la cuisine ?

— Oui, un problème, il y avait, dit-elle avec une étincelle dans le regard. Ma chaise voulait que quelqu'un s'assoie dessus. Pouvez-vous m'aider, s'il vous plaît ?

Elle le guida jusqu'à la cuisine, son rire doux et rauque résonnant sur son passage.

Il secoua la tête, mais la suivit sans discuter, s'installant sur sa chaise attitrée. Il posa le sachet de saucisses sur la table.

— Je vous ai apporté un petit quelque chose.

— Oh, est-ce que ça traînait chez vous ?

— Non, je suis spécialement passé chez le boucher allemand, comme je le fais chaque semaine. Je les ai achetées pour vous parce que je veux m'assurer que vous mangiez quelque chose qui vous fait plaisir. Je m'inquiète que vous ne mangiez pas assez.

Elle s'installa doucement sur sa chaise, les sourcils froncés.

— La vérité, nous disons maintenant à l'autre ?

— C'est une petite expérience que j'ai décidé de faire. J'espère qu'elle m'aidera à résoudre mes problèmes avec Fox. Mais vous n'êtes pas obligée de commencer à me dire la vérité. Peu importe le sujet. Jamais je ne vous demanderai d'être autre chose que vous-même.

Un grand sourire éclaira son visage et elle hocha la tête pour accepter silencieusement sa proposition.

— Un homme bon, vous êtes, dit-elle sincèrement. Maintenant, ce Fox.

Sans crier gare, elle attrapa un grand couteau et coupa un gros morceau du gâteau qui se trouvait sur la table.

— Réfléchissons à la manière de nous occuper de lui.

— J'apprécierais grandement vos conseils.

Il n'avait jamais été si sérieux.

— Et mes conseils, vous aurez, dit-elle en se levant.

240

Elle récupéra le sachet de boucherie et s'approcha de la cuisinière.

— D'abord, je vais mettre ces saucisses bien au chaud dans la poêle. Je pense que certaines saucisses sont plus heureuses quand elles sont avec d'autres saucisses, vous ne croyez pas ?

— Je pense que je suis venu demander conseil à la bonne personne.

— WAOUH, DIT Chad en entrant dans le café. Tu as une sale tête. As-tu dormi cette nuit ?

— Non, répondit Fox sans lever les yeux.

Chad se glissa sur la banquette en face de son ami.

— J'en conclus que le rendez-vous d'hier soir ne s'est pas bien passé.

— Non.

— Mmh-mmh. Veux-tu en parler ?

— Non.

— Alors pourquoi sommes-nous ici ?

Fox fixa son café assez longtemps pour que la serveuse verse une tasse à Chad et qu'il en boive la moitié.

— Nous sommes ici parce que tu m'as appelé trois fois en une minute et quand j'ai fini par répondre, tu as hurlé comme une petite fille en me disant que je devais immédiatement te retrouver ici ou tu viendrais chez moi pour me traîner jusqu'ici, dit-il avant de lever un regard acerbe vers son ami. Voilà pourquoi je suis ici.

Il but le reste de son café et frappa la tasse contre le bord de la table, faisant sursauter la serveuse qui s'empressa de venir lui en servir une autre.

— La question est de savoir pourquoi *tu* es ici.

— Je suis ici parce que la nuit dernière, Fox était censé reprendre du service, mais au lieu de ça, Fox s'est fait rejeter par un monde cruel et sans cœur. Voilà pourquoi je suis ici.

— Pour voir le monde me rejeter ? Génial. Merci pour ton soutien.

— Non, je suis ici pour te sortir de ce terrible pétrin dans lequel tu t'es fourré. Il y a vraiment quelque chose qui ne va pas.

— Je m'en étais aperçu, mais merci d'avoir fait tout ce chemin pour le confirmer. Grâce à toi, j'ai la certitude que ma vie est complètement foutue. Merci.

— Ce n'est pas ta vie qui est foutue, répliqua-t-il avec sérieux. C'est tout l'univers. Si Fox Kincade est malheureux et seul, alors ça veut dire qu'il n'y a aucune justice. Tu es la meilleure personne que je connaisse et je

241

refuse de te voir assis en face de moi, abattu par l'amour. Je refuse de croire que l'univers est détraqué à ce point.

Fox haussa les épaules.

— Raconte-moi ton rendez-vous d'hier soir. Je veux comprendre ce qui s'est passé.

— Ce qui s'est passé, c'est que j'ai invité une femme qui me correspondait à 93 % à venir dîner chez moi et elle m'a chié dessus.

— Pas littéralement, quand même ?

Fox laissa échapper un grognement de dégoût.

— Non, pas littéralement.

— Bien. Parce que j'ai lu que c'était arrivé à un gars et ce n'était...

— Tu veux bien la fermer ? Tu m'as demandé ce qui s'était passé et j'essaie de te l'expliquer. Alors tais-toi.

Chad hocha silencieusement la tête.

— C'était une psychothérapeute, très brillante, magnifique, autrement dit la personne la plus agréable qu'on puisse rencontrer. Jusqu'à ce qu'on termine de dîner et qu'elle s'en prenne à moi. Enfin, qu'elle se montre honnête envers moi.

— Qu'a-t-elle dit ?

Fox ne dit rien pendant un long moment, les sourcils froncés.

— Elle a dit... enfin, elle a inventé toute cette théorie selon laquelle je serais amoureux de Drew.

Chad hocha la tête, attendant la suite. Fox le fixa.

— Voilà. C'est ce qui s'est passé.

— D'accord.

Fox, dérouté par le manque d'indignation de Chad, raconta le reste de l'histoire avec moins d'assurance.

— Elle me dit ça, puis elle se lève, attrape sa veste et s'en va. Oh, et elle a l'audace de me féliciter pour avoir trouvé un partenaire qui me correspond, dit-il en laissant retomber son regard sur son café. Bordel.

Chad prit une inspiration calme et mesurée, puis il expira doucement par le nez.

— Alors quel est le problème ?

Fox resta bouche bée face à son prétendu meilleur ami, qui venait de perdre la raison.

— Quel est le problème ?

— Oui, quel est le problème ? Tu as passé beaucoup de temps avec cet homme et le week-end dernier, vous êtes partis pour une escapade romantique sur la côte…

— Ce n'était pas une escapade romantique sur la côte.

— Je n'en sais rien puisque tu ne m'en as pas dit un seul mot. Tout ce que je sais, c'est que tu as passé le week-end avec lui. Quand tu es revenu, tu étais prêt à remonter en selle, mais apparemment, tu as toujours quelques problèmes à régler. Problèmes qui, pour moi, n'en sont pas. Je pense qu'une psychothérapeute est capable de reconnaître les signes qui prouvent qu'une personne est amoureuse et d'après elle, tu l'es. Tu es amoureux d'un homme avec lequel tu as passé beaucoup plus de temps qu'avec les femmes que tu as rencontrées cette année. Alors laisse-moi te reposer la question : quel est le problème ?

— Je ne suis pas gay et je ne suis pas amoureux de Drew.

— Je n'ai jamais dit que tu étais gay et je suis d'accord avec ta psy : tu es dans le déni en ce qui concerne Drew.

— Elle n'a jamais dit que j'étais dans le déni.

— Elle a dit que tu étais amoureux. Si tu dis ne pas l'être, alors tu es dans le déni. C'est un parfait exemple de déni.

Fox laissa échapper un soupir de frustration.

— Je ne suis pas gay.

— Pourquoi répètes-tu ces mots sans cesse ? On se fiche de ce que tu es.

— Je ne m'en fiche pas parce que je suis toujours totalement hétéro.

— Tu me fais vraiment penser à Thomas quand tu parles comme ça. Même si je crois qu'il disait ne l'être qu'à 99 % pour ne pas sembler trop sur la défensive.

— Je ne suis pas Thomas. C'est complètement différent.

— Vraiment ? Thomas était hétéro jusqu'à ce que sa langue se retrouve subitement dans la bouche très accommodante de Jake. Jusqu'à cette nuit-là, il n'avait jamais reconnu qu'il ressentait un semblant d'attirance pour lui.

— Je ne suis pas attiré par Drew.

— Ta psychothérapeute et moi pensons le contraire.

— Elle n'est pas ma psy.

Chad ignora son objection.

— Alors tu n'es pas du tout attiré par lui et pourtant, tu as passé le week-end dernier avec lui. D'ailleurs, comment ça s'est passé ? Avez-vous joué au poker et parlé de femmes durant tout le week-end ?

243

Fox lui lança un regard noir.

— Je ne vais pas évaluer mon week-end comme si c'était un rendez-vous galant. Ce n'en était pas un.

— C'est noté. Alors raconte-moi comment s'est passé votre week-end.

— Nous avons fait du kayak, puis du vélo à travers les collines et nous avons fini par marcher une quinzaine de kilomètres sur la plage à pied.

— Ça fait beaucoup.

— Et c'était seulement samedi.

— Qu'avez-vous fait dimanche?

Fox déglutit péniblement. Il avait oublié que Chad avait été entraîné par Mia et qu'il savait désormais écouter et poser les bonnes questions. Merde.

— Nous… sommes partis marcher sur le rebord des falaises. Et bien sûr, nous avons trop mangé parce que leur chef est excellent.

— Comment un doctorant peut-il se permettre ce genre de choses?

— Oh, ça n'a pas coûté grand-chose. L'an dernier, j'ai aidé l'hôtel à obtenir un bon prix sur l'un de nos systèmes, alors ils m'ont presque invité gracieusement. Enfin, nous.

— Ils vous ont offert les réservations, les activités et les repas?

— Non seulement ça, mais ils nous ont installés dans le Cottage du Fondateur.

— Waouh. Ça a l'air chouette. C'était une suite avec deux lits?

Bon sang.

— On peut dire ça, répondit maladroitement Fox en prenant le menu pour l'analyser de plus près.

Évidemment, il le connaissait par cœur comme il n'avait pas changé depuis des années.

— On peut dire ça? Foxy, y avait-il une ou deux chambres?

— Une, répondit-il aussi nonchalamment que possible, la gorge serrée.

— Et dans cette chambre, y avait-il un ou deux lits?

— Un. Je crois que je vais prendre un porridge. J'ai un peu mal au…

— Alors ce que tu essaies de ne pas me dire, c'est que vous avez couché ensemble.

Fox plaqua le menu sur la table.

— Nous n'avons pas « couché » ensemble, siffla-t-il.

Chad se recula par prudence.

— Mais tu as dit…

244

— J'ai dit qu'il n'y avait qu'un lit, murmura-t-il avec indignation. Il ne s'est rien passé.

Chad hocha lentement la tête.

— Je pense que tu as raison, tu devrais prendre un porridge. C'est censé être bon pour le cœur et on dirait que tu ne vas pas tarder à faire un infarctus.

— Merci du conseil, bougonna Fox en se tournant pour fixer le vide à travers la fenêtre.

Chad laissa échapper un grand soupir.

— Foxy, je vais me comporter en salaud parce que tu en as besoin. Je sais que tu ne veux pas parler de ta relation avec Drew et je le comprends. C'est nouveau, effrayant et tout ce qui s'ensuit. Mais comme je suis ton ami, je dois me montrer honnête. Tu as des problèmes à régler. Tu gardes tout à l'intérieur en attendant que ça explose, ce qui ne fonctionne pas. Ça va mal se terminer. Alors ce que je veux que tu fasses, c'est que tu me regardes dans les yeux et que tu me promettes de ne me dire que la vérité, toute la vérité, tout de suite. Je ne vais pas te juger, mon estime pour toi ne va pas diminuer et je n'arrêterai pas d'être ton meilleur ami. Je t'aime et je suis avec toi, je suis là pour toi et je te soutiendrai jusqu'au bout. Mais il faut que tu sois honnête avec moi, d'accord ? Peux-tu faire ça pour moi ?

Les larmes lui montèrent aux yeux et il fut incapable de les retenir. Il savait que sa voix serait cassée et fluette s'il essayait de parler, alors il fit la seule chose qui était à sa portée. Il tendit une main par-dessus la table, prit celle que Chad lui tendait et la tint.

Ils restèrent ainsi pendant quelques minutes, puis il commença à parler.

— QUAND DE votre week-end, vous êtes rentré, vous étiez très triste à propos de Fox, dit Mme Schwartzmann. Vous avez dit que les choses entre vous étaient très mauvaises et que vous pourriez ne plus le voir.

— La situation était mauvaise. Je pensais que nous pourrions devenir plus que des amis, mais ce n'était pas ce qu'il voulait.

— Quand vous dites « plus que des amis », ça signifie que vous êtes tombé amoureux ?

Drew se mordilla la lèvre et capta son regard plein de gentillesse.

— Oui. Oui, je suis tombé amoureux de lui.

— Et vous voulez être avec lui comme M. Schwartzmann était avec moi quand mariés, nous étions ?

— Exactement. Je veux être avec lui de toutes les manières possibles.

— Alors dites-lui. Vous devez le dire.

— C'est difficile à dire. Il n'a jamais… été avec un homme et moi non plus.

Elle hocha la tête avec un air sérieux.

— Et vous avez peur de ne pas savoir comment ?

Il ne put s'empêcher de rire – cette conversation était démente.

— Non, je ne pense pas que ce soit le problème. Je suis certain que nous réussirions à nous débrouiller de ce côté-là. Mais je ne sais pas s'il veut être avec moi de la même manière que je veux être avec lui.

— Alors vous devez dire : « *M. Fox, je veux avec vous avoir des relations sexuelles et je pense que ça vous plaira beaucoup. Voulez-vous avec moi faire l'amour ?* ». Vous pouvez faire ça, n'est-ce pas ?

— Ce n'est pas vraiment le genre de choses que l'on dit sans réfléchir.

— Alors comment saura-t-il que vous voulez avec lui avoir des relations sexuelles ?

— Aussi charmant que cela paraisse dans votre bouche, je ne veux pas simplement avoir des relations sexuelles avec lui. Je veux être avec lui, me réveiller auprès de lui le matin et m'endormir contre lui le soir, lui parler de tout et de rien, le tenir dans mes bras, rire avec lui et construire un avenir avec lui.

— Mais rien de tout cela n'arrivera si vous le dites à moi et pas à M. Fox.

— Mais je ne sais pas comment m'y prendre.

Elle haussa les épaules.

— Ne nous inquiétons pas de la *manière* dont vous pouvez lui dire. Réfléchissons à ce que vous ressentirez si vous ne dites *rien*.

Son cœur se serra.

Elle sourit.

— Votre visage me dit comment vous vous sentiriez. Voici mon conseil pour vous : ne vous inquiétez pas de la manière dont vous lui direz. S'il est vraiment la personne que vous pensez, il vous verra et il saura. Votre visage lui dira tout. Si c'est votre destin, il le verra.

— Merci, Mme Schwartzmann. Vous m'avez aidé bien plus que vous ne l'imaginez.

— Vous seriez surpris par ce que je sais.

— RÉSUMONS, DIT Chad alors qu'ils terminaient leur petit-déjeuner. Tu as passé le plus clair de ton week-end au lit avec Drew, sauf durant les moments où vous vous disputiez en vous battant. Le tout en étant nus.

— Nous n'avons pas passé le plus clair de notre week-end au lit, râla-t-il. Tu oublies notre sortie en kayak.

— Fox, tu sais que je t'aime. Mais pour le coup, tu n'es pas très réaliste.

— Je ne sais pas pourquoi nous parlons de ça. J'ai passé un drôle de week-end, puis mon rendez-vous d'hier s'est mal passé et je ne vois pas pourquoi nous en faisons tout un plat.

— Nous en faisons tout un plat parce que tu es terriblement malheureux. Quand je t'ai appelé ce matin, on aurait dit que tu avais été agressé. Par un rhinocéros. Un rhinocéros en rogne. Je ne suis pas en train d'en faire toute une histoire – c'en est déjà une. Elle te ronge de l'intérieur. Et tu dois la régler.

Fox soupira. Il était tellement fatigué.

— Voici ma version. Je me sens seul depuis que tu as rejoint tous nos amis dans les liens sacrés du mariage. J'enchaîne les mauvais premiers rendez-vous depuis ma rupture avec Miyoko. Drew apparaît à cause d'un bug informatique et nous découvrons que nous avons beaucoup de choses en commun. Ça devient intense. Je panique un peu. Mon rendez-vous d'hier soir remarque que je suis angoissé parce que c'est une psychothérapeute et elle me dit que je dois régler la situation avec Drew. C'est tout ce que je vois – ce n'est rien de plus qu'un incident de parcours.

— Et voici ma version, répliqua Chad. Maintenant que tous tes amis sont mariés, ça te manque d'avoir des hommes dans ta vie parce que tu as besoin d'hommes autour de toi. Tu enchaînes les mauvais rendez-vous parce qu'aucune des femmes avec lesquelles tu sors ne comble le manque que tes amis ont laissé dans ta vie. Drew surgit de nulle part et c'est un homme. Qui plus est, il est intelligent, drôle et très beau quand il est nu. Ton rendez-vous d'hier soir…

— La ferme. Je n'ai jamais dit qu'il était beau quand il était nu.

— Oh si, tu l'as dit. Je t'écoute quand tu me parles. Tu as mentionné son corps une douzaine de fois.

— Pas du tout.

— Je sais parfaitement à quoi ressemble Drew. La description que tu as faite était très détaillée ; tu l'as observé de près.

— Encore une fois, ferme-la.

— Enfin bref. La nuit dernière, cette psychothérapeute a immédiatement compris ce qui se passait et ça t'angoisse parce que c'est une femme et que les femmes sont censées mieux percevoir ce genre de choses que les hommes. Après tout, elle n'a fait que dire ce que je me tue à te répéter depuis que tu as rencontré Drew.

Fox ferma les yeux. Il était *tellement* fatigué.

— Alors maintenant, je vais te dire ce que tu dois faire.

— Oh, ça promet.

— Tu vas envoyer un message à Drew pour lui dire que tu as besoin de le voir. Demande-lui de te rejoindre dans ce bar à bourbon où vous vous êtes rencontrés. Installez-vous et explique-lui que tu essaies de comprendre ce qui se passe entre vous et que tu es ouvert à toutes les possibilités. *Toutes* les possibilités.

— Et je dois faire ça… pour quoi, exactement ?

— Tu dois le faire pour toi, parce que tu dois découvrir si c'est ce dont tu as besoin. Tu dois le faire pour moi, parce que je veux te voir heureux. Tu dois le faire pour Drew, parce qu'il s'est toujours montré charmant et que je pense qu'il a un faible pour toi.

— Alors tu es de son côté, maintenant.

Un grand sourire se dessina sur le visage de Chad.

— Je suis du côté du véritable amour, mon ami.

Fox lui mit une claque sur le front.

— Arrête.

Chad rit de manière frénétique pendant un instant, mais il reprit son sérieux.

— Allons-nous finir par aborder le véritable problème ? Ce qui te dérange vraiment ?

— De quoi veux-tu parler ?

Il était impatient de savoir ce que voulait dire son ami.

— VOILÀ, JE l'ai envoyé, dit Drew en posant son téléphone.

Son destin, le virage qu'allait prendre sa vie, reposait dans les mains d'un homme qu'il ne connaissait que depuis quelques semaines.

— Qu'avez-vous dit dedans ? demanda Mme Schwartzmann.

Même s'il connaissait le message par cœur – ils avaient bu toute la théière pendant qu'il le rédigeait –, il prit son téléphone pour le lui lire.

— « *Tu me manques* ».

Elle attendit un long moment.

— Et ?

— C'est tout.

— Mais vous étiez pendant une heure à tapoter sur votre machine.

— J'y ai passé moins d'une demi-heure et j'ai mis du temps à trouver les bons mots.

— Ce sont des mots de rien du tout, dit-elle en haussant les épaules.

— Au départ, je lui ai demandé comment se passait sa semaine et si nous pouvions aller boire un verre un de ces soirs. Mais ça me paraissait trop désinvolte, alors je l'ai effacé et j'ai écrit qu'hier, j'avais vu un oiseau dans le parc qui ressemblait à celui que nous avions observé lorsqu'il construisait son nid pendant que nous étions à l'hôtel. Mais ça me paraissait louche, alors je l'ai effacé. Ensuite, j'ai écrit que j'étais tombé amoureux de lui pour voir ce que ça donnait en toutes lettres…

— Vous auriez dû envoyer celui-là.

— Je l'ai effacé parce qu'il aurait changé de nom et déménagé dans une autre ville pour s'éloigner de moi. Puis je me suis demandé : « *Qu'aimerais-je qu'il sache ?* ». Et ce que je veux qu'il sache, c'est qu'il me manque. C'est simple, direct et ça peut vouloir dire « *ça me manque de discuter avec toi autour d'un café* » autant que « *le contact de ta peau frottant contre la mienne me manque* ».

— Oh, celle-ci est ma préférée. Vous devriez envoyer celle-ci.

Drew éclata de rire.

— Mme Schwartzmann, je ne sais pas comment vous remercier. Vous avez été une très bonne amie durant ce périple.

— Vous voulez me remercier, à votre mariage vous m'inviterez.

— Je peux vous assurer que vous auriez une place d'honneur.

— Bon garçon. Finissons ce gâteau en attendant que M. Fox tapote pour vous répondre.

CHAD PRIT une profonde inspiration.

— Ton père.

C'était un coup de poing qu'il n'avait pas vu venir. Mais alors qu'il reprenait son souffle, il savait que Chad avait percé un abcès dont Fox n'avait même pas voulu reconnaître l'existence.

— C'est bien ce que je pensais, dit doucement Chad. C'est de là que proviennent une bonne partie de tes problèmes, n'est-ce pas?

Fox haussa les épaules, sur la défensive. Son cerveau tournait à mille à l'heure.

— Je sais que ce n'est pas parce que tu as peur qu'il réagisse mal au fait que tu sortes avec un homme. Ton père est devenu comme un second père pour Thomas. Il a assisté à son mariage et prononcé un discours qui a ému tout le monde aux larmes.

Fox hocha la tête, toujours sans voix.

— Tu penses que tu le décevrais. Que tu ne représenterais plus l'homme qu'il aimerait que tu sois, autrement dit l'homme qu'il est, dit-il en lui souriant avec compassion.

— J'abandonnerais l'homme que je pensais être, dit Fox en riant de manière sinistre. Celui que j'ai fabriqué dans mon tableur.

— Comment ça? Ton tableur te servait à évaluer tes conquêtes, pas l'homme que tu es.

— C'est faux.

Fox regarda Chad avec les yeux remplis de larmes. Il se demanda s'il arrêterait un jour de pleurer.

— J'entrais les chiffres, mais même si ça me plaisait de croire qu'ils étaient quantitatifs et analytiques, ils ne l'étaient pas. Ils étaient loin de l'être. Ces femmes n'étaient pas évaluées selon des standards objectifs, mais selon la manière dont elles remplissaient les espaces que je créais pour elles. Et ces espaces ne sont que des restes, des choses qui complètent le personnage que je me suis créé, l'homme que je voulais être, dit-il en déglutissant avant de regarder par la fenêtre. L'homme que mon père aimerait que je sois.

— Tu n'as pas cessé d'être un homme en tombant amoureux d'un autre homme.

— Pourrais-tu arrêter avec ça, s'il te plaît? Tu m'as assez usé pour que j'envisage de l'inviter à me rejoindre au bar à bourbon ce soir. Je ne suis pas prêt à parler d'amour.

— Pas encore.

Fox essaya une nouvelle fois d'activer le rayon laser de son regard noir pour faire fondre le sourire suffisant de Chad. Cela ne fonctionnait toujours pas.

— Si je l'invite à boire un verre, arrêteras-tu de me prendre la tête avec ça ?

— Avec plaisir, mon cher ami, répondit-il en faisant une révérence.

— Bien.

— Fais-le maintenant.

— Je le ferai en rentrant à la maison.

— Fais-le maintenant.

L'attitude de Chad était calme, mais sa voix était ferme.

— D'accord.

Fox sortit son téléphone de sa poche. Il y jeta un œil et se rendit compte qu'il avait reçu un message.

De Drew.

— Que se passe-t-il ?

— J'ai reçu un message de Drew.

Fox le lut, puis le relut.

— Génial. Que dit-il ?

— Il a écrit : « *Tu me manques* ».

— Et ?

— C'est tout.

Chad fronça les sourcils.

— Tu en penses quoi ?

Fox ne put s'empêcher de sourire.

— Ce message me dit tout ce que j'ai besoin de savoir.

— C'est-à-dire ?

— Que je lui manque.

— Oui, j'avais compris. Qu'est-ce qui m'échappe ?

— C'est du pur Drew, expliqua Fox en secouant la tête. Il écrit des papiers de recherche interminables, mais au fond, c'est un véritable poète. Chaque mot compte.

— Alors que signifie vraiment ce message ?

— Qu'il veut me voir autant que j'ai envie de le voir.

— Mais j'ai passé des heures à insister pour que tu acceptes de l'envisager.

— Parce que je ne savais pas s'il en aurait envie. Maintenant, je le sais.

— Qu'est-ce que tu attends ? Réponds-lui ! Conclus l'affaire.

Fox secoua la tête en voyant la maladresse dont Chad faisait preuve pour lui montrer son soutien, mais il appréciait son aide. Il rédigea une courte réponse, puis reposa son téléphone.

Chad le regardait avec un grand sourire sur le visage.

— Je suis fier de toi.

— Soyons clairs : je t'en voudrai si ça ne fonctionne pas.

— Je suis prêt à prendre ce risque. Après tout, on parle de moi comme d'un incorrigible romantique.

— Cette phrase n'est qu'à moitié véridique.

Les deux vieux amis rirent de bon cœur.

XVII

Fox resta un moment dans sa voiture. Cela ne faisait-il vraiment que trois semaines qu'il s'était garé sur cette même place de parking devant le *Barrel Proof*? Il avait du mal à se rappeler un temps où il n'avait pas connu Drew, même s'il s'agissait de sa vie entière jusqu'à il y a un peu moins d'un mois.

Qu'allait-il trouver en ouvrant la porte grinçante et en entrant dans le bar sombre? Son cœur se mit à battre plus fort quand il s'autorisa à admettre ce qu'il espérait trouver : Drew, lui souriant, l'accueillant avec les bras et le cœur grands ouverts. Il espérait lire sur son visage le désir pressant et étrange que lui-même ressentait.

Il sortit de sa voiture, la verrouilla et approcha des portes du bar. Il prit une grande inspiration pour se calmer, puis il l'ouvrit en grand. On y va à fond ou on reste à la maison, pensa-t-il. Il était temps pour lui de prendre le taureau par les cornes.

À l'intérieur, le bar était aussi occupé que la dernière fois, mais les clients étaient un peu plus discrets – après tout, c'était un dimanche soir. Il balaya rapidement l'endroit du regard, mais il savait exactement où se trouverait Drew. Évidemment, il serait assis sur le même tabouret que la dernière fois parce que c'était à cet endroit que Fox s'attendrait à le trouver. Ils se connaissaient par cœur.

Il traversa la pièce, son cœur battant la chamade en pensant à une possibilité qu'il n'avait jamais imaginée pour lui-même.

— Bonsoir, dit-il en approchant de lui.

Drew se retourna sur son tabouret, son visage lumineux et heureux. C'était exactement ce que Fox avait espéré. Drew se leva d'un bond.

— Bonsoir. Ça me fait plaisir de te…

Il fut interrompu par Fox qui le prit dans ses bras et le serra fort.

— Tu m'as aussi manqué, murmura Fox à son oreille.

Drew resserra leur étreinte, indiquant qu'il comprenait toute la signification de cette simple phrase et tous les espoirs qu'elle contenait.

— Vous me faites monter les larmes aux yeux, puis vous me donnez une érection, lança Carlos derrière le bar.

— Bon sang, ça suffit, le réprimanda Drew en relâchant son étreinte.

253

— Quelque chose me dit que je ne serai bientôt plus le seul à en avoir une, continua-t-il en leur lançant un regard lascif.

Puis il se retourna pour récupérer un verre et servir Fox.

— Que buvons-nous, ce soir ? demanda Fox.

Il n'attendit pas la réponse. Il approcha son verre de ses lèvres et en but une gorgée.

— J'ai suivi la demande de cet homme, répondit Carlos en indiquant Drew. Il voulait revivre le jour de votre rencontre.

Fox sourit à Drew, totalement charmé et peut-être un peu plus épris qu'il ne l'était déjà.

— Très bon choix.

Il s'assit sur le tabouret, près de Drew.

Carlos remplit leurs verres avec cette bouteille de contrebande banalisée.

— Je vais vous laisser profiter de votre soirée, dit-il avec un clin d'œil.

Il se rendit de l'autre côté du bar, même si Fox remarqua qu'il continuait de jeter des coups d'œil vers eux.

— À la fin d'une semaine plutôt terrible, dit Fox en levant son verre.

— La pire, acquiesça Drew.

Ils trinquèrent et burent une gorgée.

— Alors, dis-moi ce qui a rendu ta semaine « plutôt terrible », demanda Drew.

— Seulement si tu promets de dire ce qui a fait de cette semaine « la pire » pour toi.

— Marché conclu.

Fox prit une inspiration.

— Je suis sorti avec une femme hier soir.

Dire cela tout haut lui permit de comprendre une vérité dont il s'était caché : en sortant avec une femme, il avait trompé Drew. C'était une épiphanie gênante et humiliante.

— Et comme tu es une meilleure personne que moi, j'ai décidé de suivre ton exemple et de l'inviter chez moi. J'ai préparé le dîner.

— Ça devait être agréable, dit Drew en souriant.

— Ça l'était. Puis soudain, ça ne l'était plus. Quand je dis que j'ai suivi ton exemple, je ne plaisante pas. J'ai préparé un bouillon péruvien, à propos duquel j'ai essayé de raconter une histoire qui s'est révélée être beaucoup moins charmante que la tienne. Tout semblait bien se passer. Mais après le dîner, elle a lâché la bombe.

— J'ai du mal à croire que face à l'alliance de ton charme et de ce bouillon péruvien, elle ne te soit pas tombée dans les bras.

Fox rigola.

— Non, elle n'est pas tombée sous mon charme. Elle m'a regardé droit dans les yeux et m'a informé que j'étais amoureux… de toi, dit-il avant de déglutir. Puis elle est partie.

Drew écarquilla les yeux, incrédule. Il ouvrit la bouche, cligna plusieurs fois des yeux, secoua la tête comme s'il avait mal entendu, puis referma la bouche sans dire un mot.

— Ça a été un coup dur parce que jusque-là – je dirais même jusqu'à ce que j'aie passé une nuit blanche et que mon meilleur ami soit intervenu durant le petit-déjeuner –, je ne m'étais jamais autorisé à croire que ses propos puissent être vrais. Il a fallu que Chad me réduise en miettes sur le plan émotionnel pour réussir à se faire entendre et à me faire voir ce qui se trouvait sous mon nez depuis tout ce temps.

Drew semblait avoir du mal à respirer.

— C'est-à-dire ?

— Que ton arrivée dans ma vie n'était pas une erreur et que Q*pidon ne m'avait pas livré un ami pour remplacer ceux que j'avais perdus aux mains du bonheur conjugal. Tu es un bon ami, mais c'est loin d'être la seule chose que tu représentes pour moi. J'effectuais toute une gymnastique intellectuelle pour me convaincre que nous étions simplement des potes qui passaient de bons moments ensemble et non pas un couple qui enchaînait les rendez-vous.

Il marqua une pause et regarda Drew, ce qui lui rappela combien il aimait le regarder.

— Nous sortons ensemble. Et les moments que nous partageons sont fantastiques. Et je suis désolé d'avoir mis autant de temps à le comprendre.

— Waouh, dit Drew.

Puis un énorme sourire se dessina sur son visage.

— Waouh.

— Maintenant, dis-moi pourquoi cette semaine a été « la pire » de toutes pour toi, dit Fox, terriblement soulagé que Drew ait accepté sa déclaration maladroite.

— J'avais un rendez-vous hier soir.

— Bordel – nous sommes pratiquement la même personne, dit-il en riant. Je t'en prie, ne me dis pas que ça s'est déroulé de la même manière que moi.

— À quelques petites choses près, dit Drew en haussant les épaules. Mais il y avait une différence non négligeable.

— Laquelle ?

— Je suis sorti avec un homme.

Fox resta bouche bée.

— Tu es sorti avec un homme ?

— Oui, répondit-il en hochant la tête. Je n'étais jamais sorti avec un homme et j'ai tout fait de travers. Mais la seule raison pour laquelle je l'ai fait, c'est parce que j'étais toujours amoureux de toi et comme tu ne semblais pas intéressé, je me suis demandé si le problème ne venait pas de moi : peut-être que je sortais avec des femmes alors que j'aurais dû sortir avec des hommes depuis le début. Alors je suis sorti avec un homme. Et ça s'est mal passé.

— Pourquoi ?

— Parce qu'il s'est immédiatement rendu compte qu'il – et n'importe quel autre homme avec lequel je sortirais – ne faisait que te remplacer. Il m'a dit que tant que je n'arriverai pas à t'oublier, ce n'était pas juste d'essayer de sortir avec une autre personne.

Fox était profondément touché.

— Je n'avais pas l'intention de te rendre malheureux. J'avais seulement besoin de plus de temps pour l'assimiler. Tu es beaucoup plus ouvert d'esprit que moi.

— Je suis doctorant. Certains de mes collègues prônent les sexualités alternatives alors en comparaison, passer des femmes aux hommes est terriblement banal. En plus, je n'ai jamais eu beaucoup de succès auprès des femmes, alors ça paraît assez logique que je limite les dégâts et que je tente ma chance avec les hommes. Je ne suis pas un bel étalon comme toi.

— Tout d'abord, personne n'utiliserait ces mots pour me décrire, dit Fox, sa modestie naturelle refaisant surface. Et plus important encore, cela est-il ce que tu souhaites ? Tenter ta chance avec les hommes ?

— Non, répondit Drew en fronçant les sourcils et en secouant gravement la tête.

— Non ?

— Non. Je veux tenter ma chance avec un homme. Et je me fiche de savoir si ça fait de moi un homosexuel ou un hétéroflexible ou un bisexuel ou quoi que ce soit d'autre. Tout ce que ça fait de moi, c'est un homme amoureux de toi.

Les joues de Fox se mirent à brûler.

— Tu as essayé de me le dire le week-end dernier. Je m'excuse de ne pas avoir été prêt à l'entendre.

— Tu vaux la peine qu'on t'attende.

— Tu as fait plus que m'attendre. Tu as supporté toutes mes crises de panique. Si tu savais comme je suis désolé de t'avoir repoussé.

— Je savais que tu ne pensais pas vraiment ce que tu disais. Ça m'avait tout l'air d'une crise de virilité et je savais qu'il n'y avait qu'un moyen de t'en sortir.

— Un tacle furtif à la façon ninja?

— Exactement, répondit Drew en riant. Tu n'avais aucune chance.

— En toute franchise, ça a changé la vision que j'avais de toi.

— Waouh. Comment ça?

— Après le dîner romantique et la déclaration selon laquelle tu étais peut-être en train de tomber amoureux de moi, je crois que mon cerveau reptilien t'a rangé dans la même case que les femmes avec lesquelles je suis sorti, sauf que tu étais une version plus poilue et musclée. Mais vu la manière dont tu m'avais touché, je m'attendais à ce que tu sois... comment dire... passif? Alors j'ai été choqué quand tu t'es relevé et que tu m'as plaqué contre le mur.

— Vous vous êtes bien défendu, monsieur. Je pensais ne jamais réussir à l'emporter.

— Tu m'as anéanti, répliqua-t-il en riant. Tu m'avais déjà maîtrisé avant de sortir ton arme secrète.

— Mon arme secrète? demanda Drew, perplexe.

Fox s'approcha de Drew et lui murmura à l'oreille:

— Tu m'as frappé avec ta queue.

Il sentit Drew sursauter.

— Sérieusement? demanda-t-il, totalement abasourdi.

— Oui. Et je dois dire qu'elle est assez impressionnante. Surtout quand elle est... déployée.

Le visage de Drew devint tout rouge.

— Oh mon Dieu. Je n'avais rien remarqué. Je faisais de mon mieux pour ne pas qu'elle entre en contact avec toi.

— Tu as fait du bon travail, sauf quand elle a frappé contre ma cuisse. Je n'ai pas immédiatement compris ce que c'était, mais un instant plus tard, j'ai fait le rapprochement. Je me suis dit que si tu étais *si* heureux de te battre contre moi, il valait peut-être mieux que je rende les armes, dit-il avant de lui adresser un sourire espiègle. Mais aujourd'hui, je regrette de ne pas y avoir jeté un coup d'œil, voire même de ne pas y avoir touché.

— Bordel. Que dirais-tu de partir d'ici? demanda Drew en buvant d'un trait son verre de bourbon.

— Avec plaisir.

Il termina aussi son verre, puis il le posa sur le bar.

— Carlos, mon ami, merci pour ton aide, dit-il en sortant un billet de cent dollars de son portefeuille pour le poser près de son verre.

Carlos, qui était revenu de leur côté du bar, jeta un œil au pourboire.

— Vous voir ensemble, si adorables, suffit largement à mon bonheur.

— Garde-le, s'il te plaît. Je te dois bien ça, voire même plus pour avoir aidé cet homme à entrer dans ma vie.

Fox regarda Drew et ne put s'empêcher de sourire.

Le regard de Carlos oscilla entre les deux hommes alors qu'ils se souriaient.

— Bon sang, maintenant je vais devoir aller à l'arrière avant la fin de mon service.

— Je suis certain que tu as la situation bien en main, rétorqua Drew en riant.

— Je l'aurai dans une minute, dit Carlos avec un grand sourire. Amusez-vous bien.

— Tu peux compter là-dessus, dit Fox avant de se tourner vers Drew. Allons-y.

LA VOITURE de Fox était garée au même endroit que trois semaines plus tôt, aussi brillante et parfaite que la première fois. Fox s'en approcha et ouvrit la portière côté passager.

— Je peux ouvrir une portière, dit Drew avec un sourire espiègle.

— Les amis peuvent ouvrir les portières. Les soupirants ont droit au service intégral.

— Je n'hésiterai pas à te le rappeler.

— J'y compte bien.

Drew s'installa sur son siège et Fox referma doucement la portière. *Bon sang, il est doué en séduction.*

Fox monta en voiture et s'engagea sur la route.

— Où allons-nous?

— Je me suis dit que nous pourrions dîner.

— Sais-tu déjà où tu veux aller ?

— Oui. À la maison.

Surpris, Drew se tourna vers Fox en se demandant s'il avait mal entendu.

— La Maison est-il un autre restaurant avec un nom à dormir debout ?

Cela fit rire Fox.

— Non, nous allons chez moi. J'ai commandé trop de nourriture dans une formidable épicerie du centre-ville, près du marché aux fleurs, et ils m'ont livré juste avant que je parte au bar. Je n'ai pas la moindre idée de ce que nous allons pouvoir préparer – j'ai acheté tout ce qui me semblait bon.

— Ça va être amusant – et c'est totalement imprévu, ce qui me laisse un peu perplexe. En général, tu planifies tout jusqu'au moindre détail.

— C'est vrai. Mais désormais, tu es là. Quand tu es avec moi, tout devient incroyable, peu importe ce qui se passe.

Drew sentit son cœur se réchauffer en entendant l'assurance de Fox. Il se trouve qu'il pensait la même chose de Fox, sans même en avoir conscience.

— Génial. Nous allons voir ce que nous pouvons faire.

Quelques minutes plus tard, Fox s'engagea dans une petite allée entre deux bâtiments, puis avança jusqu'à une porte en métal qui semblait assez solide pour protéger une ambassade. Il fit un appel de phare et elle se mit instantanément à glisser vers le haut, disparaissant bientôt dans la partie supérieure du mur. Fox avança et se gara sous une plaque noire sur laquelle était inscrit « Kincade » en gros caractères argentés.

— Peux-tu ouvrir ta portière tout seul ? demanda Fox en coupant le moteur.

— Je pense que je vais m'en sortir.

Ils rejoignirent les ascenseurs et Fox pressa son pouce contre le tableau de commande noir. L'un des ascenseurs s'ouvrit et ils entrèrent à l'intérieur. Contrairement au parking qui était propre, mais tout en béton, la cage d'ascenseur était élégante et luxueuse. L'ascenseur monta silencieusement jusqu'à ce qu'il atteigne le niveau 42 : Penthouses.

— Waouh.

— Ils appellent ces appartements comme ça parce qu'ils sont situés au dernier étage et que ça leur permet de les vendre plus cher. La vue est belle, mais ils ne sont pas bien plus grands que les appartements du dessous.

Ils quittèrent la cage d'ascenseur. Seules quatre portes se situaient dans ce hall joliment décoré. Celle de Fox se trouvait en face d'eux. Il l'ouvrit et invita Drew à entrer.

— Ça manque un peu de poussière et de l'odeur de ramen qu'on retrouve généralement dans les résidences étudiantes, mais ça a son charme.

— Maintenant que tu es là, il ne manque plus rien à cet appartement.

— Seigneur, pas étonnant que les femmes tombent sous ton charme.

— Mais est-ce que ça fonctionne sur toi? demanda Fox en refermant la porte.

— Oh oui, ça fonctionne parfaitement.

— Dans ce cas, serais-tu d'accord pour que je… t'embrasse?

L'attitude de Fox était brusquement devenue timide et hésitante.

Drew sentit un frisson le parcourir, dû à toutes ces possibilités.

— Absolument d'accord, répondit-il doucement.

Fox approcha de lui et leva les mains vers son visage. Il fit glisser ses doigts le long de la mâchoire de Drew, puis sous ses oreilles pour atteindre la partie sensible en bas de sa nuque. Il se rapprocha.

La première caresse des lèvres de Drew contre les siennes était électrique. Elle balaya tout ce qu'il pensait déjà savoir sur les baisers et le remplaça par cette nouvelle sensation bouleversante. Tous les baisers qu'il avait connus – chaque baiser avec une femme – avaient consisté à allumer un feu de camp sous la pluie, une bougie malgré le vent. La chaleur de ces anciens baisers, même combinés, n'était pas comparable au feu déclenché par ce simple effleurement, ce premier contact entre eux. À cet instant, il comprit que c'était juste. C'était la chose la plus juste qu'il avait faite avec une autre personne. Cela ne dura que quelques secondes, mais ce moment changea sa vie.

— Ça va? demanda Fox en s'écartant.

Il regarda Drew avec les sourcils levés, attendant avec nervosité sa réponse.

Drew aurait pu utiliser des mots pour lui répondre, mais cela ne semblait pas adapté. Au lieu de parler, il se jeta en avant, effaçant la distance qui les séparait en un instant et plaquant sa bouche contre celle de Fox. Ce baiser n'était pas hésitant. Ce baiser ne laissait aucun doute.

Fox recula, mais seulement pour encaisser cet assaut. Il resserra son étreinte, plaquant davantage Drew contre lui alors que Drew enroulait ses bras autour de sa taille pour faire en sorte qu'il n'y ait pas un rayon de lumière qui puisse se glisser entre leurs corps. Ils étaient aussi proches que le leur permettaient leurs vêtements.

Ils restèrent proches durant plusieurs minutes, longues et vigoureuses.

Finalement, lorsqu'ils fatiguèrent et eurent besoin de respirer, ils se lâchèrent avec réticence. Ils se tinrent un long moment face à face en se regardant droit dans les yeux.

— Je n'arrive pas à croire que tu sois là, murmura Fox.

— Je ne voudrais être nulle part ailleurs.

Ils se sourirent, puis se mirent à rire. Ce n'était pas un rire angoissé et incertain causé par la ligne qu'ils venaient de franchir, mais un rire résultant d'une joie excessive et de la réalisation de rêves extraordinaires.

— Maintenant, allons dîner ? demanda Fox.

— Oui, dînons.

Drew savait qu'il ne pourrait rien manger. Mais il était prêt à faire n'importe quoi tant qu'il le faisait avec Fox.

— Suis-moi, dit Fox en lui tendant une main, puis il le guida jusqu'à la cuisine.

— Bon sang, c'est magnifique, s'exclama-t-il en découvrant une cuisine élégante avec un plan de travail en granit et des équipements européens. On dirait que ça sort tout droit d'un magazine.

— C'est l'une des choses qui m'ont immédiatement plu dans cet appartement. Mais je n'ai pas l'occasion de cuisiner aussi souvent que je le voudrais. Durant la semaine, je dîne souvent avec des clients et le week-end, j'ai des rendez-vous galants. La nuit dernière, c'était la première fois que je cuisinais pour une autre personne depuis une éternité.

— Je suis honoré que tu me laisses cuisiner ici.

Drew déposa un baiser rapide sur sa joue, ce qui surprit Fox et le fit sourire.

— Okay, donc nous avons le réfrigérateur, le garde-manger, les épices et les ustensiles de cuisine, dit Fox en indiquant chacun d'eux alors qu'il avançait dans la cuisine. Prêt ?

Ils se mirent au travail. Fox sortit les aliments frais qu'on lui avait livrés pendant que Drew s'émerveillait devant la grande variété d'ingrédients que son ami avait sous la main. Ils discutèrent de ce qu'ils pouvaient préparer et bientôt, Fox faisait sauter des ingrédients à la poêle tandis que Drew ajoutait un filet d'huile à sa vinaigrette.

— Pour quelqu'un qui ne cuisine pas souvent, tu te sers bien de la sauteuse, dit Drew en regardant Fox qui retournait le contenu de sa poêle sans en laisser tomber un seul morceau.

— J'avais l'habitude de cuisiner avec ma mère. Mon père était absent la plupart des soirs à cause de son travail, alors ma mère et moi passions beaucoup de temps dans la cuisine. Un jour, mon père a fait une crise cardiaque et il a dû rester à la maison quelques semaines pour récupérer. Il m'a alors clairement expliqué que je ne devais pas cuisiner parce que ma future femme penserait qu'elle n'avait rien d'autre à m'offrir que du sexe.

— As-tu grandi dans les années 50 ?

Fox rit.

— J'ai parfois cette impression. Le plus ridicule, c'est que je l'ai écouté. J'ai arrêté de cuisiner, ce qui fait que je passais moins de temps avec ma mère, dit-il en reprenant un air grave. Je devrais lui dire que je suis désolé que ça se soit passé ainsi.

— Je te trouvais charmant quand tu jouais au séducteur, mais ce n'était rien comparé à ce que je viens de voir, dit-il en plaquant son torse contre le dos de Fox pour l'enlacer. Tu es la plus belle personne que je connais. Sincèrement.

Il déposa un baiser sur sa nuque.

— Tu ferais mieux d'arrêter ça si tu veux manger, l'avertit Fox. Je ne peux pas cuisiner en ressentant des frissons dans tout mon corps.

— Nous ferions mieux de garder ça pour le dessert, alors, dit-il avec un rire espiègle.

Il embrassa une dernière fois Fox sous l'oreille, puis il retourna fouetter sa vinaigrette.

Une heure plus tard, ils s'installèrent devant un festin. La table de la salle à manger était pratiquement recouverte de la nourriture qu'ils avaient préparée ensemble.

— Nous n'allons jamais manger tout ça, dit Drew.

— Mais c'était un véritable plaisir de tout préparer. Et nous n'aurons pas à nous inquiéter de ce que nous pourrons apporter à déjeuner cette semaine.

Fox prit son verre de vin – le deuxième, ou bien était-ce le troisième ?

— Au meilleur second de cuisine avec lequel j'ai eu le plaisir de travailler.

Drew rit et leva son verre.

— C'était un honneur de travailler pour vous.

Ils trinquèrent et ne mangèrent qu'une infime partie de ce qu'ils avaient préparé.

Suite au dîner, après avoir rangé les restes, Fox servit deux verres de bourbon et fit signe à Drew de le rejoindre sur le canapé qui faisait face aux baies vitrées donnant sur le parc situé au centre de la ville. Un collier de lumières brillait autour de celui-ci.

— J'ai du mal à croire que nous sommes ici, dit doucement Drew.

— Il y a trois semaines, si quelqu'un m'avait dit que nous finirions ici, je lui aurais certainement dit d'aller consulter. Mais aujourd'hui, je ne peux pas m'imaginer ici sans toi.

— À ton avis, que s'est-il passé ? Pourquoi l'ordinateur nous a-t-il associés ?

Fox regarda au loin par la fenêtre.

— J'y ai beaucoup réfléchi. À première vue, nous avons peu de choses en commun. Du moins, sur le papier, quand on cherche à compléter un profil pour faire des rencontres. Tu es un universitaire. Je suis un directeur marketing. Tu es à l'écoute de tes émotions et j'importe les miennes sur Microsoft Excel.

— Tu vis dans un palais dans le ciel et tu conduis une BMW, alors que je vis dans un quartier étudiant et débouche les canalisations pour payer mon loyer.

Fox sourit.

— Comme je viens de le dire, nous avons peu de choses en commun à première vue. Mais j'admire tellement la détermination dont tu fais preuve pour obtenir ton doctorat et tu mets une lueur d'humanité dans tout ce que tu entreprends, ce que je trouve… inspirant.

— Quant à toi, tu as totalement changé ma vision des personnes habillées en costume qui travaillent dans le marketing et conduisent des voitures de luxe.

— Juste pour information, tous les autres sont de véritables connards égocentriques.

— Je ne doute pas que tu sois un cas unique parmi tes pairs, dit Drew en riant.

— Étant donné que nous sommes si différents à première vue, comment l'ordinateur a-t-il fait pour nous associer ? demanda Fox, se focalisant à nouveau sur la question.

Drew haussa les épaules.

— Peut-être qu'il a vraiment tenu ses promesses en découvrant qui nous étions, au-delà des apparences. Même si j'ai du mal à comprendre comment il a pu penser que nous pourrions terminer ensemble après avoir passé notre vie à sortir avec des femmes.

— Je dois dire que je trouve ça un peu effrayant. Je n'arrête pas de me demander ce que j'ai bien pu faire sur les réseaux sociaux pour pousser une intelligence artificielle à croire que je serais prêt à tenter ma chance avec un homme. Enfin, avec un seul homme. Le seul avec lequel je m'imagine faire une telle chose.

— Boire un verre de bourbon en étant assis sur un canapé ?

— Non, répondit Fox en posant son verre sur la table basse en verre. Plutôt ce genre de chose, précisa-t-il en se penchant pour embrasser délicatement Drew sur les lèvres.

Drew soupira doucement et approfondit le baiser, s'autorisant pour la première fois à glisser sa langue contre celle de Fox.

— Waouh, dit Fox lorsque le baiser fut rompu. J'ai embrassé quelques femmes…

— Est-ce une nouvelle manière de dire « plusieurs centaines » ?

— Je n'en ai pas embrassé plusieurs… commença Fox avant de lever les yeux pour faire le calcul. Très bien, tu as certainement raison. Mais ça ne fait que renforcer mes dires. Jamais, de toute ma vie, je n'ai ressenti avec une femme ce que je ressens en t'embrassant.

— Et que ressens-tu ?

— C'est comme si je faisais quelque chose de mal de la plus jolie manière. Comme si c'était un secret que l'univers avait essayé de dissimuler, mais que j'avais fini par découvrir. Comme si je n'avais plus besoin d'embrasser qui que ce soit d'autre parce que ça ne pourra jamais être plus intense que ça ne l'est avec toi.

Drew sourit.

— Pour moi, c'est comme si je rentrais à la maison.

— Tu vois ? C'est ce que je voulais dire. Tu exprimes mieux tes émotions que moi.

— Je trouve que tu te débrouilles très bien, dit Drew.

Il se rapprocha de Fox et posa sa tête sur son épaule.

Ils restèrent assis un long moment, admirant la vue sur la ville.

XVIII

— M. KINCADE, bienvenue, dit Jeff alors que Fox quittait le siège conducteur.

— Bon appétit, monsieur, dit l'autre Jeff à Drew alors qu'il quittait le siège passager.

— Merci, répondirent les deux hommes aux valets.

— Ce sont de bons garçons, dit Drew alors que Fox et lui montaient les marches.

— Je pense qu'ils sont heureux pour moi. Je ne suis jamais venu deux fois de suite avec la même personne.

— Je suis flatté.

Fox lui ouvrit la porte du restaurant et Drew lui adressa un hochement de tête courtois.

— M. Kincade, le salua le maître d'hôtel lorsqu'ils approchèrent. Une réservation pour quatre personnes, ce soir !

— Il est parfois bon d'essayer de nouvelles choses, vous ne pensez pas ?

— En effet, monsieur, vous avez raison, répondit le maître d'hôtel en jetant un regard discret vers Drew avant d'offrir un petit sourire obséquieux à Fox. Veuillez me suivre.

Drew marcha près de Fox à travers le restaurant.

— Es-tu certain qu'il soit prêt à me rencontrer ? J'ai peur de lui faire mauvaise impression.

— Ne t'inquiète pas, Chad va t'adorer. Comme je te l'ai déjà dit, il est de ton côté depuis le début.

— Mais je n'étais qu'une idée théorique. À partir de maintenant, il va me voir comme une véritable personne – celle qui a rendu son ami gay.

Fox s'arrêta et prit les mains de Drew.

— Je trouve ça charmant de te voir nerveux. Mais Chad n'est pas compliqué – préserve tes nerfs pour le jour où tu rencontreras mon père.

— Oh, bordel.

— Tu vois ? Maintenant, tu te rends compte que Chad n'est qu'une partie de plaisir.

Il déposa un baiser sur le nez de Drew.

— Oui. Merci, répondit Drew, nauséeux.

Ils approchèrent d'une table située au centre du restaurant, où deux personnes étaient installées. Drew les reconnut instantanément grâce aux photos que Fox lui avait montrées sur Internet. Chad et Mia levèrent les yeux et leur sourirent alors que le maître d'hôtel les quittait. Chad se leva d'un bond.

— Foxy, salua-t-il son ami en lui tendant la main.

Fox la prit dans la sienne, puis ils se serrèrent la main, se donnèrent un coup d'épaule et se tapotèrent le dos comme les athlètes avaient l'habitude de le faire.

— Chad, Mia, je vous présente Drew.

— Ravi de te rencontrer, Drew, dit Chad.

Sa voix avait baissé d'une octave et vibrait de joie. Drew lui serra la main.

— Ravi de faire ta connaissance, Mia, dit Drew en tendant la main par-dessus la table.

Elle sourit et lui serra la main.

— J'attends ça depuis la première fois que Fox nous a parlé de toi, dit-elle.

Fox se tourna vers Drew alors qu'ils s'installaient.

— Depuis le début, Mia était convaincue que nous finirions ensemble. Sa jubilation est la seule chose qui pourrait me faire regretter notre relation.

— Ce n'est pas juste, protesta Chad. Je voulais aussi que vous couchiez ensemble !

— Je devrais peut-être vous laisser entre hommes ? dit Mia en levant les yeux au ciel.

— J'essaie simplement de dire que je te soutenais depuis le début, dit Chad à Drew.

— Merci ? répondit Drew, ne sachant pas trop comment décrypter cette conversation.

— Pour une fois, Chad a raison. Il s'est donné corps et âme pour me faire comprendre que je me comportais comme un grand bébé avec toi. Il m'a parlé comme un salaud, car c'est apparemment ce que sont censés faire les amis. Se montrer salaud entre eux.

— Tout le plaisir était pour moi, dit Chad sur un ton solennel.

— Le plus important, c'est que vous vous soyez trouvés. Vous semblez terriblement heureux, dit Mia dont le regard oscillait entre Fox et Drew. Je trouve ça génial.

— C'est tout nouveau pour nous, dit Fox. Je ne savais pas vraiment comment les hommes... se comportaient en couple, entre autres choses.

Chad se pencha en avant de manière conspiratrice.

— Quelles sont ces « autres choses » ? demanda-t-il en lui lançant un regard lubrique, au cas où sa question n'était pas assez claire.

Fox se pencha légèrement au-dessus de la table pour s'approcher de lui.

— Je ne vais pas te parler de ces « autres choses ».

Le visage de Chad se décomposa.

— Très bien. Mais sache que ce n'est pas sain de tout garder pour soi.

— Je te prie d'excuser mon mari, dit Mia à Drew. Fox était le dernier étalon sauvage de leur clique, alors je pense que Chad est en plein sevrage de donjuanisme par procuration.

Cela fit rire Drew.

— Je ne savais pas qu'il existait un terme médical pour ce genre de mal.

— Et son cas est grave, continua-t-elle. Ces deux-là évaluaient chacun des rendez-vous de Fox. J'essayais de ne pas écouter, mais parfois, entendre ces deux hommes parler de... ces *choses*... me mettait dans l'ambiance. Ce qui ne déplaisait pas le moins du monde à Chad, dit-elle en souriant à son mari.

— Je suis ravi de découvrir que ma vie sexuelle vous a été si *utile*, dit Fox.

— Et elle peut encore l'être. Je suis sincèrement curieux de savoir comment ça se passe.

Chad sembla regretter d'avoir exprimé son intérêt pour la vie intime de Fox et Drew.

— Parfois, Mia regarde du porno gay, lâcha-t-il.

Elle lui lança « le » regard. Il eut un mouvement de recul et écarquilla les yeux.

— Ce qui n'est pas un sujet que nous devrions aborder en bonne compagnie, ajouta-t-il rapidement.

— Heureusement que nous ne sommes pas des gens de la haute, remarqua Drew en espérant ramener la paix à table.

267

Cela sembla fonctionner puisqu'ils rirent tous, puis la tension s'estompa.

Pendant un instant.

— Alors, avez-vous… tu sais… ? demanda Chad avec le visage d'un jeune pasteur qui imaginait ce que l'on pouvait ressentir en faisant l'amour.

Drew et Fox le fixèrent, atterrés.

— Si je pose cette question, c'est pour le bien de la science. Ce n'est pas tous les jours qu'une personne change d'orientation sexuelle. J'essaie de comprendre comment ça se passe.

— C'est privé, voilà comment ça se passe, gronda Fox.

— Mais je comprends que ce soit intrigant, dit gentiment Drew. Quand les relations hétérosexuelles sont les seules que tu as imaginé avoir, un changement comme celui-ci peut être… éprouvant.

— C'est tout ce que je voulais savoir, dit Chad en regardant Fox. Nous n'avons jamais eu de secrets l'un pour l'autre quand il s'agissait de sexe, n'est-ce pas ?

— C'est vrai pour toi. Je l'ai compris malgré moi pendant les vacances de Pâques.

— Ce n'est arrivé qu'une fois ! s'exclama Chad.

— Non, deux fois. Je le sais parce que j'étais *dans le même lit*. Je sentais chaque mouvement que cette jeune effrontée et toi faisiez, dit-il avant de poser sa main sur le bras de Mia. Je suis désolé que tu l'apprennes de cette façon.

— Oh, il m'en a déjà parlé, répondit-elle avec nonchalance. Mais j'ai une question à te poser : faisait-il déjà ce drôle de bruit ?

— Quoi ? demanda Chad en écarquillant les yeux, horrifié.

— Veux-tu parler de ce bruit qu'il fait avec son nez ?

— Oui ! On dirait qu'il essaie d'atteindre l'orgasme en le faisant sortir par son nez.

— Oh mon Dieu, oui. Je croyais qu'il était en train de faire une crise d'asthme. J'ai failli les séparer pour lui enfoncer son inhalateur dans la bouche.

— Tiens, voilà le serveur, intervint Chad. Voyons voir quels sont les plats du jour, continua-t-il en agitant frénétiquement la main.

Le serveur ne le vit pas. Il était à l'autre bout du restaurant.

— Alors d'un seul coup, nous n'avons plus le droit de parler de sexe ? demanda Fox.

— C'est inutile de discuter de relations sexuelles *normales*. C'est ennuyeux. Nous savons tous à quoi ça ressemble.

— Je conteste ta manière d'utiliser le terme «normal», dit Fox.

— Je conteste ta manière d'utiliser le terme «ennuyeux», ajouta Mia.

— J'aimerais savoir quels sont les plats du jour, intervint Drew en souriant à Chad.

— Tu es mon préféré, marmonna Chad.

Il indiqua Fox et Mia, qui étaient en train de pleurer de rire.

— Ces deux autres plaisantins n'existent plus pour moi.

— Pour répondre à ta question, nous n'avons fait que nous embrasser et nous tenir dans les bras, dit Drew à l'oreille de Chad. Nous avançons doucement.

— Mais assez rapidement pour savoir que c'est du sérieux? Pour tous les deux?

Drew était profondément touché par l'inquiétude de Chad à l'égard de son ami et de leur relation naissante.

— C'est absolument sérieux. Et merci d'avoir été présent pour lui depuis le début. Il a de la chance de te compter parmi ses amis.

— Je vous retourne le compliment, monsieur, répliqua Chad en le saluant de manière courtoise. Cela faisait très longtemps que je ne l'avais pas vu aussi heureux.

— Que complotez-vous? demanda Fox.

Mia et lui les regardaient avec suspicion.

— Nous discutions des manipulations monétaires sous les Tudors qui ont abouti à la formulation de la loi de Gresham, répondit Chad sans sourciller.

— Bien joué, murmura Drew.

— J'ai un peu révisé pour préparer cette rencontre. Penses-tu qu'ils y ont cru?

— Pas vraiment, non, intervint Fox. Bel effort, mais tu as répondu trop vite.

— C'est ce que je me tue à lui répéter, dit Mia avant d'éclater de rire.

— Pas croyable. C'est tout simplement pas croyable, dit Chad avant de se tourner vers Drew. Je crois que nous allons devoir repartir ensemble ce soir. Ces deux énergumènes ne nous méritent pas.

Drew était ravi d'avoir réussi à établir un lien naturel avec le meilleur ami de Fox. Il se détendit et dégusta un autre dîner qu'il n'aurait jamais pu s'offrir par ses propres moyens.

CHAD ET Fox attendaient leur voiture à la station des valets. Drew et Mia étaient partis aux toilettes.

— Je l'aime beaucoup, dit Chad de manière spontanée. Vraiment beaucoup. Vraiment, vraiment beaucoup.

— Soit tu te moques de moi, soit tu as l'intention de quitter Mia pour me voler mon ami. Sache que dans tous les cas, ça se terminera mal pour toi.

Cela fit rire Chad.

— Je dis simplement que mon niveau d'exigence pour évaluer ton partenaire est élevé. Je veux que tu sois avec quelqu'un qui te mérite et qui te traitera comme il faut. Je pense que j'ai enfin trouvé cette personne.

— Et ça ne te dérange pas du tout que ce soit un homme ?

— Foxy, je te le dis depuis le début : tout ce qui m'importe, c'est que tu sois heureux. Ce que tu fais dans ta chambre ne regarde personne, même si je risque d'insister pour que tu me donnes quelques détails parce que premièrement, je suis curieux et deuxièmement, vous êtes les deux hommes les plus sexy que je connaisse et le simple fait de vous imaginer en train de le faire…

Le regard de Chad se perdit dans le lointain homoérotique.

— Vas-tu sérieusement continuer à faire ça ? Tu n'arrêtes pas de parler de lui et moi au lit et ça commence à me faire peur.

— Évidemment que je vais continuer. Nous parlons toujours de sexe.

— C'est parce qu'il s'agissait d'une chose que nous avions en commun. Maintenant, c'est différent.

Chad attrapa Fox par les épaules.

— Tu ne m'écoutes pas. Quand je dis que le fait que tu sois en couple avec un homme ne change rien entre nous, je le pense vraiment, d'accord ? Nous allons continuer de tout nous dire. Aucun tabou. Nous nous étions mis d'accord là-dessus, n'est-ce pas ?

Fox haussa les épaules, puis hocha la tête.

— Oui, concéda-t-il.

— Bien. Il y a seulement une chose qui va devoir changer.

— Ah oui ? Et ça te vient comme ça ?

— Juste une chose. Maintenant que tu t'y connais en hommes, j'aimerais…

270

— Tu ne pourras pas terminer cette phrase sans que je veuille te mettre mon poing dans la figure.

— Tais-toi, c'est important. J'aimerais que tu me préviennes si je me laisse aller.

— Qu'entends-tu par là?

— Je ne veux pas devenir gros et négligé. Je veux rester séduisant.

Fox ne put se retenir de rire.

— Je ne veux pas être «assez beau pour un homme marié», je veux être «sexy comme un gay». Disons que si je me rends dans un bar gay, j'aimerais que tous les clients aient les yeux braqués sur moi.

— C'est totalement absurde, dit Fox qui essayait de reprendre son souffle. Pourquoi veux-tu que tous les clients d'un bar gay aient les yeux braqués sur toi?

— Parce que les homosexuels sont exigeants. Ces derniers temps, j'ai arrêté de faire du sport et j'ai besoin que tu sois honnête avec moi.

— Premièrement, je ne sors avec un homme que depuis une semaine, dit-il, exaspéré. Je n'ai pas la moindre idée de ce qui causerait une émeute dans un bar gay. Deuxièmement, tu n'as pas besoin d'un homme gay pour te dire que tu as pris un peu de ventre. Tu le sais aussi bien que moi. Et troisièmement, tu es un véritable imbécile.

— Tu vois? C'est le genre de retour honnête dont j'ai besoin. Merci, mon BFF gay.

— Tu me remercieras moins lundi matin, quand je te mettrai au tapis à la salle de sport dès 5 h du matin.

— Où ça? Quand? demanda Chad en se penchant vers lui comme s'il avait du mal à entendre.

— Tu as bien entendu, mon gros. Ramène tes fesses à la salle et nous ferons en sorte que tu retrouves un corps d'apollon. Ton corps sera tellement sculpté que les gogo danseurs se battront pour avoir une chance de commander des shots sur tes tablettes de chocolat.

— Ils font ça? demanda Chad, les yeux écarquillés.

— Qu'est-ce que j'en sais? Je ne suis jamais entré dans un bar gay, tu te souviens?

Il donna un coup dans l'épaule de Chad.

— Idiot, va.

— Merci. Alors on se voit lundi. À 7 h du matin, c'est ça?

— Si tu dors, tu perds, le prévint Fox.

— D'accord, d'accord, capitula Chad.

— Qu'avons-nous manqué? demanda Mia en approchant avec Drew. Vous aviez l'air de bien vous amuser sans nous.

— Vous n'avez rien manqué, mon amour, dit Chad galamment. Une simple discussion entre hommes.

— Tu me diras tout plus tard? chuchota Drew à l'oreille de Fox.

— Oh oui.

Leurs voitures, chacune conduite par un Jeff, apparurent à l'angle. Évidemment, celle de Fox était en tête – preuve de sa générosité lorsqu'il donnait des pourboires.

— C'était un plaisir de vous rencontrer, dit Drew.

Il prit Mia dans ses bras, puis il tendit la main à Chad. Cependant, Chad l'attira contre lui dans une accolade. Puis il relâcha son étreinte, mais il le tint par les épaules.

— Ne fais pas de mal à mon Foxy, dit-il sur un ton solennel. Je l'aime plus qu'on ne peut l'imaginer.

Drew, manifestement inquiet, déglutit péniblement.

— J'essaierai de l'aimer aussi fort que toi.

— Bonne réponse, dit Chad avec un grand sourire.

— As-tu fini de persécuter mon petit ami?

Il était difficile de dire lequel de ses trois compagnons de soirée était le plus surpris par le mot qu'il venait de prononcer. Drew écarquillait les yeux, mais ses paupières clignaient comme si les larmes étaient en train de monter. Mia souriait comme une idiote et Chad hochait sagement la tête, comme s'il avait personnellement fait naître l'amour entre eux.

Fox fit comme si de rien n'était et prit Mia dans ses bras, puis Chad, avant de faire monter Drew dans la voiture pour quitter au plus vite la porte cochère de *Table*.

— Bonne nuit, lança-t-il en se glissant dans la voiture.

Jeff ferma doucement, mais fermement la portière derrière lui.

— Waouh, c'est devenu un peu bizarre sur la fin, dit Fox en secouant la tête.

— Je les trouve adorables. À première vue, Chad semble être un pote normal, mais une fois que tu commences à lui parler, tu te rends compte qu'il est bien plus que ça. Et à partir du moment où quelqu'un mentionne Thomas Gresham durant le dîner, je suis charmé.

— Il était terrifié à l'idée que tu ne l'aimes pas.

— Il était... quoi?

— En général, Chad aime se poser et attendre que les bonnes choses de la vie viennent à lui. Il travaille dans le cabinet d'avocats de son père, il est toujours sorti avec la cheerleader principale, il a passé ses étés à faire du mannequinat pour Abercrombie & Fitch. Il a presque toujours obtenu ce qu'il voulait, il a obtenu des opportunités énormes sans vraiment faire d'efforts. Mais ce soir, il en a *bavé*. Chad ne consulte pas les articles de Wikipédia sur les fondements théoriques de la politique monétaire pour s'amuser. D'ailleurs, il avait à peine révisé avant de passer l'examen du Barreau. Il voulait te faire *très bonne* impression.

— Je pense que tu as le meilleur ami dont on puisse rêver.

— Et il est fou de toi. Je l'ai vu. Et je pense qu'il est aussi un peu jaloux.

Drew laissa échapper un éclat de surprise.

— Jamais je ne me permettrais de m'immiscer entre vous deux. Je te le jure. Il faut que tu lui dises que je ne ferais jamais ça.

— Je ne parle pas de cette sorte de jalousie, dit Fox en riant. Je pense qu'il nous envie. Il s'est mis en tête que les hommes étaient bien plus exigeants que les femmes. C'est pour ça qu'il me harcelait ; il veut que je l'aide à retrouver une bonne forme physique. Il veut être assez séduisant pour qu'un homme tombe amoureux de lui.

— C'est… insensé, dit-il en fronçant les sourcils. Il est marié à une femme absolument divine et il est hétéro, n'est-ce pas ? Et entre nous, il est magnifique.

— Il sera fou de joie d'apprendre que tu as dit ça.

— Mince, n'étions-nous pas censés prendre cette sortie ? demanda Drew en se tournant pour regarder par la vitre.

— J'ai envie de faire un petit tour. Tu es d'accord ?

Drew sourit.

— Je suis d'accord pour tout ce que tu veux.

— Tout ce que je veux ? demanda Fox avec un sourire en coin.

— Absolument *tout*, confirma Drew.

Le sourire ne quitta pas le visage de Fox jusqu'à ce qu'ils aient quitté la ville.

— Je suis intrigué, dit Drew lorsque Fox quitta l'autoroute pour s'engager sur une petite route de campagne. Qu'y a-t-il par ici ?

— Rien, répondit-il en plongeant son regard dans l'obscurité. Ce qui est parfait.

Drew l'observa un long moment, mais ne dit rien de plus.

Fox laissa la voiture s'arrêter doucement et se gara sur le bas-côté.

— Nous y sommes.

Drew regarda autour de lui.

— Tu as raison. Il n'y a rien ici.

— Maintenant, si, dit-il en souriant. Suis-moi.

Ils sortirent de la voiture et se retrouvèrent dans l'obscurité la plus totale. Fox ouvrit la marche et avança dans le champ. Après avoir marché environ cent mètres, il s'arrêta.

— Allons-nous bientôt arriver? le taquina Drew.

— À vrai dire, nous sommes arrivés. Lève les yeux.

Ils penchèrent tous les deux la tête en arrière et tout comme la nuit où Fox s'était tenu seul dans ce champ à se demander si la situation dans laquelle il se trouvait pouvait empirer, les étoiles brillaient par milliers autour d'eux et au-dessus de leurs têtes.

— Oh mon Dieu, dit doucement Drew. C'est ça. C'est exactement ça.

— Quoi? De quoi parles-tu?

Drew garda les yeux rivés sur le ciel.

— Voilà ce que je ressens. Faire ta connaissance, voir ma vie chamboulée par ta présence et puis enfin… ça, dit-il avant d'attraper la main de Fox et de la tenir fermement contre sa poitrine. Mon monde – mon univers – a pris un sens. Tout s'est mis en place lorsque tu es apparu. Pour la première fois de ma vie, je sais que je suis au bon endroit. Parmi les milliards de planètes qui tournent autour de milliards d'étoiles, je me tiens sur la même que toi. Et c'est exactement l'endroit où je suis censé être.

Fox était reconnaissant que la nuit ait apporté l'obscurité car elle dissimulait les larmes qui coulaient le long de ses joues.

— Notre relation est encore plus belle que ce ciel étoilé, dit-il en observant l'horizon de lumières scintillantes. Je suis venu ici après avoir quitté ton appartement, le soir où tu as cuisiné pour moi.

— Je me suis demandé ce qui s'était passé. Quand je me suis réveillé, tu étais parti. Ma voisine du dessus t'a vu partir dans la nuit. C'est elle qui m'a convaincu de t'envoyer un message le lendemain matin.

— Pour tout te dire, c'est certainement à cause d'elle que je me suis réveillé. On aurait dit qu'elle déplaçait des parpaings à 3 h du matin.

— Mme Schwartzmann a quelques problèmes.

— De lourds problèmes, ajouta Fox en riant. En tout cas, je me suis réveillé en sursaut et après avoir passé un moment à me demander où j'étais et comment j'avais atterri ici, je me suis rendu compte que nous étions allongés l'un contre l'autre, de la tête aux pieds. Ton bras était enroulé autour de moi et ton souffle chauffait contre mon cou. Et je pouvais sentir ton cœur battre – je le sentais battre dans ma poitrine. Il y avait deux cœurs qui battaient dans ma poitrine. Je n'avais jamais été si proche de quelqu'un. Jamais.

— Je comprends pourquoi tu as paniqué en te réveillant de cette manière. Maintenant, je comprends pourquoi tu es parti.

— Je n'ai pas paniqué parce que j'étais collé contre toi. J'ai paniqué parce que ça ne m'angoissait pas d'être si proche de toi. Je suis resté allongé pendant un moment en réalisant combien c'était agréable et paisible d'être sur ce canapé avec toi. Et c'est ce qui m'a fait paniquer. Je ne voulais pas quitter ce canapé et c'est la raison pour laquelle je devais en sortir au plus vite. C'est aussi pour cette raison que j'ai fait le yo-yo ces deux dernières semaines – chaque fois que je me sentais bien à l'idée de te voir, une angoisse survenait et je m'éloignais. Je ne faisais qu'envoyer des signaux contraires. Mais ce n'était pas parce que je n'avais pas envie d'être avec toi. J'ai eu du mal à admettre que j'étais malheureux et seul parce que je ne m'étais pas autorisé à accepter l'éventualité que je puisse être heureux avec un homme. Mais après que tu es entré dans ma vie, je ne pouvais plus le nier.

— Alors tu es certain de vouloir t'engager sur ce chemin ? Avec moi ?

— Oui. J'en suis absolument certain. J'aurais aimé arriver à cette conclusion plus tôt. J'aurais aimé être davantage comme toi – prendre les choses comme elles venaient.

— En toute franchise, j'ai un peu paniqué au début. Mais j'ai rapidement compris que je préférais me sentir perdu avec toi que d'être perdu sans toi. Alors j'ai décidé de laisser mes doutes de côté et de voir où le vent nous mènerait. Cependant, je n'avais pas à me soucier de mon image d'homme terriblement séduisant. Je pense que ça t'a freiné.

— Il va falloir que tu arrêtes de dire que je suis «terriblement séduisant», le gronda gentiment Fox.

— Tu ne peux pas me l'interdire, répondit-il en riant. Je peux enfin admettre que je ne te charriais pas vraiment. Maintenant, quand je dirai que tu es «terriblement séduisant», tu sauras que c'est pour célébrer la chance que j'ai de sortir avec toi malgré l'improbabilité que je puisse plaire à un homme comme toi.

— On dirait que je vais devoir te laisser faire.

Ils rirent, puis contemplèrent à nouveau les étoiles dans le silence.

— Merci de m'avoir emmené ici, murmura Drew après quelques minutes. Je pourrais rester ici toute la nuit.

Fox s'en félicitait, mais ce soir, il voulait aussi faire autre chose qu'admirer les étoiles.

— Aussi tentant que ce soit, il y a certaines choses que j'aimerais faire ce soir. Avec toi.

— Soyons clairs : parlons-nous de choses que l'on fait en étant nus ?

— En effet, oui.

Drew tourna son regard vers la route.

— Peux-tu faire clignoter ta voiture ? Une urgence nous attend.

— Je te suis.

XIX

L'ESTOMAC DE Fox était noué alors qu'ils s'éloignaient du champ d'étoiles. Mais Drew lui tint la main durant tout le trajet, ce qui l'apaisa un peu. C'était curieux que l'excitation et la terreur aient le même effet sur les gens – une euphorie viscérale.

Il se gara sur sa place de stationnement, parfaitement conscient qu'il s'apprêtait à faire une chose qu'il n'avait jamais imaginé faire avec un autre homme. Il avait ramené des douzaines de femmes chez lui et pourtant cette personne, ce Drew qui était apparu comme par magie pour changer radicalement sa vie, était celui qui répondait à la promesse de toutes ces nuits perdues.

Ils entrèrent dans la cage d'ascenseur, échangeant des sourires et des regards qui n'exprimaient qu'une infime partie de ce qu'ils ressentaient. Fox ressentait une batterie d'émotions, mais l'impatience qu'il ressentait chaque fois qu'il regardait Drew était à la fois irrépressible et rassurante. Il adorait cette sensation de chute libre que lui apportait cette nouvelle relation.

— Je ne veux pas t'inquiéter, mais je suis un peu… nerveux, dit Drew alors que l'ascenseur effectuait son ascension.

Un sourire se dessina sur le visage de Fox. Évidemment, ils ressentaient la même chose.

— Je suis terrifié, dit-il alors que l'ascenseur ralentissait. Je n'ai pas la moindre idée de ce que nous nous apprêtons à faire.

Drew s'approcha de lui.

— Ce n'est pas ce qui me rend nerveux. Je sais exactement ce que nous allons faire.

— Je suis soulagé de l'apprendre, répondit Fox en riant. Ce serait gênant de devoir envoyer un message à Mia pour qu'elle nous donne ses instructions.

— As-tu vu son regard quand Chad a mentionné qu'elle regardait du porno gay? Je suis certain qu'ils sont en train d'avoir une conversation sur ce qui peut être dit en public et ce qui doit rester privé.

Les portes de l'ascenseur s'ouvrirent.

— Je me demande si Chad en a déjà regardé avec elle. Ça expliquerait pourquoi il insiste tant pour connaître certains… détails, dit-il en secouant la tête alors qu'il ouvrait sa porte d'entrée. Je suis étonné qu'il puisse encore me surprendre après tant d'années.

Ils entrèrent, rangèrent leurs vestes dans le placard et se tinrent dans l'entrée, légèrement gênés.

— Quand tu as dit que tu savais exactement ce que nous allions faire, que voulais-tu dire par là ? demanda Fox en essayant tant bien que mal de paraître détendu.

— Ce que je voulais dire…

Il glissa ses bras autour de la taille de Fox et l'attira contre lui.

— C'est que nous allons faire ce que nous n'avons pas fait depuis longtemps, dit-il en embrassant Fox sur la bouche. L'amour.

La réponse de Drew manquait peut-être de précision, mais il était convaincu que l'amour serait leur meilleur allié. Fox savait qu'il avait raison. Il puisa sa force en Drew, qui pensait que ce qu'ils s'apprêtaient à faire était la chose la plus naturelle et la plus simple au monde. Il aurait aimé y croire aussi sereinement que Drew.

— Entre, dit Fox en le guidant vers le salon. Je vais nous servir un verre.

Il installa Drew sur le canapé qui faisait face aux baies vitrées et se replia dans la cuisine pour préparer deux verres de bon vieux scotch avec un gros glaçon. Il les apporta dans le salon et tendit un verre à Drew avant de s'asseoir près de lui.

— Aux nouvelles explorations, dit Drew en levant son verre.

— Que d'audace ! Même si ça donne la terrible impression que tu te prépares à aller faire de la spéléologie.

Drew rit. Il but une gorgée du scotch, puis reposa son verre sur la table basse.

— Je comprends que tu appréhendes un peu ce qui va se passer, dit-il doucement. Je le comprends parfaitement. Tu es la personne la plus analytique que je connaisse et tu n'aurais pas pu en arriver à ce stade de ta vie sans savoir dans quelle direction tu allais.

Fox sourit, soulagé de voir que Drew savait non seulement ce qu'il pensait, mais aussi pourquoi.

— Quant à moi, je suis un universitaire pur et dur, continua-t-il. Essayer de nouvelles choses et les analyser jusqu'à ce que mort s'ensuive, c'est ce que j'aime faire. L'effort mental et émotionnel que tu fais dès le départ, je ne le fais qu'après les faits. Toutes les personnes qui sont allées au cinéma avec moi te diront que c'est une joie de se trouver avec moi une fois que les lumières se rallument. Je pourrais faire mourir d'ennui n'importe qui avec mon analyse marxiste-freudienne de *Harry Potter*. C'est un don.

— Je ne t'ai jamais trouvé ennuyeux.

— Même si j'apprécie ton soutien, nous ne nous connaissons que depuis un mois. Ça finira par arriver, dit-il avant de prendre une autre gorgée de scotch. Mais ce que je veux dire, c'est que ça ne me dérange pas d'en parler avec toi, même si nous passons la nuit à ne faire que discuter. Tout ce que j'attends de la vie se trouve ici, près de moi.

— Je ne savais pas que tu aimais à ce point le scotch, plaisanta Fox.

— Oh, ça oui, je l'adore. Mais peu importe combien je l'aime, il ne peut pas retourner mon amour. Ni m'embrasser.

Cependant, Fox le pouvait et le fit.

— Merci, dit-il doucement, son front appuyé contre celui de Drew. Je vais essayer de ne pas t'ennuyer avec le grincement des rouages de mon cerveau. C'est comme si nous étions dans une fusée qui s'apprête à quitter ma zone de confort.

Drew le regarda avec sérieux.

— As-tu toujours envie de te lancer dans cette aventure ? Il est possible que tu sois désorienté et affaibli physiquement.

— Je ne voudrais être nulle part d'autre qu'ici, avec toi.

— Et je ne voudrais être nulle part d'autre que dans ta chambre, dit Drew avec un sourire espiègle.

Fox termina son verre.

— Finis ton verre. Je reviens dans une minute.

— Besoin de te repoudrer le nez ?

— Quelque chose dans ce genre.

Cinq minutes plus tard, Fox réapparut dans la pièce.

— M. Larsen, voulez-vous bien me rejoindre ? dit-il en tendant une main et en faisant une révérence.

— Avec plaisir, M. Kincade, répondit Drew en se levant.

Fox le guida le long du couloir qui menait à la chambre. Il ouvrit la porte, puis recula pour laisser Drew le précéder.

— Oh mon Dieu, murmura Drew.

Fox le suivit dans la chambre et l'observa alors qu'il se tenait au centre de la pièce et tournait sur lui-même. La lumière des cinquante bougies que

Fox avait allumées remplissait la pièce d'une lueur chaude dans laquelle baignait Drew.

— C'est tellement beau. Tu es un véritable romantique, dit-il en embrassant délicatement Fox. Les femmes pour lesquelles tu as fait ça devaient être prêtes à t'épouser sur-le-champ.

— Je n'ai jamais fait ça pour une femme. Tu es unique et je veux que tout soit nouveau avec toi.

Drew sourit.

— Je pense que beaucoup de choses vont être nouvelles ce soir, répliqua-t-il.

Fox prit une grande inspiration et dit:

— Déshabillons-nous.

Drew leva brusquement les sourcils.

— Eh bien, ça monte rapidement en puissance.

— J'ai toujours été agacé par le fait que la plupart des femmes pensent qu'au moment d'enlever nos vêtements, surtout la première fois, il faille prendre son temps. Si tu dois finir nu, autant te déshabiller directement, non?

— Je suis d'accord. À moins que tu me lances des billets de cinq et de dix, je ne ferai pas de strip-tease.

Fox rit.

— Après tout, nous avons déjà été nus en présence de l'autre et je me retrouve chaque matin entouré d'une vingtaine d'hommes nus à la salle de sport, alors pourquoi en faire toute une histoire?

— Personne ne fait un spectacle de pole dance dans le vestiaire de ta salle de sport? demanda Drew. On dirait que ce n'est pas un endroit très vivant.

— Ma salle de sport est un endroit chic du centre-ville. C'est dans cette salle que tous les vice-présidents et haut placés s'entraînent, expliqua Fox en déboutonnant sa chemise. Certains d'entre eux sont en bonne forme physique, mais la plupart soulèvent plus de martinis que de fonte.

— Pas de pole dance et pas de beaux spécimens? Pourquoi avoir choisi de fréquenter cette horrible salle de sport?

— Parce qu'il faut avoir un abonnement dans cette salle pour monter en grade dans la société. Beaucoup de transactions se font au bar à smoothies.

Drew secoua la tête.

— J'ai le problème inverse dans ma salle. La plupart des adhérents sont des étudiants en licence qui vont lever de la fonte dès qu'ils cherchent une excuse pour ne pas travailler. Autant dire qu'ils s'entraînent beaucoup. Je me sens comme un vieil homme flasque quand je m'entraîne là-bas, dit-il en posant soigneusement sa chemise sur la commode.

— Tu es loin d'être un vieil homme flasque, dit-il en admirant le torse musclé de Drew. Vous savez vous entretenir, monsieur.

— Merci. J'ai toujours rêvé d'attirer l'attention d'un homme terriblement séduisant, dit-il en riant alors qu'il baissait sa braguette.

Fox jeta son pantalon vers le placard. Il n'avait jamais jeté ses vêtements, jamais.

Ils se tinrent l'un face à l'autre en sous-vêtements, éclairés par les flammes chancelantes des bougies dispersées aux quatre coins de la pièce.

— Voilà, nous y sommes, dit Fox. Nous sommes sur le point de… le faire.

Drew sourit.

— Nous ne sommes pas obligés de faire quoi que ce soit. Même si Chad et Mia sont probablement sous la couette en train de nous imaginer faire l'amour comme des boy-scouts en rut, nous ne leur devons rien.

— Je pense que… pour moi… commença Fox, un sentiment de gêne l'enveloppant alors qu'il essayait d'exprimer ce qu'il ressentait. Pour moi, le souci est que tu es un homme. Je suis un homme. Je peux objectivement apprécier les efforts que tu fais pour avoir ce corps. Mais en me tenant ici, devant toi, je peux sincèrement dire que je n'ai jamais été attiré par le corps d'un homme avant toi. En te regardant ici, maintenant… tu as raison. On dirait que je suis un peu désorienté.

Drew, comme à son habitude, sourit.

— Ce n'est rien. C'est l'inconnu total pour nous deux. Mais je pense savoir comment gérer la situation.

Une chaleur que seul Drew pouvait provoquer se répandit dans la poitrine de Fox.

— Je suis impatient.

Drew s'approcha de lui, puis il posa ses mains sur les épaules de Fox et le fit tourner doucement. Fox faisait désormais face au grand miroir dans lequel il se regardait chaque matin – et avant chaque rendez-vous galant – pour s'assurer qu'il était à la pointe de la mode. Cependant, à cet instant, il ne portait que son boxer. La tête de Drew apparut au-dessus de son épaule. Son regard se promena le long du corps de Fox, doucement, mais avec un désir non dissimulé.

— Tu es sublime, chuchota-t-il à l'oreille de Fox.

281

Ce dernier ressentit un frisson dans tout son corps.

Les mains de Drew apparurent dans le miroir, une sur son épaule droite et l'autre le long de ses côtes, sur la gauche. Son toucher était si délicat que Fox ne le sentit presque pas. Cette légère caresse effleura sa peau et laissa des frissons derrière elle. Il ferma les yeux pour assimiler cette sensation.

— Je connais chacun des muscles qui se cachent sous la surface, murmura Drew. Je sais combien tu as travaillé pour accumuler cette force, combien de répétitions tu as dû faire pour dessiner des pectoraux comme les tiens...

Ses doigts effleurèrent le téton droit de Fox.

— ... et à quel point c'est difficile de sculpter ton bas-ventre de cette manière, dit-il en longeant le V qui disparaissait sous le boxer.

Fox avait du mal à respirer.

— Sais-tu comment je le sais ? Je le sais parce que je suis un homme, dit-il, puis il embrassa doucement Fox dans le cou pendant que ses mains continuaient de se promener sur son corps. Être ici avec moi est une nouveauté, mais c'est aussi la chose la plus naturelle que tu puisses imaginer. Je connais ton corps parce que je connais le mien et je peux déceler ce qui te rend unique comme aucune femme ne pourrait le faire. Ce nouveau chemin que nous empruntons ce soir est un terrain familier. Nous allons nous lancer dans cette expérience en tant qu'homologues, nous savons ce que l'autre ressent. Tu n'as jamais fréquenté quelqu'un qui connaisse aussi bien ton corps que moi, qui te caresse avec cette connaissance que nous avons du corps masculin. Oublie cette idée qu'il s'agit d'une chose que tu n'as jamais faite. C'est un terrain que tu as exploré toute ta vie, renouvelé par le partage, par l'expérience à deux, par notre union.

Drew prit Fox fermement dans ses bras.

— Veux-tu m'accompagner dans cette aventure ?

— Oh oui, chuchota Fox.

Il était en admiration devant cet universitaire sexy qui était apparu dans sa vie, parlant de l'amour en faisant de longs paragraphes. Il pencha la tête en arrière et embrassa Drew par-dessus son épaule, puis il se retourna pour le serrer plus ardemment.

Ils s'embrassèrent un long moment, puis Drew rompit le baiser.

— Prêt ?

— Pour quoi ?

— Ceci, dit Drew en lui prenant la main et en l'amenant vers le lit, où il tira les couvertures et lui fit signe de grimper.

— Tu es mon invité, dit Fox en souriant. À toi l'honneur.

Drew lui fit un clin d'œil et se glissa sous les couvertures. Il s'allongea face à Fox, le bras tendu. Fox grimpa à son tour dans le lit et se retourna pour remonter les couvertures. Drew en profita pour glisser ses bras autour de sa taille et l'attirer contre lui.

— Qui est la grande cuillère, mon joli? grogna Drew à son oreille.

Fox avait toujours été la grande cuillère quand il avait été au lit avec des femmes. Être la grande cuillère faisait partie de son identité d'homme.

Mais la douceur de l'étreinte de Drew, la force de ses bras autour de lui, la chaleur de son souffle contre sa nuque…

Pour une fois, il était heureux d'être la petite cuillère.

Derrière lui, le corps de Drew s'étendait le long du sien, de ses pieds voûtés à ses quadriceps musclés à ses pectoraux sculptés avec leurs tétons érigés. Fox n'avait jamais eu un tel spécimen dans son lit, mais c'était devenu tout ce qu'il désirait.

Les mains de Drew se promenèrent sur le torse de Fox, apportant des frissons et des tremblements à chaque endroit où elles passaient. Puis sa main gauche, qui était plus mobile que sa main droite – bloquée sous le corps imposant de Fox –, se glissa encore plus loin. Fox retint sa respiration lorsque les doigts de Drew touchèrent son boxer, caressant les replis de l'élastique, cherchant clairement à obtenir une permission.

— Oui, grogna Fox, sachant que Drew attendrait son accord, comme un gentleman.

Fox ne voulait pas d'un gentleman dans son lit.

Drew rit doucement et ses doigts plongèrent sous l'élastique, explorant un nouveau chemin. Il se glissa à travers les poils pubiens soigneusement taillés pour atteindre son but : la source de la virilité de Fox.

Lorsqu'il y parvint, Fox prit une vive inspiration, électrisé par cette caresse qu'il s'était interdite toute sa vie. La main d'un autre homme se trouvait sur son sexe. Quelque part dans son cerveau, un disjoncteur sauta et il tomba dans une douce obscurité pour rejoindre une ère totalement nouvelle. Lorsque les doigts de Drew se fermèrent autour de son érection, Fox inspira un nouvel air – frais et libérateur. C'était ce qui avait manqué à sa vie.

Drew glissa sa main le long de cette colonne de chair rigide comme du fer, atteignit son gland et le chatouilla avant de redescendre vers la base. Fox gémit et ondula, l'encourageant à continuer. En effectuant ce mouvement, il remarqua la protubérance du sexe de Drew qui, malgré deux couches de vêtements, faisait de son mieux pour s'insinuer entre ses fesses. C'était sexy, troublant et merveilleux.

Fox poussa contre la rigidité de Drew et découvrit avec grande satisfaction que son partenaire était déterminé à rester dans cette position. Il ne cédait pas de terrain. Au contraire, il se rapprocha légèrement de Fox, effaçant l'espace infinitésimal qui les séparait. Ils étaient aussi proches l'un de l'autre que pouvaient l'être deux personnes, sauf en cas de pénétration.

La nuit ne faisait que commencer, pensa Fox.

Les doigts baladeurs de Drew se mirent à le caresser plus délibérément, se resserrant autour de son membre. Drew se concentra sur la zone sensible située juste en dessous de son gland, ce qui était exactement ce que faisait Fox lorsqu'il voulait éviter les politesses et passer directement à l'orgasme.

— Comment savais-tu que… ? essaya-t-il de demander.

Il n'avait plus les idées assez claires pour terminer sa question. Son orgasme le saisit avant qu'il puisse finir.

À travers tout son corps, de ses bourses à ses pieds à sa tête, chaque muscle se crispa et se raidit. Fox haleta en sentant une douleur au plus profond de lui, à la naissance de l'orgasme que Drew était en train de provoquer chez lui avec ses caresses insistantes. Impuissant face à cette douce agonie, il trembla, haleta et pria pour que l'orgasme se produise et complète sa transformation afin de devenir un homme qui jouissait aux mains d'un autre homme. Parce qu'il savait, à cet instant fatidique, qu'il avait changé.

Il ferma les yeux et rendit les armes.

Sentir son boxer se remplir de semence était une expérience que la plupart des hommes de plus de seize ans ne connaissaient plus – c'était une sensation hors du temps que peu de personnes aimeraient revivre. Cependant, pour Fox, c'était la réalisation d'un souhait auquel il n'avait jamais osé rêver ainsi que la preuve de cet accomplissement. Il jouit, encore et encore, jusqu'à ce qu'il en soit recouvert et son boxer clapota sous les caresses incessantes de Drew.

De son côté, Drew garda un rythme effréné, l'encourageant, le stimulant et drainant chaque goutte de semence qu'il était capable de produire. Fox ne se souvenait pas avoir joui autant par le passé et pourtant, sa semence continuait de jaillir. Enfin, alors que la sensibilité de son gland s'apprêtait à devenir insoutenable, Drew comprit – *évidemment* – qu'il devait ralentir le mouvement et limiter ses caresses à la partie encore dure de son sexe.

Fox prit la grande inspiration que son extase lui avait refusée, puis il trembla de tout son corps. Drew embrassait sa nuque en continuant de caresser délicatement son sexe lubrifié. Sa propre érection poussait contre les fesses et la chute de reins de Fox, telle une barre de fer.

— Vas-y, murmura Fox en tendant un bras derrière lui pour agripper les fesses de Drew et l'attirer brusquement contre lui.

Il contracta son fessier, essayant d'attraper le membre dur de Drew entre ses fesses en glissant doucement de haut en bas.

Drew haleta face à cette friction soudaine, mais ses hanches se mirent à onduler pour compléter le mouvement. Comme si frotter son sexe entre les fesses de son ami était la chose la plus naturelle au monde. Ça l'était peut-être dans ce nouveau monde.

Après une douzaine de passages terriblement sensuels, Drew se cambra et trembla. Puis un flux de liquide chaud se déversa sur la chute de reins de Fox, se propageant à chaque grognement de plaisir émis par Drew contre son épaule. Drew se tortilla et remua pendant que Fox le tenait fermement, s'assurant que leur lien obscène ne se brise pas.

Une fois que Drew eut terminé, ils relâchèrent leur prise sur l'autre. Fox se tourna pour faire face à Drew, qui se trouvait dans le même état que lui : brillant de sueur, haletant, sur un petit nuage.

— C'était la chose la plus gay qui soit, chuchota Fox.

— Dans toute l'histoire des choses gays, ajouta Drew.

Ils rigolèrent, puis s'embrassèrent tendrement.

— Te sentir jouir dans ma main est la sensation la plus incroyable que j'ai ressentie au lit, admit doucement Drew.

— Tout ce que nous venons de faire est la chose la plus incroyable que j'ai faite de ma vie, dit Fox. Que ce soit au lit ou ailleurs.

— Ne trouves-tu pas bizarre que nous ayons gardé nos sous-vêtements ? demanda Drew avec inquiétude.

— Rien de ce que nous faisons ensemble n'est bizarre. Parce que nous ne le faisons que pour nous, dit-il avant d'embrasser délicatement Drew sur son front plissé. Je n'ai jamais fait quoi que ce soit qui ressemble à ce que nous venons de faire et c'est ce qui rend cet instant parfait. Nous sommes sortis des sentiers battus, puis nous nous sommes lancés dans quelque chose de complètement nouveau. Je voulais que ce soit différent et ce que nous venons de faire était radicalement différent. Je chérirai ce souvenir toute ma vie.

— Ce que nous avons fait n'était-il pas légèrement... immature? Comme une chose que des adolescents feraient lors d'un camp d'été, mais dont ils ne reparleraient jamais?

Fox savait que les inquiétudes qui l'avaient poussé à radoter nerveusement avant l'acte étaient en train de faire douter Drew après l'acte. Après tout, Drew l'avait prévenu que c'était ce qui allait arriver.

— C'était notre première fois. C'est parfaitement normal que nous ayons fait quelque chose de simple. Ce qui ne serait pas logique, c'est que nous retirions nos vêtements, que nous nous sucions l'un l'autre, puis que nous martelions le cul de l'autre chacun notre tour. Ce serait totalement surréaliste pour une première fois, tu ne trouves pas?

Drew écarquilla les yeux.

— Tu ne comptes pas faire ça, n'est-ce pas? demanda-t-il, ses doigts tressaillant autour de la semi-érection de Fox.

— Non, répondit-il, puis il médita un instant. As-tu déjà... tu sais... enfoncé quelque chose à cet endroit?

Drew sourit, mais parut légèrement gêné.

— Il y a quelques années, je suis sorti avec une femme qui aimait... enfin, qui voulait explorer cette partie de mon corps et je lui ai dit que je n'étais pas à l'aise avec cette idée. Mais elle avait de très bons arguments.

— Qu'a-t-elle dit?

— Rien de bien compréhensible une fois qu'elle enfonçait sa langue à cet endroit.

Fox éclata de rire et Drew fit de même.

— Comment c'était? demanda Fox.

— Tu n'as jamais...?

Fox fit non de la tête.

— Ce n'est pas le genre de chose que j'oserais demander à une femme. Elle se serait certainement dit que j'étais gay et je ne l'aurais plus jamais revue.

— Un peu comme la dernière femme avec laquelle tu es sorti? dit Drew avec un sourire espiègle.

— Oui, un peu.

Fox se rendit compte que la semence dans son boxer était en train de se fluidifier et de couler, ce qui était distrayant.

— Nous devrions probablement aller nous laver.

— Ça commence à coller, acquiesça Drew.

— Allons prendre une douche et nous débarrasser de nos sous-vêtements de camp de vacances, dit-il en embrassant Drew.

Puis il se leva et le guida jusqu'à la salle de bain.

— On se croirait au spa, dit Drew, s'émerveillant en entrant dans la pièce.

— La superficie de la salle de bain attenante à la chambre principale ajoute de la valeur au bien immobilier lors de la revente, surtout sur le marché des appartements situés dans des grandes tours, expliqua Fox. Cette salle de bain est certainement trop grande pour moi, mais je la considère comme un investissement pour attirer de futurs acheteurs.

— Serait-ce un bidet?

— Un investissement pour attirer de futurs acheteurs étrangers.

— Et toute cette partie de la pièce constitue la douche?

— Un investissement pour attirer de futurs acheteurs qui aiment vraiment, vraiment prendre des douches, dit Fox en faisant semblant d'être exaspéré. Maintenant, va te mettre sous la douche et tais-toi.

— Oui, monsieur.

Il entra dans la cabine de douche, son boxer humide collant toujours à sa peau. Il se retrouva vite trempé par les trois pommeaux de douche pointés dans sa direction.

Fox le rejoignit, retira rapidement son boxer et le jeta dans un coin de la douche. Puis il se plaça derrière Drew et tira son boxer jusqu'à ses pieds.

— Et voilà, se contenta-t-il de dire.

Drew retira ses pieds de son boxer tout mouillé et Fox donna un coup de pied dedans pour l'envoyer à l'endroit où se trouvait le sien.

Fox prit le temps de promener son regard lentement le long du dos musclé de Drew, de ses fesses bombées et fermes et de ses mollets de coureur.

— Tu es… ravissant, dit-il.

Drew se retourna.

— En me tenant près de toi, personne ne me regarderait, mais merci du compliment.

Fox l'attira contre lui.

— Tu es le seul homme sur lequel je désire poser mes mains. Cela suffit à te définir comme «ravissant» et tu ne réussiras pas à me convaincre du contraire.

Il embrassa Drew délicatement, passionnément.

Quand il rompit le baiser et relâcha son étreinte, Drew baissa les yeux et sourit.

— Bonjour, *toi*, dit-il à l'érection de Fox.

Fox regarda l'endroit où leurs corps se touchaient presque. Son sexe était tendu vers celui de Drew, alors que celui de Drew le suppliait d'approcher.

Il leva les yeux vers Drew.

— Eh bien, ils sont excités.

— En effet. Et qui sommes-nous pour les décevoir? remarqua Drew en enroulant sa main autour de sa propre érection, puis en ouvrant le poing pour attraper celle de Fox. Voilà. Maintenant, ils peuvent apprendre à se connaître.

Il commença à effectuer un mouvement de va-et-vient le long de leur double épaisseur de virilité.

Fox ajouta sa main à celle de Drew et ensemble, ils caressèrent leurs membres et leurs membres se caressèrent alors qu'ils ondulaient. Les deux hommes ne tardèrent pas à haleter sous l'effet d'un désir ravivé.

— Si seulement je l'avais su depuis le début, gémit doucement Fox. Si j'avais su combien ça pouvait être bon.

— C'est comme si cette magie avait été présente dans nos pantalons depuis toutes ces années, mais que nous ne savions pas comment la déchaîner. C'est incroy…

Il fut interrompu par l'arrivée impromptue de son deuxième orgasme de la soirée. D'un seul coup, sa semence se mit à jaillir sur le bas-ventre de Fox. Ce dernier baissa des yeux écarquillés entre eux, puis les leva à nouveau vers Drew. Il ferma les paupières et trembla en jouissant à son tour sur l'aine de son amant. Ils restèrent figés, tenant toujours leurs membres dans leurs mains, mourant d'envie de prolonger le plaisir aussi longtemps que possible.

Finalement, ils détendirent leur prise et firent chacun un pas en arrière, chancelant.

— Bon sang, souffla Fox. C'est comme si je ne pouvais pas me trouver à moins de quinze centimètres de toi sans avoir un orgasme.

— Je dirais plutôt dix-huit centimètres, répondit-il avec un sourire en coin. Nous allons certainement continuer à partir au quart de tour après avoir passé toute une vie à essayer de faire l'amour de la mauvaise manière.

— Penses-tu qu'il y ait une mauvaise manière de faire l'amour? Du moment que tout le monde est consentant, bien entendu.

Drew pencha la tête.

— Je pense que n'importe quelle relation sexuelle dont toi et moi ne faisons pas partie est une mauvaise manière de faire l'amour.

— Je pense que tu as raison, dit Fox en souriant.

Il attira Drew dans une étreinte sensuelle, sachant pertinemment où cela risquait de les mener.

QUELQUE PART, quelque chose faisait du bruit.

Drew se tourna, mais le bruit ne fit que s'accentuer, alors il se retourna et se heurta à l'épaule musclée de Fox. Fox, qui dormait à poings fermés alors que son téléphone vibrait et sonnait à tout va. Il tendit le bras et le récupéra.

Appel vidéo de Chad.

— Fox ? murmura-t-il en poussant délicatement contre son épaule. Fox, c'est Chad.

— Non, c'est Drew, dit-il sur un ton endormi. Je n'aurais pas fait la *moitié* des choses que nous avons faites hier soir avec Chad.

Cela fit rire Drew.

— Chad essaie de t'appeler.

— Je sais. C'était une blague.

Fox ouvrit grand les yeux.

— Je me suis dit que Chad pouvait au moins attendre que nous soyons levés et habillés pour avoir mon rapport détaillé.

— Je croyais que tu m'avais dit qu'il t'appelait tous les dimanches matin depuis son lit.

— Exact.

— Que ces derniers temps, il t'appelait sans cesse jusqu'à ce que tu décroches.

— C'est juste.

— Que tu redoutais qu'il vienne jusqu'ici et te traîne hors du lit si tu ne répondais pas.

— Possible.

— Alors il serait peut-être plus prudent de répondre au téléphone, non ?

Fox leva les yeux vers lui avec une expression enjouée, mais endormie.

— Il est 7 h du matin et tu te comportes déjà de manière plus plaisante que je n'avais prévu de le faire durant toute la journée, dit-il en secouant la tête. Très bien, donne-moi le téléphone.

289

Il se redressa pour s'adosser à la tête de lit et drapa les couvertures au niveau de ses hanches. Drew lui remit le téléphone, qui continuait de vibrer avec insistance.

— Je vais aller patienter dans le salon.

— Oh non, dit Fox en lui attrapant la main. Si tu m'obliges à répondre, tu dois rester.

Il tira sur le bras de Drew, qui se laissa tomber dans le lit.

Drew rit et se redressa à son tour pour s'asseoir près de Fox. Il releva les couvertures jusqu'à ses aisselles. Fox les tira immédiatement vers le bas.

— Qu'est-ce que tu fais ? s'exclama Drew.

— Si Chad insiste tellement pour que nous répondions, je refuse qu'il nous voie avec nos couvertures remontées jusqu'à notre cou comme un couple de grand-mères, dit-il en repoussant les couvertures tellement bas que leur aine était visible. La nuit dernière, il n'a pas arrêté de répéter qu'il voulait tout savoir, alors voyons ce qu'il peut vraiment encaisser.

— Je ne comprendrai jamais les relations entre mecs, dit Drew en secouant la tête de façon critique.

— Observe et apprends, dit Fox avec un sourire en coin.

Il embrassa Drew sur la bouche, puis il répondit à l'appel vidéo.

Chad apparut en version floue sur l'écran, puis l'image se stabilisa.

— Foxy ! Pas trop fatigué en cette belle matinée ?

— Si, je dirais même « exténué » et voici pourquoi, répondit-il en éloignant son portable pour que Drew apparaisse à l'image.

— Génial ! s'exclama Chad avant de regarder son téléphone de plus près. Bordel, regardez-moi ce spécimen. Je pensais que les doctorants étaient une population chétive, mais Drew... tu es bien gaulé.

— Merci ? répondit Drew en regardant Fox pour qu'il lui explique comment interagir avec son ami soi-disant hétéro qui le dévorait du regard.

— Tu vois ? Je te l'avais dit. As-tu envie que nous nous débarrassions des couvertures ?

— Oui ! entendirent-ils Mia crier auprès de Chad.

Son visage apparut dans le cadre.

— Désolée, c'était impoli. Je voulais dire : « *Oui, s'il vous plaît* ».

Son regard scanna l'écran, admirant la vue, puis elle se rapprocha de son mari.

— Chad, tu as vu à quoi ressemble Drew sans chemise ?

— Je n'arrive pas à *détacher* mon regard de lui, marmonna Chad.

— Nous pouvons vous entendre, dit Fox avant de se tourner vers Drew. Maintenant, elle est aussi pénible que lui. Ils ne faisaient jamais ça quand je sortais avec des femmes.

— C'est parce que tu n'es jamais sorti avec une femme aussi sexy que Drew, rétorqua Mia avant de tirer la langue.

— J'ai bien peur qu'ils se montrent insupportables ce matin, dit Fox à Drew.

— Alors, faisons-les taire, suggéra Drew.

Il se pencha vers Fox et l'embrassa tendrement.

Ils n'entendirent que deux vives inspirations à l'autre bout du fil.

Drew fit remonter sa main sur le torse de Fox et lui caressa doucement la poitrine, puis il se pencha et embrassa un téton pendant qu'il pinçait l'autre avec ses doigts.

Un gémissement se fit entendre à travers le téléphone.

Drew glissa ses doigts le long du torse sculpté de Fox, puis sous les couvertures.

— À plus tard, dit Chad d'une voix étranglée par ce qui ressemblait au désir.

La connexion téléphonique fut rompue.

— Bien joué, dit Fox en jetant son portable sur la table de chevet.

— Je n'ai pas fini, lui assura Drew.

Il embrassa Fox avec passion tout en fouillant sous les couvertures, provoquant une érection immédiate chez Fox.

Ce dernier rompit le baiser et une expression grave se lut sur son visage.

— Es-tu vraiment d'accord avec ça ?

— D'accord pour que tu interrompes ma tentative maladroite de coucher avec toi ? Non, je ne suis pas d'accord.

Drew sourit en continuant de le caresser avec détermination.

— Non, je veux parler de nous. Ici. Enfin, au lit. Ensemble.

— J'aurais été très déçu de me réveiller sans que tu sois ici, près de moi. Alors oui, dans l'ensemble, je vais bien, dit-il en observant le visage de Fox. Qu'en est-il pour toi ?

— Je vais parfaitement bien. Mais depuis notre rencontre, nous n'avons cessé de faire un pas en avant et deux pas en arrière. Puis la nuit dernière, nous sommes passés à la vitesse supérieure. Nous avons davantage fait l'amour ces huit dernières heures que je ne l'ai jamais fait en une nuit – bon sang, j'irais même jusqu'à dire en un mois – et j'avais peur que nous

nous comportions de façon gênée et étrange ce matin, à la lumière du jour. Mais en te voyant ce matin, je me rends compte que tu es la plus belle chance que j'ai saisie de toute ma vie. Et j'espère vraiment que tu ressens la même chose.

— Mes conversations au lit sont d'une qualité médiocre, compte tenu de mon manque de pratique, alors je vais m'en tenir à ce que je sais. Les empires s'effondrent, et l'ont toujours fait, parce que leurs chefs ne savent pas s'adapter au changement de modèle. Quand les réalités économiques et sociales évoluent et que les élites sont incapables de changer de mode de pensée pour s'aligner avec elles, cela engendre des émeutes, des révolutions et de sublimes graffiti. Ce matin, nous avons un choix. Nous pouvons considérer ce qui s'est passé la nuit dernière comme une anomalie et continuer de vivre comme si rien ne s'était passé ou nous pouvons adopter ce nouveau modèle et remodeler notre vie en tant que personnes dont l'orientation sexuelle est construite autour de toi, de moi et de tout ce que nous avons fait cette nuit.

Fox le regarda en clignant des yeux, hésitant.

— Waouh. Même tes réflexions coquines sont de niveau doctorat.

— Ce que je dis, c'est que nous pouvons soit nous lancer dans cette aventure, soit prétendre qu'il ne s'est jamais rien passé. La première option nous permet de continuer à faire ça, dit-il en serrant la verge de Fox, qui n'avait que légèrement molli durant sa dissertation philosophique. Ou bien nous pouvons quitter ce lit immédiatement et ne plus jamais regarder en arrière.

Fox écarquilla les yeux de désarroi. Il fit non de la tête.

— C'est bien ce que je me disais. Maintenant, si tu veux bien m'excuser, j'ai un nouveau modèle à adopter.

Sur ces mots, il plongea sous les couvertures. Ce lit n'allait plus tarder à devenir son endroit préféré.

XX

— Si je comprends bien, tu lui apportes des saucisses tous les dimanches matin, mais tu prétends ne pas les avoir achetées pour elle ? demanda Fox en entrant chez Drew.

— Exactement, dit-il naturellement, comme si tout le monde avait un tel arrangement avec quelqu'un.

Il se rendit dans la cuisine pour récupérer les saucisses qu'il avait achetées vendredi.

— Tu es un homme bien, dit Fox en l'attirant dans un baiser. Un homme bon et un type bien.

— Pas besoin de me flatter. Je couche déjà avec toi.

— Et je veux que ça continue.

— Est-ce la raison pour laquelle tu m'as prêté ce magnifique haut ? demanda Drew en promenant ses mains le long de la polaire à fermeture zippée un quart que Fox lui avait lancée quand ils étaient enfin sortis de la douche... pour la deuxième fois.

— Non, j'en avais simplement marre de te voir nu, répliqua-t-il avec nonchalance.

Drew posa ses saucisses sur le plan de travail et retira la polaire. Il la jeta au visage de Fox dans un élan de mélodrame.

— Et ne parlons pas du pantalon. Seigneur, j'étais tellement soulagé quand tu l'as enfilé.

Le pantalon de Drew ne tarda pas à lui atterrir en pleine figure.

— Quant à ce boxer, il est hideux. Je l'ai toujours détesté, mais au moins, il t'empêche d'agiter ton sexe devant moi.

Le boxer vola à travers la cuisine et atterrit à ses pieds.

— Tu es tombé dans mon piège diabolique, dit Fox avec un rire machiavélique.

Il se rua à travers la cuisine et attrapa le sexe semi-érigé de Drew.

— Maintenant, tu me dois obéissance.

Il recula doucement à travers la cuisine, tirant Drew avec lui.

— Tu es cinglé, dit Drew en riant.

Son érection grandissante montrait que cette folie lui plaisait.

— Tu ne vas pas tarder à changer de refrain, l'avertit Fox.

Il tira Drew par son sexe à travers l'appartement jusqu'à ce qu'ils arrivent dans la chambre, puis il le poussa sans ménagement vers le lit. Drew tomba et roula sur le dos, les membres étendus de manière obscène.

Fox grimpa sur le lit, entre ses jambes, et en une attaque puissante accompagnée d'un grognement, il enfouit la moitié de l'érection de Drew dans sa bouche.

— Bordel de merde ! s'exclama Drew en se cambrant et en agitant les bras. Comment peux-tu être aussi doué pour ça ?

— Il suffit d'avoir la bonne motivation, répondit-il en se retirant, permettant au sexe de son amant de glisser de sa bouche. Une fellation provoque la même réaction chez toi qu'une électrocution. C'est assez gratifiant.

Il descendit et réussit à prendre plus de la moitié de ce sexe dur et chaud dans sa bouche.

Fox le suça avec avidité pendant une minute ou deux, enchanté par la réaction frénétique que ses bons soins suscitaient. La nuit dernière, il avait découvert que Drew réagissait aux attentions orales avec un désir fou – pas seulement la première fois, comme s'y était attendu Fox, mais chaque fois. C'était comme si on ne lui avait jamais fait de fellation. En tant que nouveau fellator, Fox était particulièrement flatté d'être à l'origine de cette frénésie.

Cependant, cette fois, il voulait lui offrir un petit supplément. Il libéra le sexe de Drew, puis descendit plus bas en léchant et déposant des baisers, avant d'embrasser ses bourses. Il l'avait déjà fait la veille, mais aujourd'hui, il alla plus loin. Il traça le périnée de Drew du bout de sa langue et quand il arriva au bout, il continua sa descente. Il glissa sa langue le long de l'arête qui disparaissait entre les jambes puissantes de Drew.

— Oh, oh ! s'exclama Drew, puis sa frénésie augmenta.

Fox considéra cela comme un « oui, s'il te plaît ! » et continua son parcours. Bientôt, il effleurait la peau fripée de l'endroit le plus secret de son corps avec le bout de sa langue. Il glissa ses mains sous les cuisses de Drew et les souleva doucement afin que les mystères de ce portail caché s'ouvrent à lui.

Son cœur manqua un battement lorsqu'il réalisa qu'il était en train de fixer – qu'il était en train de lécher – l'orifice d'un homme. Et qu'il adorait cela. Il se pencha en avant et déposa un baiser au centre de cet anneau de muscle étroit et virginal.

Drew se débattit en gémissant de plaisir, mais rien ne pouvait décourager l'exploration de Fox. Alors il continua.

Une fois ses lèvres plaquées autour de l'orifice de Drew, il pointa sa langue et la planta. Drew prit une grande inspiration et trembla de tout son corps, excepté aux endroits cloués au lit par les soins de Fox. L'anneau de muscle déjà tendu se referma sur sa langue, se serrant et se détendant au rythme des halètements de Drew. Fox retira sa langue et embrassa avec avidité son orifice, puis il recommença à le pénétrer. Cela provoqua de nouvelles réactions chez Drew, qui contractait ses jambes et donnait des coups de reins.

Inquiet de voir les jambes de Drew céder et s'écraser sur le lit, Fox recula et les reposa autour de lui. Puis il plongea son majeur dans sa bouche et le lubrifia de salive. Cette lubrification, combinée avec la salive qu'il avait déposée à l'intérieur et autour de l'orifice de Drew, suffit à lui permettre d'insérer un doigt.

Drew fut secoué et se figea, mais Fox ne tarda pas à l'entendre pousser un long souffle et gémir en disant « ouiiiii… ». Il considéra cela comme une permission pour introduire son majeur en entier et sa main se retrouva pressée entre les fesses musclées de son amant. Avec son autre main, il prit la verge tremblante de Drew et la tira vers lui.

Lorsqu'il enroula ses lèvres autour du gland de Drew, il replia son majeur, le faisant entrer en contact avec la prostate de son amant.

On aurait dit que quelqu'un avait installé un interrupteur à orgasme dans les fesses de Drew afin que de futurs explorateurs le découvrent. Dès que Fox appuya dessus, la prostate de Drew se durcit et vibra, faisant monter d'une octave ses supplications. Quelques secondes plus tard, sa semence jaillit dans la bouche de Fox. Drew grogna comme un ours en rogne alors qu'il était parcouru par son orgasme. Il se mit à onduler furieusement, poussant tour à tour contre le majeur de Fox, puis à l'intérieur de sa bouche. La tête de lit cogna fort contre le mur alors qu'il se débattait.

Puis, sans crier gare, le lit s'effondra.

D'abord, il pencha d'un côté lorsqu'un pied céda, puis tous les autres pieds lâchèrent en simultanée. Le matelas descendit de quinze centimètres dans un grand fracas.

Drew ne semblait pas s'en être rendu compte comme il était encore occupé à jouir dans la bouche de Fox. Une fois détendu et immobile, il réalisa que quelque chose clochait.

— Je pense que tu as dépassé ses limites, dit Fox en haussant les épaules.

Il continua de lécher la semence que Drew avait envoyée sur son torse.

— Sens-tu la sciure ?

— Je pense que c'est le constituant principal de tes meubles. D'abord la table basse, maintenant le lit.

— Casser le lit était bien plus drôle, dit-il en souriant, puis son expression s'assombrit. Oh, mince. Mme Schwartzmann va...

Son téléphone se mit alors à sonner.

Drew se leva d'un bond de l'épave qu'était devenu son lit et se précipita dans la cuisine pour récupérer son téléphone dans la poche du pantalon qu'il avait lancé au visage de Fox.

— Oui, Mme Schwartzmann ?

Fox sourit en entendant l'essoufflement dans sa voix.

— Non, ce n'était pas la table basse. C'était... ce serait peut-être mieux d'en parler en personne. Puis-je abuser de votre gentillesse en venant vous rendre visite ce matin ?

Il marqua une pause et hocha la tête.

— Bien entendu, je pourrai y jeter un œil tant que je serai chez vous. Oh, et puis-je venir accompagné d'un ami ?

Une autre pause et cette fois, un sourire se dessina sur son visage alors qu'il l'écoutait.

— Fox est aussi impatient de vous rencontrer. Nous serons chez vous dans une minute.

— Je vais avoir la chance de rencontrer la mystérieuse Mme Schwartzmann, dit-il en se tenant dans l'embrasure de la porte, position depuis laquelle il avait observé leur échange.

— Es-tu prêt à la rencontrer ? demanda Drew en s'approchant de lui, nu.

— Je suis prêt à tout pour toi, dit-il en promenant ses mains le long de ses côtes, puis il l'embrassa. Mais tu devrais peut-être t'habiller avant d'y aller.

— Alors tu en as vraiment assez de me voir nu ? demanda Drew, faussement offensé.

— Je ne m'en lasserai jamais. Mais je pense que Mme Schwartzmann ne serait pas aussi heureuse que moi de te voir nu.

— Tu as peut-être raison.

Quelques minutes plus tard, Fox suivit Drew jusqu'au deuxième étage, où il frappa à la première porte qu'ils virent. Une voix répondit immédiatement, comme si la locataire avait attendu près de la porte depuis l'instant où elle avait raccroché au téléphone.

— Qui est-ce, s'il vous plaît ?

La voix était grave et bourrue, mais il s'agissait clairement d'une personne âgée.

— C'est Drew, Mme Schwartzmann. Nous venons de discuter au téléphone ?

— Oh, Drew, dit la voix de l'autre côté de la porte, clairement soulagée.

La porte produisit un bruit de cliquetis allant de haut en bas, comme si une douzaine de verrous étaient en train d'être ouverts par des mains peu habiles. La porte s'ouvrit légèrement, puis on retira la dernière protection avant que la porte s'ouvre en grand. Une femme petite avec des cheveux gris coiffés en chignon et un regard vif se tenait devant eux, un grand sourire sur le visage.

— Fox, vous devez être, s'exclama-t-elle en tendant les bras vers lui.

Elle semblait vouloir l'étreindre, alors il avança et prit cette femme frêle dans ses bras.

— Voilà un homme bien élevé, Drew. Il sait quand une vieille femme a besoin d'être prise dans les bras.

— Je vous aurais fait un câlin si j'avais su que c'était ce que vous vouliez.

— C'est ce que j'essaie de dire. Un homme bien élevé comprend seul.

Elle relâcha son étreinte, mais ses mains attrapèrent les biceps de Fox, sans pouvoir en faire le tour.

— Et il est si fort.

Elle fit un pas en arrière et leur fit signe d'entrer.

— Entrez pour que vous puissiez me dire ce qui, à vos meubles, est arrivé.

— J'ai bien peur d'avoir cassé le lit de Drew, dit Fox avec ce qu'il espérait être la bonne dose de contrition.

Mme Schwartzmann foudroya Drew du regard, puis elle éclata de rire.

— La femme, seulement la table basse a cassée.

Elle regarda Fox de la tête aux pieds, puis se tourna vers Drew pour lui chuchoter :

— Votre lit, je pense, n'est pas la seule chose qui a changé dans votre vie à cause de lui.

Drew lui adressa un petit sourire.

— Tenez, quelques saucisses, dit-il en lui tendant le sachet.

— Vous avez des saucisses en trop, maintenant, dit-elle en gloussant.

Elle prit le sachet, puis rejoignit la cuisine en dansant à travers l'appartement.

— Venez, venez, les garçons.

— Désolé, chuchota Drew.

— Je la trouve adorable, le rassura Fox.

Mme Schwartzmann était exactement comme il l'avait imaginée.

— Asseyez-vous, asseyez-vous, dit-elle quand ils entrèrent dans la cuisine.

Il y avait trois chaises autour de la petite table qui se situait au centre de la cuisine, une table qui brillait grâce à la lumière qui se reflétait sur le revêtement en plastique. Un gâteau était posé dessus et sentait à la fois la douceur et la chaleur. Mme Schwartzmann s'affaira à préparer le café et à griller les saucisses.

— J'espère que tu as faim, dit Drew. Elle va nous forcer à manger cet énorme kringle.

— Bien. Je n'ai rien mangé d'autre que toi depuis que je suis réveillé.

Les joues de Drew devinrent écarlates, ce qui était exactement la réaction que Fox avait voulu provoquer chez son petit ami. Fox se pencha vers lui et embrassa ses joues brûlantes.

— Oh, vous deux, s'exclama Mme Schwartzmann en claquant des mains. Si beaux et si amoureux. Le cœur de cette vieille femme fait boum-boum face à tant de joie.

Drew sourit.

— Vous êtes loin d'être une « vieille femme », Mme Schwartzmann. Je pense même que vous allez tous nous enterrer.

— Oh, je n'espère pas, répondit-elle en laissant tomber ses bras le long de son corps. Je me sentirais seule.

Mais bientôt, son énergie sans bornes refit surface.

— Vous, mon cher, n'êtes plus seul, n'est-ce pas? demanda-t-elle en observant Drew. Non, vous ne l'êtes plus. Fox a emporté votre solitude.

Drew regarda Fox, qui rougissait à son tour.

— Comme d'habitude, vous avez raison.

— Vous allez peut-être dormir par terre, mais au moins, vous serez ensemble, dit-elle en chantonnant.

Elle se retourna pour récupérer la théière qui avait commencé à siffler.

— Je l'adore, murmura Fox.

Drew secoua la tête.

— Et je t'aime pour avoir dit cela.

— Je t'aime aussi, dit Fox aussi naturellement qu'il respirait.

Fox avait prévu la manière dont il allait annoncer qu'il était tombé amoureux – à la femme dont il finirait par tomber amoureux. Il l'aurait fait après un dîner romantique, certainement durant une escapade d'un week-end. Il aurait fait monter la pression de manière charmante et subtile, puis elle aurait été à la fois surprise et ravie. Il avait préparé plusieurs scénarios qui auraient provoqué un grand impact.

Avec Drew, ces mots sortirent simplement de sa bouche.

Et cela lui parut juste.

En y réfléchissant, il se rendit compte qu'ils avaient déjà fait la plupart de ce qu'il avait imaginé : les dîners romantiques, l'escapade d'un week-end, la surprise et le ravissement. Le tout s'additionnait, comme dans une feuille de calcul.

Il était amoureux.

CE N'ÉTAIT pas simplement un lundi. C'était *le* lundi.

Deux mois après la présentation d'une nouvelle initiative, l'équipe de lancement du site Q*pidon allait se réunir pour effectuer un rapport intermédiaire et décider si le programme allait être lancé ou interrompu.

Veera passa les vingt premières minutes de sa journée à fixer le calendrier qui se trouvait en haut de son écran. Peu importe le temps qu'elle passait à le fixer, il continuait de l'informer qu'aujourd'hui était le jour où elle allait devoir défendre Archer et persuader l'équipe de le déployer à une plus grande échelle.

Les résultats étaient probants, sinon révolutionnaires. Ces deux derniers mois, Archer avait associé des milliers de personnes qui ne l'auraient pas été sous l'ancien système et une bonne partie d'entre elles s'étaient mises en couple. Plus de cinquante de ces associations avaient débouché sur des fiançailles, ce que ses collègues trouvaient impétueux, mais Veera n'était pas surprise. Si Archer leur présentait la bonne personne, pourquoi se poser des questions ? Autant passer directement aux fiançailles, comme sa famille le faisait depuis des générations.

Mais peu importe le nombre d'associations fructueuses établies par Archer, le fait qu'il ait fait cavalier seul et piétiné le Paramètre Trois était un fardeau. Il s'était parfaitement bien comporté durant les semaines qui avaient suivi ce samedi matin épouvantable, mais la société avait rapidement eu vent de ce qui s'était passé. Les plaisanteries, dont certaines étaient de mauvais goût, avaient rapidement pris de l'ampleur ; quelqu'un avait collé une affiche dans la cuisine pour informer le personnel qu'Archer était en charge de leur dire s'il ne valait mieux pas qu'ils prennent du décaféiné, même s'ils n'osaient pas se l'avouer. Cela avait été présenté sous forme de limerick.

Veera soupira.

Pour préparer la réunion, elle devait établir un état des lieux actuel du système Archer et de ses sous-systèmes, alors elle commença à vérifier les fenêtres dans lesquelles les fichiers journaux défilaient. Tout semblait fonctionner à merveille jusqu'à ce qu'elle vérifie la fenêtre qu'elle avait installée pour surveiller l'association « Rare ». Il n'y avait plus eu d'actualisation depuis un moment, mais ce matin, un nouvel élément était apparu.

« *Changement du statut amoureux* », était-il inscrit de manière anodine.

— Oh, bordel, murmura Veera.

Au plus profond d'elle, une lueur d'espoir apparut en pensant que cela pouvait être une bonne nouvelle, mais rationnellement parlant, elle savait que ce serait le coup de grâce de l'expérimentation en roue libre d'Archer. Au lieu d'essayer de sauver les meubles auprès des relations publiques et de finir à terre en train de gémir, elle aurait désormais un ensemble de données qui prouverait que les associations établies en discordance avec le Paramètre Trois étaient vouées à l'échec.

Elle bondit de sa chaise et courut jusqu'à la salle de conférence. Une fois à l'intérieur, elle ferma la porte derrière elle et composa le numéro d'Archer avec des doigts tremblants.

— Bonjour. Ici Archer.

— Activation de l'interface vocale.

— Interface vocale activée.

— Archer, ici Veera.

— Je reconnais ta voix, Veera.

— J'ai remarqué une mise à jour de l'association discordante « Rare »,
dit Veera en faisant de son mieux pour garder un ton neutre.

Les interfaces vocales se retrouvaient facilement perdues face à un
discours agité.

— Il y a quatre mises à jour. Veux-tu les connaître ?

— Oui.

— Un. L'utilisateur Fox a configuré son profil comme étant
« indisponible ». Deux. L'utilisateur Drew a configuré son profil comme
étant « indisponible ». Trois. L'utilisateur Fox a modifié son statut et il est
« en couple ». Quatre. L'utilisateur Drew a modifié son statut et il est « en
couple ». Fin des mises à jour.

Veera se posa un instant pour réfléchir à cette mauvaise nouvelle, puis
sa curiosité prit le dessus.

— Ces utilisateurs sont-ils en couple avec une personne qui correspond
à leur préférence sous le Paramètre Trois ?

— Un l'est, l'autre ne l'est pas.

Le cœur de Veera manqua un battement.

— L'un d'eux est en couple avec un autre homme ?

— Oui.

— Et l'autre ?

— Est aussi en couple avec un autre homme.

Elle soupira. La facilité avec laquelle Archer discutait avec elle lui
avait fait oublier qu'elle s'adressait à un interlocuteur rigoureusement
logique.

— Ils sont tous les deux en couple avec un homme ?

— Oui.

— Mais tu as dit que seul l'un d'eux était dans une relation en
discordance avec le Paramètre Trois.

— En effet.

Veera se souvint alors que l'utilisateur Drew avait modifié le
Paramètre Trois quelques semaines plus tôt pour rencontrer des hommes.
La signification du discours d'Archer devenait plus claire.

Désormais, elle savait que, malgré la surprise qu'ils avaient dû
ressentir en découvrant qu'Archer avait essayé de les associer, les deux
hommes avaient établi une relation avec un homme en l'espace d'un mois.
Cela validait un peu le comportement étrange d'Archer face au Paramètre
Trois.

Mais soudain, quelque chose cliqua dans les rouages de son cerveau. Si Drew était le seul à avoir modifié le Paramètre Trois pour rencontrer des hommes, comment Fox avait-il fini par se mettre en couple avec un homme ?

— Les deux utilisateurs sont-ils en couple avec un client de Q*pidon ?

— Oui.

Étrange.

— Comment l'utilisateur Fox s'est-il retrouvé associé à un homme si son Paramètre Trois est configuré pour rencontrer des femmes ?

— Grâce à une association en discordance avec le Paramètre Trois.

Le sang de Veera se glaça.

— Archer, tu as arrêté d'établir des associations en discordance avec le Paramètre Trois, n'est-ce pas ?

— Oui.

— Alors comment… ?

Elle cessa de parler alors que les rouages de son cerveau se remettaient en marche.

— Les utilisateurs Fox et Drew sont-ils… un couple ?

— Oui.

Trente secondes passèrent avant que Veera reprenne sa respiration.

— Veux-tu bien confirmer qu'une association établie en discordance avec le Paramètre Trois a engendré la formation d'un couple.

— Confirmé.

Veera avait quitté sa chaise et dansait à travers la pièce.

— Archer, tu avais raison ! Tu avais raison !

— Oui.

Elle dansa durant de longues minutes pendant qu'Archer attendait patiemment qu'on recommence à lui parler.

— Archer, nous avons du travail.

— Je suis prêt, Veera.

Elle ferma les rideaux de la salle de conférence, empêchant les personnes qui passaient dans le couloir de la voir. Il lui restait moins de trois heures pour se préparer à contrer chaque attaque.

LES EXAMENS des programmes prenaient toujours place à 13 h dans la grande salle de conférence, endroit où Veera avait été témoin de nombreuses mêlées dévastatrices durant lesquelles les développeurs défendaient la valeur de leur travail face à ceux qui disaient que la société devrait avancer et tenter de nouvelles expériences. Évidemment, les voix dissonantes étaient souvent celles des personnes dont le projet n'avait pas encore été financé et qui espéraient que l'annulation du projet de leur collègue serait bénéfique au leur. En résumé, les arrière-pensées étaient à l'ordre du jour.

Cependant, aujourd'hui, l'appréhension de Veera s'était transformée en impatience. Après avoir passé son week-end à chercher tous les moyens par lesquels elle pourrait défendre Archer, elle se préparait désormais à présenter sa légitimation. Elle était prête.

Elle attendit que la salle soit presque remplie avant de faire son entrée. Il y avait une chaise vide près d'Edwin au bout de la table de conférence et elle s'y installa.

— Merci à tous d'avoir répondu présent, dit-elle d'une voix qu'elle espérait plus assurée qu'elle ne l'était.

Edwin lui adressa un sourire encourageant.

— J'aimerais vous tenir au courant de l'avancée du programme Archer.

— Pouvons-nous entrer dans le vif du sujet? intervint Ross depuis l'autre côté de la salle. L'intervention d'une intelligence artificielle n'a pas été suffisamment concluante pour justifier les dépenses. Bien essayé, nous avons appris des choses, maintenant passons à des expériences plus importantes et efficaces.

— J'ai de nouvelles informations que le groupe devrait…

— Laissez-moi deviner : afin d'établir des associations supplémentaires, le programme a décidé d'ignorer à nouveau les préférences de nos clients ?

C'est maintenant ou jamais, Veera.

— C'est exactement ce que je propose, que nous laissions Archer faire.

Elle serra la mâchoire pour ne pas qu'elle tremble. Toute l'assemblée, dont Ross, resta muette.

— Provocant, fit remarquer Alexis avec un sourire qui sous-entendait : « *Quelle audace, ma petite* ».

— Veera, expliquez-nous ce que vous avez imaginé, l'encouragea Edwin.

Veera prit une profonde inspiration et se remémora les encouragements qu'elle s'était elle-même donnés dans la salle de conférence, lorsqu'elle était seule.

— Comme vous devez le savoir, l'intelligence artificielle connue sous le nom d'Archer a été lancée à petite échelle il y a deux mois. Les premiers résultats étaient prometteurs ; presque la moitié des associations établies par Archer n'auraient jamais vu le jour sous l'algorithme de base. L'équipe a continué à apporter des modifications au programme afin de le rendre plus performant.

— Et c'est alors qu'il a commencé à essayer de rendre nos utilisateurs gays, marmonna Ross pour se moquer d'elle.

Mais Veera s'était préparée à contrer ses interruptions et décida de ne plus se laisser marcher sur les pieds.

— Non, vous vous trompez, dit-elle simplement.

Elle ne le voyait pas souvent surpris. C'était agréable. Elle continua avant qu'il ait une chance de répondre.

— Archer a analysé les profils de nos utilisateurs sur les réseaux sociaux en utilisant des outils que nous n'avons pas explicitement configurés. Il a trouvé des modèles profondément enracinés qui semblaient prédire que la désactivation de certains critères pourrait mener à de meilleurs résultats dans les associations.

Elle remarqua que Ross était sur le point de la réprimander concernant l'incident causé par la désactivation du Paramètre Trois. Elle s'y était aussi préparée.

— Pour être plus spécifique, reprit-elle avant qu'il puisse objecter, Archer a commencé à évaluer des associations en discordance avec le Paramètre Trois. Il a identifié onze couples dont le potentiel était élevé et envoyé vingt-deux notifications le mois dernier.

Elle prit une grande inspiration. Plus elle se montrait analytique, plus calme elle était.

— Ces vingt-deux notifications ont été la cause d'un incident de gravité alpha, dit-elle calmement. Presque la moitié ont été retirées de la liste d'attente de nos utilisateurs avant qu'ils s'en rendent compte. Les autres utilisateurs ont été informés qu'une erreur avait été commise et qu'ils devraient ignorer cette association.

— En dehors d'un coach sportif furieux dont l'addiction à Twitter nous a été nocive, il n'y a pas eu de mal, intervint Alexis.

— Mais personne n'a trouvé le grand amour gay, reprocha Ross sur un ton menaçant.

Un susurrement étrange, à mi-chemin entre un ricanement gêné et un grognement triste, se fit entendre autour de la table. Mais Veera était prête à y faire face.

— Ce n'est pas vrai, dit-elle.

— Qu'entendez-vous par là? demanda Alexis, son regard perçant fixé sur Veera.

— L'une des associations potentielles découvertes ce matin-là, en discordance avec le Paramètre Trois, a généré la création d'une relation de couple.

La salle entra en éruption, les personnes présentes commençant à discuter entre elles pour exprimer leur surprise face à ce revirement.

— Je sais que notre collègue vient de poser la question, mais qu'entendez-vous par là? demanda Ross par-dessus le vacarme.

— De façon générale, quand on parle d'une relation de couple, on parle de deux personnes qui s'aiment, expliqua Veera avec la patience exagérée d'une maîtresse d'école.

Elle regardait son collègue avec pitié, puisqu'il n'avait apparemment jamais connu l'amour.

On aurait dit qu'Alexis vibrait de joie.

— Seriez-vous en train de nous dire que parmi les couples associés par Archer lorsqu'il faisait cavalier seul, il y en a un qui s'est formé?

Veera hocha la tête. Un vrombissement d'excitation envahit la salle.

— Alors ils mentaient quand ils disaient être hétérosexuels? demanda Ross.

— Non, ces deux utilisateurs n'étaient sortis qu'avec des femmes jusqu'à ce qu'ils découvrent cette association discordante. Apparemment, Archer savait mieux que ces deux hommes ce qu'ils recherchaient chez un partenaire.

— Si je comprends bien, intervint Edwin sur un ton lent et fort, vous dites que parmi les onze associations potentielles envoyées ce matin-là en discordance avec le Paramètre Trois, dont la moitié ont été supprimées avant même que les utilisateurs s'en rendent compte, l'une d'elles a fait naître une relation?

Veera lui sourit. Évidemment qu'il avait bien compris – elle l'avait briefé un peu plus tôt dans la journée. Il faisait semblant de le découvrir pour s'assurer qu'elle prenne la parole.

— C'est même plus frappant que ça, dit-elle en se tournant vers l'assemblée. Onze associations ont été identifiées et les notifications correspondantes ont été envoyées. Mais dix d'entre elles ont été supprimées parce qu'elles n'avaient pas encore été ouvertes. Ces dix notifications concernaient neuf des associations potentielles. Cela signifie que seulement deux associations ont été visionnées par les deux partis impliqués. Ce qui veut dire que notre taux de réussite – *pour les associations générées par intelligence artificielle en discordance avec le Paramètre Trois* – est de 50 %.

— C'est incroyable, dit Alexis d'une voix un peu plus forte qu'un souffle.

— C'est pourquoi je propose que nous développions le programme des associations discordantes. Que nous en faisions une particularité de la configuration d'Archer.

La salle devint muette et Veera n'entendit plus que les pulsations de son cœur dans ses oreilles.

— Attendez une minute, intervint Ross. Maintenant, vous voulez commencer à prévenir *davantage* de personnes qu'elles sont homosexuelles ?

Il grimaça visiblement pour transmettre son opinion quant à cette stratégie.

— Non, je veux découvrir si une intelligence artificielle peut permettre aux personnes de comprendre pourquoi elles n'ont pas réussi à construire une relation stable. Ce sera peut-être par rapport au Paramètre Trois. Ce sera peut-être par rapport à d'autres préférences que nous n'avons pas encore testées. Mais la première étape est d'accumuler plus d'informations.

Veera se tourna vers Alexis, lui demandant silencieusement son soutien.

— Je pense que le couple associé par Archer a une histoire à raconter – une histoire qui pourrait convaincre nos utilisateurs de laisser Archer les associer à des personnes sans prendre en compte leurs paramètres de base.

Les yeux d'Alexis étincelèrent.

— C'est une idée fantastique. Ça pourrait être le début d'un nouveau discours pour la recherche de l'amour. Il ne s'agit pas de rencontrer des personnes qui correspondent à vos critères, mais de remettre son destin entre les mains d'une intelligence supérieure pour trouver la perle rare, que ce soit quelqu'un que vous choisiriez ou non. J'adore.

Veera laissa échapper le souffle qu'elle avait retenu.

— Je vais demander au personnel en charge de la recherche utilisateur de les contacter pour voir s'ils acceptent de nous rencontrer, dit Veera.

Alexis lui sourit.

— Puis-je me joindre à vous ? J'adore vous regarder travailler.

Veera acquiesça, encore tout étourdie.

C'est donc à cela que ressemble le succès.

— Merci d'avoir accepté notre invitation, dit une petite femme en leur tendant la main lorsqu'ils entrèrent dans la pièce. Je suis Miyoko, la responsable de la recherche utilisateur pour Q*pidon.

— Ravi de vous rencontrer, dit Fox en réprimant un frisson en apprenant son prénom. Je suis Fox.

— Et je suis Drew, dit-il en lui serrant la main à son tour.

— Est-ce que tout va bien ? demanda-t-elle.

Fox se rendit compte qu'il n'avait pas aussi bien caché sa surprise qu'il le pensait.

— Non. Enfin, si. C'est juste que je suis sorti avec une Miyoko et ça ne s'est pas très bien terminé.

Elle hocha la tête avec empathie.

— Je suis désolée de l'apprendre.

On frappa à la porte et une jeune femme d'origine indienne entra. Elle se précipita à l'intérieur et s'installa près de Miyoko.

— Désolée pour mon retard, dit-elle.

— Nous venons juste de commencer, la rassura Miyoko. Fox, Drew, je vous présente Veera. C'est elle qui a mis en place l'intelligence artificielle qui a mené à votre rencontre.

— Je suis *très* heureux de faire votre connaissance, dit Drew en tendant sa main par-dessus la table. Je suis un grand fan de votre travail.

Elle sourit et rit. Fox était ravi qu'on lui rappelle à quel point Drew pouvait être charmant.

Fox lui serra aussi la main.

— Je dois admettre que c'était un choc de me retrouver associé à un homme, dit-il.

— Commençons par là, dit Miyoko. Qu'avez-vous ressenti en découvrant que vous aviez été associé à un autre homme ?

— C'était intéressant, répondit Drew.

— Terrifiant, dit Fox.

Drew se tourna pour le regarder, un air à la fois surpris et vexé sur le visage.

— Quoi? J'étais terrifié. Je reçois une notification qui m'annonce qu'une personne me correspond et qu'elle se trouve 7 % au-dessus de toutes celles que j'ai rencontrées. J'appuie sur la notification et je découvre que c'est un homme. Je m'attendais à une belle femme. Je crois même que mon téléphone m'a échappé des mains.

— Waouh, dit Drew en secouant la tête.

— Drew, vous avez dit que l'expérience était « intéressante ». Pouvez-vous élaborer?

Drew hocha la tête.

— Je n'arrêtais pas d'enchaîner les mauvais rendez-vous, alors quand j'ai entendu la sonnerie qui signifiait qu'une personne incroyable se trouvait dans ma liste d'attente, j'étais aux anges. Je me suis dit que cette nouvelle intelligence artificielle allait certainement m'associer avec des femmes que je n'aurais jamais connues autrement, alors je m'attendais à avoir quelques surprises. Même si le voir apparaître était plus surprenant que ce que j'avais anticipé.

— Et qu'avez-vous ressenti?

— Honnêtement, je me suis dit que si vous aviez programmé une intelligence artificielle dont le seul but était de découvrir avec qui je devrais sortir, alors il valait peut-être mieux que je suive ses conseils. Alors je me suis dit que je devais être gay sans même le savoir.

— Aviez-vous déjà réfléchi à cette possibilité?

— Non. Jamais. Je n'avais rien contre, évidemment, mais je n'avais jamais été attiré par d'autres hommes.

Il marqua une pause et fronça les sourcils.

— Du moins, pas consciemment, reprit-il avant de regarder Fox avec un sourire timide. Jusqu'à ce que je rencontre cet homme.

— Et vous, Fox? Qu'avez-vous ressenti lorsque Drew vous a contacté?

— J'étais totalement décontenancé. Je me suis emporté contre mon meilleur ami – deux fois. Il n'a fait que me soutenir, mais je ne voulais pas de son soutien. Je voulais qu'il soit en colère comme je l'étais. En colère que je me sois retrouvé associé à un homme. Alors il m'a fallu un peu de temps pour que ma colère s'estompe, puis je me suis assis et j'ai fixé la photo de Drew pendant un long moment. Je ne sais pas ce qui m'a poussé à lui répondre plutôt que de supprimer son profil, mais j'étais incapable de le faire. Alors j'ai rédigé ma réponse, puis je l'ai effacée et j'en ai rédigé une autre, que j'ai aussi effacée. Ces deux messages disaient que comme c'était une erreur, nous devrions ignorer notre association et passer à autre chose. Mais curieusement… ça ne me semblait pas être la bonne chose à faire. Alors j'ai rédigé un autre message et je lui ai proposé de prendre un café. Ce qui s'est transformé en bourbon, puis en bouillon péruvien, puis en ciel étoilé et aujourd'hui, nous en sommes là.

— Waouh, dit Veera en laissant échapper un souffle. C'est magnifique.

Miyoko ne semblait pas avoir entendu la réaction de Veera.

— Ce premier rendez-vous, comment s'est-il passé ? demanda Miyoko.

— J'avais l'impression de faire une grosse erreur, répondit Fox. Durant tout le trajet, puis en approchant du bar, je n'arrêtais pas de me demander ce que je faisais là. Mais ensuite, je l'ai vu et tout s'est mis en place. J'ai immédiatement su que c'était une personne avec laquelle je pourrais me lier d'amitié.

— Et pour vous, Drew ?

Drew sourit.

— Pour moi aussi tout s'est mis en place, mais d'une autre manière. Ma première pensée a été de me dire que j'aimerais qu'il devienne plus qu'un ami.

— Alors vous remettiez déjà en question votre orientation sexuelle lors de ce premier rendez-vous ?

Il haussa les épaules, puis hocha la tête.

— On peut dire ça, oui. J'étais encore stupéfait par l'idée que l'ordinateur pense que nous pourrions nous entendre et quand je l'ai vu… il est terriblement séduisant. Je me suis dit que je ne devais pas laisser cette opportunité me glisser entre les doigts. Puis nous avons commencé à discuter et nous nous sommes très bien entendus. Ce n'était pas difficile de sentir mon hétérosexualité m'échapper sous l'influence de ce sourire.

Les joues de Fox se mirent à chauffer. Il se demanda s'il arriverait un jour à parler avec autant d'aisance des montagnes russes qu'ils avaient empruntées ces dernières semaines. Mais il ne put s'empêcher de sourire face à la sincérité désarmante de Drew.

— La semaine dernière, vous avez modifié votre statut dans l'application Q*pidon pour indiquer que vous étiez «en couple». Pouvez-vous nous dire comment vous en êtes arrivés à prendre cette décision ?

— Ce n'était pas vraiment une décision, répondit immédiatement Fox. C'est un fait.

Drew sourit et secoua la tête.

— Veuillez excuser Fox. Il a toujours été très analytique par rapport à sa vie amoureuse, alors après être sorti x fois avec moi en y jours et en me touchant z fois, son tableur lui a indiqué que nous étions en couple.

Fox ne put s'empêcher de rire en entendant la description taquine, mais réaliste de sa méthode excessivement rationnelle.

— Et vous êtes moins analytique dans votre approche? demanda Miyoko à Drew.

— Dans mon approche de ma vie sentimentale, oui. Je suis très quantitatif concernant les manipulations monétaires sous Elizabeth I, mais quand il s'agit de tomber amoureux, je crois vraiment que le cœur a ses raisons que la raison ignore. Cet homme a fait court-circuiter mon cerveau et mon cœur n'avait plus qu'à prendre le relais. Il a rassemblé toutes les idées préconçues que j'avais à propos de l'amour, du sexe et de l'attirance, puis il les a réduites en miettes. Je n'avais jamais ressenti de désir pour un homme et maintenant, j'ai l'impression de n'avoir jamais vraiment désiré les femmes avec lesquelles je suis sorti. Du moins, je n'éprouvais pas un centième du désir que je ressens pour lui, dit-il avant de reprendre sa respiration, un air émerveillé sur le visage. Je vis dans un autre monde depuis qu'il est entré dans ma vie.

Fox tendit la main pour la poser sur celle de Drew. Il remarqua alors qu'une larme coulait sur la joue de Veera.

— Vous allez bien? lui demanda-t-il.

Elle hocha la tête, puis cligna fermement des yeux, faisant couler davantage de larmes.

— Vous… commença-t-elle avant que sa voix ne se casse.

Elle se racla la gorge et reprit.

— Vous êtes la raison pour laquelle j'ai programmé Archer.

— C'est quoi, Archer? demanda Drew.

— C'est l'intelligence artificielle qui vous a associés. La manière dont vous avez décrit votre relation… c'est exactement ce que je voulais accomplir.

— Puis-je vous poser une question? demanda Fox.

— Oui, bien sûr.

— Pourquoi… a-t-il… fait ça?

Cela fit sourire Veera.

— Vous souvenez-vous de l'e-mail que nous vous avons envoyé pour vous signaler qu'il s'agissait d'une erreur?

Ils hochèrent tous les deux la tête.

— C'était une erreur. Mais c'était mon erreur, pas la sienne. L'un des paramètres que nous utilisons pour associer nos utilisateurs est le genre de la personne que vous recherchez. Nous l'appelons le Paramètre Trois et nous n'associons jamais des personnes en contradiction avec ce paramètre. Cependant, Archer, qui n'est pas humain, ne considère ce Paramètre Trois que comme un obstacle à son objectif qui est d'établir les meilleures associations possibles. Lors d'une réunion, il m'a entendue dire que nous devrions envisager de détendre notre approche concernant les préférences de nos utilisateurs et il…

— Il vous a entendue ? l'interrompit Drew.

— Oui, il m'a entendue, confirma Veera en riant. L'interface principale d'Archer est la voix et je communique avec lui par téléphone. Il rapportait quelques métriques lors d'une réunion et j'ai oublié de raccrocher, alors il a considéré ma remarque comme une permission d'établir des associations en discordance avec le Paramètre Trois. C'est de cette manière que vous avez été associés.

— Vous êtes en train de nous dire que nous avons été associés correctement, dit Fox. En conformité avec l'analyse quantitative réalisée par l'intelligence artificielle.

Veera hocha la tête.

— Sur tous les plans, excepté le Paramètre Trois, vous êtes un couple solide engendré par Archer.

Fox se laissa retomber contre le dossier de sa chaise. C'était donc vrai. Drew lui correspondait réellement à 99.5 %. Le score le plus élevé qu'il ait jamais obtenu. Sa meilleure association.

— Maintenant, vous avez réussi, dit Drew joyeusement. Vous venez de lui apprendre que cette intelligence artificielle nous a vraiment associés et que nous nous correspondons de manière quantitative. Je crois qu'il va me demander en mariage sur-le-champ.

Ils rirent tous de bon cœur, même la sérieuse Miyoko.

— Selon vous, Q*pidon devrait-il commencer à établir des associations en discordance avec le Paramètre Trois ? demanda Miyoko lorsqu'ils cessèrent de rire.

— D'autres utilisateurs ont-ils connu la même expérience que nous ? demanda Fox.

— Non, répondit Veera. Nous avons réussi à supprimer toutes les notifications à part la vôtre et une autre. Les deux autres utilisateurs ont supprimé l'association dès qu'ils ont reçu l'e-mail les informant que c'était une erreur.

— Mais ce n'était pas une erreur, si? demanda Drew.

— Non, ce n'en était pas une. Ils étaient compatibles à 99.3 %.

— C'est une bien triste nouvelle, dit doucement Fox. Ils ne sauront jamais ce qu'on ressent lorsqu'on trouve la personne faite pour soi.

Il regarda Drew, ressentant de la pitié pour l'autre couple qui avait manqué sa chance.

— Je pense que vous avez votre réponse, dit Drew. Vous devriez établir les meilleures associations possibles, même si cela vous oblige à ignorer le saint Paramètre Trois.

— Mais vous devriez prévenir les gens qu'ils peuvent se retrouver dans cette situation, dit Fox en se rappelant avoir été obligé de récupérer son téléphone sous sa commode après avoir vu le visage de Drew dans sa liste d'attente. Pour qu'ils ne soient pas surpris.

Veera et Miyoko échangèrent un regard. Miyoko hocha la tête.

— Alexis, voulez-vous nous rejoindre? demanda Miyoko en se tournant légèrement vers le miroir qui occupait une grande partie du mur à sa gauche.

— Je n'attendais que ça, chérie, entendirent-ils une voix répondre à travers les enceintes installées au plafond.

Un instant plus tard, la porte s'ouvrit et une autre femme entra, un grand sourire sur le visage. Elle avait l'air autoritaire et son attitude était intense, mais amicale. Fox la trouvait agréablement terrifiante.

— Fox, Drew, je suis enchantée de faire votre connaissance. Je suis Alexis, directrice des relations publiques chez Q*pidon. Je tiens à vous dire que votre histoire m'inspire beaucoup. L'idée que vous auriez pu ne jamais vous rencontrer si Archer n'avait pas fait cavalier seul ce samedi matin – oh, c'est tellement horrible que je ne veux même pas y penser! J'aimerais discuter avec vous de l'éventualité que vous nous aidiez à convaincre nos utilisateurs qu'en élargissant leurs horizons amoureux, nous ne faisons que leur offrir une chance de trouver le véritable amour, comme nous l'avons fait pour vous.

Elle s'installa près de Miyoko et les observa avec espoir.

Fox était habitué aux fanfaronnades des professionnels travaillant dans les relations publiques, mais cette tornade d'élégance était unique en son genre.

— Je suis intrigué, mais j'aimerais savoir ce que vous avez en tête.

— Pendant que je vous écoutais raconter votre expérience, je dois admettre que je me suis laissé envahir par l'émotion en pensant à tous ces hommes et à toutes ces femmes qui n'ont pas conscience que l'amour de leur vie se trouve là, dehors, mais qu'ils ne le trouveront jamais par rapport à la manière dont ils ont construit leur profil. C'est vraiment trop triste.

On aurait dit qu'elle allait éclater en sanglots.

— Mais vous ne pouvez pas demander aux gens quelles sont leurs préférences pour ensuite les ignorer, fit remarquer Fox.

— Je pense que c'est le moment où Archer intervient, dit Drew. N'est-ce pas, Veera ? Les préférences indiquées par le profil ne sont qu'un point de départ.

— Exactement, répondit-elle avec un grand sourire. C'est notre objectif. Les préférences sont importantes, mais elles ne devraient pas empêcher une belle association basée sur une plus grande échelle d'informations de se former.

— Mais les personnes ne sont pas la somme de leurs activités sur Internet, dit Fox. Nous fabriquons un personnage – parfois même plusieurs – et nous devenons ce personnage sur la toile, même si celui-ci ne représente pas la personne que nous sommes dans la vie réelle.

Veera acquiesça avec enthousiasme. La discussion se passait clairement comme elle le souhaitait.

— Ce serait vrai si Archer ne faisait que récolter les informations publiques. Personne n'est ce qu'il prétend être sur Instagram ou Tumblr ou encore Facebook. Mais grâce à sa liberté d'accès aux comptes de nos utilisateurs, Archer est capable de récolter un volume extraordinaire de données privées. Il analyse tout ce que la personne fait en ligne – ses relations, ses réactions aux articles de journaux, les recherches qu'elle effectue sur Google quand elle est seule. Il enregistre les messages que les gens écrivent sur leur portable avant de les effacer parce qu'ils se sont trop dévoilés à travers leurs mots. Il sait non seulement quel genre de vidéos les gens regardent sur YouTube, mais il enregistre aussi la trajectoire du regard de l'utilisateur sur la vidéo.

Fox fronça les sourcils.

— Comment cela permet-il de créer un profil ?

— Imaginez deux personnes qui regardent un extrait du match de base-ball d'hier soir. S'ils ne font que regarder la même vidéo, cela montre qu'ils partagent un intérêt mutuel pour le sport. Mais si une personne regarde la balle qui traverse l'écran et que l'autre reste focalisée sur le visage du lanceur, alors ça signifie certainement qu'elles ne s'intéressent pas au sport pour les mêmes raisons. Quelle vidéo regardent-elles ensuite? Si la première personne continue à regarder ce même match en cliquant sur l'extrait du prochain tour de batte, alors elle est certainement intéressée par le jeu en lui-même. Si la deuxième personne regarde une vidéo du même lanceur ou bien une publicité dans laquelle il apparaît pour vendre une certaine marque de bière, alors elle est probablement intéressée par l'athlète et non par le jeu. La vidéo suivante? La première personne continue de regarder le match alors que la deuxième parcourt les comptes Tumblr dans lesquels apparaissent des hommes qui ressemblent à ce lanceur. Nous avons donc un fan de base-ball et une personne qui est attirée par les hommes qui ressemblent à un certain joueur de base-ball. En analysant toute cette activité en ligne, Archer établit des modèles qui utilisent des millions de vecteurs de compatibilité. D'ailleurs, il y en a tellement qu'un humain ne pourrait pas tous les décoder.

— Vous êtes en train de nous dire qu'Archer ne pourrait pas expliquer pourquoi il nous a associés, même si on le lui demandait? demanda Drew.

— Il pourrait l'expliquer, mais s'il fallait trier tous les gigabytes de données et les algorithmes qu'il a mis en place pour donner un sens à toutes ces données... Disons que nous serions très vieux lorsque vous comprendriez enfin ce qui l'a poussé à vous associer.

— Fascinant, dit Fox.

— La clé est de convaincre les utilisateurs d'être plus libres dans la manière dont ils conçoivent l'univers des rencontres amoureuses, dit Drew. Mais je suis d'accord avec Fox – vous ne pouvez pas l'annoncer à vos clients comme vous l'avez fait avec nous.

— C'est à ce moment-là que vous entrez en scène, déclara Alexis avec un grand sourire. Nous aimerions que vous nous aidiez à communiquer sur le fait qu'abandonner le Paramètre Trois peut permettre de trouver l'amour de sa vie. Les algorithmes fonctionnent, dit-elle en se tournant vers Fox. Vous en êtes la preuve. Notre science est solide. Nous n'avons plus qu'à convaincre les gens de se laisser tenter par l'expérience. Et le Paramètre Trois ne serait que le commencement, dit-elle en se tournant vers Drew. Nous pourrions mettre en place une campagne de sensibilisation autour des autres paramètres comme la race, le handicap, la santé mentale. Cela pourrait ouvrir tout un champ de possibilités pour nos utilisateurs.

Fox devait s'incliner devant Alexis: elle les avait parfaitement cernés et avait ajusté son discours pour chacun d'eux. Elle s'était appuyée sur le côté analytique avec Fox et la justice sociale avec Drew. Elle savait comment s'y prendre avec les gens.

— Quel est votre plan ? demanda Fox.

Le visage d'Alexis s'éclaira – elle savait qu'elle les avait dans la poche.

— Ce que j'aimerais, c'est vous donner une chance de raconter votre histoire. Nous pouvons organiser deux interviews avec des médias qui sont intéressés par votre parcours et vous serez certainement amenés à en faire d'autres. C'est tout. Nous aurions des bons retours, puis nous enverrions un message aux membres de Q*pidon qui, selon nous, pourraient se reconnaître en vous. Ensuite, nous leur demanderions s'ils sont prêts à laisser Archer les associer avec d'autres utilisateurs sans prendre en compte le Paramètre Trois. Si ça fonctionne et que d'autres histoires se terminent aussi bien que la vôtre, alors nous pourrons nous attaquer à d'autres paramètres.

Elle marqua une pause et observa leurs visages.

— Qu'en pensez-vous ?

Fox et Drew se regardèrent un moment, communiquant par la force du regard. Fox sourit – il comprit immédiatement ce que voulait faire Drew.

— Je n'aime pas parler publiquement de ma vie amoureuse, mais je pense que je peux faire une exception, dit Fox. Et la manière dont Drew s'agite sur sa chaise montre à quel point il est excité à l'idée d'aider ses semblables – hommes, femmes, tout le monde – à se défaire des chaînes de leurs préjugés sur l'amour.

— Tu me connais si bien, lança Drew en souriant.

— Vous pouvez compter sur nous.

— Parfait ! s'exclama Alexis, parvenant à sembler plus enthousiaste pour eux que pour elle-même ou sa société. Je vais commencer à répandre votre histoire parmi les médias et nous vous proposerons plusieurs options. Évidemment, vous pourrez refuser de paraître dans certains médias si ce n'est pas une publication ou un programme auquel vous voulez être associés. Nous ne voulons pas que vous fassiez quelque chose qui ne vous plaît pas. Et nous allons nous arranger pour qu'une équipe vienne prendre quelques plans de coupes afin que les gens puissent voir à quel point vous êtes heureux ensemble. Ça va être génial !

Fox réfléchit au fait qu'ils n'étaient ensemble que depuis un mois. Avec ses anciennes partenaires, passer le premier mois avait simplement marqué le commencement de la relation. Cependant, il avait l'impression de connaître Drew depuis bien plus longtemps que ça. Il savait que l'histoire qu'ils avaient à raconter était unique et que le monde avait besoin de l'entendre.

Il prit la main de Drew dans la sienne. Il espérait que bientôt, beaucoup d'autres personnes vivraient la même chose qu'eux.

XXI

C'ÉTAIT LE samedi printanier le plus charmant dont on pouvait se rappeler. Une brise d'air chaud soufflait – la première de la saison –, remontait le long de la falaise et balayait délicatement la grande pelouse parsemée d'une centaine de chaises disposées en rangs. Les premiers invités commençaient à longer l'allée, s'installant de chaque côté en fonction du marié qu'ils connaissaient.

Fox se tenait devant la fenêtre.

— Ils commencent à installer les invités, annonça-t-il.

Drew s'éloigna du miroir devant lequel il avait essayé à maintes reprises de faire son nœud de cravate. Il approcha de Fox et posa une main sur son épaule en regardant par-dessus.

— C'est vraiment en train d'arriver, murmura-t-il. Nous allons vraiment le faire.

— En effet.

Il se tourna pour faire face à Drew. Il lui suffit de tirer une fois sur la cravate pour que le nœud se défasse.

— Et toutes ces personnes sont ici pour nous voir le faire.

Il noua rapidement un nœud parfait autour du cou de Drew. *Un joli cadeau de mariage à déballer plus tard.*

— Merci, dit-il en touchant son nœud de cravate. Je ne m'en sortais pas. Mes doigts n'arrêtent pas de trembler.

— Angoissé ?

— Un peu. J'ai du mal à réaliser que nous sommes de retour et que cette fois, nous allons nous marier. En moins d'un an, nous sommes passés d'une bagarre en tenue d'Adam au mariage.

Fox sourit.

— Juste pour information, nous allons aussi nous bagarrer nus cette fois-ci.

— J'y compte bien.

Fox l'attira contre lui pour l'embrasser.

— Même si j'étais totalement paniqué lors de ce week-end, je pense qu'une partie de moi savait que nous finirions ici. Personne ne m'a jamais fait ressentir ce que je ressens quand je suis avec toi. Et ce depuis l'instant où nous nous sommes rencontrés.

— Je crois que je l'ai su dès que j'ai vu ta photo dans ma liste d'attente, admit Drew. Tu es apparu dans ma vie au moment où j'avais besoin de toi.

— C'est aussi sexy de te l'entendre dire maintenant que lorsque tu l'as dit pour la publicité de Q*pidon.

— Ils voulaient que je dise que j'étais choqué et furieux. Mais ce n'était pas du tout le cas. J'ai vu ton visage et un sentiment d'apaisement m'a envahi. Enfin, durant quelques secondes. Ensuite, j'ai vu que Mme Schwartzmann étudiait chaque clignement de mes yeux et j'ai un peu paniqué. Mais je n'ai jamais été choqué ni furieux. C'était… flatteur.

— Flatteur?

C'était une partie de l'histoire que Fox n'avait jamais entendue.

— Oui, flatteur. J'étais flatté que l'ordinateur pense que nous jouions dans la même cour. Qu'un homme aussi beau et brillant que toi puisse être intéressé pour me rencontrer. Ça m'a arraché à ma vie universitaire monacale. Et c'était exactement ce dont j'avais besoin.

— Tu devrais raconter ça la prochaine fois que nous serons interviewés pour parler d'Archer.

— Non, répondit fermement Drew. Cette partie n'appartient qu'à nous.

Fox sourit. Il adorait partager des secrets avec lui.

— Mais je commence à manquer d'anecdotes croustillantes. La prochaine fois qu'on me posera des questions, je vais être obligé de parler d'une bagarre à nu et d'une lampe cassée.

— Cette interview serait certainement très intéressante, dit Drew en riant.

— Tu es le plus bel homme que j'aie vu de toute ma vie et tu es encore plus sexy lorsque tu portes un costume. Il est temps d'y aller. Nous devons faire notre entrée dans quinze minutes.

— C'est notre mariage. Il ne peut pas commencer sans nous.

Drew déposa un baiser sur son nez, puis avança vers la fenêtre pour jeter un œil dehors.

— Serais-tu en train de regarder comment se porte Mme Schwartzmann? demanda Fox.

Drew avait demandé à un placeur, l'un de ses jeunes cousins, de rester près de son ancienne voisine.

— Selon moi, elle n'a jamais quitté son appartement depuis qu'elle y a emménagé. Cela fait déjà cinq ans. J'avais peur qu'elle se transforme en poussière lorsque les rayons du soleil lui tomberaient dessus.

— Elle tient son salon au premier rang. Tout le monde semble l'écouter. Elle doit être en train de raconter l'une de ses folles histoires.

— Elle leur raconte certainement ses liaisons torrides avec Brezhnev et LBJ, dit Drew en rigolant. Quand on est totalement déconnecté de la réalité, on n'est jamais à court d'histoires.

— Penses-tu qu'elle se plaira dans son nouveau logement?

— Je pense que les personnes qui vivent et travaillent dans cette résidence où l'on promet «une retraite digne et une assistance permanente» feraient bien de préparer leurs oreilles parce qu'elle va les faire chauffer.

Il se retourna et embrassa Fox sur la joue.

— Merci encore de l'avoir aidée à s'installer. Je suis rassuré de la savoir à seulement quelques centaines de mètres de chez nous.

— En toute franchise, je pense qu'elle restait vivre dans ce petit appartement triste parce qu'elle ne voulait pas te laisser seul.

— Moi qui croyais qu'elle restait parce qu'elle ne pouvait rien s'offrir de décent. Jamais je n'aurais pensé qu'elle avait autant d'économies.

— Elle semblait aussi surprise que toi. Quand je suis allé chez elle avec mon comptable et qu'il a parcouru ses comptes, elle était totalement stupéfaite. Elle a dit qu'elle n'était pas du tout consciente de la somme qui se trouvait sur ce compte et elle n'a jamais réussi à expliquer par quel moyen cet argent était arrivé là.

— Je pense que les personnes de sa génération aiment se sentir en sécurité en gardant une grosse somme d'argent cachée sous leur matelas. Elle n'avait pas envie de le dépenser, mais après l'avoir emmenée dîner dans cette résidence pour qu'elle puisse voir à quoi ça ressemblait, elle s'est rendu compte qu'elle arrivait à capter l'attention d'une centaine de personnes qui n'attendaient que de voir débarquer quelqu'un qui puisse leur raconter de nouvelles histoires, dit-il en riant. Je pense que ça se rapproche de sa définition du paradis.

Fox caressa le dos de Drew alors qu'ils regardaient ce qui se passait dehors.

— Voir combien tu tenais à elle m'a achevé. Au moment où je l'ai rencontrée, je n'avais déjà plus besoin d'autres raisons pour laisser ma vie d'hétérosexuel derrière moi, mais voir ton cœur tendre et généreux en action a scellé l'affaire.

Drew sourit.

— Si tu commences à me dire des mots doux, nous n'allons jamais atteindre l'autel.

— Dans ce cas, je vais garder mes belles paroles pour plus tard.

Fox regarda à nouveau par la fenêtre.

— Je pense que tout le monde est arrivé. Il y a Veera et Alexis, elles sont assises près de Mia. Par contre, où est Chad ?

Il le chercha parmi l'assemblée, se demandant où son témoin avait bien pu se cacher.

Il trouva une réponse à sa question lorsqu'on frappa à la porte.

— Foxy ? Drew ? Vous êtes là ? demanda Chad depuis l'autre côté de la porte. Si vous avez des doutes, laissez-moi entrer pour que je vous rassure. Si vous êtes en train de profiter de vos derniers moments d'hommes libres... eh bien, laissez-moi entrer pour que j'en profite.

— Nous serons bientôt prêts, répondit Fox.

Il se tourna vers Drew.

— Veux-tu être mon mari ?

Drew l'embrassa doucement.

— Aujourd'hui et pour toujours.

Fox savait qu'il était heureux, sans même avoir recours à son tableur. Il n'avait plus besoin de chiffres maintenant qu'il avait Drew.

LE CIEL était doré lorsque le groupe de musiciens commença à jouer sous les lumières scintillantes attachées au treillis du patio. Fox et Drew se faufilèrent à travers les tables, toutes occupées par leur famille et leurs amis, qui riaient et trinquaient au nom du nouveau couple.

— Voilà une sacrée table ! dit Drew à son mari en lui donnant un coup d'épaule tout en lui indiquant un groupe qui se trouvait en retrait.

Chad et Mia étaient installés côte à côte, faisant face à Veera et Mme Schwartzmann. Ils semblaient tous parler en même temps.

— Nous devrions aller voir ce qu'ils complotent, dit Fox.

Ils se dirigèrent vers cette table, s'arrêtant quatre fois pour recevoir les félicitations et les meilleurs vœux de bonheur de leurs convives.

En approchant de la table, Drew entendit des bribes de leur conversation. Ils étaient en train de discuter de Fox et lui, mais il ne comprit pas vraiment quel était le sujet.

— Voilà notre heureux couple ! s'exclama Chad.

Il se leva et prit les deux hommes dans ses bras, avec force.

— Je vous aime, les gars ! dit-il en embrassant chacun d'eux sur la joue.

— Tu es ivre, dit Fox, impassible.

— *D'amouuuur*, rétorqua Chad avec un rire hystérique. Et c'est aussi en partie à cause de ce délicieux bourbon qu'on nous sert.

— Maintenant que vous êtes là, vous allez pouvoir nous aider à régler un problème, dit Mia en leur faisant signe de s'installer sur les deux chaises libres.

Ils se retrouvèrent face à face, au centre de la table.

— Et quel est ce problème ? demanda Drew en s'asseyant.

C'était peut-être son mariage, mais durant l'année qui venait de s'écouler, il avait appris que faire ce que Mia demandait était généralement amusant. Et beaucoup plus simple que de lui tenir tête.

— Nous faisons face à un léger désaccord amical, dit-elle. Nous nous demandons qui est à l'origine de votre union.

— Je connais la réponse : lui, répondit instantanément Fox en indiquant Drew. Il m'a envoyé un message et ça a changé ma vie.

Drew sentit sa poitrine se réchauffer, réaction que seul Fox pouvait provoquer.

— Mais tu as répondu à ce message parce que je t'ai dit de le faire, intervint Chad.

— C'est vrai que tu m'as poussé à le faire, dit Fox en haussant les épaules. On aurait dit que tu voulais absolument que je sois gay, ce qui était franchement déconcertant.

— C'est moi que tu devrais remercier, dit Mia. Il n'arrêtait pas de me dire : « *D'abord Thomas, ensuite Jake et maintenant, Fox. Et si je finissais par devenir gay à mon tour ?* », dit-elle à la manière d'un enfant de huit ans qui était tombé sur un film d'horreur par erreur. Je lui ai dit de redescendre sur terre. Puis je lui ai montré combien deux hommes amoureux pouvaient être beaux.

— Ce qui explique le porno gay, lança Fox en riant.

— En fait, ça explique beaucoup de choses à propos de Chad, ajouta Drew.

— Mais Drew ne voulait pas envoyer ce message jusqu'à ce que, de l'envoyer, je lui ai dit, intervint Mme Schwartzmann. Il a dit : « *Oh, Magda, l'ordinateur me dit que je devrais être gay avec ce bel homme, mais j'ai peur d'être gay avec lui* ». Alors je lui dis : « *Drew, mon cher enfant, dites à ce bel homme que vous serez gay avec lui parce que même une vieille femme sait que vous n'êtes pas heureux avec la vie que vous vivez».* Et c'est pour cette raison qu'il a tapé le message à ce Fox avec un sourire brillant comme le soleil.

— C'est… effectivement ce qui s'est passé, admit Drew.

— Ensuite, après la rencontre, il me dit : « *Magda, vous êtes si sage, dites-moi si je suis amoureux* ». Et je lui dis…

— En revanche, je ne me rappelle pas avoir dit ça, l'interrompit Drew.

— Pas avec votre voix, peut-être, rétorqua-t-elle. Mais vos joues, elles disent que vous êtes amoureux. Et je vous l'ai dit. Et vous en êtes arrivé ici.

— Je crois que nous pouvons nous mettre d'accord sur le fait que tout a commencé par leur association sur un site de rencontre, dit Veera. Et cela n'est arrivé que grâce à moi.

Elle sembla se rendre compte de la vantardise de cette phrase et devint toute penaude.

— Et grâce à Archer, bien sûr, ajouta-t-elle. Je vous considérerai toujours comme ma première victoire pour l'amour.

Drew regarda Fox et haussa les épaules. Ils étaient censés se prononcer sur ce différend, mais il n'avait pas la moindre idée de la marche à suivre.

Mais Fox, comme toujours, avait les mots justes.

— Les personnes qui se trouvent autour de cette table sont la raison pour laquelle nous sommes ici, Drew et moi. Veera a eu l'intuition de faire passer les rencontres en ligne dans l'ère de la haute technologie. Mme Schwartzmann a la sagesse de savoir que quand l'amour frappe à notre porte, il n'a pas toujours la forme escomptée. Mia, tu étais de notre côté depuis le début, même si c'était d'une manière un peu louche. Et Chadwick, mon adorable idiot, tu as toujours été et seras toujours mon meilleur ami. Tu as refusé de me laisser passer à côté de cette chance extraordinaire de connaître le véritable amour et le véritable bonheur.

Il fit signe à un serveur, qui leur remit à tous une flûte de champagne.

— Un toast, annonça Fox en levant son verre. À cette soirée incroyable, durant laquelle je lie ma vie à celle de l'homme exceptionnel qui se trouve en face de moi. Je suis émerveillé par la générosité, la foi et l'amour que chacun d'entre vous a apportés dans nos vies. Et je suis ébloui par toi, Drew, l'homme qui a pris le risque d'entrer dans ma vie et de la chambouler avec délicatesse. La vie que nous commençons aujourd'hui est basée sur l'amour de nos plus chers amis et nous vous remercions tous pour avoir compris ce que nous pourrions devenir, avant même que nous le réalisions.

Ils trinquèrent et rirent et dansèrent toute la nuit.

Avant que l'aube se lève sur l'océan, il y eut une nouvelle bagarre en tenue d'Adam.

Dont ils ressortirent tous les deux gagnants.

XAVIER MAYNE est le pseudonyme d'un écrivain qui a exercé les métiers de professeur d'anglais dans une université et de responsable marketing pour des éditeurs de logiciels. Aujourd'hui, il gère une équipe d'auteurs pour une grande entreprise de technologie basée dans le nord-ouest des États-Unis. Versé dans les théories académiques de l'identité sexuelle, il se passionne pour l'écriture d'histoires dans lesquelles les hommes découvrent un amour qui les pousse à surmonter leurs a priori sur leur sexualité. Selon lui, la romance peut être brûlante, drôle et douce. Son pseudonyme est un hommage à Edward Prime-Stevenson, pionnier parmi les auteurs homosexuels, qui utilisait aussi Xavier Mayne comme nom de plume. Cet homme a été le premier Américain à écrire un roman ouvertement gay en 1906 : *Imre : A Memorandum*. Il tient une place unique parmi les premiers romans gays et raconte l'histoire de deux hommes qui n'ont connu que l'hétérosexualité jusqu'au jour de leur rencontre.

Site Internet : www.xaviermayne.com

Par XAVIER MAYNE

Q*pidon

Publié par DREAMSPINNER PRESS
www.dreamspinner-fr.com

www.ingramcontent.com/pod-product-compliance
Lightning Source LLC
Chambersburg PA
CBHW030922050726
47498CB00003BA/861